국보 제228호 천상열차분야지도를 만든
천재 천문학자 금헌 **류방택**

국보 제228호 천상열차분야지도를 만든
천재 천문학자 금헌 **류방택**

초판 1쇄 인쇄 | 2023년 12월 1일
지은이 | 유현종
펴낸이 | 유상용
펴낸곳 | 강남신문사
주　소 | 서울시 강남구 영동대로 738, 현대리버스텔 1306호
전　화 | 02-511-5111 / 010-2254-5112
팩　스 | 02-545-5466
E-mail | kangnamnews@hanmail.net

신고번호 | 제2023-000331호
신고연월일 | 2023년 10월 19일

ISBN | 979-11-985094-0-6

차 례

제1부

1. 원하지 않은 자리   10
2. 몽고식 변발(辮髮)을 스스로 잘라 버린 공민왕(恭愍王)   18
3. 성입동(星入洞) 행궁(行宮)의 이변   32
4. 류숙(柳淑)의 파직(罷職)   41
5. 난신적자(亂臣賊子)의 최후   48
6. 진흙 속의 보석, 금헌 류방택(琴軒 柳方澤)   56
7. 강화(江華)의 복음, 류방택의 사제(私製) 달력   68
8. 홍건적의 재침략, 수도 개경(開京) 함락   85
9. 거짓 왕명(王命)에 추풍낙엽(秋風落葉)된 장군들   96

제2부

1. 까마귀 싸우는 골에 백로(白鷺)야 가지 마라   109
2. 비탄(悲嘆)에 빠진 공민왕   116

3. 류방택의 거문고 창작 대곡(大曲) <감군은(感君恩)>　　126

4. 판결사(判決使) 신돈(辛旽)의 위세　　139

5. 수미전(須彌殿)의 비밀　　149

6. 환생(還生)한 왕비, 노국공주　　156

7. 은혜의 왕명(王命)　　164

8. 반야(般若)의 수상한 임신　　172

9. 충신(忠臣) 애사(哀史)　　184

10. 요승(妖僧) 신돈(辛旽)의 최후　　198

제3부

1. 목은 이색(牧隱 李穡)과의 대화　　211

2. 공민왕(恭愍王)의 슬픈 최후　　219

3. 기승(奇僧) 무학선사(無學禪師)　　232

4. 세계 최고(最古), 최초의 금속활자본(金屬活字本)　　243
   직지심경<直旨心經>(直旨心體要節)　　243

5. 전쟁준비 시책(施策)　　253

제4부

1. 요동 정벌전(遼東 征伐戰)   264
2. 압록강의 사잇섬, 위화도(威化島)   278
3. 전쟁 4불가론(戰爭 四不可論)   289
4. 위화도 회군(威化島 回軍)   303
5. 방택(柳方澤)의 예언, 물에 뜬 옥사(獄舍)   314

제5부

1. 권지국사(權知國事) 대리국왕(代理國王) 이성계   330
2. 이방원(李芳遠)의 간청   338
3. 개국(開國)의 아침   346
4. 동학사(東鶴寺) 초혼전(招魂殿)의 꿈   357
5. 봉익대부(奉翊大夫) 원종공신(元從功臣)이 되다   372
6. 선진(先進)한 고구려의 천문학   383

7. 국왕(太祖 李成桂)의 부름 399
8. 삼고초려(三顧草廬) 411
9. 마니산의 산불 420

제 6 부

1. 태미오제(太微五帝)의 천명(天命) 439
2. 세계천문과학 역사에 길이 빛날
   류방택의 <천상열차분야지도(天象列次分野之圖)> 450
4. 도원(桃源)에 잠든 류방택 별 474

제1부

1. 원하지 않은 자리

　류방택(柳方澤)이 최선을 다하여 매식년(每式年) 과거시험을 준비하고 있다가 시험포기의 뜻을 그의 스승과 부친에게 말한 것은 20 초반이었다.
　"왜 갑자기 그런 말을 하느냐? 너같은 수재가 뭐가 부족하여 환로에 나가는 것을 포기하겠다는 거야?"
　스승인 가정(稼亭.李穀)이 놀라 이해할 수 없다는 듯 물었다. 가정은 훗날 대 유학자로 추앙받게 된 이색(李穡)의 부친이기도 했다. 방택의 집안과 이색의 서원(書院)과는 인연이 깊었다. 방택은 이색의 부친인 가정의 문하생 제자로 공부했지만 나중 집현전(集賢殿) 대제학(大提學)을 지낸 아들인 백유(柳伯濡)와 백순(柳伯淳) 형제는 이색의 문하로 들어가 제자가 되었기 때문이다. 스승이 책망하자 방택은 한동안 침묵을 지키다가 입을 열었다.
　"제 고향은 충청도 서산입니다. 가끔 다녀오지요. 근처인 태안 바다가엔 염전(鹽田)이 여기저기 있습니다. 배울게 많아서 가끔 들릅니다."
　"염전에서 배울게 있다? 소금밭에서 뭘 배운단 말이냐?"
　"스승님께서는 저희들에게 탁상공론을 좇지 말고 경당문노(耕當問奴)하고 직당문비(織當問婢)하라 가르치셨지요. 밭갈이는 농부에게 묻고 베 짜는 법은 촌부에게 물으란 뜻이지요. 전 어느날 새벽에 염전에 나갔다가 놀라운 광경을 보게 되었습니다. 어둠이 물러가고 이른 아침이 되고 있었습니다. 염전은 3개의 저수밭(貯水田)으로 만들어져 있습니다. 첫 번째 수전은 밀물일 때 들어찬 바닷물을 가두는 곳이지요. 제1 결정지(結晶池)입니다. 여기서 햇볕과 바람으로 바닷물을 말리는 겁니다. 절반 정도 건조가 되면 옆에 붙은 제2 결정지에 수차(水車)로 건조된 바닷물을 퍼 올립니다. 소금은 그곳에서 전체의 8할쯤 만들어집니다만 완전한 소금이 되려면 마지막 단계를 거쳐야 합니다.

8할쯤 만들어진 소금을 완벽한 소금으로 만들려면 마지막 제3 결정지로 보내야 합니다만 보낸다고 바람과 태양이 건조시켜 마지막 소금을 만들어주는 게 아닙니다. 태양의 충분한 일조량(日照量)과 바람(風速)과 습도 등의 비율이 정확하게 맞아 떨어져야 소금이 되는 것이지 안 맞으면 소금은 순간적으로 하얀회(恢), 석고(石膏)가루가 되어 몇일 동안의 공정(工程)이 물거품이 되는 손해가 납니다.

염전에는 염수장(鹽首長)이란 일꾼들의 머리가 있습니다. 소금이 되고 안되고는 이 염수장의 판단에 달려있지요. 이 염수장의 판단으로 제3 결정지로 소금물을 넘기느냐 넘기지 않느냐로 결정이 되는 것이기 때문에 그의 판단은 아주 중요합니다. 염수장은 어떻게 매일 매일 최종 판단을 내릴까요. 완전한 소금이 결정(結晶)되려면 평균 6, 7월의 뜨거운 온도를 유지한 여름 일조량이 하루 4시간 동안 소금물을 증발 시켜줘야 하고 풍속은 습기가 없는 약풍(弱風)으로 불어줘야 제대로 순백의 소금이 되어 오후에는 수확이 될수 있습니다. 염수장이 하는 일이 중요한 것은 바로 하루의 일기와 온도를 예측하고 혼자서 현재의 날씨와 온도 바람은 소금만들기 최적의 조건이니 마지막

제3 결정지의 작업을 하도록 결단을 내려야 하기 때문입니다.

과거 급제를 해야 염수장이 되는게 아닙니다. 염전에 있는 염수장들은 모두 염전 일꾼들로 잔뼈가 굵은 사람들이고 제 이름 석자도 못쓰는 무식꾼입니다. 그런데도 서운관(書雲觀. 국립기상청)에 앉아 있는 일관(日官)보다 기상(氣象)과 일기(日氣) 예측이 더 정확합니다. 보통 30년 40년 동안 날마다 관찰하고 관측하여 쌓여진 경험이지요. 새벽에 일어나면 새벽하늘에 떠 있는 샛별부터 관찰합니다. 별의 색깔과 모양을 보고 하루 전체의 날씨를 예상합니다. 뿐만 아니라 풍속, 풍향, 온도를 예측하고 하루의 염전작업의 세밀한 계획을 세웁니다.

물론 샛별만 관측하는게 아니지요. 자기 몸을 스치고 지나가는 바람만 맞아도 오늘의 온도와 습도 등을 예측하고 오후 시간이 되면 예고 없이 소나기가 한 번 내릴 것까지도 예상합니다. 염전과 소나기는 극과 극입니다. 소나기가 한 번만 쏟아져도 다된 소금들이 물이되기 때문입니다. 저는 그 염수장을 존경하게 됐습니다. 제가 존경하게 된 사람은 또 하나가 있습니다.

이울(李蔚)이란 분입니다. 송도에 있는 저희집 동네 사람인데 천문과 기상(氣象)을 연구하는 서운관의 말단 관리였습니다. 천리계산(天理計算)을 혼자서 독학 하다가 혹시 그분이 서운관 관리라니 계산 방법을 잘 알고있나 해서 찾아갔는데 이분은 수리학(數理學)에 뛰어난 분이어서 놀라게 했습니다. 저흰 계산법에서 가(加)(더하기),감(減)(빼기), 승(乘)(곱하기), 제(除)(나누기) 밖에 모르는데, 이분은 제곱 근(根)으로부터 시작하는 고등 수리학(高等數理學)까지 못하는게 없어

저는 시간 나는대로 그분을 만나 수리학을 배우고 있습니다. 물론 아버지께 여러 번 혼도 났습니다. 진서(眞書)를 배워야 나라에 큰일을 하지 그따위 잡학(雜學)을 배워봐야 쓸모가 전혀 없다는 것이었습니다.

우리가 쓰고 있는 책력을 자세히 검토해보고 24절기가 왜 들쑥날쑥일까. 어떤 절기는 지금 농촌에서 지키고 있는 날짜와 전혀 맞지 않는 것이었습니다. 왜 그럴까? 중국이 만들어 쓰고 있는 책력(宣明曆)을 그대로 사용하고 있었기 때문이었습니다. 우리 고유한 책력은 왜 만들지 못했는가? 그들이 종주국 행세를 하며 못 만들게 한 결과이고 그러다 보니 과거 과목에도 빠져서 중인(中人) 취급을 받으면서 잡과(雜科)시험이나 봐서 합격해야 일관(日官)이 되어 기상청인 서운관에서 근무를 하게되어 전문 천문학자들을 양성치 못한 결과만 낳았습니다. 그게 안타까워 저는 나름대로 제 고향 도비산과 송도의 취령산을 오르내리며 밤하늘 별자리를 세밀히 관측하고 그 미세한 변화를 일일이 기록하고 있었습니다. 언젠가는 우리만의 고유한 달력을 만들어 농촌에 보급하여 농사 진흥에 이바지 하고싶다는게 제 소원이 됐습니다. 관리가 되는 것 만이 나라에 충성하고 애국애민(愛國愛民)하는 건 아니잖습니까."

류방택의 이 같은 주장과 포부를 듣고 부친은 반대를 했지만 스승인 가정은 이해를 해주고 매진하여 공부를 해보라며 용기를 주었다.

류방택의 자(字)는 태보(兌甫)였고 아호(雅號)는 금헌(琴軒)이며 본관은 충청도 서산(瑞山.瑞寧)이었다. 서령부원군(瑞寧府院君) 류성간(柳成澗)의 7세손이며 태중대부(太中大夫) 예빈경(禮賓卿)을 지낸 류성거(柳成巨)의 3남으로 서산의 구치산(九峙山) 아래 양리촌(楊里村. 지금의 서산시 仁旨面 無學路)에서 태어났다.(1320년 4월 15일)

방택은 벼슬을 포기하고 고향 근처에 있던 도비산에 작은 사설(私設) 천문 관측소를 내고 천문관측을 하며 연구를 거듭했다. 마침 사촌 형인 류숙(柳淑)이 문과에 장원급제를 하여 집안의 경사가 있었는데 류숙은 강릉대군(江陵大君. 훗날의 공민왕)이 볼모가 되어 원(元)의 수도인 대도(大都. 北京)로 떠나게 되었을 때 류 숙은 숙위(宿衛)로 따라가게 되었다.

그로부터 4년 동안 귀국할 때까지 그곳에 체류했는데 사촌형 류숙은 방택을 위해 인편으로 귀중한 서책들을 찾아 보내기도 했다. 그 당시만 해도 원나라에서는 건국 이래 처음으로 제대로 된 책력인 〈수시력(授時曆)〉이 막 간행되었을 때였다. 이 수시력은 원의 천문학자 곽수경과 왕순 등이 쿠빌라이 명에 따라 만든 책력이었다. 류숙은 모시고 있던 강릉대군에게 청하여 어렵게 구하여 방택에게 보내기도 하고 방택이 원했던 경학과 수리학(數理學)의 전문 서적을 구하여 보내오기도 했다.

전혀 모르고 있던 난해한 고등수학의 세계에 눈을 뜨게된 계기가 되었다. 그렇게 3년이 될 때 송도에 살고 있던 방택의 첫째 아우가 고향집으로 찾아와 형제는 반갑게 만났다. 방택의 집은 송도에도 있었고 서산에도 있었다. 송도 집은 아버지가 현직 벼슬살이를 하고 있었기 때문에 마련한 집이었다.

"무슨 일루 급히 날 만나러 왔느냐?"

"이거 한 번 봐. 이것 때문에 온 거여."

아우는 관서(公文書) 한 장을 내놓았다. 일별 하고난 방택이 약간 놀라는 기색으로 아우를 바라보았다.

"이건 음자제(蔭子弟) 특별 관원채용 통지문서아냐?"

"형을 추천하라고 아버지가 그러셔서 온 거여."

"아버지가?"

방택은 난처한 표정이 되었다. 음자제란 국가공신(功臣)의 현직, 후예 자제들을 말함이다. 공신의 종류는 크게 4가지 유형으로 나뉜다. 첫째, 배향공신(配享功臣)이다. 왕 승하후 종묘에 모실 때 함께 배향하는 특등공신을 말함이다. 둘째, 정공신(正功臣)이다. 국가와 사직에 공로가 많음이 인정되어 받는 공신이다. 셋째는 훈봉공신(勳封功臣)이다. 국난을 당했을 때 훈봉을 받은 공신들을 말함이다. 마지막 넷째로 원종공신(元從功臣)으로 새 임금이 즉위할 때 주어지는 공신호이다.

공신에게는 비석을 세워 공적을 기록하는 특권(立碑記功)이 주어지고 부모와 처에게 작위를 주고 자손에게는 음직(蔭職)을 수여하는 특전이 주어졌다. 방택의 집안도 공신들의 가문이니 음자제 특별 관원 채용이 있으니 대상자는 오라는 공문서를 받은 것이었다.

"헌데 아버진 하필 왜 날 천거하신 거지?"

"형 지금 몇 살이우? 삼십도 넘어 서른셋이여. 벼슬해서 자립할 때가 지나도 한참 지났어. 아버진 그게 안타까우신 거겠지."

"난 내가 하는 일이 있고,"

"하늘에서 별 따는거?"

"너까지 왜 이래?"

"하하하, 미안! 형은 죽자사자 매달리는데."

"난 벼슬하지 않겠다고 옛날부터 말씀 드렸고 지금도 변함 없다는 걸 아시면서 널 보내다니."

"혼자 산속에서 연구하는 것 보다는 서운관(천문기상대) 관리로 들어가면 양수겸장 아냐? 고집부리지 말고 일단 가보기나 합시다."

마침내 방택은 아우를 따라 나섰다. 그의 말에도 일리가 있었던 것이다. 혼자 하는 것보다 일관(日官) 관리가 되어 연구하는 편이 훨씬 나아보였던 것이다. 송도(開京)에 당도하자 아버지의 권유도 마찬가지였다. 그래서 일단 그 일을 취급하는 부서로 형과 함께 찾아갔다.

실망이었다. 전체 21명의 선발자들이 각부서로 발령이 났는데 류방택은 천문기상과는 전연 상관없는 응양군(鷹揚軍. 대궐 수비군) 제2영(營) 소속의 섭산원(攝散員)으로 발령을 받게 되었던 것이다. 섭산원은 정8품(正八品)의 군관(軍官)이었는데 1영에 5명의 군관이 있고 군관은 별장(別將)의 바로 아래 초급장교였다. 부서장이 발령장을 모두에게 나누어주고 발령대로 따르겠다는 수결(手決. 손도장)을 놓으라 했다. 이건 아니라는 듯이 그냥 돌아서서 나가려 하자 그의 아우가 팔을 잡았다.

"군사하려구 여기까지 온 건 아니잖아?"

"첫술에 배부르진 안찮아? 그나마 이기회 놓치면 3년 후에나 다시 뽑는다구 하잖아요? 그리구 삐리군사가 아니구 초급장교이구."

"그러면 뭐하냐구? "

"형이 원하는 서운관 관원이 되려면 일단은 조정 말석에라도 나가야만 자리를 옮길수 있는 기회가 오지 시골 산속에 있으면 되는게 있겠어? 군말 하지말구 수결을 놔요! 아버지 실망시켜드리지 말구. 형이 원하는거 아버지가 아시는데 가만 있겠수? 힘을 써보시겠지. 게다가 마침 순부(淳夫. 류숙의 아명) 형님이 강릉대군 모시고 대도에 간지 4년만에 귀국했잖아? 대군이 새임금(恭愍王)이 되셨지. 4년간 숙위(宿衛)로 모셨으니 고관이 되겠지. 형이 원하는 거 알면 가만 있겠어? 간단하게 해결할 수도 있잖아요?"

"그런 소리 말아. 남의 도움은 절대 안받고 혼자 힘으로 헤쳐나갈 테니까."

방택은 뭔가 결심이 선듯 서류에 수결을 놓고 돌아섰다. 아버지가 기뻐했다. 방택은 아우가 자리 옮기는 일에 대해 입을 열려하자 급히 입막음을 하고 군관직이라도 성실히 해나가겠다고 다짐했다.

"잘 생각했다. 식구들 데리고 와 뒷채에서 지내도록 해라."

"예, 아버지."

이윽고 방택은 부인과 아이들을 데리고 송도집으로 이사를 했다.

2. 몽고식 변발(辮髮)을
스스로 잘라 버린 공민왕(恭愍王)

방택은 며칠 후 응양군 지휘소로 출근하여 대장군 정순기에게 신고했다.

"오게 되었단 말은 들었네. 외근(外勤)을 원하겠지?"

"장군님, 저는 무골이 아닙니다. 전 군대 안의 살림을 맡았으면 합니다."

"이유는?"

"전 계산에 좀 밝습니다."

"잘되었네. 맡아보게."

의외라는 듯 시원하게 대답했다. 이튿날부터 그는 응양군으로 출근하게 되었다. 보급청(補給廳)에는 세 명의 병사가 상근하고 있었다.

"자네들 세 병사가 응양군 전군의 보급을 관리하고 있단 말인가?"

"그렇습니다."

"한 사람은 병사들의 식량과 부식인 미곡을 관리하고 또 한 사람은 병사들의 각종 병장기를 관리 감독하고 또 한 사람은? 군복을 비롯한 생필품을 관리하고 있군? 군대 안팎에는 대소의 각종 공사가 있을 텐데 그건 누가 맡고 있나?"

"제1영장님이 맡고 계십니다."

"보급청은 모두 4명이 맡고 있고 청장은 안계신가?"

"청장은 응양군 부장군(副將軍)이신 박성풍 장군이 맡고 계십니다."

"박장군께서는 항상 상근하고 계신가?"

"아닙니다. 5일에 한 번씩 나오십니다. 바쁘신분 입니다."

"알았다. 그럼 자기가 정리하고 있는 장부를 제출하도록!"

장부를 검토해보기로 했다. 당장 문제점이 드러났다. 대궐 수비군인 응양군의 전체 병력은 5천여 명이었다. 그 대군의 의. 식. 주의 원활한 보급을 담당하고 있는 보급청에는 겨우 세 명의 군졸들이 담당하고 있었던것이다. 게다가 그들이 제출한 장부를 보니 제대로 된 출납의 기록도 없었다.

방택은 응양군의 대장군 정순기를 만났다.

"무슨 일인가?"

"이 장부들은 저희 응양군 보급청의 책임자들이 기록해 온 것들입니다."

"그런데?"

"장부정리가 전혀 안돼있습니다."

대장군 정순기는 방택이 내놓은 장부들을 잠시 펼쳐보고 고개를 갸웃거렸다.

"물품이 들어오고 나가고 그런 건 그때그때 잘 기록하고 있는데 뭐가 문제인가?"

"장부는 입. 출납(入出納) 사항만 기록 하는게 아닙니다. 들어오고 나가는 것을 빈틈없이 기록하는 것도 중요합니다만 저흰 열 명 스무

명도 아닌 5천여 명의 대군을 보유한 군대입니다. 그들이 날마다 먹고, 입고, 쓰는 비용은 엄청난 것입니다. 장부를 열면 일목요연(一目瞭然)해야합니다. 들어오고 나가는 것만 적어놓으면 현재 창고에 재고가 얼마나 되며 어떤 물품이 어디에 더 필요한지, 얼마나 남고 모자라는지 모르게 됩니다. 그리되면 원활한 보급을 위한 자체 계획을 세울 수 없게 됩니다."

"으음, 그렇겠군. 대가집 경리장부는 자네처럼 쓰겠구먼? 첫째는 수입이겠지. 매월 어디서 어떻게 얼마씩 들어왔나? 그런데 이번에도 한 군데에서는 납기일을 지키지 않고 넘어갔군? 그것도 기록해야지? 다음은 한 달 동안 소비한 금액을 세세히 기록해야겠지. 주인이 한 달 결산을 보기 위해 장부를 보게되면 집안 살림살이의 전체가 한눈에 들어오겠구먼. 빚 받을 게 얼마나 있고 빚을 갚을 데가 몇 군데이며 지출을 줄여도 되는 것에 과다지출을 했으니 다음 달에는 줄여야 할 것이다. 중요한 것은 그 모든 것을 봄으로써 지난달과 비교 하게되고 살림살이 어디가 풍족해지고 어려워졌는지 단번에 알아볼 수 있겠구먼?"

"영명(英明)하십니다. 장군께서는 금방 알아들으시네요?"

"무장(武將)은 무술만 잘하고 잘 알면 되는 것이다. 그렇게 생각하는게 일반 무인들일세. 군의 살림도 규모있게 잘 해나가면 군이 윤택해지고 군사들의 사기가 높아지겠지. 자네 얻은 것이 천군만마 얻은 것 같네. 열심히 해주게."

"고맙습니다!"

그렇게 돼서 초급장교인데도 불구하고 방택은 5천의 군사들을 건사하는 보급청의 실질적인 책임자가 되었다. 그로부터 얼마 안되어 집안에 경사가 있게 되었다.

원나라에 끌려갔던 왕자 강릉대군(江陵大君. 諱 祺)이 4년의 인질생활을 마치고 고려 35대 임금이 되어 귀국했는데 4년 동안 숙위(宿衛)로 대군을 모셨던 류숙(柳淑)이 함께 좌대언(左代言. 承旨 正3品)이 되어 돌아왔던 것이다. 류숙은 방택의 사촌 형이었다. 태상경(太常卿)의 별슬을 지낸 그의 부친 류성계(柳成桂)는 류방택의 부친인 류성거(柳成巨)의 아우였으니 류숙은 네 살 연장인 방택의 사촌 형이었다. 16세에 과거급제하여 신동으로 불렸던 수재였다.

공민왕의 신임을 얻어 임금의 비서(承旨)가 되어 돌아왔으니 자기 집안에서 환영연을 베풀어주었는데 그 다음으로 큰집인 방택의 집안에서도 잔치를 열어주기로 했던 것이다. 오랜만에 예성강 강가에 자리한 방택의 집은 온 식구가 아침부터 다 모여들었다. 부친과 모친, 그리고 장남인 방택 내외와 큰아들 백유(伯濡) 식구, 둘째 아들 백종(伯淙) 식구 그리고 막내인 백순(伯淳) 식구 등과 방택의 두 아우 가족에 누나들 가족까지 대가족이 모여 잔치를 하게 되었다.

어려서부터 방택과 류숙은 친형제처럼 가깝게 지냈다. 숙이 방택을 좋아했던 것이다.

"태보(방택의 자)! 네가 원하고 있던 서적은 제대로 구할 수 없어서 보내주지 못했어. 미안해!"

"무슨 소리야? 그래도 형이 보내준 것들이 천문공부에는 꼭 필요한 서책들이었어. 원나라가 새로 만들어 낸 책력, 수시력(授時曆)은 아주 큰공부가 되었지."

"다행이네. 문제는 아무리 찾아도 고등 수리학에 관한 정통한 책이 없다는 것이었어."

"전문가들이나 찾을 수 있는 거니까 그런 거지. 하지만 형님 도움이 아주 컸어. 고맙수."

"그리고 기회가 닿으면 서운관으로 자리를 옮길 수 있게 해볼게. 힘든 일두 아니니까."

"아니 그럴거 없어. 지금 응양군 일을 새로 시작해 놓아서 중도에 떠날 수 없게 돼있거든."

방택은 손사래를 쳤다. 그런데도 숙은 방택에게 약속을 꼭 지키겠다 했다. 하지만 그 약속은 지키지 못하고 말았다. 왜냐하면 원나라에 가서 4년 동안 당시의 세자였던 공민왕을 함께 모셨던 조일신(趙日新)이 반란을 일으켜 류숙이 화를 당했기 때문이었다.

1351년 12월. 고려의 세자였던 강릉대군 기(祺)는 신왕으로 옹립되어 그해 겨울 섣달 초 사흘에 귀국하게 되었다. 조일신은 류숙과 함께 대군을 모셨지만 조일신은 비서장(秘書長)을, 류숙은 비서일을 보았다. 명예욕과 권력욕이 강했던 조일신은 상관(上官) 노릇을 했다. 귀국하자 공민왕은 정식으로 보위에 올랐다.

공민왕은 다른 왕들과 다르게 영민하고 똑똑했으며 자주성이 강했다. 공민왕은 고려가 몽고의 침략을 받고 백여 년 동안 그들의 지배를 받았다는 것을 수치로 알고 있었다.

"권불십년(權不十年)이라 했는데 저들은 백 년을 지배했소. 고종(高宗) 대왕 때 그들의 침략을 받고 우리는 칭제권(稱帝權)까지 빼앗기는 수모를 당했소."

칭제권이란 칭제건원권(稱帝建元權)을 말하는 것으로 임금을 황제로 부르고 황제는 독자적인 연호(年號)를 쓰는 걸 이른다. 중국은 대대로 대국연(大國然)하고 자기들 임금만이 천자(天子), 황제(皇帝)라 칭할 수 있고 독자적인 연호를 쓸 수 있으며 주변의 소국들은 저희들을 그대로 따라야 한다 하였다.

주변의 소국(蕃國)들은 저희 임금을 부를 때는 〈왕(王)〉이라 해야 하며 중국의 연호를 써야 한다 강요했다. 중국의 한(漢), 수(隋), 당(唐)나라 등이 고구려를 무너뜨려 발아래 짓밟으려 수십 년 동안 전쟁 도발을 한 이유는 바로 두 가지였다. 첫째는 당시 아시아에서 가장 우수한 강철을 생산하고 있던 요동의 안시성(安市城. 안시성의 현재 지명은 案山市이며 지금도 동양 최대의 제련소를 가진 철 생산지이다.)을 고구려로부터 빼앗아야 군사 강국이 될 수 있었기 때문이었고, 둘째 이유는 주변 소국 중에서 고구려만이 감히 칭제건원하며 임금을 황제라 하고 독자적인 연호를 사용해 오고 있었던 것이다.

개국 이래 고려국도 칭제건원의 고구려 전통을 이었다. 그러나 23대 고종 당시 몽고대군의 침략을 받고 그 전통은 짓밟혔다. 원종과 고종 이전의 모든 임금들은 조(祖)로 불리거나 종(宗)으로 불리웠다. 황제란 말이다. 그러나 몽고가 점령한 뒤부터는 왕으로 낮춰서 부르라 한 것이다. 공민왕까지 왕은 모두 7명이다. 게다가 종전까지는 폐하

(陛下)라 불렀지만 왕으로 격이 떨어진 다음부터는 전하(殿下)라 부르라 했다. 그 뿐이 아니다. 임금 스스로를 지칭할 때는 짐(朕)이라 했는데 격이 떨어진 다음부터 임금이 스스로를 지칭할 때는 과인(寡人)이라 하라 했고 태자라 부르던 왕자는 세자(世子)로만 부르게 했던것이다.

몽고의 간섭과 지배는 고려로서는 받아들일 수 없는 수모였다. 고려의 태자는 몽고(元)의 수도인 북경으로 끌려가서 인질 생활을 해야 했다. 뿐만 아니라 대통을 이을 때도 몽고 조정 마음대로 임금을 정하여 귀국시켰다. 공민왕은 어린 나이에 인질이 되어 원나라 수도로 끌려갔다. 그때 호종(護從)하며 따라갔던 호종관이 류숙과 조일신 등이었다. 임금이 되어 돌아오자 공민왕은 새로운 조정을 완비하고 조일신은 찬성사(贊成使.門下省 正2品)를 시켰고 류숙은 왕명의 출납(出納)과 숙위(宿衛) 등을 담당하던 밀직사(密直司) 우대언(右代言. 正3品)을 삼았다.

공민왕은 즉위하자마자 자신이 하고 있던 변발(辮髮)을 스스로 잘라 버렸다. 그러면서 조정 상하는 모두 자기를 따르라 명했다. 변발은 몽고식의 두발(頭髮)이었다. 몽고는 두발까지 모든 백성들도 따르도록 강요했었다. 그런 다음에는 자신이 입고 있던 호복(胡服)도 벗어 던졌다. 호복 역시 몽고식 옷이었다.

"이제부터는 호복을 입지 말고 우리 전통 고려옷을 입도록 하라. 그리고 청색옷도 입지 말라. 우리는 백의족(白衣族)이 아니냐?"

몽고인들의 옷은 주로 청색이었다. 고려 백성들도 청색 옷을 입으라 강요했었다. 젊은 왕의 이런 조치는 가히 혁명적이었다. 아직도 몽고의 우산 밑에서 그들의 눈치만 살피며 나라일을 하고 있던 관리들이나 백성들도 깜짝 놀랐다.

"새로된 왕이 미친거 아니냐? 그랬다가 원나라의 대칸(황제)께서 진노하면 몽고병이 쫓아와서 압송해 갈 텐데?"

조정 의견은 양쪽으로 갈렸다. 친원파의 노대신들과 젊은 대신들이었다. 백여 년 동안 몽고의 지배를 받아왔기 때문에 몽고에 붙어서 아부곡세(阿附曲世)해 온 친원파의 세력이 가장 많고 강했다. 그들 중에는 원나라 황실에 딸을 보내어 황실에서 후궁이 된다거나 아니면 기황후(奇皇后)처럼 황제의 눈에 들어 황후가 된 여인 등이 대표적이었다. 그리되면 황후의 친정 오라비나 동생들이 벼슬을 하게 되어 막강한 권세를 부리곤 했다. 기황후의 척족(戚族) 중에는 기철(奇轍) 기륜(奇輪) 기원(奇轅) 등의 삼 형제의 위세가 가장 막강해서 왕도 그들을 어쩌지 못했다.

그런 판에 새 임금이 원제국에 반기를 들었으니 시끄러울 수 밖에 없었다. 친원파 대신들은 당장 그 영(令)을 취소하라고 협박처럼 말했다. 공민왕은 알겠다 그렇게 하겠다면서 시간을 끌었다. 류숙과 조일신 등이 걱정스럽게 임금을 위로했다.

"처음부터 너무 강하게 나오셨습니다."

조일신은 기철 일당의 주장대로 영을 취소하는게 좋겠다 했다. 그러자 공민왕은 잠시 생각에 잠겨 있다가 결심한 듯 말을 이었다.

"우대언 의견은 어떠시오?"

류숙의 의견을 묻고 있었다.

"속이 후련하옵니다."

"후련?"

"대도에 계실 때 이미 원나라는 지는 해라는 징조가 계속 나타났었습니다. 중원에는 주원장(朱元璋)이 장사성(張士誠)의 마지막 군대를 궤멸시키고 새로운 왕조를 선포했습니다. 명(明)나라지요. 명나라에 의해서 원나라가 망하는 것은 시간문제라고 봅니다. 기철 일당은 다 썩은 동아줄을 잡고 위세를 부리고 있다고 봅니다. 지금처럼 밀고 나가셔야 합니다. 자주국의 위상을 세우십시오. 그러자면 개혁이 필요합니다."

"개혁? 과인도 같은 생각이오. 과인이 맨 먼저 변발을 잘라버린 것은 원나라의 속박을 잘라낸 것이었소. 독립 자주 국가로서의 면목을 일신해야 한다고 보오."

"전하! 너무 홀로 앞서 나가시면 위험할 수도 있습니다. 나라의 중임대신(重任大臣) 그리고 원로대신들이 모이는 도평의사사(都評議使司) 회의를 열어 국책(國策) 대사를 의논하여 결정하심이 가한 줄 아뢰옵니다."

조일신이 그렇게 주장했다. 그러나 왕은 이미 결심이 굳은 듯 강경한 태도를 유지했다. 이번에는 70여 년 동안 내려 온 정방(政房혹은 都房)을 폐지한다고 발표한 것이다. 이른바 정방정치는 무신(武臣) 전제정권(專制政權)의 유물이었다. 고려 태조 왕건은 무력으로 왕조를 세웠다. 그래서 문무(文武)의 차별이 없었으나 개국 이후 유교식 정치

제도와 과거제도 도입으로 문(文)을 숭상하면서부터 무가 천대를 받게되었다.

여진. 거란 등의 침략을 물리친 건 무사들인데 제대로 대접도 않고 군대의 지휘관도 문인을 임명했다. 참다못한 무장 정중부(鄭仲夫)가 난을 일으켜 무신정권 시대를 열었다. 그 이후 이의방(李義方), 경대승(慶大升), 이의민(李義旼) 최충헌(崔忠獻) 등 그리고 그의 아들 최이(崔怡), 최항(崔沆), 최의(崔誼) 3대에 이르기까지 정방은 그전에도 있었지만 최씨 정권만으로도 70년 동안 정방을 두고 정치를 했다. 초기 정방은 신변 보호와 경비, 경호를 위해 사병(私兵) 집단을 세웠지만 후기에 이르면 아예 조정의 중요기관도 정방에 속하게 되고 국정이 도방에서 행해지게 되었다.

그들이 죽고난 지금은 정방정치가 퇴색했다지만 그 유습이 남아 아직도 위세가 당당 했다. 가병(家兵)제도가 양성화되어 있었던 것이다. 보통 행세하는 집안은 50여 명의 가병들이 상주하고 있었고 기황후의 오라비 기철같은 자들은 100여 명의 기병(騎兵)들과 50여 명의 보졸(步卒)을 양성하여 휘하에 거느리고 있었다. 그렇게 되니 보통 집안도 10여 명의 가병을 데리고 있는 것이 예사였다.

공민왕이 정방을 해체하라는 명을 내린 것은 가병을 해산하여 정규군에 편입시키라는 말이나 같았다. 이쯤되자 조정 상하는 너무 놀라서 들끓었다. 여론은 역시 예상한 대로 찬성하는 쪽과 반대하는 쪽과 완전히 나뉘게 되었다. 진작부터 없어져야 할 폐습이었다는 것이었다. 나라를 지켜야 할 정규군사들이 왜 집집마다 나뉘어서 충견(忠

犬) 노릇을 해야 하느냐 했다. 이들은 신진사류(士類)들이 주종이었다. 반대하는 쪽은 이른바 기득권층의 세력이었다.

그들은 원의 지배세력에 아부하며 뿌리를 내린 수구세력이었다. 가병 조직은 바로 자기와 자기 집안의 권력과 재산과 명예를 지켜주는 갑옷이었다. 막강한 가병들을 거느리고 있으면 왕이나 다른 대신들이나 장군들도 함부로 못했다. 마음껏 위세를 부릴 수 있었다. 그런 기득권을 포기하라니 말이 안되었던 것이다. 그들은 임금 앞에서 가병 해체의 불가함을 강변했다.

기철의 집은 철옹성같이 지어진 요새 같았다. 찬성사 조일신이 그 집 앞에 나타났다.

"어서오십시오. 조대감님. 도방으로 드시지요."

기다리고 있었던 것처럼 숙위군관이 안내를 했다.

"어서오시오."

집주인인 기철이 반갑게 맞았다.

"형제가 다 모여 계시군요?"

조일신이 술상 주위에 둘러앉은 면면을 바라보며 인사했다. 그들은 기철의 아우들인 기륜, 기원이었다. 이른바 나는 새도 떨어뜨린다는 세도가 들이었다.

"때가 때인지라,"

"대책을 숙의하고 계셨군요?"

"그렇소. 자, 우선 한 잔 하시오."

기철은 조일신의 잔을 채웠다.

"듭시다."

술잔을 내려놓고 기철은 말을 이었다.

"하룻 강아지 범 무서운 줄 모른다! 그런 말이 있지요?"

"예. 부원군 대감께서 왜 그런 비유를 하시는지도 짐작이갑니다."

"아직 새파랗게 젊어 세상 물정 모르는 저 새임금을 어찌해야 함부로 입을 놀리지 못하게 할까요?"

기철이 화가나서 술잔을 소리나게 상위에 내려놓자 아래동생인 기륜이 말했다.

"뭘 고민하십니까? 방법은 두가지 아닙니까? 첫 번째 방법은 왕을 바꿔버리는 것이지요. 아니다 싶으면 전에도 대도(北京)에서 불러 혼구멍을 내고 임금 자격을 폐하고 새 임금을 물색해서 만들어 고려로 보내지 않았습니까? 형님이 누구십니까? 대원제국(大元帝國) 행성참지정사(行省參知政事) 아닙니까? 뒤에는 대원제국 기황후께서 버티고 계시구요. 황후마마 한마디면 고려왕은 끝장입니다. 감히 변발을 금하고 몽고식의 의복까지 금하며 공공연이 반원책(反元策)을 선포한 것은 원에 대한 반역입니다. 어찌 그걸 알면 가만두겠습니까? 두 번째 방법은 형님 수하에 있는 천하무적의 가병, 홀치군(忽赤軍. 몽고군에서 돌아 온 병사를 이르는 몽고어. 기철은 홀치들로만 구성된 强兵들의 조직이 있었다.)을 이끌고 만월대를 기습하여 왕을 잡아 묶어 대도로 압송해버리면 되잖습니까?"

"흐음, 그런 강공책을 쓰고싶지 않아서 조대감을 뵙자고 한 것이야. 어떻소? 내가 알기로 금상(今上)이 왕자일 때부터 모시고 왕자가 볼모로 대도에 갈 때도 시종으로 따라가 돌아올 때까지 4년간이나 오른 팔, 왼팔이 되어 곁에서 모신 분이 두 분 있지요? 조대감과 또 한 분 류숙 대감?"

"그렇습니다만."

"두분 중에 말이 통할 수 있는 분은 조대감 같아서 만나자한 겁니다."

"부탁하실 말씀이 있으면 하시지요?"

"역시! 시원시원하시군? 임금은 누구 말도 듣지 않고 오직 조대감과 류대감 말만 들으신다던데? 듣자 하니 특히 류대감 직언(直言)에는 꼼짝을 못 하신다던데 그게 사실이요?"

그러자 조일신의 표정이 일그러졌다가 화를 냈다.

"부원군께서는 거꾸로 알고 계시는군요. 류숙 대언은 제가 귀국할 때까지 데리고 있던 제 수하입니다. 상감께 감히 이러시라 저러시라 진언은 못하는 입장입니다."

"아아 그걸 몰랐군? 조대감은 상감이 내린 변발 금지 몽고 옷 착복 금지 도방 해체 그런 급진적인 개혁정책을 어떻게 보시오?"

"어불성설이라고 직언했지요. 그건 원제국에 대한 반역이라고 말입니다."

"상감의 반응은?"

"마음대로 하라!"

"뭘 믿고 그러는 거지요?"

기륜이 기철에게 물었다.

"조대감! 그래서 만나자 한 거요. 조대감이 그 부당함을 계속 지적하여 상감을 궁지에 몰아넣으시오. 조정안에서 압박하는 건 내가 맡을테니. 견디지 못한 상감이 자신의 의사를 꺾고 우리들의 의견에 쫓게만 만든다면 조 대감에게는 막대한 토지와 미래를 약속하겠소. 어떻소? 앞장 서시겠소?"

"약속드립니다."

이리되어 조일신은 수구 친원파들의 선두에 서게 되었다.

3. 성입동(星入洞) 행궁(行宮)의 이변

조정 안팎이 벌집을 건드린 것처럼 날마다 소란스러워진 것은 이른바 가병 해체였다. 일반 서민들만 빼고는 가세(家勢)에 따라 최소 5명에서 10여 명의 가병들을 안 데리고 있는 집은 없었던 것이다. 이들을 모두 원대복귀 시킨다니 시끄러울 수밖에 없었다. 아침 조회가 열리면 친원 수구파의 대신들은 공민왕이 내놓은 조치들을 무효화하라고 압박했다. 조일신은 한술 더 떴다.

"전하! 즉위하시고 내놓으신 강경한 시책들은 모두 대국 원을 배신하는 반역시책입니다. 지금 원나라를 자극하실 이유가 어딨습니까? 친원파 대신들은 소신을 대도(북경)로 보내려 준비 중입니다."

"원의 대칸(大汗. 황제)에게 과인을 반역자로 고발하고 왕위를 빼앗고 처단하게 만들겠다. 그걸 조대감에게 맡기겠단 말이오?"

"황공하오나 그렇사옵니다."

"류대감! 그대도 같은 생각이오?"

임금은 반열에 있는 류숙을 바라보며 물었다. 류숙이 나왔다.

"아닙니다. 전하! 소신은 전하께서 왕자이실 때부터 지금까지 곁을 지키며 살아온 전하의 복심(腹心)입니다. 전하께서는 언제나 말씀 하셨죠. 수천 년 역사를 자랑하는 우리나라가 외세에 굴복하여 백 년 가까이 지배를 받아 본 적이 일찍이 없었다. 민족의 수치다. 우린 다시 자주독립국의 국체를 찾아야 한다. 과인이 보위에 오르면 그 과업을 꼭 해낼 것이다. 그렇게 말씀하셨습니다. 그 결심을 이행하고 계셔서 소신은 자랑스럽게 생각하옵니다."

류숙의 상주가 끝나기도 전에 조일신이 나서서 류숙과 임금을 싸잡아 비난했다.

"지금이 독립을 운위할 때요? 원나라가 이 상황을 알면 당장 군사를 앞세워 달려와 강제 압송해 갈텐데?"

"조대감 무엄하오! 상감 앞에 어서 부복하고 잘못을 비시오."

문하시중(門下侍中. 領相)이 나서며 화를 냈다. 그게 신호라도 되는 것처럼 친원파와 공민왕을 지지하는 친왕파가 나뉘어 이전투구(泥田鬪狗)의 싸움이 일어났다. 기철 일파에서는 조일신에게 원나라에 가서 공민왕의 반역을 고하라고 성화를 댔다. 그러자 조일신은 기철에게 공민왕을 처단할 수 있는 훨씬 손쉬운 방법이 있다 했다.

"그게 뭔가?"

"수하의 가병들 홀치군은 언제 써먹으려고 아끼십니까? 그들을 데리고 대궐을 급습하여 임금과 반대파들을 처단하는 정변(政變)을 일으키면 될 텐데요. 원의 조정에 왕래하려면 두 달 이상이 걸립니다. 뭐하러 시간 낭비를 합니까?"

"정변을 일으켜라. 으음, 생각해보지."

기철은 고개를 깊이 끄덕였다. 기철형제는 곧 세밀한 정변 계획을 세웠다. 며칠 후 이달 26일, 대궐에서 노국공주(공민왕 왕비)생신 축하연에 맞춰 범궐(犯闕) 작전을 펼치겠다는 정보를 조일신에게도 전해왔다. 조일신은 곧 자기집 사랑으로 심복들을 불렀다. 달려온 자들은 예성강 부두 쪽에서 이름을 날리던 폭력배들이었다. 조일신은 그들의 두목이었다. 모인 자들은 정천기(鄭天起), 현화사의 중 최화상, 김초순, 차치백 등이었다. 조일신은 그들에게 기철 형제들이 왕비생신일 연회 때 거사한다는 걸 알려주었다.

"기철 일당의 천하가 되게 할 수는 없다. 이달 26일, 기철 일당은 사전에 연회장인 영락전(永樂殿)에 들어와 있을 것이다. 그의 가병들인 홀치군은 기철의 신호에 따라 얼마 후 상감과 왕비 두 분께서 지금 거처하고 계신 성입동(星入洞) 이궁(離宮)에서 영락전으로 행차하시게 될 때 급습할 것이다. 나는 기철의 거사 일체의 계획 그 내용을 직접 상감을 뵙고 고하고 만반의 안전대책을 세우시게 미리 준비할 것이다."

조일신은 기철 일당의 힘을 역이용하여 자신의 출세에 이용하기로 마음을 바꾸었던 것이다. 조일신도 겉으로는 대국 원의 힘이 아직도 건재하다며 반원 정책을 내세우는 공민왕을 반대했지만 제국말기, 4년 동안이나 그 심장부에서 생활했던 그로서는 이제 약해진 원나라는 서서히 망해가고 있다는 것을 알고 있었다.

그런 그가 친원파들의 세력과 기철의 존재를 두려워할 리가 없었다. 조일신은 자기들의 조직을 비밀리에 훈련시키고 기철처럼 거사의 날을 기다렸다. 이윽고 26일이 되어 영락전에서 왕비인 노국대장공주의 31세 생신연(生辰宴)이 개최되었다. 이른 아침부터 문무백관들이 모여들었고 기철도 대신들에 섞여 참예했다. 기철의 곁에는 자기집 서사(書士)가 붙어 있어 비밀명령을 밖에 대기 중인 기철의 아우들에게 전해주며 정보를 주고받고 있었다.

이윽고 궁이 있는 만월대에서 좀 떨어져 있던 성입동 이궁에서 성장(聖裝)을 마친 왕과 왕비가 나와 금빛 수레에 올랐다. 몽고식에 따라 성장을 하게되면 붉은 비단옷에 비단너울로 얼굴과 머리를 가린 채 궁녀들의 인도로 수레에 올라 떠나는 것이었다. 수레 뒤에는 대궐의 여러 권속과 경호병 20명이 수행했다. 수레가 작은 산모퉁이를 돌아들 때였다.

"공격!"

그 소리가 어디선가 터져 오르자 숨어있던 홀치병 200여 명이 사방에서 벌떼처럼 일어나 수레를 덮쳤다.

"전하와 왕비마마를 지켜라!"

한순간에 이궁 골짜기 길은 아비규환이 되었다. 기철이 소유하고 있던 홀치군의 위력은 대단했다. 눈깜짝 할 사이에 임금의 수레는 박살이 났고 임금과 왕비가 시해되었다는 고함소리가 솟아올랐다.

같은 시각. 영락전에서도 일대 소란이 벌어졌다.

"반역자 기철을 잡아라!"

이쪽은 오히려 기철을 잡으란 고성 소리가 연회장을 덮었다. 역시 조일신이 동원한 어영군(御營軍) 200여 명이 몰려들어 기철 형제를 잡아내려고 혈안이 되었다. 이 소란에서 잡혀서 포박된 자는 기철의 막내아우 기원이었다. 함께 있던 기철은 간신히 화장실 쪽으로 몸을 피하여 밖으로 도망치는데 성공했다.

둘째인 기륜은 성입동 이궁 쪽에서 왕의 행차를 덮쳐 주살하는 책임을 맡아 현장을 지휘하고 있었다. 이미 왕과 왕비는 여러 군데 자상(刺傷)을 입고 수레 밖으로 끌려나와 길가에 버려져 있었다. 소기의 목적이 달성돼서인지 이미 경호군은 완전히 흩어져 있었다.

"왕과 왕비의 시신을 수습하라!"

기륜이 명했다. 잠시 후 시신 두 구가 기륜 앞에 옮겨져 뉘어졌다. 기륜은 얼굴을 싸고 있는 붉은 천을 벗겨냈다. 확인하고 싶었던 것이다.

"아니 이게 누구냐?"

"무슨 말씀인지?"

"이건 공민왕이 아니잖느냐?"

"......."

병사들은 모르겠다는 듯 입을 닫았다. 이번에는 그 옆에 누워있는 왕비의 얼굴을 덮은 붉은 천을 벗겨냈다. 피투성이 왕비의 얼굴이 드러나자 모두의 입에서 짧은 비명소리가 나왔다.

"와, 왕비가 아니다!"

기륜은 너무도 놀라 멍해서 하늘을 올려다 보았다.

"이게 이게 어찌 된 일이냐? 왕과 왕비는 어디로 갔단 말이냐?"

그들이 주살한 것은 왕과 왕비가 아니었다. 정확하게 말해서 왕과 왕비로 위장해서 바꿔치기한 환관과 궁녀였던것이다. 조일신이 꾸민 연극이었다. 실제 왕비 내외는 이궁 안에 계속 머물러 있게 하고 시간이 되어 행차가 떠나야 할 때가 되자 바꿔치기 했던것이다.

임금 내외가 수레에 오르는 것을 보고도 가짜인지 모른 것은 내외가 붉은 면사포로 얼굴을 가리고 있었기 때문이었다. 혼인예식을 비롯한 중요한 예식 때는 붉은 비단옷을 입고 붉은 면사포로 얼굴을 가리고 예식장에 나타나는게 관례여서 그걸 이용해 바꿔치기한 것이다.

"안 되겠다. 전원 퇴각하여 연회장으로 가라!"

기륜이 명했다. 그 때 기다렸다는 듯이 좌우 언덕 숲속에서 화살이 비오듯 쏟아졌다. 이리될 줄 알고 조일신은 미리 경호군 일부를 숨겨두었던 것이다. 기겁해서 놀란 기철의 홀치군은 희생자를 내며 창황히 퇴각해 갔다.

임금은 경악을 금치 못했다. 친원파의 우두머리였던 기철이 공민왕의 개혁정책에 반대하고 나설 것이란 예상은 짐작하고는 있었지만 이렇게 빨리 반란으로 이어지게 될 줄은 몰랐던 것이다. 반란 진압과 암살 모면의 공로는 조일신에게 돌아갔다.

"기철은 지금 어디로 숨었소?"

"자기 아우 기륜과 산속으로 들어가 숨어 있지만 그가 원나라로 도망치는 것만 막으면 빠른 시일 안에 잡아들일 수 있습니다."

"만약 원나라 기황후가 이 사실을 알게 되면 군대를 파견하여 과인을 징치하려 할터인데 어찌 대처하면 좋겠는가?"

"전하께서 환국하시면서 저희들에게 공언하셨잖습니까? 원이 군대를 움직여 공격해 온다 해도 두렵지 않다구요. 어찌보면 만용처럼 보일지 모르나 그건 지금이 아니라해도 항상 염두에 두시고 계실 것입니다. 옛날 같으면 몰라도 지금은 다릅니다. 저들은 힘이 없습니다. 그보다 걱정하실 일은 지금의 조정 안팎의 사정입니다. 백여 년 동안 온

존해온 친원파 세력의 힘은 무시할 수 없습니다. 그들이 동요하고 있습니다. 그들 모두 가병을 거느리고 있습니다. 소신에게 두 가지 권한만 내려주옵소서."

"그게 무엇이오?"

"정방해체령을 거두어주시고 승인해주셔야 합니다. 개혁에 동참하는 대신들은 물론 전하의 신변 경비도 만전을 기해야 하기 때문입니다."

"하지만,"

" 이 비상시국만 진정이 되면 그때 해체를 해도 늦지 않습니다."

"좋소. 또한가지는?"

"대궐 안팎을 수비하는 수비군, 응양군의 지휘 병권(兵權)을 이 비상시국이 진정될 때까지만 소신에게 내려주시면 감사하겠나이다."

"응양군의 병권을?"

"예, 마마"

대궐 안은 쥐 죽은 듯 조용했다. 조일신은 그런 중책을 맡을 수 있을만큼 경력과 능력이 없는 젊은 대신이었다. 그런 자가 감히 정방을 유지하라, 병권을 달라 하고 있으니 어처구니 없는 요구였던 것이다. 그런걸 알고 있는 임금이 어떤 결정을 내릴지 궁금하기 이를데 없었다. 물론 반대할 것이다. 대부분의 대신들은 그렇게 생각하고 있었다. 잠시 뜸을 들이던 임금이 입을 열었다.

"좋소. 비상시국이 진정될 때까지만이요."

"성은이 망극하옵니다."

그러자 탄식소리가 여기저기서 터져 나왔다.

"전하! 어불성설이옵니다."

하지만 임금은 미동도 하지 않고 자리에서 일어나 편전으로 들어가 버렸다. 조일신의 얼굴에 쾌재의 표정이 넘쳤다. 두고보자는 표정이었다. 그가 권세를 쥐자 지체없이 권세의 칼을 휘두르기 시작했다. 누구든 권력의 망치를 갖게 되면 군림하게 되고 그의 눈에는 어떤 못대가리든지 다 튀어나온 것으로 보이는 법이다. 그래서 쉴새 없이 잘 박혀 있는 못대가리도 망치로 두들겨 박는 것이다.

조일신은 친원파 대신들을 잡아들이고 투옥했다. 안하무인이었다. 임금이나 누구도 그를 제어할 수가 없었다. 자기집에 정방을 설치하고 가병의 숫자도 30명에서 300명으로 증강했다. 그만큼 자기 자신도 신변의 위협을 느꼈던 것이다. 그리되니 정방과 가병의 유지비가 엄청난 액수로 늘어나게 되었다. 그것은 원나라에 붙어 축재를 해 온 친원파 대신들을 쥐어짜 받아내거나 그들의 재산몰수로 충당했다.

그러던 어느 날 조일신은 측근들과의 회의 도중 놀라운 정보를 얻게 되었다. 기철에 관한 정보였다.

"기철이 보낸 밀사가 비밀리에 상감을 만났다 합니다."

심복인 최화상의 말을 들은 조일신은 아연 긴장했다.

"지금까지 숨어 사는 기철 일당을 잡아내라고 그렇게 채근했는데도 오리무중이라고 고개를 흔들더니 이젠 대궐 안에 있는 임금과 손을 잡게 하다니 너희 놈들은 도대체 뭐 하는 놈들이냐?"

조일신이 화가 나서 발을 굴렀다.

"죄송합니다."

"임금을 만나 무얼 의논했는지는 알아내지 못하구?"

"예, 뻔하지 않습니까? 임금과 손잡고 지금의 판세를 완전히 뒤집어 엎자고 했겠지요."

"류숙 대감께 내가 만나자 한다고 빨리 전하라."

"예."

이윽고 퇴청을 한 뒤에 류 숙이 조일신의 집에 들어왔다. 일신은 간단한 주안상을 차려놓고 기다리고 있었다.

"어서오게나."

"어인 일로 날 부르셨나?"

"성급하긴 자아, 술잔부터 받게."

두 사람은 호형호제할 정도로 가까운 사이였다.

4. 류숙(柳淑)의 파직(罷職)

　　1340년. 류 숙은 문과(文科) 과시(科試)에서 장원급제를 했는데 조일신은 그때 일반급제자가 된 동기생(同期生)이었다. 그런데 일신은 항상 선배 대접을 원했고 실제로 그랬다. 일신의 나이가 두 살이 위였고 벼슬길에 1년 먼저 나갔다는 것이 이유였다. 왕명(王命)의 출납과 숙위(宿衛) 등을 맡는 국왕의 비서실인 승정원(承政院)에서만 근무한 것과 세자시절 임금을 모시고 대도(북경)에 가 4년 동안 인질 생활할 때도 함께 복무했고 세자가 임금이 되어 귀국한 이후에도 맡은 일이 두 사람 똑같았으니 아주 아까운 사이였다.

　　"기철 일당 문제 때문에 만나자 했네. 도망친 후 감쪽같이 숨어서 원나라 가는 땅과 바닷길을 완전히 차단하고 수색했더니 깊은 산속으로 숨어든 것 같애. 두문동, 송악산 청석골 등 이 잡듯 수색해도 흔적도 없더니 최근에는 자기 심복을 은밀하게 내보내어 상감과 접선을 시도했다는 제보를 받았네. 자넨 언제나 상감 곁을 지키는 대신이니 자네가 모를 리가 없을 거 같아서 만나자 한 것이야. 비밀리에 만난 건 사실이지?"

　　"만나 뵙고싶다 해서 아무나 언제든지 주상을 뵈올수 있다고 보나? 자네도 잘 알잖아? 기철의 심복 따위가 대궐엔 숨어들 수도 없을 텐데 비밀리에 주상께 접근한다고? 어림없는 소리지."

　　"뵈었다는 확실한 제보가 있어서 확인해 보는 게 아닌가?"

"기철 쪽이 일부러 흘린 흑색 소문인지 모르네. 임금은 수구 친원파와 기철과 손잡았기 때문에 함께 날뛰고 있는 조일신 세력을 쓸어낼 것이다. 그런 저의가 숨은게 아닐까?"

조일신이 웃었다.

"그런지도 모르지. 자넨 누구편이지?"

"난 국왕이신 주상전하 편이지."

"주상이 기철 옹호로 마음을 바꾸셨다면 자네한텐 말씀을 할 것일세. 그런 정보를 듣고싶은 거야. 나한테 알려주게. 자네한테만 얘기지만 난 지금 크고 비밀스런 지도를 그리고 있네. 그 지도는 곧 완성이 되네. 날 도와주고 내 편이 돼준다면 크게 베풀거야."

조일신은 류 숙을 어떡하든 자기 편으로 묶어두려 했다.

"조대감! 내가 한 가지만 충고를 하겠네. 깊이 새겨들으면 좋겠어. 초심(初心)은 잃지 말자구. 몽고놈들에게 그렇게 말 못 할 수난을 당하면서 당신과 나 그리고 세자였던 주상. 우리가 어떤 결심을 했었지? 몽고로부터 속박에서 벗어나 우리 조국 고려의 자주독립을 찾자. 몽고는 이제 서산에 지는 해다. 세자께서 신왕이 되어 귀국하면 우리들 결심을 위해 최선을 다하자. 상감께서는 그 약속을 처음부터 지키고 있네. 헌데 왜 반대하는가?"

"너무 서두르지 말자. 신중하게 더 기다리면 호기(好機)가 온다. 그때 일어나면 된다는게 내 주장이었지."

"자네의 결정적 잘못은 또 하나 있지. 마치 일부러 비상시국을 만들어 놓고 작정한 것처럼 창검을 휘두르며 살인을 예사로 하고 체포

구금도 마음대로 하며 공포정치를 하고 있다는 것일세. 왜 그렇게 사람이 변했지? 정치에는 두 가지 종류가 있다. 이른바 왕도정치(王道政治)와 패도정치(覇道政治)다. 왕도정치는 뭔가? 왕이 정권을 혼자 쥐고 흔드는게 아니다. 태평성대를 열려면 왕이 직접 통치를 하는게 아니라 백성들의 뜻이 어디에 있는지 잘 아는 어진 신하들이 정권의 주인공이 되어 나라를 다스리는 정치를 말함이다. 그럼 패도정치란 무엇인가? 왕이 전제군주가 되어 무력으로 나라를 다스리는 걸 말한다. 무력 강권정치를 하면 백성들은 마지못해 순종하며 따르지만 어느땐가는 그 불만이 터지게 되는데 그리되면 왕은 헌신짝 취급을 받게된다. 그러니 세자께서는 나중에 제왕이 되셨을 때는 백성을 위한 왕도정치를 해야한다고 누누이 강조한 사람이 조대감 아니오?"

"상황이 변한 것뿐이지 내 신념이 변한 건 아닐세. 기철이 같은 수구파 세력 때문에 나도 모르게 강경해진 것 뿐이야. 오해하지 말고 날 도와주게. 류대감!"

"나라의 위기를 만들지 마시오. 제발 상감의 앞길을 밝게 열어주시오."

류 숙은 완전히 변해버린 조일신을 되돌릴 수는 없게 되었다고 탄식하며 집으로 돌아왔다.

조일신의 비극은 끝내 임금을 믿지 않은 데 있었다. 그는 지금 어느 곳엔가 숨어 있는 기철 세력과 서로 내통하며 자신의 세력을 주살하려 하고 있다고 믿었다. 류 숙이 임금은 조일신 편이라고 극구 설득 했지만 그는 고개를 흔들었다. 의심은 의심을 낳으며 커지기 마련이다. 조일신은 마침내 기철이 수구 친원파의 다른 중신들인 권겸(權謙), 노일신(盧一新)의 세력과 연합하여 임금을 앞세우고 자신을 쓸어내기 위해 거병(擧兵)하고 있다는 판단을 하게 되었다. 조일신은 자기의 가병들인 궁궐 수비군에게 비상령을 내리고 그들을 휘몰고 임금의 거처인 성입동의 이궁을 덮쳤다.

조일신은 군사들을 데리고 궁으로 가 임금을 찾았으나 숨고 나오지 않자 어보(御宝.옥새)를 찾았다. 지키고 있던 직숙위(直宿衛)가 가로막으며 손대지 못하게 했다.

"그래서는 안됩니다. 이건 반란이요. 어보에서 떨어지시오!"

"그래 반란이다! 네이놈, 비켜서라."

들보가 쩌렁 울리도록 고함을 지르며 조일신이 빼어들고 있던 장검으로 그의 목을 쳐 날렸다. 그런 다음 떨고 서있던 승지를 불러 자기가 부르는대로 쓰라했다. 이른바 임명장이었다. 자신은 우정승(右政丞)에 자기 수족인 정천기는 좌정승을 삼았다. 그런 다음 어보를 찍게 했다. 이궁은 완전히 아수라장이 되었다. 폭력배였던 최화상과 장승량(張升良)이 이궁을 살육장으로 만들고 나중에는 불을 질러 버렸던 것이다. 그리되자 궁안 깊숙한 다락 속에 숨어있던 임금과 왕비는 불을 피해 밖으로 나오다가 조일신과 만났다.

"네 이놈, 조일신! 네가 반역을 하다니 이럴수 있느냐?"

공민왕이 부르짖으며 나무라자 조일신이 무릎을 꿇었다.

"상감마마, 오해이십니다. 원나라의 앞잡이들이 반란을 일으켰다 하여 소신은 그들을 제압하고 상감의 신변을 안전하게 보호해드리려고 들어 온 것 뿐입니다. 여봐라. 전하를 만월대 정궁으로 모셔가도록 하여라!"

조일신의 처세는 변화무쌍했다. 반란의 책임을 그것도 자기 수족이나 다름없던 폭력배들에게 뒤집어 씌운 것이다. 무슨 마음을 먹었는지 조일신은 완전히 태도를 바꾸어 수족이었던 최화상과 장승량 등 7명을 체포 구금케 했다. 그들이 반발하자 당장 참수형을 내려 집행해 버렸다. 심지어 그들의 가족들도 모두 연행하여 뇌옥에 가두어 버렸다.

조일신의 광란을 멈추게 하기위해서 류 숙이 여러 번 만나 설득하고 충고했으나 그때마다 화를 내며 외면해버렸다. 그 후에도 조회 때마다 쓴소리를 멈추지 않자 조일신은 몇 번 경고를 하다가 마침내는 류 숙이 친원파 거두 중의 하나인 권겸(權謙)과 그동안 친분을 쌓고 기철 일당과도 내통하고 있던 반역신(反逆臣)이었다고 무고하여 졸지에 봉고파직령(封庫罷職令)을 내리고 그의 고향인 서산으로 내쫓아버렸다.

소식을 들은 방택은 아연실색하여 류 숙의 집으로 갔다. 그는 낙향할 채비를 하고 있었다.

"순부(純夫.류 숙의 아명)형! 뭐라구 위로해야할지 모르겠네."

방택이 그의 손을 잡고 눈시울을 붉히자 류 숙도 고개를 들지 못했다.

"아우, 면목 없네."

"조일신이, 난 그렇게 사악한 인간인줄 몰랐소. 형님을 파직시켰는데 그토록 오래 모신 상감은 뭐라 하시던가요?"

"하도 기고만장해서 날뛰며 칼춤을 추니까 상감께서도 눈물만 흘리실 뿐 어쩌지 못하셨네."

"화무십일홍(花無十日紅)이라 했지. 십일 넘겨가며 피어있는 꽃은 없지요. 소나기는 피하는게 상책이지. 그자의 권세가 얼마나 길게 가겠소? 고향에 가서 쉬다보면 반드시 다시 조정으로 돌아올 거요."

"벼슬에 대한 미련은 이제 없네. 아우에게 미안한 것은 서운관(書雲觀)으로 이직을 하도록 내가 해주려 했는데 조정 안팎이 난리통이 계속되는 바람에 힘을 쓰지 못했으니 면목 없네."

"처음부터 안그래줘도 된다 했잖소? 때가 되면 옮겨갈 수 있겠지."

"지금도 어영군 살림을 도맡아 하고 있는 거지? 5천 명 군사가 먹고 입고 쓰는 모든 입, 출금 경리를 감당하며 운영 해야하니 힘들걸세."

"내가 맡을 때만해도 장부 정리가 전혀 돼있지 않아서 주먹구구였지. 내가 완전히 고치고 새로 정비 정리를 해놓았더니 위에서 모두 놀랍디다. 경리 전문가로 소문이 난 모양이야. 궁에서 사용되는 미곡(米穀)과 각종 농산물을 맡고있는 풍저창(豊儲倉)에서 날 데려가고 싶다고 어영군에 도움을 청해 왔어. 어영군에서는 내줄 수 없다고 버티고 있고."

"아무튼 인정을 받는다니 감사한 일이네."

"처음부터 내가 맡게된 일이 너무 시시한 것들이라 그만두고 고향으로 내려갈까 하고 생각을 했지만 한 편 생각하니 이른바 애국애민

(愛國愛民)하는 일인데 경중을 따져 무엇하나? 최선을 다해 일해보자.그렇게 마음을 정했지."

"훌륭하구먼!"

마침내 사촌형 류 숙은 쓸쓸하게 고향으로 내려갔다. 방택은 다시 어영청으로 출근했다. 어영청의 병권(兵權)은 조일신이 잡고 있는 데다가 조정안이 피비린내 나는 숙청으로 살기등등했기 때문에 어영군도 긴장의 연속이었다. 하루속히 떠나고 싶다는 생각이 들기 시작했다.

그러던 어느날 어영군대장 정순기가 방택을 불렀다.

"장군! 어인 일이십니까?"

"풍저창으로 가는 게 좋겠네. 풍저창 관정(官正)이 여러 번 부탁을 해왔는데 자네가 떠나면 경리 볼 인재가 없다며 거절 했네만 안된다고만 버틸 수가 없네. 자네가 없어도 여기는 자네가 일 년 동안 가르친 친구들이 맡아도 이제 괜찮을 거 같아서 놓아주기로 했지."

"군명(軍命)이면 따라야겠지요."

방택은 풍저창으로 직임(職任)을 바꾸기로 했다. 풍저창은 궁에서 필요로 하는 모든 미곡. 곡식. 농산물을 취급하고 담당하는 부서였다. 방택은 풍저창 수직랑(修職郞. 정7품)이 되었다.

"풍저창은 사시사철 경향각처에서 들어 오는 미곡, 곡식 농산물 등을 취급하고 조정 각 부처에 배급을 해주며 관리 운영하는 기관일세. 그러다 보니 철저하게 잘 정리된 경리장부가 필요하지. 왜냐하면 해가 바뀌고 정월이 되면 문하성(門下省)에서 감사를 하기 때문일세. 그런데 그게 항상 부실하여 지적 당하고 심하면 몇 명은 목이 달아나고 그런 불상사가 반복되고 있네. 마침 자네가 전문가로 소문이 나서 어영대장님께 부탁을해서 데려오게 된 거니 열심히 해주게."

풍저창 관정의 당부였다.

"알겠습니다."

한편 조일신의 횡포에 조정 상하 모두 치를 떨었지만 그의 완력을 꺾을 수 있는 묘안이 없어 보였다.

5. 난신적자(亂臣賊子)의 최후

그러던 어느 날 공민왕은 아무도 모르게 삼사좌사(三司左使)인 이인복(李仁複)을 불러 밀령을 내렸다.

"조일신과 그의 당여들을 모조리 잡아들이고 처단을 해야 한다. 그대는 물러가 어떤 계교가 좋을지 수립 해 다시 들어오라."

명을 받은 이인복은 3일 후에 다시 나타났다.

"좋은 계략이 있느냐?"

"예, 조일신이 병권을 쥐고 있어 군사를 움직여 처단한다는 것은 좀 어려운 일 인줄 아옵니다."

"그럼?"

"열흘 있으면 단오절(端午節)입니다. 단오절을 맞아 먼저 나라의 원로대신들을 초청하여 곡연(曲宴)을 베풀고 기로회의(耆老會議)를 열어 대신들을 위로한다 하심이 좋겠습니다."

"기로회의와 곡연이라?"

"그 회의에 조일신과 그의 당여들을 대전으로 초청하면 그들 모두 입시 할 것입니다. 그들이 대궐로 하나 하나 들어오면 도부수(刀斧手)들이 대기하고 있다가 하나씩 끌고 나가 목을 쳐버리면 될 것입니다."

"아주 좋은 계책이다. 기철과 권겸 등 친 원 수구파들도 초청하여 목을 치면 되겠지?"

"친원파들이 워낙 많고 뿌리가 깊으니 그들을 모두 조정에서 쓸어내려면 다른 방도를 취하심이 좋을 것 같습니다. 기철 같은 자들은 아직도 깊숙이 숨어 있잖습니까? 먼저 조일신 부터 목을 쳐야합니다."

"좋다. 바로 시행하라."

공민왕의 명이 떨어졌다. 이인복은 다른 사람들이 눈치채지 못하게 비밀리에 계책을 실행에 옮겼다. 단오절 곡연장은 대궐 안에서도 대전 뒤쪽에 있는 수리전(愁離殿)에 마련되었다. 대궐 깊숙한 곳에서 무슨 일이 일어났는지 모르게 하기 위해서였다. 그런 뒤에 공민왕은 모처럼 밝은 용안으로 조회에서 발표했다.

"심기일전하는 마음으로 이번 단오절에는 중신들을 청하여 기로회의겸 기로연(耆老宴)을 베풀어 위로하기로 했으니 중신들은 빠짐없이 참예하여 송축하기를 바라오."

"성은이 망극하옵니다."

"우승지는 어찌 생각하시오?"

임금이 조일신을 바라보며 물었다.

"탁월하신 어명이십니다. 모두 기뻐하실 것입니다."

그렇게 되어 기로연은 결정이 되었다. 연회날이 다가오자 이인복은 도부수 20명을 데리고 송악산 깊은 골짜기에 들어가서 실전과 똑같은 연습을 계속했다. 소문이 날까봐 이인복은 철령(鐵嶺. 함경도 남쪽)에 주둔하고 있던 전방부대에서 무술에 뛰어난 도부수들을 은밀하게 선발하여 숨겨놓고 있었던 것이다.

행사 전날, 조일신이 수리전에 직접 들어와 준비상태를 점검하고 갔는데 그를 없애버릴 절호의 기회였지만 그리되면 다른 심복들은 잡을 수 없을 것 같아 이인복은 그냥 보냈다. 다음날이면 빠짐없이 다 참예하기 때문에 거사는 그때가 좋았던 것이다. 날이 밝아 연회일이 되었다.

수리전으로 들어가려면 구불거리는 길을 따라 두 개의 울창한 숲을 지나야만 도착할 수 있었다. 이인복은 그 지리적인 조건을 생각해서 수리전으로 연회장을 정한 것이었다. 이윽고 대신들이 하나 둘씩 걸어들어와 입장하기 시작했다.

"우승지 조일신 대감 행차시오!"

선의문 쪽에서 외치는 소리가 들려오자 숲속에 숨어 있던 도부수 10여 명이 긴장했다. 이들은 군관 김첨수(金添壽)가 지휘하고 있었고 다른 10명은 이인복이 직접 거느리고 연회장 입구 숲속에 숨어 있었다. 이윽고 인적이 없는 숲길을 혼자서 조일신이 걸어오고 있었다. 망을 보던 김첨수가 군호를 보내자 도부수들은 검은 수건으로 얼굴을 가리고 장검을 빼어든 채 숲 밖으로 뛰어나가 조일신을 포위했다.

"네놈들은 누구냐?"

그러자 김첨수의 장검이 번쩍했다. 일신은 비명을 지르며 쓰러졌다.

"숲속 바위 뒤로 숨겨라 일단."

김첨수는 일부러 장검의 칼등으로 조일신을 가격하여 의식을 잃게 만들었던 것이다.

"중추원부사(中樞院副使. 종2품) 권차겸(權次謙)이 나타났습니다."

기철의 누이는 원나라의 궁녀로 가서 순제의 눈에 들어 황후까지 되었다. 기철과 그 형제들은 모두 높은 벼슬을 받아 그 권세의 세도가 하늘을 찔렀다. 권겸(權謙) 역시 딸을 후궁으로 들어가게 하여 그도 딸 덕에 권좌를 차지하고 형제들과 함께 위세를 부려왔다. 그 권겸의 아우인 중추원부사 권차겸이 나타났던 것이다. 중추원부사라면 궁내의 수비군을 맡고있는 핵심 무장이다.

조민수는 처음 스스로 일으킨 정변 이유를 기철 일당과 권겸 일당 등의 발호에 두고 그들을 잡아들이려고 혈안이 되었지만 중간에 태도를 바꿔 정변 책임을 갑자기 자기의 심복들인 폭력배 최화상 일당들에게 돌리게 되어 기철 일당의 수배령을 철회하게 되었다.

"꼼짝마라!"

숲속에서 갑자기 튀어나온 복면의 사나이들이 권차겸을 에워쌌다.

"네 놈들이 누구냐? 아악!"

그의 입에서 비명 소리가 난 뒤 조용해졌다. 처치하고 난 이인복은 도부수들에게 손짓으로 신호를 보냈다. 차겸의 시신이 끌려간 곳은 수리전의 연못이었다. 시신의 다리에 무거운 돌을 매단 뒤 연못 속에 조용히, 소리 나지 않게 밀어넣었다. 그때 기철의 아우인 기원(奇轅)이 들어오고 있다는 제보가 들어왔다. 기철의 형제는 3형제였는데 바로 밑의 아우인 기륜(奇輪)은 이미 정천기, 최화상 등의 기습을 받고 그의 형 기철과 막내 기원은 무사히 도망쳤으나 그만이 잡혀 주살 당했었다.

"내사사인(內史舍人. 종4품관) 기원 대감 듭시오!"

50여 명의 호위 가병들인 호치군에 에워싸인 채 당당하게 들어오고 있었다. 기다리고 있던 이인복이 앞으로 나섰다.

"어서오십시오. 대감!"

"그대는 누구인고?"

"삼사좌사 이인복입니다. 데리고 오신 군졸들은 여기서 물리셔야 하고 곡연장에 가실 때는 병장기를 휴대치 못한다는 걸 대감께서도 잘 아시겠지요."

기원은 못마땅한 표정을 지었지만 그에 따르도록 했다. 기원은 거기서부터 혼자 숲길을 걸어 연회장으로 걸어갔다. 그가 두 번째 울창한 숲을 지나갈 때였다. 바람처럼 나타난 세 명의 도부수들이 가로막는가 싶더니 군관 김첨수가 장검을 휘둘러 기원의 목을 쳐 날렸다.

김첨수가 손짓을 하자 피투성이가 되어 눈을 감은 기원의 시신을 들것에 담아 연회장 뒤쪽으로 운반해 갔다.

"윽!"

기원의 시체가 연회장 옆방에 던져지자 온몸에 결박을 당하고 진작부터 거기 꿇어 앉아 있던 조일신은 기절 할 듯 놀랐다. 입을 막아 놓아 비명조차 지르지 못했다. 연회에 참예키 위해 들어 온 중신 가운데 그렇게 소리 없이 죽은 친원파의 수구 대신은 열 명이었다. 이윽고 임금과 왕비가 행어하여 좌석을 잡자 곡연의 기로연이 시작되었다. 삼현육각(三絃六角)의 아아로운 음악이 탄주되고 무희들의 춤이 이어졌다. 한동안 연회가 무르익었다. 신하들은 임금의 만수무강을 빌었고 임금도 답례의 술잔을 높이 들었다.

"그동안 우리 고려국은 뜻하지 않게 난신적자(亂臣賊子)들의 발호로 어지럽기 그지 없었으나 오늘 이후부터는 그들을 모두 쓸어내게 되었으니 기쁘기 이를 데 없다! 여봐라! 난신적자의 괴수를 끌어내라!"

공민왕이 외쳤다. 그러자 연회장의 옆문이 열리고 피투성이가 된 채 오라에 묶인 조일신이 끌려 들어왔다. 모든 대신들이 일제히 바라보다 눈을 크게 뜨고 공포에 질렸다. 믿기지 않는 광경이 눈앞에 전개되고 있었던 것이다. 나는 새도 그의 호령 한마디면 떨어뜨릴 수 있다고 호언장담하던 조일신이 죄수의 신분으로 엎드려 있지 아니한가.

"삼사좌랑 이인복은 난신적자들을 어떻게 처단하였는지 모든 전말을 소상이 밝히도록 하라."

"예"

이인복이 앞으로 나왔다.

"반역자들은 남김 없이 축출하고 모두 척살(刺殺)하랍신 주상전하의 밀명을 열흘 전에 받고 마침 단오절이 다가오고 있어 국가 원훈(元勳)들과 중신들을 초청하여 기로연을 베풀고 모두 참예케 하랍신 전하의 명대로 열 명의 난신들을 정하고 연회장에 하나씩 들어올 때 중도에 있던 숲속에 도부수들을 잠복시켜 하나 하나 잡아 척살을 하고 죄상이 하늘을 찌르는 조일신은 포로로 잡아 중인환시리에 처단을 하려고 이 자리에 끌어내었나이다."

그러자 임금이 일신을 쏘아보았다.

"할말이 남아있으면 해보아라."

조일신은 모든 것을 다 포기한 듯 고개를 떨어뜨렸다.

"너는 한 입 가지고 두 말을 서슴없이 하는 놈이다. 명예와 권세와 재물을 노리고 스스로 범궐하여 정변을 일으키고 어보(御宝)를 열게 하여 제 스스로 우정승이 되어 백관(百官)의 목줄을 잡고 승진 좌천, 임. 면(任.免)등 인사의 전권을 쥐고 전정(銓政)의 대권을 휘둘렀으면서 세가 불리해지니 하루아침에 함께 거사했던 정천기를 비롯한 최화상 등 수족이나 다름 없던 폭력배들에게 정변의 책임을 둘러씌워 그 가족들까지 참살했다.아니라고 잡아뗄 셈인가?"

"........"

"여봐라! 삼사좌랑은 이자를 끌어내어 중신 환시리에 참수하여 다시는 이 같은 난신이 발호하지 못하도록 경계를 보이라!"

"예. 분부 거행하겠나이다."

이인복은 묶인 채 벌벌 떨고 있던 조일신을 끌고 연회장의 옆문으로 가서 나가기 전에 기합 일성을 내지르며 그의 목을 장검으로 내리쳤다. 조일신보다 더 큰 신음소리가 모든 중신들의 입에서 일어났다. 이렇게 되어 조일신의 반란 세력들은 철퇴를 맞고 기철 권겸 등 친 원수구파 세력은 청소를 당하여 완전히 힘을 잃었다.

임금은 그들에 의해 억울하게 희생된 고관(高官) 혹은 그의 가족들에 대한 신원복권(伸寃復權) 조치를 단행했다. 가장 먼저 복권이 된 대신은 조일신의 무고로 억을하게 파직이 된 채 낙향해 있던 류 숙(柳淑)이었다. 임금은 그를 다시 불러 올리게 했던 것이다.

6. 진흙 속의 보석, 금헌 류방택(琴軒 柳方澤)

1354년(공민왕 3년).

공민왕은 모처럼 한가롭게 편전에서 그림을 그리고 있었다. 그림의 주인공은 사랑하는 왕비, 노국공주였다. 그의 취미는 그림이었다. 11세의 어린 나이에 원나라의 왕성인 대도(북경)로 인질로 끌려가서 외로운 소년기를 보냈다. 그림그리기는 고독한 그에게는 유일한 위안이었다. 그는 어린 나이 때부터 몽고의 풍속과 삶을 체험했고 주변에서는 몽고 왕족의 딸들과 맺어주려고도 했지만 몽고녀는 싫다고 외면하곤 했다.

그러다 19세에 만난 여인이 지금의 왕비인 노국대장공주(魯國大長公主)로 몽고식 이름은 보르지긴 부다시리(寶塔實里). 고려 이름은 왕가진(王佳珍)이었다. 그녀도 몽고 왕가의 공주였지만 공민왕은 첫눈에 반해 버렸다. 빼어난 미모를 가졌고 정숙하며 절제미를 갖추고 있었다. 그녀의 집안은 쿠빌라이(世祖)황제의 방계(傍系)왕손으로 그녀의 증조부가 노국왕(魯國王. 공자의 출생지)을 지냈기 때문에 노국공주란 칭호로 불리게 되었고 대장공주라 함은 현 황제의 고모나 왕고모 뻘이 되는 분이라는 뜻으로 붙이는 경칭이었다.

공민왕이 왕비를 더욱 믿고 사랑하게 된 이유는 그녀의 불편부당한 내조와 헌신적인 남편 사랑이 돋보여서였다. 전 임금들도 원나라 공주와 혼인을 해서 왕비로 맞았다. 그런데 그녀들은 한결같이 남편인

왕과 고려를 업신여기고 군림하며 본국의 황제 뜻만 받들었다. 그런데 노국공주는 줏대가 있어 임금인 남편의 편만 들었다. 공민왕이 즉위 초부터 반원정책을 쓰며 독립국 위상을 되찾아야 한다며 과감한 개혁 정책을 펴도록 곁에서 도와주는 역할도 마다하지 않았던 것이다.

공민왕은 그림에 열중해서 진작부터 승지가 들어와 있다는 것도 몰랐다. 왕비가 임금에게 알려줘서야 알았다.

"움직이지 말라 하지 않았소?"

"급한 일인지 승지께서 입시하고 있어요."

"승지가? 오, 무슨 일이요?"

"열중하고 계신 데 죄송합니다. 최영(崔瑩) 장군이 원에서 귀국하셔서 입시해 계시고 쌍성천호(雙城千戶) 이자춘 천호장(千戶長)도 내조(來朝)해 있나이다."

"당장 만나야 할 분들이군요. 어서 가보세요."

왕비가 자리 정리를 하면서 채근했다. 임금은 먼저 최영(崔瑩)을 만났다.

"원로에 수고가 많으셨소."

"강건하게 다녀온 것은 상감마마의 은덕입니다."

"원나라 내정은 세세히 잘 살펴보았겠지요?"

"물론입니다. 이 두루마리는 거기 가서 소신이 보고 듣고 한 내정 문제를 다 정리한 것입니다. 이걸 보시면 북방정책을 수립하시는 데 큰 도움이 되시지 않을까 싶습니다. 전하의 예단대로 원나라는 이제 곳곳이 다 부패하고 기강이 무너져서 곧 멸망하게 되어있었습니다."

"우리들의 예측이 빗나가지는 않겠군. 그렇다면 원에 대해서 좀 더 강경책으로 나가도 되겠단 의미요?"

"그렇습니다."

공민왕은 두 번째로 다른 방에서 기다리고 있던 이자춘을 만났다.

"삼가 저희 부자는 상감마마를 처음 뵙습니다. 천세(千歲)! 천세! 천천세!"

이자춘은 곁에 있던 이십여 세 된 아들과 함께 부복했다. 이자춘은 자기 부친인 이춘(李椿)을 도와 함길도 이북 지방에서 여진을 토벌, 공을 세워 원으로부터 쌍성총관부(雙城總管府) 천호 벼슬을 얻어 그곳에 거주하고 있었다. 천호(千戶)라는 벼슬은 천가구(千家口)를 지배하는 벼슬을 말함이다. 세습이 가능해서 부친 사후 이자춘이 천호가 된 것이다. 그는 오늘 처음으로 송도의 대궐을 찾았고 임금의 용안도 처음 보는 날이었다.

"옆에 있는 아들은 몇 살인가? 아주 준수하구먼?"

임금이 이자춘에게 물었다.

"저희 집 가돈(家豚) 성계, 이성계(李成桂)라 하옵니다. 이제 스물한 살입니다."

"당당한 장재(將材)의 풍모를 지녔구먼."

"저희 집안이 원래 힘 좋은 장사 집안이라 이 아이도 궁사(弓射) 연습 때는 화살 끝에 20근짜리 쇳덩이를 매달고 활을 쏩니다."

"허허, 그런 용사가 있었단 말인가? 강궁은 시윗 줄 잡아당기기도 힘들어 어려운데 20근짜리 쇳덩이를 매달고 쏜다?"

공민왕은 놀라서 여러 번 감탄했다.

"전하! 궁도 이야기는 잠깐 뒤로 미루시고 이곳에 부르신 이유를 설명하셔야죠?"

왕비의 재우침에 임금은 흠찔하고 웃었다.

"그대를 부른 것은 아주 중대한 임무를 주기 위함이다. 내달 하순, 밀직부사(密直副使) 유인우(柳仁雨) 장군이 천여 명의 군사를 이끌고 쌍성총관부를 공격하기로 되어 있다."

"총관부를요?"

"쌍성총관부는 우리 고려가 원나라에 빼앗긴 영토이다. 그 성을 빼앗겼기 때문에 함길도 그 이북 지방까지 잃어버린 것이고 원나라는 지금까지 총관부를 설치하고 지배해 오고있는 중이다. 그곳을 공취해야만 함주이북을 회복할 수 있다. 그래서 장군 유인우가 공격을 나서려는 것이다. 그대는 총관부 내에 거주하고 있기 때문에 아군의 공격 시에 성안에서 내응하기가 용이하니까 함께 싸워서 수복해달라는 것이다."

"무슨 말씀인지 잘 알아들었습니다만 그리되면 원나라가 가만 있을까요? 잘못하면 전쟁이 벌어질 수도 있는 문젠데요?"

"과인은 즉위 직후부터 우리 고려의 자주독립을 이뤄내야한다. 그러기 위해서 나를 알고 적을 잘 알면 백전백승(知彼知己 百戰百勝)한다는 병서의 말도 있듯이 적을 아는것이 보다 중요하여 장군 최영을 비롯한 오륙 명의 문무관(文武官)을 과인이 파견하여 세세히 탐색케 한 바 원제국은 부패해지고 국력이 허약해져서 중원에서 일어난 주원장의 명나라의 힘도 대적하기 어려워 북원(北元)으로 쫓기고 있는 형세라 한다. 몽고 세력을 이 땅에서 완전히 몰아낼 기회가 찾아 온 것이다. 쌍성총관부를 우리가 공취해도 원은 응징의 군대를 동원할수 있는 능력이 없다."

"주상전하께서 그토록 담대하고 원대한 꿈과 의지를 가지신 걸 몰랐나이다. 소자,아버지를 도와 총관부가 저희 손에 들어올수 있게 하고야 말겠습니다."

공민왕의 말을 듣고 있던 청년 이성계는 감동하여 다시 한번 부복하고 약조를 했다. 그로부터 쌍성총관부 탈환전은 한달 후에 벌어졌는데 유인우의 공격에 때맞추어 성안에 미리 잠복해 있던 이자춘과 이성계의 고려군이 안에서 성문을 열고 몽고군을 협격하여 대승을 거두고 탈환에 성공했다. 그리되어 원나라에 빼앗겼던 함주(咸州)를 되찾고 나아가 그 이북, 북청(北靑)지방까지 다시 수복하는 쾌거를 이룩했다. 이 싸움은 훗날 최영의 〈요동정벌전(遼東征伐戰)〉을 주장하는 당위성이 되기도 했다.

이 총관부 전투의 대승리는 또다른 역사적인 의미를 남기게 되었다. 북동쪽의 먼 함주땅에서 살고 있던 이자춘의 아들 이성계의 이름이 처음으로 중앙 조정에 알려지고 조정상하가 이성계를 주목하게된 계기가 된 것이다.

쌍성총관부를 탈환하여 수복한 후 고려군은 사기충천하여 그동안 몽고가 점령하고 있던 압록강 서쪽 8첩(帖.요새)을 탈환 했다. 공민왕은 비로소 백여년 동안 고려를 지배해 온 원의 총독부인 정동중서성

리문소(征東中書省理問所)를 폐지해버렸다. 거기다가 원나라의 연호(年號)사용을 금해버렸다.이건 지배국에 대한 중대한 도전이었다. 만용 아니냐며 조야가 들썩였다.

그러나 공민왕은 초지일관, 즉위 초에 가졌던 신념을 굽히지 않았다. 상대가 무력을 사용한다면 우리도 무력 사용으로 맞서겠다는 태도였다. 그러면서 새로운 개혁정책을 밀고 나갔다. 국력 신장을 위해서는 군사력을 강화하고 모든 산업 전반을 효율적으로 개선하여 백성들을 독려해야 한다는 생각이었다. 게다가 그러자면 각 분야에 우수한 인재를 발굴하여 적재적소에 두고 국력을 키워나가는데 헌신하도록 해야 한다, 그것이 공민왕의 개혁정책 기조였다.

우수한 인재 발굴 지시는 즉위 초부터 해왔기 때문에 벌써 4년이 넘어가는 세밑이 되었다. 해마다 연말에는 인재 표창이 있었다. 정부의 각부 기관인 육조(六曹)에서 그해 가장 뛰어난 역량을 보인 새로운 인재를 천거하고 그의 공로를 발표하는 행사가 만월대에서 시행되었다. 올해에는 호부(戶部. 국가의 戶口, 돈과 양식, 각종 부역 등을 관리하는 관청)에서 한 명. 그리고 예부(禮部. 국가의 예절, 제사, 과시, 교육 등을 담당하는 관청)에서 한 명. 그리고 공역서(供驛署. 전국 公路와 도로 驛院을 담당하는 부서)에서 한 명. 도합 3명이 상을 받게 되었다.

만조백관이 만월대 대전에 모이고 시상식을 축하하는 각종 깃발이 휘날리며 악공들의 탄주소리가 은은하게 울려 퍼지고 있었다. 이윽고 임금과 왕비가 들어와 용상에 착석하고 나자 의식은 시작되었다. 의

식의 인도자는 승지인 최만 이었다.

"지금부터 우리 대고려국의 미래를 짊어지고 나갈 각부의 새 인재에 대한 발굴시상이 있겠습니다. 작년까지만 해도 새인재 수상자는 열여섯 명이었으나 올해에는 세 명으로 줄었습니다. 수상자의 수가 줄어들었다고 실망할 필요는 없을 것 같습니다. 이번 수상자들은 무게가 다르기 때문입니다. 예부에서 한 명, 호부에서 한 명, 공역서에서 한 명 등이 선정됐습니다. 이채로운 수상자는 나라의 도로와 역원을 관장하는 공역서에서도 나왔다는 것입니다. 수상자가 나온 각부서의 책임자께서 나오셔서 추천 수상의 이유와 업적을 말씀드리기로 하겠습니다. 먼저 예부의랑(禮部議郞)이 나오시겠습니다."

예부의랑(정3품)이 나와 임금께 예를 표하고 입을 열었다.

"예부에서는 올해의 인재로 국자감(國子監. 성균관)의 장춘담 주부(主簿)를 추천했습니다. 장 주부는 오직 국자감의 학생들을 교육하고 가르치는 일에 평생을 바치며 우리나라의 과거제도가 너무 불합리하고 후진적이라며 새로운 방법을 강구하고 연구하여 그 단점을 완전히 극복한 신 과거제도법을 만들어 냈습니다. 이야말로 주상전하께서 내놓은 혁신 고려의 모범 인재가 아니고 무엇이겠습니까? 예부의 자랑이옵니다."

먼저 장춘담 주부의 시상이 이어졌다. 나라의 국상(國相)인 문하시중(門下侍中) 김존창이 시상했다. 다음 순서는 공역서 수상자였다.

"소신은 나라의 역참(驛站)과 도로를 책임지고 있는 공역서의 주부 이정규입니다. 새 인재는 문인과 무인들만 차지하는 거냐? 우리에게도 있다. 그래서 추천한 인재입니다. 이팔동 사진(司辰. 종9품)입니다. 저희들 근무지는 조치원(鳥致院)이고 호서(湖西)의 중심이며 영남과 호남으로 갈라지는 역참이라 항상 분주합니다. 역참이란 말 타고 여행하는 여행자가 지친 말을 갈아타는 곳이며 국가 공문서를 전하는 파발마도 갈아타는 곳입니다. 이건 저희 이팔동 사진이 밤잠을 자지않고 수십 년 동안 실제로 체험해보고 시술해 본 마병(馬病) 치료의서(醫書)입니다. 해마다 병나서 죽는 말이 늙어서 죽는 말의 숫자보다 월등히 많습니다. 병든 말을 고쳐 타면 되는데 몰라서 방치해 죽인다면 이건 국력의 낭비가 아니고 무엇이냐? 그게 안타까워 연구한 치료서입니다. 이 치료서가 널리 보급되면 특히 기병군(騎兵軍) 내에서 병사하는 말의 숫자가 완전히 줄어들 것으로 생각됩니다."

그러면서 그는 두툼한 서책을 임금께 바쳤다. 그걸 받아 든 공민왕은 기쁨을 감추지 못했다.

"장한지고! 장한지고!"

"마지막으로 세번째 수상자를 발표하겠습니다. 풍저창(豊儲倉)의 정시후 관정께서 소개를 하겠습니다."

"안녕하십니까? 풍저창 관정입니다. 풍저창이 무슨 일 을하는 곳인가는 여러분들도 잘 아시고 계실 것입니다. 풍저창은 대궐인 궁안에서 생활하시는 모든 분들이 입고 먹고 쓰고 하는 미곡(米穀)과 농산품. 마포(麻布) 그 외 생필품을 저장하고 용도에 따라 꺼내드리는 부서입니다. 항상 입. 출납(入.出納)과 재고량(在庫量)을 파악하고 있어야 하고 어느 부서는 분배량이 왜 모자라는지 어느 부서는 왜 항상 남아 돌아가는지 그 모든 것을 장부에 기록해서 연구해야만 불평이 없어지는데 지금까지는 제대로 장부 정리를 하지 못해 언제나 전체 예산을 주먹구구로 짜놓아서 엉망진창 되기 일쑤였습니다. 장부 정리 방법으로는 두 가지가 있는데 그 두 가지로 써야 한다는 걸 몰랐습니다. 단식(單式)과 복식(複式)이었습니다. 단식은 들어오고 나가는 것만 기록하는 걸 말하지요. 그래가지고는 어디에 얼마나 쓰는지 빚을 지고 있는 데는 없는지 전체 나가고 들어가는 물량과 재고량이 얼마나 되는지 알 수가 없습니다. 이분은 획기적인 장부 기록법인 복식기록법을 보여주고 2년 동안 풍저창의 예산 결산 등을 잘 맞추고 운용해서 갑자기 풍저창이 부자가 되었습니다. 저희가 전보다 예산을 많이 받아서 남아 돈 게 아니었습니다. 정확한 장부정리로 규모있게 살림을 할 수 있게 되었기 때문이었습니다. 그리고 이분은 암산 능력이 뛰어나서 장부가 필요 없는 분 올시다. 풍저창 별좌(別座. 정6품)인 류방택(柳方澤)입니다."

문하시중이 상을 내렸다. 곧이어서 축하연회가 벌어졌다. 임금은 기분이 좋아 오늘 수상자인 세 사람을 주안상을 차린 딴방으로 불러 칭찬하고 독려했다.

"오늘 같이 기쁜 날이 또 어디 있겠는가? 우선 축하주를 한잔 들기로 하지?"

임금과 세 사람의 잔이 채워졌다.

"자아, 새로운 고려를 위하여!"

임금이 선창했다. 임금은 세사람 중에서도 방택에게 관심을 더 기울였다.

"대단한 수재일세. 풍저창이란데의 살림규모는 만만치 않은 곳인데 입. 출납의 모든 계산을 사사로운 것까지 다 암산하여 머릿속에 넣어 둔다고? 그게 정말 가능할까?"

"전하, 너무 과찬하지 마십시오. 암산은 누구나 다 합니다."

"장차 과인이 필요한 인재는 그대 같은 사람일세. 이제 우리는 원나라에 빼앗겼던 땅을 모두 되찾고 요동까지 뻗어나가야 하네. 전쟁 채비를 해야하지. 군사를 모으고 각종 전비(戰費)를 마련해야 하며 그러자면 전체 예산은 얼마나 잡아야 하며 전쟁준비에 들어가는 전체 세세한 예산을 세우고 집행 하는데는 그대 같은 수재가 있어야 하네."

"전하,너무 과대평가 하시는 것 같습니다. 소신 감히 한 말씀 드려도 되겠습니까?"

"뭐든 말해보게."

"소신은 어려서부터 꼭 하고 싶은 공부가 따로 있었습니다."

"그게 뭔가?"

"소신은 밤하늘의 별자리를 관찰하며 혼자 공부하는 것이 그렇게 좋았습니다. 처음에는 모든 성좌(星座)는 해와 달을 중심으로 펼쳐져 있어 그 움직임에 변화가 없는 것으로 알았는데 일식이나 월식이 발생하는 이유와 이치를 알고부터는 하늘과 땅의 몸체는 마치 새알처럼 둥글며 땅은 노른자위요 하늘은 전체를 둘러싸고 있는 표피(表皮)이며 절반은 지상에 나와 있고 절반은 보이지 않게 되어있어 하늘이 운행하는 것이 마치 수레바퀴가 도는 것과 같다는 걸 알게 되었습니다.

따라서 모든 성좌의 별자리는 4시팔절(四時八節), 24기(期)가 변하면서 생긴다는 것도 알게되었고 이 절기를 아는 것이야말로 농업국가에서는 가장 중요하다는 것도 깨달았습니다. 그런데 저희들이 쓰고있는 달력에 나와 있는 농사절기의 시점과 실제 농사 시점과 오차가 많아 농민들은 애를 먹고 있다는 것을 알았습니다. 예를 들어 저희가 지금 사용중인 수시력(授時曆)은 원나라 달력입니다. 움직이는 별자리를 관찰하고 각도를 계산하여 정하는 것인데 원의 책력은 대도(북경)에서 각도 계산을 하고 저희는 송도에서 하기 때문에 그게 오래 쌓이면 서로 오차가 크게 날 수밖에 없어서 서로 기준으로 정한 절기의 날짜가 틀리다는 것입니다."

"그럼 그대는 해마다 가장 정확한 우리만의 고려책력(달력)을 만들어낼 수 있단말인가?"

"영명하십니다. 그런 책력을 언젠가는 내고싶은 게 소원이옵니다. 그러기 위해서는 서운관(書雲觀. 국립기상청))같은 기관에서 체계적인 공부와 연구를 해보는 게 소신이 가진 희망입니다."

"독자적인 책력? 우린 왜 그걸 못 만들었는가?"

"예부터 중국이 대국연(大國然)하며 변방의 소국은 대국의 책력을 당연히 써야 한다고 여겨 그리된 것입니다."

"이제 알겠군. 일년 농사를 비롯하여 나라와 가정의 일상을 좌지우지하는 책력(달력)이야말로 한 해동안의 백성들 농사계획과 생활계획표로군? 그걸 대국인 저희들이 쥐고 있어야 계속 복종할 거란 거로구먼. 어쨌든 장하네. 희망대로 서운관으로 보내줄테니 한 번 도전해보라."

"황공하옵고 감사하옵나이다."

"류씨라 했는가? 본향(本鄕)이 어딘가?"

"서해도 서주(瑞州. 서산)이옵니다."

"서주? "

임금은 흠칫 놀랐다.

"찬성사 류숙과 같은 집안인가?"

"그렇사옵니다. 류 찬성사는 소신의 사촌 형님이옵니다."

"허허, 이런 인연이 있나?"

"이번에 제 형님 신원복권이 되어 온 집안 경사로 알고 전하의 은공을 치사하고 있습니다. 다시 한번 감읍(感泣)의 예를 올립니다."

7. 강화(江華)의 복음, 류방택의 사제(私製) 달력

　방택은 상을 받아 풍저창의 별좌에서 서운관 겸승(兼承. 정5품)으로 승차되어 출근하게 되었다. 누구보다 기뻐한 분은 그의 부친 성거공(成巨公)이었다. 모친은 집안의 경사라고 조촐한 잔치를 베풀겠다 했다. 부친은 송도에 거주하는 가족들을 다 불렀다. 이제 15세가 된 방택의 큰아들 백유(伯濡) 그리고 12세가 된 차남 백종(伯淙), 9세인 삼남 백순(伯淳) 등 아들 3형제와 딸 둘을 부르고 울안 뒤쪽에 마련된 사당(祠堂)으로 나갔다.

　사당 안의 제대(祭臺)에는 조상들의 위패가 다 모셔져 있었다. 향을 피우고 제주(祭酒)를 올렸다.

　"조상님들께 재배(再拜)를 올리자."

　재배가 끝나자 성거공은 고유(告諭)를 했다.

　"오늘은 경사스런 날이 아닐 수 없나이다. 가돈인 방택이 풍저창의 별좌에서 서운관 겸승으로 승차 하고 상을 받게 되었습니다. 이는 오로지 조상님들의 음우지덕(陰佑之德)이 아닐 수 없고 가문의 영광이 아닐 수 없나이다."

　고유가 끝나자 방택에게 제주를 다시 따르게 하고 절을 시켰다. 간단한 제사가 끝나자 성거공은 손자들에게 다가오라 했다.

　"누가 알아맞출 수 있을까? 우리 서주 류씨 시조님은 어느 분일까?"

역시 장손인 백유가 시조 위패를 가리키며 말했다.

"저분! 성(成)짜 간(澗)짜 쓰시는 서령부원군(瑞寧府院君) 성간공이십니다."

"역시 장손은 다르구나. 잘 맞췄다. 훌륭한 스승인 목은(牧隱. 李穡)선생 밑에 가서 배우기 시작하니 그 값을 한다. 백유의 말대로 시조님은 성간공이시다. 공은 고려 원종(元宗) 때 태어나셔서 과거에 급제하시고 벼슬길에 나가셨으나 최씨 4대에 걸친 독재 악정(惡政), 무인시대라 마음대로 뜻을 펼치지 못하다가 고종 때 젊은 장군들인 김인준, 박송비, 류성간 등이 모의하여 60년 장기 집권했던 최씨 무인정권을 무너뜨리고 왕정복고(王政復古)를 이뤄냈다. 그 공로로 시조님께서는 서령부원군이 되신 것이다. 그리고 2세(二世)되시는 분은 외자 쓰시는 림(林) 공이시다. 림 공은 궁궐수비군인 신호위(神虎衛) 중랑장을 지내신 무장이셨고 3세(三世)이신 종원(宗元)공은 예부상서(禮部尙書)를 지내신 분이고 4세(四世)이신 공기(公器)공은 조정의 모든 예식을 집전하는 합문지후(閤門祗侯)를 지내셨고 5세(五世)이신 굉(宏)공은 검교군기감(檢校軍器監)을 지내신 분이시고 6세(六世)는 태중대부(太中大夫)예빈경(禮賓經)인 너희들 조부인 내가 6세이고 이번에 서운관(書雲觀) 겸승(兼承)이 된 너희들 아버지가 7세(七世)가 된다. 그러니 너희는 서주 류씨 직계 8세(八世)가 된다는 것을 잊지 말아라. 알아들었지?"

"예."

"그럼 이제 나가서 음식을 먹자. 이 기쁜날에 네 당숙(堂叔)이 오지 못해 정말 아쉽다."

방택의 부친이 손자들에게 당숙인 류 숙이 오지 못한 걸 몹시 서운해 했던 것이다.

"사면복권은 되었지만 다시 송도로 집을 옮기는 일이 남아 올수 없다고 미안함을 먼저 전해오지 않았습니까?"

"그건 그렇구나."

그로부터 몇 달후 파직을 당하여 낙향해 있던 류 숙은 정식으로 신원복권이 되어 송도로 돌아왔다. 임금은 그에게 지추밀원사(知樞密院事)(정2품)의 벼슬을 내렸다. 추밀원은 군국기무(軍國機務)와 왕의 숙위(宿衛)를 맡는 요직이었다. 고향에 있던 가족들도 모두 송도로 이사를 끝냈다. 그런 다음 류 숙의 집에서는 문중 잔치가 열렸다. 직계, 방계 가족 친지들이 다 모여 축하인사를 나누었다.

"형님의 복권은 당연지사였지만 막상 특진을 내려 중한 임무를 내려주시는 주상전하를 보니 평소 얼마나 형님을 끔찍하게 신임해오고 있었는지 알만하오. 다시 한번 축하합니다."

"아우님도 승차하셨으니 얼마나 기쁜 일인가?"

"나야 애초부터 벼슬에는 관심이 없었으니 승차가 무슨 대수겠소? 그건 그렇구 주상께서 돌아온 형님에게 특별한 명이 있었을 법한데? 그걸 물어도 괜찮을지 모르겠네요.?"

"시급한 것은 왜구(倭寇)의 연안침탈이 예사롭지 않게 커져가고 있으니 어서 속히 왜구축출의 대비책을 세우라는 것이었네."

"원과의 관계는?"

"옛날의 원나라는 사라지고 지금은 고개 숙인 원나라가 되어 중국에서 일어난 신흥대국인 명나라의 침략을 견디지 못하여 북쪽 원래의 고향땅인 몽고로 쫓겨가는 형국일세. 주변국들이 적대(敵對)해도 대적하지 못할 정도로 국력이 쇠약해져 있으니까. 주상께서는 당초의 구상대로 북벌(北伐)하여 빼앗겼던 우리 영토를 이 기회에 다 찾으시려 하고 있지. 그에 대한 준비를 당부하셨네."

"조일신 반란세력도 완전히 소탕했지만 그래도 기철과 권겸 등 친원파 세력들이 물밑으로 숨어 잠복한채 다시 일어날 기회만 노리고 있으니 문제지요."

"주상께서는 특히 그들을 모두 색출하여 처단하라신 특명을 나에게 내리셨는데 기철과 권겸이 어디에 숨었는지 몰라 난감하네."

"나는 지금까지 군관(軍官)으로 일할 때나 풍저창(豊儲倉)에서 일을 하면서도 밤하늘 그리고 새벽하늘의 별들을 관찰 연구하는 일을 멈추지 않았어요."

"대단하시네."

"헌데 요즘 밤하늘 별들 중에서 이상한 빛과 기운이 일어나는 현상을 보고 놀라곤 하지."

"이상한 빛이라니? 그게 무슨 말인가?"

"하늘의 별자리들을 관측하기 위해서 예로부터 적도(赤道) 둘레를 28등분하고 동서남북으로 나눴지. 동방(東方), 서방 남방, 북방인데 일곱 개의 별자리가 모여 있는 북방칠수(北方七宿)가 언제부터인가 빛을 잃고 마치 회오리바람에 휩쓸리는 것같은 난마(亂麻)의 기운이 일어났다 사라지곤 합니다."

"북쪽의 흉조(凶兆)로군."

"그렇지요. 국적(國賊)인 기철 일당이 북쪽 어딘가에 숨어서 칼을 갈고 있지 않을까 싶습니다."

"송도 북쪽이라면 송악산이구. 송악산이라면 그 산자락 서쪽에는 숨었다 하면 누구도 찾을 수 없다는 험산유곡 두문동(杜門洞)이 있군. 놈들은 거기에 숨어 있는게 분명하군?"

"험산유곡은 두문동 뿐이 아니오. 송도 북쪽에 있는 깊은 계곡은 청석골이고. 누구든 한 번 들어가면 나오는 길을 몰라 몇 달을 헤매야 합니다. 청석골은 금천하고 박연폭포 있는 폭포리 경계에 있는 제석산 북쪽 골짜기를 말하는 건데. 그 골짜기는 시오리를 뱀처럼 구불거리고 나있는 계곡이라 거기 숨어도 모르는 곳이요."

"아우는 어떻게 그런 데를 그렇게 잘 아시나? 고향도 아니면서?"

"송악산 줄기인 만수산(萬壽山) 정상부근에는 우리 서운관에서 만들어놓은 천관대(天觀臺)란 천상(天象)을 관찰하고 연구하는 곳이 있지요. 나는 거의 석 달을 그곳에서 근무를 했으니까 주변의 모든 산 들에 대해 잘 알게되었지요."

"그렇군. 큰 도움이 됐네."

그후 류 숙은 임금의 재가를 맡고 기철, 권겸 일당의 일망타진을 위해 은밀하게 움직였다. 우선 그는 청석골을 목표지로 삼고 서경(西京) 왕래 장사꾼으로 변복시켜 십여 명을 풀어 청석골 골안을 탐색케 했다. 거기다가 사냥꾼 차림을 한 요원 십여명도 함께 풀어놓았다.

열흘이 안되어 중요한 정보를 얻어 왔다.

"청석골과 기와를 굽는 기왓골 사이 십여 채의 초가가 들어서 있는데 기철은 그 중 한 집에 숨어서 재기를 준비하고 있었습니다. 머지 않은 쪽 만수산 골짜기에 은신해 있던 권겸도 포착되었습니다."

이에 류숙은 지체없이 삼사좌랑 이인복과 함께 어림군 천여 명을 이끈채 기철과 권겸을 토벌하기 위해 청석골로 향했다. 군사들이 계곡을 포위하자 여기저기 흩어져 있던 사냥꾼처럼 변복한 기철의 홀치군 3백여 명도 급히 모여들어 마침내 공방전이 벌어졌다. 그러나 용맹하다는 홀치군도 하나 하나 전사하자 세가 불리하게 되어 기철을 에워싸고 탈출을 시도했다.

그러나 그 역시 멀리 도망치지 못하고 군사들에게 잡히고 말았다. 그들을 모두 헛간에 집어넣고 류숙이 지키기로 하고 이인복은 권겸을 잡아내기 위해 만수산으로 이동했다. 이윽고 5일 만에 기철과 권겸은 어림군에게 검거되어 송도 금부(禁府)의 뇌옥(牢獄)에 갇히게 되었다. 다시 한번 수구 친원파 세력의 뿌리를 뽑기 위한 청소선풍이 불었다. 공민왕은 류숙과 이인복의 공로를 치하하고 안사공신(安社功臣)으로 표창했다.

만수산은 송도의 주산(主山)인 송악산의 지봉(支峰) 중의 하나였다. 산 아래에는 유서 깊은 절 현화사(玄化寺)가 있었고 산 정상 천태산 봉우리에는 국립기상대, 서운관이 세운 아주 작은 천문관측소가 있었다. 관측소 뒤에는 두 칸 남짓한 조촐한 너와집이 있었는데 상주하는 직원의 휴식소였다.

서운관은 전문적인 학술과 기술이 필요한 부서이기 때문에 독립적인 부서가 나뉘어 있었다. 5개 부서였다. 1부가 천문지리부(天文地理部), 2부는 역수부(曆數部. 曆算部라 하기도 함), 3부 측후부(測候部. 기상관측 및 예측부), 4부 각루부(刻漏部. 물시계부), 5부 점수부(占守部) 등이었다. 이 중에서 어느 부서 하나 중요하지 않은 기관이 없지만 물시계를 관리하는 부서는 하는 일이 중요치 않아 보이지만 이 시계가 정확하지 않으면 미묘한 천체의 변화를 제대로 정확하게 계산할 수 없기에 중요한 것이다. 물시계 보다 더 정확한 시계는 해시계지만 밤에는 사용하지 못하니 정확한 물시계가 밤에는 중요했던 것이다.

방택이 서운관으로 자리를 옮겼을 때 그는 3부서 중에서 남들이 맡기 싫어하는 부서인 천문지리부를 자원했다. 싫어하는 이유는 사무소가 다른 부서는 모두 다 송도 도성 안에 있었지만 천문지리부는 깊은 산중에 있는 천문소로 출근하면서 천문을 관측해야 하기 때문이었다. 한 번 천문소로 들어가면 한 달에 한 두 번 집에 올 수 있었.

방택은 그런 생활에 길들여져 있었다. 어려서부터 동네 뒷산에 올라 밤하늘의 별들을 관찰하고 공부하는 것이 즐거웠던 것이다. 서운관은 전체 다섯 군데의 천문소를 설치하고 있었다. 제1호가 이곳 수도인 송도의 만수산 정상. 제2호가 묘향산. 3호가 관동(關東)의 태백산, 4호가 계룡산. 5호가 강화도의 마니산 참성단이었다.

지구는 계란처럼 생긴 타원구(橢圓球)이며 자전(自轉)을 하고 공전(空轉)하고 있다는 사실은 별자리를 관찰하다 보면 수긍할 수 있는 사실이다. 그런데 지구가 타원궤도로 돌기 때문에 세차운동(歲差運

動)으로 태양의 위치와 지구의 위치가 서로 달라지게 되고 그 작용으로 지구의 위치도 약간씩 변한다. 이 변하는 각도를 정확하게 계산해내야 한다. 임금 앞에서 가장 정확한 고려식 책력을 만들어 보이겠다고 장담 아닌 장담을 했기에 방택은 열심히 하늘을 관찰하고 있었던 것이다.

관찰하는데 꼭 필요한 기기는 〈간의기(簡儀機)〉와 앙의기(仰儀機)〉였다. 세차운동으로 태양의 위치와 지구의 위치가 서로 달라지게 되는데 그 달라지는 것이 각도(角度)이다. 변화하는 그 각도를 면밀하게 계산해내야 한다. 이 각도기(角度器) 역할을 하는 것이 천관대에 설치한 기계인데 그건 모두 목재를 이용하여 만든 수공품이었다. 그 각도기를 이용하여 각도를 계산하는 기기를 간의기라 한다. 앙의기는 역시 수공품으로 만든 하늘의 관찰기기이다. 혼천의(渾天儀)라 하기도 한다.

뒷날에는 선진한 원나라의 간의각도기가 전해지기도 했고 제대로 된 혼천의가 만들어졌지만 당시만해도 개인이 혼자 해결할 수밖에 없는 형편이었다. 류방택은 간밤에도 자정을 넘겨서까지 관찰하고 결과를 기록한 뒤 천문소 뒤에 있던 작은 집에서 혼곤하게 잠이 들어 늦은 아침이 되었다. 그때 누군가 방문 밖에 다가와 방택을 찾았다.

"류 겸승님! 기침하셨나요?"

채근하는 소리에 방택이 눈을 떴다.

"밖에 누구냐?"

"소인 이사진(司辰. 서운관 종9품)이옵니다. 겸승님을 찾고 계십니다."

방택은 일어나 방문을 열었다. 이사진이 인사를 했다.

"간밤을 새우신 것 같네요."

"그래 내 걱정은 말고 누가 날 찾는단 말이냐?"

"최병권 부정(副正)(종4품)대감께서 서운관으로 들어오시라 명했습니다."

부정이라면 방택에게는 바로 위 상관이 되며 전국의 5대 천문관측소인 천문소를 관리하고 있는 중진 직원이었다.

서운관은 성격상 중요한 조정의 기관이 아니기 때문에 조정의 관청들이 모여 있는 송도의 만월대 대궐 앞 도성의 중심가인 육조(六曹) 거리에 들어가 있지 않았다. 그들과는 떨어진 송악산 중턱에 자리하고 있었다. 방택은 서운관으로 들어가 상사인 최병권을 만났다.

"부르셨습니까?"

"어서오시오. 류겸승. 상의할게 있어 오시라 했소."

"무슨 말씀인데요?"

"작금년에 나라가 미증유의 대 타격을 입고 휘청거리고 있지 않소?"

"홍건적(紅巾賊)의 분탕질을 말씀하는군요. 작년 12월, 괴수 중 하나인 모거경(毛居敬)이 4만대군을 이끌고 얼어붙은 압록강을 건너와 의주, 정주, 인주를 휩쓸고 약탈하며 서경(西京)을 함락시켰었죠. 그래도 금년 정월달에 이방실(李芳實), 안우(安佑)장군에 의해 다시 탈환되고 그들은 창황히 쫓겨났었지요."

"류겸승! 그건 아무것도 아니오. 지금 강화도의 사정은 더더욱 심각합니다. 어제 늦게 들어온 소식에 의하면 3천여 명의 왜구(倭寇)들이 왼 섬을 불바다로 만들고 나라의 세곡(稅穀)을 쌓아둔 조정미창(朝廷米倉)이 놈들에게 완전히 털리고 섬 연안에서 내륙까지 약탈을 당하여 곡식을 다 빼앗겼다 합니다."

"예? 그런 일이?"

방택은 놀라서 말을 잃었다. 돌이켜보면 당시 고려말(高麗末)의 동북아시아의 국제정세는 혼란 그 자체였다. 몽고가 일어나 국호를 원(元)으로 고치고 아시아를 호령했지만 2백여 년의 영화밖에 누리지 못하고 지금은 원래의 몽고 땅인 북원(北元)으로 쪼그라들고 마지막 숨을 쉬고 있는 형세였다.

이에 중원(中原)에서는 타도 원을 외치며 각처에서 반란이 일어났다. 그중에서도 가장 큰 세력이 나중 명(明)나라 태조가 된 주원장(朱元璋)과 장사성(張士誠) 등이었다. 이 혼란기를 이용하여 어부지리를 얻어 출세와 축재를 해보려고 요서(遼西), 요동 일대를 소란시키던 도적 떼 홍건적(紅巾賊)이 일어났다. 홍건적이란 말 그대로 머리에 붉은 두건을 두르고 날뛴 도적 떼 때문이었다.

내세에 온다는 미륵불을 자처하던 두목인 한산동(韓山童)은 부하들을 이끌고 원나라의 관서들을 습격하며 자신의 아들 한림아를 송(宋)의 황제로 내세우도록 하고 10만의 군사를 일으켜 먼저 요양(遼陽)을 함락시키고 위세를 떨쳤다. 원나라의 저항에 부딪혀 원의 토벌군에 대패한 홍건적은 창부리를 고려땅으로 돌리고 도망쳤다. 작년 겨울 10만의 대군 중에 4만을 거느린 모거경이 마침 결빙(結氷)되어 얼어붙은 압록강을 넘어와 의주 인주 등을 휩쓸고 서경(西京)까지 빼앗았다.

이들이 도적 떼로 불리운데는 그럴만한 이유가 있었다. 이자들은 약탈로 시작해서 약탈로 끝내는 도적 떼인데다가 모든 병사들은 언제나 자기가 약탈한 약탈품을 묶어서 끌고 다니며 등에도 가득 짊어지고 다니며 싸우기 때문에 도적떼로 불린 것이다. 그러나 한 달만에 고려 장군 이방실의 반격으로 그들은 대패하여 서경을 내주고 쫓겨서 압록강을 건너갔다. 고려군의 대승이었다. 모거경의 홍건적 4만 중에 정신없이 쫓겨 압록강을 살아서 건너 온 자는 나중에 점고해보니 3백여 명이었다.

고구려 전성기에 침략해 온 수(隋), 양제(煬帝)의 대군 중 30만의 특동대를 이끈 수의 장수 우중문(于仲文) 우문술(宇文述)군이 지금의 만주 북부로 비밀리에 이동해서 평양성을 목표지로 남침해 내려와 평양성 30리 밖까지 기습전을 펼쳐 왕국이 위험에 처했을 때 나타난 고구려의 영웅은 을지문덕 장군이었다. 단기전을 예상하고 내려 온 적은 장기전의 양상으로 변하자 보급이 원활하지 못해 굶주리는 군사도 생겨났다. 우문술은 대군의 퇴각령을 내렸다.

수의 30만 대군이 창황히 북으로 패주할 때 그 호기를 놓칠 을지문덕이 아니었다. 그는 이미 이런 사태가 오리라 예상하고 수공(水攻) 대작전의 계책을 실행에 옮겨놓고 있었다. 즉 살수(薩水.지금의 청천강) 상류지역을 인공으로 막은 것이다. 그런 다음 쫓겨 온 적들이 살수를 건널 때는 무릎까지만 차게 만들어 놓았다가 그 대군의 절반 이상이 강을 건너고 있을 때 상류에 막았던 보를 터뜨려 일거에 수몰되어 물귀신이 되게 만들었다. 나중 그들 중 생존자를 점고해 본 우중문, 우문술은 아연실색하고 말았다. 30만 대군 중에 살아서 돌아간 자는 2천 3백 34명에 불과했던 것이다. 이것이 저 유명한 을지문덕의 살수대첩이다. 그래서 사람들은 이방실의 압록강 대첩을 살수대첩에 비교한 것이었다.

이처럼 외적의 침략은 홍건적의 난 뿐이 아니었다. 이른바 일본의 해적인 왜구(倭寇)의 우리나라 연안을 노략질하는 왜구침략이 극성을 부리기 시작하고 있었던 것이다. 일본은 10세기가 되면서 국가다운 면모를 갖추게 되었고 산업이라야 원시적인 농사나 고기잡이 정도가 고작이었다. 중세(中世)가 되면서 각지의 군벌(軍閥)이 서로 전쟁을 벌여 막부(幕府)로 군림하여 전국을 다스렸다.

그때부터 전국 각처에 행정력이 미치고 국민의 경제문제가 다소 풀리기는 했지만 그때 까지도 나라가 백성들에게 해줄 능력이 없었다. 게다가 화산, 지진 등 자연재해가 많아 바닷가 연안 백성들의 삶은 참담했다. 살기 위해 배를 타고 다른 지방까지 가서 도적질하거나 약탈해 오거나 해야 했다. 이것이 소위 초기 왜구다. 왜구의 숫자나 세력이 커지며 원나라나 고려의 해안까지 대대적인 침략을 하는 일이 비일비재해지기 시작했다.

일본의 군벌들은 대권을 잡기 위해 항상 전투를 벌였다. 전쟁에 무엇보다 필요한 것이 각종 전비와 식량이었다. 막부들은 정권을 유지하기 위해 해안가의 선원 출신들 뿐 아니라 사무라이 정규군에서도 차출하여 왜구로 내보내어 인접국을 침탈케 하고 재산과 심지어 유부녀들까지 쓸어가곤 했다. 이건 해상 도적질이 아닌 정규 기습전을 이어 간 것이다.

고려 연안에도 이미 삼국시대부터 왜구가 출몰 했지만 규모가 커지고 잔인해진 것은 고려말에 들어서였다. 수십만의 홍건적 도적떼가 압록강을 넘어와 백성들의 재산과 식량까지 약탈해 갔는데 이번에는 강화도가 왜구들의 발길에 완전히 짓밟혔다는 것이었다. 강화도는 왕성에서 가까운 곳에 있어 국가의 중요한 비밀 소장고(所藏庫) 등과 각종 세미창고(稅米倉庫) 등이 여러 군데에 서 있었다.

예를 들면 국보급 문화재나 고려왕실의 사고(史庫)도 있었다. 서운관도 마니산에 천문관측소인 천문소를 가지고 있을 뿐 아니라 고려 중기 이후 천문학에 관한 각종 귀중한 자료들을 보관한 천문고도 마니산 밑 전등사 근처의 비밀창고에 소장되어 있었다. 강화의 세미창고는 최대 3만 석의 쌀을 보관할 수 있었다. 그런데 홍건적의 난으로 나라가 어지럽게 되자 틈을 노리고 있던 왜구들까지 대거 고려 해안의 약탈전에 나섰던 것이다.

"강화 마니산 쪽 우리 천문소와 근처의 서고가 왜놈들의 지른 불에 완전히 타버렸다는 소식이오. 그게 사실인지 류 겸서께서 직접 가셔서 피해 상황을 둘러보고 오라는 이판사(判事 정3품. 서운관 관장)의 명입니다."

"알겠습니다. 즉시 다녀오겠습니다."

이윽고 송도를 떠나 방택은 개풍(開豊)으로 내려와 문산에서 나룻배를 타고 강화섬으로 건너갔다. 도착한 그곳은 섬의 북부지방인 계산리(鷄山里)였다. 나룻배에서 내린 방택은 눈앞에 전개된 거의 폐허로 변한 마을의 참담한 모습을 보자 눈 둘 데를 찾지 못할 지경이 되었다.

"아! 어쩌다 이 지경이 되었나?"

겨우 촌로 하나를 붙잡고 물어 본 방택은 섬이 이 지경이 된 것은 왜구들이 바다에서 쳐들어와 약탈해 갔기 때문이라는 걸 알 수 있었다.

"우리 계산리만 당한 게 아니라 강화섬 전도가 당했다는 소문입니다."

다행히 계산 역참(驛站)에 들러서 비루먹은 나귀 한 마리를 빌려 타고 천문소가 있는 마니산을 향해 떠났다. 마니산은 섬의 남쪽에 위치한 수려하게 높은 산이다. 하안리를 거쳐 남쪽으로 구불거리며 이어지는 길이 유일한 남북 통행로였다.

하룻만에 강화 읍내에 도착했다. 그러나 그곳 역시 폐허나 다름없고 관리들의 얼굴 보기가 힘들었다. 마니산 쪽으로 그냥 떠나려던 방택은 무슨 생각이 들었는지 나귀에서 내려 지나가는 사람을 잡고 물었다.

"강화군 수비대장인 강화병사는 어디로 가야 만날 수 있지요?"

"수비대장이 있으면 뭐하겠소? 쳐들어 온 왜놈들 그 약탈 만행을 손 놓고 바라봤을 뿐인데."

그가 비웃었다.

"사정이 있었겠지요. 그 사람 대체 어디로 가야 만날 수 있지요?"

"초지진(草地鎭)에 있을 거요."

인심마저 살벌했다. 사면이 바다로 둘러싸인 섬이어서 침략해 오는 적은 모두 해안가가 상륙지점이었다. 그래서 그 대비를 위해 수비군 대장인 강화병사(江華兵使) 정대근(程大根)은 초지진에 있었던 것이다.

병사 정대근은 황폐화된 섬 안의 피해를 일일이 조사하고 있느라 여념이 없었다.

"천운관 류방택 겸승님이 병사님을 뵙는다고 찾아 왔습니다."

"류방택? 어서 모셔라."

정 병사는 깜짝 반가워하며 류방택을 맞았다. 두 사람은 방택이 대궐 수비군인 응양군에 있을 때 상하관계로 만났다. 정 병사는 응양군 보급청장의 신분으로 군내의 모든 배급과 소비를 관리하는 책임자였는데 새로운 경리로 그 밑에 들어오게 된 사람이 방택이었다. 정 병사는 방택에 대해 언제나 고마워 했다. 난마처럼 얽혀있던 응양군 경영 관리 일체를 혁신하여 임금으로부터 상도 받았고 칭찬을 받았던 것이다. 그 모든 공은 류방택에게 있다고 하였다.

"이번 대대적인 왜구 침탈로 강화의 피해가 막심하니 일단 마니산 천문소를 비롯하여 천문자료 소장고가 무사한지 절더러 조사하고 오라는 명을 받았습니다."

"왜놈들이 날뛰며 각처 곳곳마다 불을 질러 강화섬 전체를 여드레 밤낮을 태웠다네."

"마니산 천문소도 무사하지 못하겠는데요?"

"무사하지 못할 것 같은 예상이네. 마니산과 전등사 일대가 일차

표적이었기 때문이지. 마니산 산밑에는 국가의 세미를 쌓아두고 저장하는 엄청나게 큰 세미창고가 7개 산재해 있네. 저장하고 있던 세미는 모두 3만 섬이었지. 왜놈들은 1만 섬의 곡식을 털어가고 그것도 양이 안 찼던지 전도를 돌며 일반 백성들의 쌀뒤주까지 다 털어 5천 섬을 더 약탈 해가고 모조리 불을 질러 태워버렸다네."

"도적 떼가 아니군요?"

"도적? 말 타고 다니는 기병들과 사무라이들이 설치는데 도적? 왜국이란 나라 조정이 보내는 침략군이야."

"이제부턴 제대로 맞서 싸우고 그놈들이 오는 근거지까지 색출하여 대대적인 토벌을 해야 한다고 주상께 장계(狀啓)를 올려놓았네."

방택은 일단 마니산 주변을 샅샅이 조사 하고 돌아오겠다며 초지진을 떠났다. 전등사와 마니산 일대를 돌아 본 방택은 너무 기가 막힌 듯 하늘을 우러러보고 섰다.

"이럴수가!"

세미를 약탈하면서 창고는 물론 주변 골짜기, 마을까지 불을 질러 초토를 만들어 놓고 있었다. 천문소도 불에 탔고 전등사 주변에 있던 천문기록 서고 또한 화재를 당해 완전히 소실된 상태였다. 그러니 백성들의 생활 또한 말이 아니었다. 일 년 농사를 시작해야 하는 5월 초, 논밭에 나와 일하고 있는 백성들이 없었다.

"지금 형편에 어떻게 농사지을 생각을 하겠는가? 며칠 전 황해도 연백 쪽에서 구휼미(救恤米) 천 섬을 실어와 농가에 나눠주고 있지만 턱없이 부족한 실정일세."

다시 만난 병마사의 근심이었다. 류방택은 가지고 온 서책 한 권을 내놓았다.

"이걸 받으시지요."

"이게 뭔가?"

정 병사는 그 서책을 펼쳐보고 흠칫했다.

"이건 무슨 책력(달력) 같은데?"

"맞습니다. 우리는 대대로 상국인 중국에서 나눠주는 책력으로 한 해를 살아야 했습니다. 다른 나라 사람들이 지키는 달력을 사용 하다보니 우리 실정에는 전혀 맞지 않는 일이 계속 생겨납니다. 특히 거기에 표시된 농사 절기가 우리쪽 과는 맞지 않아 농민들은 애를 먹곤 하지요. 우리 실정에 맞는 일 년 농사의 절기를 정하려면 고려의 밤하늘을 관찰하며 고도로 어려운 수식(數式)으로 풀어내야 정할 수 있습니다."

"그럼 류검승이 해냈단 말인가?"

병마사가 깜짝 놀라며 물었다.

"아직은 아닙니다. 다만 그 기초를 세웠을 뿐입니다."

"그거래도 어딘가? 이게 그 기록인가?"

"칠팔 년 동안 연구하고 관찰하여 만들어 본 시안(試案)에 불과합니다. 농민들이 일손을 놓고 눈물만 흘리고 있게 해서는 안됩니다. 지금 농사일을 시작하지 않으면 한 해 농사는 망치고 맙니다. 이 달력을 다시 수 백부 옮겨 적어 강화도 여러 지역의 농민들에게 나눠주고 내가 만든 절기를 놓치지 말고 모든 농사를 새로 시작하도록 하면 어떨까 합니다만."

　병마사는 너무도 기뻐하며 류방택의 달력을 복사하도록 지시했다.

8. 홍건적의 재침략, 수도 개경(開京) 함락

　망연하게 일손을 놓고 하늘만 바라보고 있던 강화의 백성들이 다시 쇠스랑과 호미를 들고 논밭으로 나가게 된 것은 강화병사 정대근의 간곡한 설득 때문이었다.
　"지금 나서지 않으면 한 해 농사는 다 망치고 맙니다. 이 달력에 표시된 대로 농사절기를 맞추고 일을 하면 좋은 결과를 볼 것이오"
　그는 급히 복제한 류방택의 사제 달력을 동네에 한 권씩 나누어주고 자기가 데리고 있던 군사들까지 동원하여 농민들의 일손을 돕게 했다. 류방택도 공무 때문에 더이상 머물 수 없어 다시 송도(開京)로 돌아왔다. 방택은 마니산 일대의 천문소와 천문서고가 불에 타 회진(灰燼)된 전후 전말을 자세히 기록하여 제출했다. 그 제출서에는 강화 농민들에게 자신이 만든 사제 달력을 분배해주었다는 것과 그들이 그것을 이용하고 있다는 사실은 밝히지 않았다.
　이듬해 늦은 봄이 되자 강화병사 정대근은 수하의 군관을 연락병으로 조정에 보낼 때 따로 류방택을 만나게 하여 서찰을 전하게 했다. 그 서찰 속에서 병마사는 다행히 강화도 일대의 일 년 농사는 평년작을 웃돌아 농민들 모두 한시름 놓은 듯하여 기쁘다고 적혀 있었다.
　그러나 그 기쁨도 잠깐이었다. 재작년에 40만 대군으로 홍건적이 압록강을 넘어와 서경(西京)까지 점령하고 위세를 부릴 때 3개월 만에 고려장군 이방실과 안우장군은 서경을 수복하고 그들을 쳐서 요동땅으로 내쫓아 나라는 화평을 되찾았는데 올 3월, 다시 홍건적 20만이 압록강을 넘어와 서경 일대를 짓밟고 왕성인 개경을 목표로 남진(南進)을 서두르고 있다는 소식이 전해져 시국이 흉흉해졌다.

비상 대책 어전회의가 열리자 대신들의 의견은 둘로 갈렸다. 왕성이 위험하니 임금은 안전한 곳으로 몽진(蒙塵. 피난)을 해야 한다는 측과 쳐들어온 적에게 중요한 성들을 빼앗기기도 했지만 고려군은 다시 탈환하며 그들을 패배시킨 전공을 보아도 이번 침략도 왕성에 다가오기 전 격파할 것이니 피난 등으로 백성들의 불안감을 조성하지 말라 주장했다.

피난을 주장하는 측은 왕의 측근 대신들이었고 결전을 해야 한다는 측은 무장들이었다. 정규적이며 정상적인 과정을 거쳐 단단한 뿌리를 가진 상태에서 임금에 등극했다면 몰라도 지배국인 상국의 의사에 따라 인질로 온 세자들 중에 자기들 입맛대로 고려의 새 왕을 선출하여 보냈으니 임금이 되어서도 항상 자리에 대한 불안감을 가지고 있었다.

영특하고 똑똑했던 공민왕도 그런 불안감에 시달려야 했다. 그래서 그는 자신의 측근들만 믿는 경향이 강했다. 자신의 측근이라면 원나라에 인질로 잡혀갈 때부터 자기를 4년 동안 호종(護從)한 비서들이었다. 반역자로 처단된 조일신(趙日新)을 비롯하여 류숙(柳淑), 홍건적과 싸워 혁혁한 전공을 세운 이방실(李芳實) 장군도 동료였고 응양군 상호군(上護軍)으로 있는 김용(金鏞) 또한 그들과 친한 비서 출신이었다. 이들의 특징은 세자였던 공민왕이 신왕이 되어 귀국, 등극할 때부터였다. 당연한 보답이었겠지만 그들이 받은 벼슬이 너무 막중했던 것이다.

여기서 공민왕 즉위 원년에 조일신의 무고로 파직을 당해 귀향하여 야인생활을 한 류숙을 제외하고 다른 사람들은 공명심에 불타 안하무인으로 권세를 휘두르고 군림했으며 서로 간에도 믿지 못하고 대립하며 암투를 했다. 그래서 대표적으로 제거된 역신(逆臣)이 조일신이었다. 그들은 동료가 자신을 제치고 출세하거나 잘되는 것을 가장 싫어했다. 홍건적 난리로 서경을 빼앗기고 나라의 운명이 위기에 빠졌을 때 서경을 탈환하고 나라를 구하여 일약 영웅이 된 장수는 이방실이었다.

응양군 상호군으로 임금의 경호를 맡고있는 김용의 위세도 대단했지만 치명적인 약점을 들어내어 중신들의 탄핵을 받았고 내침을 당한 적이 있었다. 그 약점이란 조일신의 난 때 대궐이 짓밟히고 난동을 부리는데 경호대장 김용은 임금을 경호한 게 아니라 제 목숨을 부지하기 위해 궁녀들 틈에 숨어 있다가 들킨 것이었다. 그 때문에 그는 서해의 섬으로 유배당했었다.

공민왕은 어려울 때 측근으로 고생했던 그를 다시 용서하여 불러들였다. 그는 다시 경호를 책임졌다. 동료였던 이방실은 서경 탈환의 개선장군이 되어 추밀원 부사(樞密院副使)로 승차하고 옥대(玉帶)를 하사받았다. 조일신만큼이나 공명심이 많았던 김용은 자기도 이방실이나 안우(安佑), 또는 정세운(鄭世雲) 장군 못지않은 무장이니 자기에게도 기회를 달라고 청했지만 김용은 누구나 백안시(白眼視)했다.

그건 조일신난 때 대전에서 궁녀 뒤에 숨어 목숨을 부지하여 귀양 갔다 온 것이 가장 큰 결격사유였기 때문이었다. 그래서 당연히 지금 가장 불만이 많은 인물은 김용이었다.

그러던 어느 날 제2차 홍건적의 대군 10만이 또 압록강을 넘어와 평안도 땅을 휩쓸고 다시 서경(西京)을 함락시키고 자비령(慈悲嶺)을 넘어 남쪽의 고려수도인 개경을 노리며 남진을 준비하고 있다는 급보들이 속속 날아와 조정을 혼란에 빠뜨렸다.

"어서 속히 몽진(피란)의 어가(御駕)를 발하심이 마땅하다 보옵니다. 몽진하실 땅은 중신회의에서 복주(福州. 安東)로 정했사오니 지금 서두르심이 좋을 듯하옵니다."

피난을 주장한 쪽은 모두 문신(文臣)들이었다. 그들 중 대표는 류숙이었다.

"나라의 주인이신 대왕 전하께서 왕성을 버리시면 모든 백성들은 부모 잃은 자식들 처럼 되옵니다. 대궐을 지키시옵소서. 소장들이 그 도적떼는 이 땅에서 몰아낼 수 있나이다."

김용이 나서며 반대했다. 자신이 입지를 만회할 기회는 지금뿐이라 생각한 것이다. 그러자 임금은 장군 정세운에게 물었다.

"장군은 어찌 생각하시오?"

"류숙대감의 의견에 따르고 싶습니다. 조정이 안전해야 하기 때문입니다. 복주로 가심이 마땅하다고 보옵니다."

그러자 김용이 맞섰다.

"왕성이 무주공산이 되기를 기다리는 자들은 분명히 어떤 이심(異

心)이 있다고 밖에 볼 수 없나이다."

"무슨 불경의 말씀을 함부로 하시오? 이심이라니?"

"꼭 그럴 것 이다는 아니고 그런 마음을 가질 수 있다, 그런 말이오. 군사들을 이끌고 군림하며 왕성을 지킨다면 전권을 휘두르게 되는 거 아니냔 말이오?"

애초부터 사이가 좋지 않았던 두 사람은 격한 싸움을 벌이기 직전까지 이르렀으나 주변의 다른 대신들이 만류하는 바람에 수그러들었다. 임금은 마침내 몽진을 재가하고 속히 떠날 채비를 하라 명했다. 임금의 일행을 모시고 떠나는 대신들의 대표자는 류숙이었다.

며칠 후 류숙은 방택을 만난 자리에서 송도에 남는 가족의 안위에 대해 상의했다.

"내 가족은 서산 고향집으로 피신시킬까 하네만."

"사태가 그렇게 위험해?"

"이번에 침략해 오는 홍건적들은 정예병들이라 하고 있네."

"왕성이 짓밟힐 것으로 보는구면?"

"우리 식구들과 함께 아우님 댁도 고향으로 가 잠시 난리를 피하는 게 어떨까 해서 상론하는 걸세"

방택은 손을 흔들었다.

"형님은 제구(宰舊)의 중신이니 피난은 가는 게 좋을 것 같지만 우리집은 송도에서도 변두리에 떨어진 그저 그런 일반 백성의 집인데 피난까지 갈 필요가 있을지 모르겠어. 일단은 아버님과 상론해 볼게."

방택은 류숙과 헤어지고 나서 아버지와 은밀하게 상의를 했으나 예상 한 대로 반대를 하는 바람에 없던 일로 했다. 방택은 조금도 동요됨이 없이 만수산 천문소에 나가 천문을 관찰하는데 하루해를 보냈다.

그때 서운관의 말단직원인 이사진이 방택을 찾으러 왔다.
"김판사(判事. 정3품) 대감께서 뵙자고 하십니다. 급히 오시랍니다."
판사는 서운관의 관장이었다. 한참만에 방택은 관장을 만날 수 있었다.
"어인 일이신지요?"
"주상께서 류 겸승(兼承)을 찾으시고 계시다 하오."
"아직 몽진을 떠나시지 않았나요?"
"근일중에 떠나실 것 같소. 무슨 급한 일이신지 속히 등대(登待)케 하라시니 빨리 등청하시오."
"예."
방택은 수창궁으로 등대했다. 승지가 안으로 들어가더니 윤허를 받아 방택을 접견하겠다 했다. 방택은 임금 앞에 나아가 부복했다.
"신 류방택 현신이옵니다."
"오, 류겸서! 하마터면 못 만나고 그냥 피난길을 떠날뻔했소."
"시키실 일이라도 있으십니까?"
임금은 궤상에 쌓여 있던 문서 위에서 하나를 꺼내 들었다.
"이건 강화병사(江華兵使) 정대근이 보낸 장계문(狀啓文)이오. 진작에 왔던 것인데 피난을 가느니 안 가느니 궐내가 시끄러워 개봉하는 걸 깜박했다가 이제야 읽어보고 감동이 되어 류 겸서를 급히 찾은 거요."

"아아, 예."

방택은 내용을 알 수 없어 애매하게 대답 했다.

"그대는 아주 훌륭한 일을 했소. 언젠가 과인 앞에서 자신의 포부를 개진한 적이 있지. 우리도 독자적인 책력(달력)을 만들어 온 백성들이 사용할 수 있게 하는게 꿈이라구. 장계의 내용을 보니 왜구의 침탈로 백성들이 농사철이 되었는데도 논밭에 나갈 의욕마저 잃고 있을 때 류 겸서가 강화병사를 방문하여 스스로 만든 사제(私製)달력을 전하고 농가가 꼭 지켜야 하는 농사절기(農事節氣)를 정해주어 농민들이 새로운 의욕을 가지고 농사일에 전념하여 대풍(大豊)을 가져왔다고 기록되어 있소. 더구나 파종(播種)하고 수확하는 적기를 정해놓은 절기가 기가 막히게 일치해서 놀랐다고 기록하고 있소."

방택은 그제야 내용을 알고 다시 한번 부복했다.

"부끄럽사옵니다. 그 책력은 완벽하게 만들어진 완성품이 아니옵고 전체의 대강을 정리해 놓은 것입니다. 저희 서운관 피해도 만만치 않다하여 그걸 조사키 위해 강화에 나갔다가 피해당한 농민들의 참상을 보고 우선은 소신이 늘 연구하기 위해 가지고 다니던 책력의 초록(抄錄)을 전했을 뿐이옵니다."

"아무튼 이 난세에 묵묵히 학자의 책무를 다한 류방택 겸서를 현창하고 싶은데 시중(首相) 의중은 어떻소?"

임금은 문하시중에게 물었다.

"공신록(功臣錄)에 오르게 하시고 특별히 벼슬을 높여 주시는게 마땅할 듯싶사옵니다."

이윽고 방택은 공신록에 등재되고 종2품관인 서운관 사대감판사(司大監判事)로 승차 되었다. 판사는 서운관 관장의 자리였다. 판사는 2인이 있었는데 정2품관 하나와 종2품관 하나였다. 정2품관은 실제로 서운관에 봉직하는게 아니고 조정의 고관(高官) 중에서 겸직을 시키는 명예직이어서 실제 관장은 종2품관이었다.

"성은이 망극하옵니다."

마음 같아서는 임금이 내린 관장직을 사양하고 싶었다. 오직 자신의 능력과 실력으로 특진을 거듭해 출세를 하여 최고위 관장은 되었지만 그렇게 되면 자신이 하고있는 천문 연구는 중단될 수밖에 없었던 것이다. 자신이 해야 할 일은 깊고 높은 산 속에 있는 천문소에 들어가 별자리를 관찰 연구하는 것인데 관장이라니 그건 아니었다.

그래서 사양할까 하다가 참기로 했다. 거절을 하면 임금에 대한 불충이 될 것이니 참았다가 훗날 어떤 계기가 될 때 물러나자는 것이었다. 한편 임금의 피난 행렬은 3일 후 개경을 떠나게 되었다.

역시 대궐에 있어야 할 왕과 왕비 일행이 왕성을 떠나 몽진의 길에 나서서 떠나게 되니 도성 안의 백성들은 불안해서 어쩔 줄 모르게 되었다. 한편 김용은 공민왕이 떠나기 전 왕성인 개경 수비군은 자기에게 맡겨주기를 간곡히 원했다. 임금도 2, 3 년래 김용의 소원이 뭔지는 잘 알고 있었다. 어떠하든 지나간 자신의 과오를 씻고 출세를 해서 임금의 비서출신 동료들을 제치고 문무의 권세를 쥐어보고 싶었던 것이다. 임금은 입지를 마련해주고 싶었지만 주변의 무장들이 반대하여 그의 소원을 들어주지 못하고 몽진을 떠나버렸다.

김용의 눈엣가시는 장군 정세운, 이방실, 안우의 순서였다. 1361년 11월이 되자 왕성을 지키던 도원수(都元帥) 정세운군이 무너지며 수도인 개경이 적의 손에 함락되고 말았다. 김용은 그 책임을 물어 정세운을 제거하려 했지만 당장 개경을 떠난 임금의 결재를 얻을 수 없어 그만두었다.

"기회는 얼마든지 있을 것이다. 서두르지 말자."

그로부터 3개월 후인 이듬해 2월에 정세운군과 안우군은 홍건적을 몰아내고 개경을 다시 수복하여 그 위세를 떨쳤다. 여세를 몰아 정세운군은 적을 압록강 쪽으로 밀어냈으나 적의 반격도 만만치 않아 전투는 교착상태(膠着狀態)에 빠지고 말았다. 김용은 이 기회를 놓치지 않았다.

도원수 정세운은 도적을 몰아내고 승리로 이끌어 왕성을 굳건히 지키며 국태민안(國泰民安)을 이룩하겠다 임금 앞에서 서약했음에도 나라 전체가 도탄에 빠져 허덕이는데도 승기를 잡지 못하고 소모전만 하고 있으니 정세운을 삭탈관직하고 처벌로 일벌백계로 삼아야 한다는 임금의 가짜 교서(敎書)를 만들어 들고 어보(御寶. 옥새)를 관리하는 직숙위(直宿衛)를 찾았다.

"어인 일이십니까?"

"어보를 내놓아라."

"주상전하가 아니면 꺼내시지도 보실 수도 없는 것이 일국의 어보입니다."

"말이 많구나! 어서 내놓아라."

김용은 장검을 빼 들고 직숙위의 목을 겨냥했다. 벌벌 떨던 그도 하는 수 없던지 어보상자를 내놓았다. 김용은 옥새를 꺼내어 미리 만들어 온 교서에 날인을 끝냈다. 그런 다음 주변에 아무도 없다는 걸 확인하고 증거를 없애기 위해 직숙위의 목을 쳐 날려 버렸다.

그런 다음 김용은 문하시중(首相) 이름으로 내일 아침 긴급한 조회가 있으니 대궐로 들어오란 관보를 만들어 자신의 심복에게 주고 지금 봉주(鳳州) 쪽에서 홍건적과 대치하고 있는 아군 지휘소로 가서 정세운 장군에게 전하란 명을 내렸다.

급보를 받은 정세운은 진영을 부원수 장인관에게 맡기고 대궐로 달려왔다. 한달음에 대전까지 입궐한 정세운은 흠칫 놀라 섰다. 대전에는 대신들도 보이지 않고 상주하는 환관 시위들도 안보였던 것이다.

"아무도 없느냐?"

그가 외치자 대궐 뒤쪽에서 십여 명의 장정을 데리고 김용이 나왔다.

"김 대감! 왜 아무도 없소?"

"내가 있지 않소? 그 보다 대궐에 입시하려면 누구나 무장을 풀어야 한다는 기본도 잃어버린 거요?"

"으흠"

약간 당황한 정세운이 어떻게 할까 망설이는게 보였다. 그러자 김용은 정장군을 도와 드리라고 외쳤다.

"아악!"

그 순간 정세운이 비틀거렸다. 뒤로 다가온 두 명의 살수(殺手)가 숨기고 있던 장검을 뽑아 목을 쳐 날렸던 것이다. 정세운은 왜 암살을 당해야 했는지 그 이유조차 모르고 피투성이가 된 채 쓰러졌다. 김용은 심복들을 불러모아 입단속을 시키고 정세운의 시신은 다른 전각 안에 숨겼다. 그런 다음 소문을 내도록 했다.

"오만방자한 정세운은 오래전부터 나라의 문무대권을 한 손에 잡고 마음대로 군림하려 하다가 임금께서 복주로 몽진하시어 궐내가 비어있다는 호기를 노리고 군사를 이끌고 범궐(犯闕)을 했다가 김용장군에 의해 처단당하게 되었다. 장차 그의 상세한 범죄는 낱낱이 백일하에 밝혀질 것이다."

이튿날이 되자 대궐은 가마솥처럼 부글부글 끓었다.

9. 거짓 왕명(王命)에 추풍낙엽(秋風落葉)된 장군들

　김용은 천둥소리에 귀 막을 틈도 없이 재빠르게 모든 작전을 끝내야된다며 서둘렀다. 애초 유인 계략으로 정세운을 대궐로 끌어들여 처단한 것도 왕명을 거짓으로 사칭한 것이기에 시간을 끌면 그게 들어날까봐 전광석화처럼 정세운의 가족과 부하 장졸들까지 반역의 올가미를 씌워 잡아들였다.

　그런 다음 정세운의 정변 음모에 언제, 어떻게 가담하게 되었는지 문초를 받아야 전모가 밝혀질텐데 김용은 체포하면 묻지도 따지지도 않고 뇌옥에 가둔지 이틀날이면 끌어내어 목을 쳐버렸다. 그렇게 되자 많은 사람들이 김용의 반란 진압에 의구심을 갖게 되었다. 그중에서도 정세운과 함께 용명을 날리고 있던 장군 안우(安佑)나 이방실(李芳實)은 김용을 철저히 의심하기 시작했다.

　그걸 눈치채지 못할 김용이 아니었다. 애초부터 안우나 이방실은 2차 제거대상 이었던 것이다. 마침내 왕성을 포기하고 북으로 도망쳐서 고려군과 대치하여 싸움을 벌이던 홍건적들도 장군 이방실과 안우의 합동작전에 대패하여 창황히 요동 땅으로 패퇴했다. 김용은 문하시중 김제준에게 그들이 개선하면 이방실과 안우의 전공을 치하하는 승전연회를 수창궁에서 연다고 발표하라 했다.

　마침내 고려군이 개선함에 맞춰 승전연회를 열기로 했다. 저녁이 되자 주인공인 이방실과 안우가 군마를 타고 각각 호위병 백 명을 거느리고 궁문 앞에 이르렀다. 누구를 막론하고 궁문 안에부터는 말에서 내려야 하며 무장도 풀어야 한다. 두 장수는 그대로 따랐다. 안우의 신호에 따라 자기 군의 부장과 이방실의 부장이 머리를 마주 댔다.

"끝까지 긴장을 늦추면 안된다. 김용 저자가 어떤 계략을 꾸미고 우릴 초대했는지 누구도 모르기 때문이야. 연회장까지는 숲길이다."

"숲길 곳곳에 미리 병사들을 숨겨 두었습니다. 빈틈없이 두 장군을 경호할 겁니다."

"좋다."

이방실과 안우는 연회장이 있는 수창궁 외전(外殿)을 향해 성큼성큼 걸어 갔다. 소나무가 우거진 숲길을 접어 들었다.

"장군, 웬지 냉기가 휩싸는군요. 긴장합시다."

두 사람은 사방을 둘러보았다. 그 순간 두 사람은 비명도 크게 지르지 못하고 가슴을 움켜쥐며 비틀거렸다. 어둠 속에서 갑자기 강궁(强弓)의 화살이 날아와 두 사람의 가슴에 꽂혔던 것이다.

"어느 놈이냐?"

이방실이 겨우 외쳤다. 그러자 어둠속에서 바람처럼 나타난 암살범들이 두 사람의 목을 장검으로 내리쳤다. 두 사람은 그대로 쓰러지며 피투성이가 된 채 운명했다.

"장군께서 당하셨다!"

어디선가 외치는 소리가 들려오더니 쓰러진 두 장수 곁으로 십여 명의 호위병들이 튀어나와 암살범들과 교전이 벌어졌다. 이방실과 안우가 암살 당했다는 소식이 궁문 쪽에 전해지자 두 장수가 거느리고 왔던 호위병 200여 명이 궁안으로 몰려들었다. 이들은 김용의 대궐수비군과 일대 충돌이 벌어졌다. 그러나 숫적으로 열세였다.

이방실과 안우가 데리고 온 호위병 2백은 곧 동원된 대궐수비군 400여 명에게 포위 당하여 저항하다 죽거나 투항했다.

"역도(逆徒)인 이방실과 안우는 일찍부터 정세운과 모의하여 주상께서 대궐에 계시지 않음을 기화로 정변을 일으켜 금상을 갈아치우고 원나라에 있는 왕족 중 기세왕자를 데려와 신왕으로 옹립하려다 발각이 되어 정세운은 처단을 받았던 바 서로 밀모를 했던 사실이 탄로 날까봐 이방실과 안우는 개선 연회일을 정변일로 정하고 수하의 병사들을 데리고 범궐하여 무력을 쬐하다가 수비군에게 토벌을 당하여 이방실과 안우 역시 즉참(即斬)을 당하고 진압이 되었다."

김용의 선언이었다. 다시 한번 이방실과 안우의 잔당을 색출하여 처단해야 한다며 김용은 궐내에 피바람을 일으켰다. 한편 서운관에 매일 출퇴근하고 있던 류방택은 아수라장 같은 궐 내외의 현실에 실망하여 뭔가 결심한 듯 선임자인 김 판사에게 사직서를 제출했다.

"왜 이러시오?"

"주상께서 저를 관장으로 명하셨을 때 바로 사임을 하려 했지만 불충일것 같아서 참았습니다."

"왜 자꾸 사직한단 말씀을 하시오?"

"제가 하고 싶은 일은 깊은 산속에 있는 천문소에 들어가 천문을 연구하는 것입니다. 그걸 못하게 되어 사직하려 한 거구요."

"이제 알겠소. 마침 주상전하께서 복주를 떠나 귀경 중이시라 하니 전하께서 돌아오시면 사직서는 내시지요."

"아닙니다. 제 사정을 봐주십시오."

방택은 끝내 그에게 사직서를 맡겼다.

"어디루 갈 거요?"

"고향으로 가겠습니다. 그곳 도비산에는 제 개인적인 천문소가 마련되어 있습니다."

더 이상 만류하지 못했다. 방택은 집으로 돌아와 부친에게 자초지종을 말씀드리고 귀향한다 했다. 부친도 말리지 못하고 쓴 입맛만 다셨다. 고향으로 돌아온 방택은 태안(泰安) 쪽에 있던 도비산(島飛山)으로 들어가버렸다.

그런지 5일만에 공민왕은 피난지 복주(안동)에서 귀경했다. 와보니 나라의 기둥들인 장군 3명을 한꺼번에 잃었다는 걸 알고 공민왕은 소스라치게 놀랐다. 더구나 그 장군들은 모두 자기를 따라 원의 수도로 가서 4년 넘게 고생을 하며 자신의 신변을 지켜준 호종(護從) 비서 출신들이었다. 김용은 정세운, 이방실, 안우의 처단사건을 교묘하게 다시 만들어 자신은 그들의 무력 정변을 막아낸 공신으로 둔갑시켰다.

공민왕은 김용을 믿는 것처럼 하고 슬픔을 견디며 태연하게 정무를 다시 보았다. 그러던 어느 날 임금은 피난지 복주까지 호종하고 돌아온 류숙과 호종대장인 김사익을 은밀하게 불렀다.

"두 사람을 과인이 부른 이유가 있다."

"그게 무엇입니까?"

"김용은 장수들의 처단은 그들이 반역을 했기 때문에 어쩔 수 없이 한 것이라 하고 있다. 하지만 과인이 알아보니 김용은 장수들의 심복들이나 아니면 그 가족들도 반역에 연루되어 있다면서 모두 체포, 구금했는데 거의 모두 하룻만에 그것도 문초도 없이 뇌옥에서 끌어내어 모두 참수를 해버렸다고 한다. 두 사람은 이제부터 즉시 김용의 주변을 샅샅이 조사하고 그가 과인을 속이고 있는게 무엇인지 밝혀내도록 하라."

"예."

공민왕은 암우한 군주가 아니었다. 김용의 모든 것을 의심의 눈초리로 지켜보고 나서 측근 중의 측근인 두 사람에게 비밀을 파헤치도록 밀명(密命)을 내렸던 것이다. 그러면서도 태연을 가장하고 왕비전으로 자리를 옮겼다. 왕비는 피난을 떠나기 전부터 편조(扁照)라는 스님을 불러들여 불경공부를 하고 있었다.

"상감마마 납시오!"

왕비전으로 들어오던 임금은 흠칫했다. 왕비는 합장을 한 채 눈을 감고 있었고 그 앞에 스님 하나가 경을 외우고 있었다. 벽제(辟除)소리에 스님은 경을 멈추었고 왕비도 감고있던 눈을 떴다. 스님은 임금이 들어온 것을 알고 급히 부복했다.

"불경공부를 하고 있었던 모양인데 과인이 방해를 한 모양이구려?"

왕비에게 말을 건넸다.

"공교롭게 그리되었군요. 편조 스님은 오늘 주상전하를 처음 뵙는 날이지요?"

왕비가 묻자 스님은 다시 한 번 부복을 하며 고했다.

"주상전하를 뵈오니 무쌍의 광영 이옵니다."

"편하게 앉으시오. 스님은 왕비께서 왕실의 원찰(願刹. 왕실의 전속 사찰)에 불공드리러 갔을 때 만났다지요? 왕비가 스님의 칭찬이 자자해서 한 번 뵈올까 했는데 이렇게 뵙는군요."

"망극하옵니다."

"그래 속성(俗姓)은 무엇이오?"

속세에 살 때의 성씨가 무엇이냐 묻고 있었다.

"신(辛)가이옵니다."

"이름은?"

"돈(旽)이옵니다."

"양가집 자제였소?"

"아닙니다. 저희 부모는 절간의 노비였습니다. 소승은 노비의 자식으로 태어나 열 다섯에 출가했습니다."

편조는 망설임이나 주저함이 없이 자신의 천한 출신을 털어놓았다. 공민왕은 그의 솔직함과 정직함이 마음에 들었다.

"그럼 속세의 모든 인연은 다 끊고 살아오셨군요?"

"그래서 중 아니겠습니까? 열다섯에 출가한 후 혈육이라고는 한 번도 만나본 적도 없고 생각해본 적도 없습니다."

공민왕은 깊이 고개를 끄덕였다. 왕가의 두통거리는 역시 척족세력(戚族勢力)의 발호였다. 왕비가 되거나 하다못해 후궁이 되어도 그 일가친척은 그 줄을 잡고 요직을 차지하며 득세하여 그들의 부정(不正)함이 말할 수 없었다. 그런데 신돈은 그런 친척이 없다니 마음에 들었다.

그 때 부승지가 들어 왔다.

"왜 그러나?"

"편전에 류숙 대감이 와 계시옵니다. 급한 일이라고 전하를 뵙기 원 하는 것 같습 니다."

"알았네. 기다리라 하게."

잠시 후 임금은 편전으로 가 류숙을 만났다.

"알아본 게 있나?"

"상감마마의 의심이 사실로 드러나고 있습니다. 김용은 왕명을 사칭하여 정세운 등 여러 무장들을 반역 모반을 꾀하고 있다며 처단을 한 것으로 드러나고 있습니다. 전권을 잡은 김용은 불안한 기색이 역력합니다."

"지금 당장 김용 일당을 잡아들일까?"

" 아닙니다. 좀 더 확실한 증거를 확보한 후에 잡아들여도 됩니다."

"예의 주시하라."

한편 김용 역시 임금이 자신을 의심하고 있다는 것을 눈치채고 있었다.

"장군! 어떻게 대처해야 할까요?"

김용의 아장(亞將)인 장경신이 사태가 급하게 김용 쪽에 불리하게 돌아가고 있음을 지적하고 김용의 마지막 결단을 촉구했다.

"모 아니면 도다! 예상한 사태이다."

김용은 수하의 심복에게 밀서를 주고 원나라 수도인 대도(北京)로 떠나게 했다. 그곳에는 충숙왕의 아들인 덕흥군(德興君)이 인질 생활을 하고 있었는데 본국에서 정변이 나면 공민왕을 폐하고 덕흥군을 신왕으로 옹립하겠다고 약속했다. 한발 더 나아가 공민왕을 암살하기로 한 암계(暗計)를 실천에 옮기기로 했다.

홍건적의 난 때 대궐인 수창궁이 불에 타서 수리 중이었는데 수리 기간 동안 임금은 흥왕사(興旺寺)에서 거처하고 있었다. 아침이 되면 임금은 대연(大輦)을 타고 만월대 정전에 와서 정사를 보고 있었다. 암살은 그때를 이용하자는 것이었다.

며칠후 아침, 여늬날과 같이 흥왕사는 바쁘게 움직이고 있었다. 임금이 만월대로 출근하기 때문이었다. 흥왕사 앞마당에는 임금이 타고 갈 대연이 마련되었고 얼마 안되어 아침 수라를 마친 임금이 환관 궁녀들의 보살핌을 받으며 대연에 올랐다. 왕비가 함께 동행하지 않는 것은 태기(胎氣)가 있어 조심해야 하기 때문이었다. 이윽고 임금을 태운 대연이 일어났다. 경호병 50여 명이 앞뒤로 호위한 채 대연이 움직였다.

그때는 이미 흥왕사 주변의 울창한 숲속에도 100여 명의 김용의 가병들인 호치군이 매복하고 있을 때였다. 대연이 천천히 움직여 오고 있었다. 군사들 사이에 함께 숨어 있는 김용은 기습을 가하여 임금을 암살할 수 있는 기회를 노리고 있었다. 이윽고 대연이 바싹 다가오며 지나치려 하자 김용의 장검이 번쩍 빛을 발했다.

그것이 군호였다. 100명 중 5십 명은 대연의 호위군을 해치우고 나머지 50명은 대연을 덮쳐 임금을 암살하는게 계획이었다. 기습전이 벌어지자 당장 아수라장으로 변했다. 김용의 호치군 3명이 전광석화처럼 대연 속으로 뛰어들며 임금의 목을 쳤다.

"임금이 죽었다!"

곧 환호성이 올랐다. 공민왕 암살계획은 완전히 성공하는 순간이었다. 대연을 경호하던 수비병들은 부상을 입거나 아니면 모두 뿔뿔이 도망쳐서 대연은 길가에 널브러져 있었다.

"임금이다! "

외치는 소리가 들리더니 김용의 호치병 두명이 피투성이가 된 임금의 시신을 들고 밖으로 나왔다. 근처에 있던 김용이 뛰어갔다.

" 아니? 이게, 이게 누구냐? "

시체를 들여다 본 김용이 흠칫 놀라 물었다.

"공민왕 아닙니까?"

"시체를 잘못 들고 나온게 아니냐?"

"대연 속에는 오직 한 사람, 이자 뿐 이었습니다."

"뭐라구?"

더욱 놀란 김용이 대연 속으로 급히 들어갔다. 비단 안석에는 붉은 피만 가득 물들어 있을 뿐 아무도 없었다.

"아아, 속았다."

"속다니요?"

"너희들이 죽인 저 시체는 공민왕이 아니고 환관 안도적(安都赤)이다."

"그 그럴수가요. 암살 계획을 미리 알고 바꿔치기 했다는 거 아닙니까?"

"시간 없다. 어서 선의문 쪽으로 가 군사들을 불러 모으고 수비태세를 굳혀야 한다. 우릴 잡으려고 공민왕은 딴 곳로 가서 이미 군사들에게 비상령을 내리고 체포령을 발했을 것이다."

김용의 공민왕 암살 미수사건은 그렇게 끝이 났다. 검거된 김용은 밀양에 유배되었다가 계림부(경주)로 옮겨져 투옥된 뒤 사지를 찢는 극형(極刑)에 처해졌다.

제2부

1. 까마귀 싸우는 골에 백로(白鷺)야 가지 마라

두 달쯤 지난 후

도비산 산속의 사사롭게 만든 개인 천문소(天文所)에서 숙식까지 해가며 천문관찰에 열중하고 있던 방택을 찾아온 손님이 있었다.

"감옥살이가 따로 없군!"

방택이 있던 방안을 둘러보던 손님의 입에서 나온 첫마디였다.

"아이구, 누구신가 했더니 아우님이 웬일이신가?"

형제 중에 가장 흉 허물없이 지내는 아우가 찾아왔던 것이다.

"난 알다가도 모르것소."

"뭘 또 알다 모른다는 거야?"

"서운관 판사면 실질적인 관장 아니냐고? 그런데 그 높은 자리를 갑자기 내려놓고 산속으로 귀양살이를 자청했으니 그런 거 아냐?"

"나에 대해서는 제일 잘 아시는 아우님이 갑자기 왜 이러실까?"

아우는 빙그레 웃었다. 음직(蔭職) 천거로 벼슬길에 나갈 수 있다며 맨 먼저 방택을 찾아 준 사람이 그였다.

"건강해서 보기 좋네. 우리 서주(서산) 류씨는 자고로 탐관이 없는 것 같애. 언제나 벼슬자리에 연연하지 않으니 말이야."

"왜 자꾸 이러실까?"

"숙(柳淑) 형님이 1차 홍건적난 때도 전공을 세우고 기철 일당의 반란도 제압하고 이번에는 복주로 피난 가시는 상감을 모시고 다녀오지 않았소? 그 공들을 헤아려 먼저 안사공신(安社功臣)으로 표창하고 충근절의찬화공신(忠勤節義贊化功臣)으로 봉하더니 서령군(瑞寧君)의 봉작을 내렸답디다. 그러자 숙 형님은 노령(老齡)을 핑계로 받은 관직을 내려놓고 낙향을 결심했다 합니다."

"결심이라니? 실행을 했단 말이냐 아니면 할거란 말이냐?"

"어제 고향집으로 내려왔다구 하든데?"

"잘 생각했군."

"허허 형두 참! 이제 정상에 올랐는데 낙향한 걸 잘 생각한 거라구?"

"까마귀 싸우는 골에 백로야 가지마라란 말도 있다. 요즘 같은 시국에는 훌훌 털고 고향 집으로 오는게 가장 현명하다고 볼 수도 있지."

"자기 얘기를 하고있는 것처럼 보이네!"

"서운관 관장이 얼마나 대단한 벼슬이냐? 하지만 하늘의 태양, 달 그리고 별자리나 관찰하고 사는 직책일세. 권세가 높아 호령하며 사는 직위도 아니오 재물이 들어오는 자리도 아니지, 그러니 현직에 있어도 마찬가지요 없어도 마찬가지 아닌가. 얼마나 깨끗하고 좋은 자린가? 그러나 저러나 숙 형이 낙향했다면 하산해서 술 한잔 안마실 수 없군."

"그래서 내가 소식 전하려 온 거야."

"알았네. 이곳 일을 좀 마무리 하는 대로 집에 가지."

방택은 아우를 먼저 보내놓고 삼일 후에 서산집으로 돌아갔다. 서산 고향집에는 그가 한 달 전에 만들어놓은 작고 아담한 별당 건물이 앞마당에 있었다. 거기서 귀향한 숙 형과 형제들을 불러 함께 간단한 위로연을 해주기로 했다.

"자아, 술은 새로 마당에 세운 아담한 정자에서 마십시다."

저녁 식사를 모두 함께하고 난 다음 방택의 아우가 제안했다. 정자는 최근에 방택이 만든 것이었다.

안으로 들어가기 전. 류 숙은 정자 주위를 찬찬히 돌아보았다.

"아주 운치가 있구먼? 정자 이름인 현판(懸板)도 걸려 있네? 금헌(琴軒)이라?"

"금헌! 거문고 금, 집 헌. 거문고의 집이란 뜻인가 보구먼. 정자 모습이 거문고를 닮았다 해서 거문고 정자라 명명한 모양이오."

방택의 아우가 류 숙의 말을 받아서 나름대로 뜻풀이를 했다.

"더 깊은 뜻이 있어 보이네. 무슨 뜻으로 정자 이름을 금헌이라 했나?"

류숙이 방택에게 물었다.

"대단한 뭐 다른 뜻이 있겠소? 벼슬에서 은퇴하면 이 초막에서 거처하며 내가 좋아하고 즐기는 거문고나 탄주(彈奏)하며 여생을 보내면 좋겠다 싶어 그렇게 지은 것입니다."

그러자 류숙이 궁금한 듯 물었다.

"내가 알기로 아우가 무릎 위에 거문고를 놓고 연습을 하는 걸 본 것이 아마도 열예닐곱 살 먹었을 때 같은데 맞는가?"

"맞습니다. 열여덟 살 때 처음으로 농현(弄絃)을 배웠으니까요."

"이 궁벽한 시골에서 거문고를 배우다니 혼자 익힌 건 아니겠지?"

"물론입니다. 스승이 있었습니다."

"어디 살던 분이었는데?"

"태안 쪽으로 나가는 곳에 아주 높지는 않지만 아담한 산 하나가 있지요? 도비산이라구?"

"스승이 거기 사셨단 말인가?"

방택은 고개를 끄덕였다.

"천문을 관찰하기 위해 산을 좋아하다 보니 자주 찾은 곳이 도비산이었습니다. 다른 산보다 그 산이 좋았던 것은 사방이 툭 터져서 온 하늘이 다 잘 보여서였습니다. 그런데 그곳 정상 부근에 올라가 있으면 언제나 중후하고 아름다운 거문고 가락이 들려오곤 했지요. 어디서 날까? 그래 찾아보았더니 산 중턱 대나무숲 속에 숨어 있는 초막에서 울려 나는 소리였어요. 난 무엇엔가 홀린 것처럼 그 초막을 찾아 들어 갔지요. 머리와 수염이 하얀 꽃으로 뒤덮힌 것 같은 백발의 신선한 분이 거문고를 타고 있었습니다. 탄주가 다 끝날 때까지 토방에서 기다렸지요. 가락이 멈추길래 제가 누구인가를 밝히고 오늘부터 거문고를 배우고자 하니 받아달라고 통 사정 했지요."

"그래서 받아준 것이로구먼?"

"승낙을 안 해주셨습니다. 난 다음날 부터 그댁에 가서 땔나무를 해다가 나무청에 쌓아드리기 시작했어요."

"나무를 하러 다녔다구?"

"승낙을 해 주실 때까지 계속했지요."

"노인 혼자 사시지는 않았을 거 아냐? 아들이나 다른 식구들도 함께 살고 있었을 거 같은데?"

"혼자서 기거하며 노후를 즐기는 분이었어요. 어찌되었던 간에 매일 나무하는 일을 해드렸더니 한 달이 채 안된 어느 날 이제 그만하고 방에 들어오라 하셨습니다. 그때 부터 삼 년 동안 시간이 나는 대로 찾아다니며 거문고 탄주법을 배우고 익혔습니다."

"놀랍구먼! 우린 왜 그걸 몰랐었지?"

"내가 말씀을 안 드려서 모른거지요."

"그럼 이제 향기로운 술잔도 기울였으니 우리 아우 거문고 탄주 소리나 들어 볼까?"

"좋습니다."

류숙도 술잔을 비워내며 채근했다. 정자에는 방택의 아들들도 들어와 앉았고 류숙의 아들들도 함께 앉아 있었다.

"거문고를 내오너라."

큰아들 백유에게 명하자 아들은 검정 비단으로 된 커다란 보자기에 쌓인 거문고를 웃방에서 들고 왔다. 방택은 보자기를 정성스럽게 벗겨냈다. 검은색으로 윤이 나는 거문고가 모습을 드러냈다. 큰아들 백유는 젓가락보다 조금 큰 술대를 챙겼다가 아버지 앞에 내놓았다.

가야금은 왼쪽 손 손가락을 이용하여 열두 줄의 현(弦)을 잡아당겨 음을 내지만 거문고는 대나무로 깎아 만든 술대를 이용하여 여섯 줄의 현을 튕겨 높고 낮으며 오묘한 음을 만들어 내게 되어 있었다. 거기다가 그 깊고 오묘한 음율과 가락을 만들어 내는 것은 오른 손이다. 여섯 줄 현은 안족(雁足.기러기발)으로 받혀 놓고 있는데 오른 손으로 그 현들을 짚어 음의 높낮이와 온갖 기묘한 음율을 내게 되어 있다.

방택은 가부좌(跏趺坐)를 한 자기 무릎 위에 거문고를 좌정시킨 다음 〈다스름〉을 했다. 자신의 마음에 딱 들어맞는 음들을 잡기 위해서였다. 이윽고 다스름을 마친 그는 정신을 집중하려는 것처럼 잠시 지긋이 눈을 감았다가 떴다.

"다른 악기들은 부여, 고구려 때부터 중국에서 전해진 것들입니다. 거문고 못지않게 오래되었다는 가얏고(가야금)도 신라 시절 가야국(伽倻國)에서 건너왔기에 가얏고라 합니다만 서역(西域)에서 전해진 악기로 알려져 있지요. 하지만 거문고는 고구려 시절부터 우리나라 유일의 전통 악기로 알려져 있습니다. 가얏고는 열두 줄이고 손가락으로 누르거나 뜯어서 음율을 나게 하는데 반하여 거문고는 명주실로 꼰 여섯 줄을 누르거나 술대를 쥐고 술대로 줄을 쳐서 음을 내는게 다릅니다. 그래서 옛날부터 가얏고는 여성스러운 악기지만 거문고는 저음이 중후하고 울림이 깊어 남성적이라 하여 선비들이 좋아한 악기입니다.

거문고란 명칭이 생긴 유래를 보면 옛날 고구려 시절의 재상인 왕산악(王山岳)이 거문고를 탄주하자 그 소리에 감동하여 어디서 날아왔는지 모를 검은 학(黑鶴)들이 탄주 소리에 맞추어 춤을 췄다 합니다. 그때 이후 〈거문고〉란 이름이 탄생 되었는데 한자로는 현금(玄琴) 혹은 현학금(玄鶴琴)이라 했습니다. 거문고는 순수한 우리말입니다.

검다는 뜻이 있지만 검(儉)은 단군왕검의 검처럼 우두머리란 뜻도 있습니다. 모든 악기들의 우두머리가 거문고라는 것입니다."

방택의 말이 끝나자 류숙이 한마디 했다.

"왜 거문고가 사대부 선비들의 둘도 없는 친구가 되었는지 알만하네. 좋은 취미를 갖게 되었구먼. 나는 이 초막의 당호(堂號)를 왜 금헌(琴軒)이라 했는지 잠시 생각을 해보았네. 물론 거문고를 탄주하고 마음을 다스리는 초막이니 금헌이라 했겠지만 어디선가 읽은 선현(先賢)의 말씀이 생각났네. 금(琴)과 금(禁)은 그 숨겨진 뜻이 서로 상통한다. 거문고는 탄주법이 있어 그 법칙을 벗어나면 안 되는 금법(禁法)이 있고, 사대부 선비는 군자가 지켜야 하는 금도(禁度)가 있는 법이지. 금도를 지키려면 언제나 정신을 바르게 하는 수양을 해야 하며 사심(邪心)을 버리고 너그러운 평정심을 가져야 군자가 될 수 있고 학문을 제대로 연마할 수 있다.

그런 군자의 정심(正心)을 가지려면 먼저 금(琴)을 가까이 하여 깨끗하고 아름다운 풍악으로 스스로 사심을 정화(淨化)할 필요가 있다. 선비들이 거문고를 가까이하며 풍악에 취하는 것을 선망하는 것은 바로 그런 연유 때문이다. 태보(兌甫. 방택의 아명)는 그런 거문고의 깊은 뜻을 살리고자 당호를 금헌이라 지은 것 같다."

"역시 형님의 그 고매한 학식은 누구도 따를 자가 없구려."

"그만하고 한 곡조 들려주는게 어떠시오?"

아우가 채근했다.

"그러지. 현학지락(玄鶴之樂) 한 곡을 탄주 해보겠습니다. 이 곡조는 고구려 재상인 왕산악이 만든 것입니다. 정신이 사나울 때, 괴로움이 있을 때 이 곡조를 탄주하면 정신이 맑아지며 안정이 됩니다."

방택은 거문고를 타기 시작했다. 이윽고 탄주가 끝나자 방안의 모든 사람들은 감동한 듯 누구도 입을 열지 않았다. 얼마 후에야 류숙이 물었다.

"도비산의 그 스승은 지금도 생존해 계신가?"

"돌아가신지 벌써 십일 년이 되었소. 그분 밑에서 내가 거문고를 배운 기간이 모두 십이 년이었지. 노환으로 돌아가셨는데 내가 가서 보니 거문고를 끌어안고 운명 하셨더라구요."

2. 비탄(悲嘆)에 빠진 공민왕

1365년(공민왕14년).

공민왕은 그동안 여러 가지 개혁시책을 내걸고 나라를 바로 잡아보려고 노심초사했으나 안이한 기성 세력들의 비협조로 벽에 부딪히고 말았다. 그런대로 공민왕의 개혁정책 추진에 힘이 되어주는 건 새로 국사(國師)가 된 신돈이었다.

"소승이 보기에 속히 개혁이 이루어져야 할 곳은 농촌으로 보입니다. 농민들이 자가(自家) 농토를 가지고 농사를 짓는 사람의 가구수(家口數)가 아주 적습니다. 왜 그런가 보니 권세를 쥐고 군림하는 세도가들이 전국의 농토 거의 대부분을 차지하고 있기 때문입니다. 권세가도 문제지만 또 다른 문제는 전국의 사찰들이 소유하고 있는 사전(寺田)이 엄청나다는 것입니다. 불교국가를 자처했던 나라였기에 전국 각처에는 사찰들의 숫자가 엄청나게 불어났습니다. 사찰 종사자들이나 막대한 숫자의 스님들은 나라에서 먹여 살려야 했습니다. 그 때문에 나라가 사찰에게 전답을 나누어주어 스스로 먹고살게 했습니다. 사찰에서는 농민들에게 도지(賭地), 소작을 내주고 불로소득을 취했지요."

"사전(寺田)의 피해는 막심한데 국사도 스님이면서 사전의 비위를 고발하시는구려?"

"잘 잘못은 파헤치고 바로 잡아야 합니다. 그런 부정과 부패가 척결되지 않고는 새로운 고려국으로 재탄생 될 수 없습니다."

"역시 과인이 믿을만한 분은 국사님 밖에는 없구료."

새삼 감동한 듯 임금은 눈을 감고 고개를 끄덕였다. 그때 승지가 들어와 입시했다.

"김 승지! 안그래도 과인이 얼마나 초조하게 왕비의 움직임을 기다리고 있었는지 알고 있겠지요?"

"예, 상감마마! 얼마나 일각(一刻)이 여삼추(如三秋) 이시겠습니까?"

"속히 말하라."

"아직도 진통 중이시라 하옵니다."

"이른 새벽부터 진통이 심하여 어의들이 춘소전(春宵殿)에 모셔갔거늘 저녁이 다 되었는데도 아직도 진통 중이라니 이런 난산(難産)이 어디 있단 말인가?"

임금은 자신이 진통에 시달리는 것처럼 괴로워했다. 임금이 노국공주인 왕비와 혼인한 것은 올해로 11년째였다. 그동안 그토록 임금과 왕비가 바라던 소원은 왕비가 왕자나 공주를 낳아주는 것이었다. 그러나 왕비에게는 기다리던 태기가 없어 임금은 물론 조정 상하의 근심거리가 되었다.

그러다가 10년 만에 왕비는 태기가 있어 용종(龍種)을 잉태하게 되어 만삭이 되었고 산기가 있어 춘소전에서 분만을 하게 되었던것이다. 그런데 이른 아침부터 진통을 호소해서 어의들이 분만의 조짐이라며 왕비를 모셔갔는데 날이 저물도록 복통만 계속될 뿐 아이는 나올 기미가 안보였다.

"이러다 왕비가 변을 당하는게 아니냐?"

임금이 발을 구르며 어찌할 바를 몰랐다.

"고정하시옵소서. 최선을 다하고 있나이다. 노산(老産)이라 겪는 고통이옵니다. 조금만 더 기다리시면 기쁜 소식이 전해질 것입니다."

어의가 임금의 초조감을 달랬다. 임금은 저녁 수라를 들지도 못하고 분만의 희소식을 기다렸다. 초저녁이 되자 두 사람의 어의(御醫)가 황급히 임금이 있는 편전으로 달려왔다.

"상감마마!"

"어찌되었느냐? 응?"

"아직도 분만치 못하고 계신데 너무 시달리신 나머지 왕비마마께서는 혼절하신 채 깨어나지 못하고 계십니다."

"뭐라구? 그렇다면 목숨이 위험한 게 아니냐? 앞서라! 과인이 직접 확인해 봐야겠다."

어의들이 말리려 했지만 임금은 벌써 편전을 나가고 있었다. 급한 걸음으로 단숨에 왕비가 누위있는 춘소전의 분만실로 들어섰다.

"가진(佳珍)! 가진! 내가 왔소. 눈을 떠 보시오!"

가진은 공민왕이 사랑하던 왕비를 부르던 고려식의 우리 이름이었다. 온종일 얼마나 고통에 몸부림쳤는지 왕비는 물속에 들어 있다가 나온 것처럼 땀으로 목욕을 하고 정신을 잃고 있었다.

"왜 이리된 거냐? 어서 깨어나게 하라!"

"최선을 다하고 있습니다."

"가진! 어서 눈을 떠 과인을 보라! 가진! 아기가 문제가 아니라 그대의 안위가 걱정이다. 어서 정신을 차려라!"

공민왕은 왕비의 몸을 흔들며 미친 듯 흐느끼기 시작했다. 어의가 진정시키려 하자 언제 들어왔는지 모를 왕대비(王大妃)가 그냥 두란 듯 눈짓을 했다. 공민왕이 그토록 왕비를 부르며 흐느껴 우는데도 왕비는 눈을 뜨지 못했다. 자정 무렵이 되자 어의는 마지막 판단의 결론을 내렸다.

"해동(海東)의 성스런 어머니이신 대고려국 왕비께서는 술시(戌時) 안타깝게도 복중(腹中)의 태아와 함께 영면하시고 마셨습니다."

왕비가 태아와 함께 사망하는 어처구니없는 비극이 일어났던 것이다.

"상감마마! 이러시면 아니됩니다."

오열을 터뜨리며 몸부림치듯 울던 임금마져 의식을 잃고 왕비 옆에 쓰러지고 말았다. 왕비는 난산 끝에 태아는 물론 자신의 목숨조차 보전하지 못하고 31세의 꽃다운 나이로 세상을 떠나게 되었던 것이다. 공민왕은 35세였다.

왕비인 노국공주는 원(元)의 황제인 세조(쿠빌라이)의 외손녀 아무케의 딸로 태어났다. 그녀의 아버지가 노국(魯國. 옛날 공자가 태어난 나라) 땅을 영지로 받았기 때문에 노국대장공주로 불리우게 되었고 몽고식 이름은 보르지긴 부다시리(寶塔實里)였는데 공민왕을 만난 후부터는 공민왕이 지어준 고려식의 이름인 왕가진(王佳珍)으로 불려지게 되었다.

고려가 몽고의 침략을 받아 반식민지가 된 것은 서기 1259년, 제23대 왕이었던 고종 때부터였다. 고종 다음의 원종. 그 다음부터 고려 황제는 종(宗)으로 불리우지 못하고 왕이라 하게 되었고, 충렬왕 이후 고려의 마지막 임금이었던 34대 공양왕(恭讓王) 때까지 열 명의 임금이 왕으로 격이 떨어진 채 몽고의 사실상 지배를 받은 것은 100여 년이 넘게 되었다.

임금 또한 본국에서 세우는게 아니었다. 왕족 가운데 대통을 이을 만한 왕자들은 모두 원나라 수도인 북경으로 인질로 끌고가 거기서 생활하게 했으며, 새로운 임금이 필요하게 되면 원나라 조정에서 자기들 입맛에 맞는 왕자를 선택하여 신왕으로 만들어 본국에 보내는 식이었다.

인질정책은 식민지의 반역이나 반란을 막고 왕자들이 모두 몽고식으로 세뇌를 받아 왕이 되어도 원에 복종하게 만들기 위함이었다. 그 때문에 모든 왕자들은 태자비(왕비) 간택은 몽고 출신의 여자들만 허락이 되어 고려의 왕비들은 모두 몽고 출신 여성이었다. 그렇게 되니 왕비들의 위세가 대단했다.

실제로 고려조정을 좌지우지한 사람은 임금이 아니라 왕비들이었다. 그녀들은 직접 몽고 조정의 실력자들이나 황제와 통하고 있었던 것이다. 공민왕은 열한살 때 인질로 잡혀가서 타국생활을 하면서 나이가 들면서는 짝을 구해야 하게 되었다. 그런데 혼담이 들어오는 것은 모두 몽고 여인이었다.

그게 싫어서 공민왕은 항상 다 거절했다. 그러나 마음대로 되는 게 아니었다. 몽고여자를 맞을 수 밖에 없었던 것이다. 다행히 이 때 만난 여인이 노국공주였다. 그녀는 다른 몽고 여인과는 근본적으로 달랐던 것이다. 첫 째는 개방적이면서도 남편에게 헌신적이었다.

공민왕이 반원적(反元的)인 성향이 강하고 민족주의적인 색채가 강한데도 그녀는 그걸 반대하거나 싫어하지 않고 오히려 남편을 이해해주고 남편 편에 서서 함께 주장했던 것이다. 게다가 그녀는 용모가 빼어나게 아름다웠고 남편의 하는 일에 무엇이든 헌신적인 내조를 아끼지 않았다.

그와 같은 왕비를 졸지에 잃게 되었으니 그의 상실감이 어느 정도였을까 상상하고도 남는다. 이윽고 국장(國葬)이 선포되고 한 달간 모든 백성들은 음주가무(飮酒歌舞)를 중지케 하고 조정의 조회(朝會) 또한 중지한 채 애도(哀悼)을 명했다. 임금은 식음을 전폐한 채 몸져 누웠다.

왕비를 잃은 것은 공민왕에게는 엄청난 충격이었다. 그녀만을 사랑한 임금은 후궁을 비롯한 다른 궁녀들에게는 눈조차 두지 않았다. 왕비는 왕의 전부나 다름없었다. 임금이 슬픔으로 몸져눕자 국사(國事) 역시 정지상태가 되어 버렸다.

한 달만에야 임금은 겨우 보체(寶體)를 추스르고 일어났다. 임금 곁에서 떠나지 않고 지켜준 사람은 편조(遍照. 신돈)대사였다.

"대사가 과인 곁에 있었구려?"

"예, 상감께서 쓰러지시면 큰일입니다. 상감의 뒤에는 만백성이 있고 나라가 있습니다. 인간의 생로병사(生老病死)는 거스를 수 없는 숙

명이옵니다. 국왕께서는 강해지셔야 합니다."

"고맙소. 당면한 국사의 난제들은 원임 대신들과 국상(國相)인 문하시중이 과인 대신 처결을 당부했지만 불안합니다. 역시 대사께서 과인의 곁에서 도와주셔야 합니다."

"하오나 소승 미거합니다."

"장례 준비는 잘 돼가는지요?"

"물론입니다. 왕비마마의 시신은 만월대 동쪽에 있는 혼전(魂殿) 안에 모시고 있나이다. 예법(禮法)에 따라 매일 아침 제사를 올리고 예부에서는 가장 좋은 능지(陵地)를 수색하여 보름 안에 정하여 한 달이 지나면 성대한 장례를 치르게 될 것입니다."

"능지 공역(工役)에 동원되는 백성 모두에게는 후한 역비(役費)를 내리도록 하시오."

"그리하겠나이다."

공민왕은 갑자기 생기를 찾고 자리에서 일어나 편전으로 나갔다. 편전 뒤에는 화실(畫室)이 하나 있었다. 원래부터 그는 실력을 인정받는 화가였다. 그의 장기는 북송(北宋)의 채색화 그림이 뛰어났다. 그는 화상(畫床)을 마주하고 눈을 감은 채 깊은 사색에 잠겼다.

앞에 놓인 찻물이 식어갈 때쯤이 되자 눈을 뜨고 붓을 잡았다. 황라비단 한폭을 펼쳐놓고 그림을 그려나갔다. 여인의 모습이었다. 비단 위에는 왕비인 노국공주의 미소 어린 모습이 그대로 드러나기 시작했다. 살아 있는 모습이었다.

공민왕은 왕비의 초상화가 다 그려지자 혼전 벽에 걸어놓고 이른 아침마다 이어지는 혼제(魂祭)에 나가 왕비를 그리워하며 제를 올렸다. 드디어 한 달만에 왕비의 국상이 치러졌다. 임금은 좀처럼 왕비를 잃은 슬픔에서 헤어나오지 못했다. 주야간 술에 의지하여 살았다.

임금은 편전에서 술을 마시다가 신돈을 찾았다. 임금은 요즘들어 신돈에게 더욱 의지했다.

"찾으시었습니까? 전하!"

"왜 이리 늦으시오?"

"상감께서 찾으시오면 즉시 와야 하니 소승에게 대궐 주변에 암자를 마련하라 해서 한월정사(閒月精舍)를 만들었습니다. 찾으시면 즉시 대령키 위해서였지요."

"그런데 왜 늦었소?"

"한월정사에서 영면하신 왕비마마의 천도(天道)를 비는 독경을 하다가 그리되었습니다."

임금도 더 이상 말을 하지 않았다. 그러더니 한참 후에 입을 열었다.

"대사는 항상 과인의 지근거리에 있으며 정무(政務) 일체에 대해 충언과 비판을 해달라 했거늘?"

"그리하고 있지 않습니까?"

"대신들은 아무래도 잘 어울리지 않는다며 쑥덕거리는 것 같더라 그 말이오."

"중이 항상 주군 옆에 앉아 있으니 그럴 것입니다."

"대사! 당장 그 승복인 가사장삼부터 벗고 조복으로 바꿔 입으시오."

"마마, 중이 중 옷을 벗으면 환속(還俗)한 속세인(俗世人)이 됩니다."
"언제까지 입고 과인과 마주 앉아 있을 거요?"
"하오나,"
신돈이 난처해서 어쩔 줄 모르자 임금이 간단하게 결정을 내렸다.
"스님의 승적(僧籍)을 반납해버리고 조정의 대신이 되는것이오. 편조대사가 아니라 이제부터는 신 돈이 되는 거요."

그렇게 되어 편조대사는 승복을 벗고 대신들이 입는 조복(朝服)으로 갈아입었다. 승적까지도 버린 셈이었다. 공민왕은 신돈에게 정사를 위임하고 술로 세월을 보냈다. 왕비를 잊지 못해 혼전에 나가 자신이 그린 왕비의 초상화를 바라보며 눈물을 그치지 않았다.

몽고의 기반에서 벗어나 자강(自强) 독립국으로 우뚝 서게 만들겠다던 공민왕의 초심이 흔들리고 있었던 것이다. 신돈도 그걸 알고 있었다. 어떻게 하든 위기를 맞은 나라와 임금을 바로 잡기 위해 최선을 다 하겠다고 승복을 벗고 환속(還俗)한 신돈은 스스로 다짐했다.

신돈은 개혁은 부패한 전정(田政)을 바로잡는 데서부터 시작해야 한다고 임금께 상주했다.

"전국토의 농지는 농사를 짓고 사는 농민들 것이어야 마땅하오나 농지의 과반은 권세가들이 차지하고 있습니다. 그래서 자신의 농토에서 자영(自營)으로 농사짓는 농민은 전체의 1할밖에 안되는 것입니다. 그럼 9할의 농민들은 어떻게 살까요? 세도가 지주들로부터 도지를 얻어 소작농(小作農)을 하고 있습니다. 농노(農奴)와 다름없는 것입니다. 전정을 바로 잡아 개혁하는 일부터 해나가고 싶사옵니다."

신돈이 의욕적으로 자신의 포부를 개진하자 임금은 만족한 듯 고개를 끄덕였다.

"과인의 생각과 똑같구먼. 그럼 어떻게 시작하면 될까?"

"개혁을 추진하는 관청을 신설케 해주십시오."

"그건 처음부터 위임해준 거 아니오?"

"성은이 망극하옵니다."

그렇게 해서 신설된 개혁추진 관청이 전민변정도감(田民辨正都監)이었다. 신돈은 스스로 도감의 우두머리인 판결사(判決使)가 되어 칼자루를 휘두르게 되었다.

3. 류방택의 거문고 창작 대곡(大曲) <감군은(感君恩)>

새봄이 시작되고 있었다. 방택은 도비산에서 내려와 오랜만에 고향집에 들렀다. 그는 아담한 초당인 금헌당으로 들어가 우선 밀렸던 잠을 청하고 하루 이틀을 푹 쉬었다. 봄비 내리는 소리에 눈을 뜨고 일어나 봉창문을 열었다. 물이 오른 후박나무들이 새 눈을 틔우고 있었다.

오랜만에 거문고를 꺼내고 다스름을 했다. 공민왕의 모습이 거문고 위에 어른거렸다. 젊고 패기가 넘치며 굳센 뜻을 가지고 있는 모습이 밖으로 나타나 보였다.

"그런 분인데 왕비를 잃고 나자 저렇게 약해지시다니!"

방택은 새삼스럽게 임금에 대해서 죄를 지은 것처럼 죄송해지고 있었다.

"왜 나는 때를 맞추어 직책을 그만두고 귀향한다며 내려왔을까?"

그게 죄의식이었다. 물론 서운관 고관으로 현직에 그냥 남아 있다 해도 휘청이는 임금을 바로 잡아줄 수 없었다. 육조(六曹)에 속한 중신이라면 모를까 별자리나 연구하는 직책의 대신으로서는 어찌해 볼 수가 없었을 것이다.

그러나 이런 죄의식이 가슴을 누르는 것은 자신을 알아봐 주고 신임해준 임금은 처음 만났기 때문이었다.

"고마우신 분이었다!"

가슴 속이 찡해오며 눈시울이 붉어졌다. 그 감동을 두 손에 싣고 거문고의 현을 울렸다. 감사의 감정이 샘물처럼 솟아나며 그것이 아름다운 곡조가 되어 초당 안을 가득히 울리며 퍼져나갔다. 그날 방택은 침식도 잊고 새로운 거문고의 곡을 작곡했다. 대곡이었다. 훗날 그날 작곡된 그 거문고의 곡은 〈감군은(感君恩)〉이라 불렸다.

〈감군은〉은 제목에서 보이듯 임금에 대한 감사와 하해와 같은 은혜를 잊을 수 없다는 뜻과 고려국이 다시 한번 강국이 되고 임금은 성군(聖君)으로 길이 추앙받을 것이라는 내용이 들어 있었다.

작곡 내용을 잊을까 봐 몇 일 동안을 탄주하며 완전히 익히고 나자 그는 무슨 생각이 들었는지 어딘가로 떠나갈 듯 행장을 차렸다.

"도비산으로 들어 가시려구 그러세요?"

부인이 묻자 고개를 흔들었다.

"강화(江華)를 좀 다녀올까 싶소."

"왜 가시려구요?"

"마니산에 있던 우리 서운관 서고와 천문소가 왜구 침탈에 완전히 잿더미가 되었잖소? 그걸 다시 복원하기 위해 작업을 시작한 지 두어 달쯤 됐는데 다 끝났는지도 볼 겸해서 가는 거요."

방택은 집을 나서서 당진(唐津)으로 나가 강화로 가는 장삿배를 탔다. 꼬박 이틀 만에 강화도 남쪽의 월곶에 닿았다. 그곳에서 마니산은 아주 멀지는 않았다. 고구려 시절에 세워졌다는 천년고찰(古刹)인 전등사(傳燈寺)를 지났다. 전등사의 대웅전 처마는 다른 절과는 다른 특이한 모양의 나무 조각품이 지붕을 떠받치고 있다.

그 조각품은 나무로 깎아 만든 여인의 나신(裸身)이었다. 그 조각품이 대웅전 네 귀퉁이 처마를 받치고 있었던 것이다. 방택은 그것들을 한 번 더 바라보고 빙긋이 웃었다. 절 뒤 산꼭대기에는 서운관에서 만든 천문대가 있어 가끔 오르내리는 길이었다.

한번은 거기 안거(安居)한다는 노승을 산 아래에서 만나 길동무를 하고 산을 오르다가 그 대웅전을 바라보며 지나치게 되었을 때 그가 들려준 말이 실없어서 믿어야 할지 말아야 할지 알 수 없어 그냥 웃고만 일이 있었다.

"저기 대웅전 처마를 보게. 벗은 여인 하나가 쪼그리고 앉아서 귀퉁이 처마를 등으로 떠받치고 있지?"

"아 예, 전엔 몰랐는데 대사님 말씀 들어 보니 벗은 여인 같네요. 그럼 왜 네 귀퉁이 처마에 벗은 여인 조작품으로 괴어놓았지요?"

"거기엔 그럴만한 사연이 있다네."

노승은 잠시 다리쉼을 하자며 노송 밑에 앉아 궁금한 그 사연에 대해 이야기 했다.

"천년고찰 전등사는 삼국시대에 지어진 절인데 너무 노후하여 백여년 전에 건물을 새롭게 대대적으로 개수(改修)를 하게 됐다네."

그리되니 팔도에서 내로라하는 대목(목수)들이 와서 각자 맡은 일을 시작했더란다. 이달초란 목수는 대웅전 개수 총책임을 맡게 되었다. 그는 무진주(광주) 출신이라 고향이 멀리 떨어져서 절 아래에 있던 주막에 방을 얻어 하숙을 하고 대목일을 계속했다고 한다.

"다른 고장에 가면 객주(客酒)집이라 해서 술도 팔고 지나가는 나그네들 숙식도 할 수 있는 곳이 있는데, 여기는 섬이라 객주는 없고 주막만 있었다네. 이달초가 그 주막에 하숙을 정한 건 예쁜 주모가 그렇게 간장을 살살 녹이고 접근하는 바람에 거기에 넘어가 하숙까지 그 집에서 한 거야. 목수 공임은 매월 월말에 나왔는데 이달초는 주모에게 넘어가 돈이 나올 때마다 주모한테 맡겨 놓았다네."

"이달초 목수의 사랑은 거기서 끝나나요?"

"이목수는 완전히 녹아서 아예 주모와 살림을 차렸다네. 주모는 공사가 다 끝나면 이튿날 개경에 나가서 둘이 살자고 굳게 맹세를 했다는군. 마침내 8개월 만에 공사가 다 끝나서 이달초는 마지막 남은 한 달치 공임을 받고 이제 사랑하는 주모와 개경으로 나가 살 일만 남았다고 기뻐하며 공임을 받아들었다네. 아침에 나올 때 주모가 오늘 이 드디어 마지막 날이니 자기는 주막에 남아 이사 준비나 하고 있겠다고 했겠다? 이달초는 구름 위를 가는 것처럼 마음이 들떠 기뻐하며 기다리고 있을 주모를 만나기 위해 주막으로 뛰어 갔다네. 헌데!"

"헌데라니요? 문제가 생겼나요?"

"생겨도 크게 생겼지. 주모는 그동안 받아 온 이달초의 공임을 모두 모아 가지고 온 데간데 없이 도망을 치고 없더라지 뭔가?"

" 처음부터 계획적이었군요?"

"그렇다고 봐야지."

"그래서 어떻게 했는데요?"

"너무 비탄에 빠진 이달초는 술만 마시다가 한 달 후에 쓸쓸히 섬을 떠나 가버렸다네."

"그건 알겠는데 처음 대사님이 말씀한 처마 밑의 벗은여인 얘긴 왜

안하시지요?"

"주모에 대한 배신감이 얼마나 컸을까? 미루어 짐작할만하지? 헌데 말야 즉시 안떠나고 한 달 동안이나 더 있다가 떠난 이유가 뭘까? 얘기 골짜는 거기 있네. 이달초는 배신감에 떨며 날마다 공사장에 다시 나가서 쪼그리고 앉은 벗은 여인의 모습을 조각했다네. 마침내 네 개를 만들어 대웅전 처마 밑에 밀어 넣었지."

"인제 알겠습니다. 쪼그리고 앉은 벗은 여인은 도망간 음부(淫婦), 그 주모였군요. 그 주모를 처마 밑에 밀어 넣어 등으로 처마를 떠받치게 만든 것은? 너 같은 건 영원히 죽지 말고 이 무거운 대웅전 처마를 받치고 앉아 있어라!"

"그 걸세. 백 년 천 년이 가도 아마 그 여인은 죽지도 않고 그 자리에 그대로 쪼그리고 앉아서 무거운 제 죄를 짊어지고 살아 있을 걸세."

방택은 얼마후 마니산 정상부근에 도착했다. 다행인 것은 불타버린 천문대가 완전하지 못하지만 다시 새로운 모습으로 복원되어 있어 반가웠다.

"대감께서 오시다니 정말 반갑습니다!"

방택을 맞아주는 서운관 관리는 장루(掌漏. 종7품) 이철준이었다.

"고생 많으시네."

"다시 복직하셨습니까?"

"아직 안 했네. 언젠간 해야겠지."

방택은 천문대의 올바른 천문관찰 연구에 대한 전문적인 방법 등을 그에게 알려주고 거기서 하룻밤을 지도한 뒤에 그곳을 떠났다. 강화섬의 읍내에 도착한 방택은 강화수비군 군영을 찾아갔다.

"정대근 장군을 만나러 왔소."

정대근은 강화병사(江華兵使)였다.

"지금 여기 안 계십니다.

"어디로 가셨지요?"

"석모도(石母島) 치마장(馳馬場)에서 군사 조련 중이십니다."

석모도라면 강화섬에서 서쪽으로 붙어 있는 섬이고 치마장이라면 군사 훈련장을 말한다. 방택은 그곳을 떠나 강화섬의 북서쪽 해안에 있는 외포리(外浦里)로 가서 건너편에 있는 섬인 석모도 석포리를 가기 위해 나룻배를 탔다.

석모도는 제법 큰 섬이었다. 섬의 남쪽과 동쪽은 높은 산이 막고 있어 농사지을 땅도 없었지만 섬의 서해안은 평지에 강도 흐르고 있고 기름진 논밭이 있어 섬 주민들은 농사와 어업을 주로 하며 살고있는 곳이었다.

섬의 중앙에는 낙가산이 있고 그 밑에는 역시 고찰인 보문사(普門寺)가 있었다. 지나가는 사람에게 물으니 군사 조련장은 낙가산 중턱에 있다고 했다. 과연 산중턱에 꽤 넓어 보이는 훈련장이 멀리서도 잘 보였다.

그곳에 찾아 올라간 방택은 쉽게 접근하지 못하고 숲속에 앉아 한창 물이 오른 군사 조련 모습을 보게 되었다. 군사들은 1대, 2대, 3대로 나뉘어 투석전(投石戰)을 벌이고 있었는데 3대 중에 어느 부대가 먼저 고지를 점령하느냐의 싸움이었다. 군사들이 삼면에서 빗발 같이 돌팔매질을 하며 상대 진영의 전진을 막는데 상대편은 방패를 들고 날아오는 돌들을 막아내며 앞으로 진격하며 투석을 하고 있었다.

날카롭게 다듬어진 석편(石片)으로 팔매질을 하는데 속도가 빨라 잘 보이지 않을 정도였고 유효 살상(殺傷)거리는 50보에서 70보 정도까지로 보였다. 그 거리 안에서 맞게 되면 치명상을 입고 쓰러질 만큼 돌팔매의 위력은 대단했다. 날아오는 돌을 피하며 맞서서 이쪽도 돌팔매질을 하면서 싸우는 격전이었다.

마침내 제3대가 1대 2대의 공격을 물리치고 고지를 먼저 선점하여 승리의 환호성을 올렸다.

"이게 누구신가. 류방택 선생이 찾아오시다니."

훈련 지도를 하며 목이 쉰 강화병사 정대근은 방택을 보자 깜짝 반가워했다. 정대근은 하루에 소화해야 할 접전 훈련을 다 마친 다음에야 틈을 낼 수 있을 것 같아 방택은 다 마치기를 기다리기로 했다.

계곡 쪽에서는 돌덩이 깨는 소리가 계속 들려오고 있었다. 방택은 그곳을 찾아갔다. 원래부터 이 섬은 화산지대였기 때문에 바위 돌이나 길가에 있는 돌들이 모두 검은 회색을 띠고 있었다. 현무암(玄武岩)이었던 것이다. 그 바윗조각을 일단의 군사들이 망치로 깨고 있었던 것이다.

손바닥처럼 얇은 바윗조각은 전체가 날이 선 것처럼 날카로웠다. 팔매질은 머리 위로 팔을 충분히 올려서 내던지는 방법과 돌을 들고 어깨 밑 뒷쪽으로 길게 뻗은 팔로 밑에서 위로 뿌리쳐 날리는 방법이 있는데 이쪽이 훨씬 위협적이었다. 그래서 팔매질을 둥근 돌을 사용하지 않고 바위를 깨서 작은 조각으로 쓰는 것은 바로 그런 이유 때문이었다.

잘 깬 바윗조각들은 한쪽에 모아져서 수레에 옮겨지고 있었다. 이 수레를 끌고 다니는 것은 말이었고 부대가 필요로 하는 돌을 제공하고 있었다. 이윽고 해걸음이 되자 모든 훈련이 끝났다. 강화병사 정대근은 방택을 지휘군막으로 불러 들였다.

"기다리게 해서 미안허이. 지루했지?"

"지루하긴요. 머리 위에 날 선 바윗조각들이 동서남북으로 씽씽 떠다니고 있는데 지루라니요? 손에 땀을 쥐며 관전했습니다."

"허! 역시. 류 대감은 석전을 제안했던 장본인이니 그럴 수 있었겠지."

석전부대 창설을 제안한 사람은 류방택이었다. 방택이 강화에 와서 그를 만나고 간 건 2년 전이었다. 그때 정 병사의 고민은 두 가지였다. 강화도는 섬이라서 동서남북이 모두 바닷가였다. 그 때문에 왜구같은 외적이 쳐들어오는 데는 안성맞춤의 조건이었다.

두 번째 고민은 섬이 약탈당해서 폐허가 되어 농사마저 포기상태가 되어버렸을 때 방택이 농사에 필요한 책략을 내놓아서 잘 극복이 되었으니 그 한 가지는 해결된 셈이었다. 그러나 첫 번째 고민은 해결되지 않았다. 조정의 재정 상태가 어려워서 충분한 무기나 보급을 받을 수 없었던 것이다.

"왜구들은 항상 속전속결이지. 바람처럼 들이쳐서 날카로운 병장기를 휘두르며 촌민들을 죽이고 재물을 털어가네. 하지만 우리는 다 낡은 무기를 가진 병사들, 그것도 수적으로 아주 적은 병력으로 그놈들을 막아내야 하니 항상 불리하다는 거야. 어떻게 해야 그들을 압도할 수 있을지 알 수가 없네"

정 병사는 머리가 아프다는 듯 고개를 흔들었다. 방택은 잠시 생각에 잠겨 있다가 천천히 입을 열었다.

"어려운 난제로군요. 농민들 숫자는 많은 편인가요?"

"우리 군사보다는 많지."

"노인, 부녀자, 아이들 빼고 말이오."

"남정네? 아주 적은 숫자는 아니야."

"그럼 그 남정네들을 유사시에 이용할 수 있는 방도를 마련 해보는 게 어떨까요?"

"예비병으로 조직하라?"

"그렇죠, 자기 마을은 자기들이 지키게 하는 거지요."

"생각은 좋네만 상비군 무장도 시원찮은데 뭐가 있어 예비병 무장을 시키나?"

"무장은 따로 돈들 필요 없지요."

"그건 또 무슨 말인가?"

"석투당군(石投撞軍)을 조직하면 되잖습니까?"

"그건 또 무슨 말인가?"

"석전(石戰)싸움을 말하는 겁니다. 다른 나라엔 없지만 우리나라는 고구려 시대부터 석전 싸움이 보편화되어 있어서 각 동네마다 오월 오일 단오절이 되면 이 동네와 저 동네가 석전 패싸움을 벌여 누가 이기느냐로 온종일 밀고 밀리는 싸움을 벌이잖아요?"

"동네 돌팔매 싸움과 전쟁을 혼동하다니 제정신인가?"

"내 고향에도 동네 청년들로 구성된 석전당이 있는데 당진, 태안, 해미 등등 원정 공격까지 벌여 우승자가 된 천하무적 당이었습니다. 단오날 시작하면 싸움은 하루에 끝나는게 아니라 열흘간이나 길어지기도 하는데 돌에 맞아 경상자, 중상자들 까지 생겨나는 전쟁놀이입니다. 우리나라가 석전싸움을 예부터 동네마다 잘 한 이유는 첫째, 산이나 강마다 돌이 많다는 것이고 둘째는, 활 잘 쏘는 민족답게 돌팔매질도 그 정확도가 뛰어나 수천 년 동안 사랑을 받아 온게 아닌가 합니다. 그래서 내 생각에 동네마다 돌팔매군을 만들어 예비병을 두고 실전이 벌어지면 앞장서게 만들라는 것입니다."

"오, 역시! 탁월한 생각이네. 돌팔매를 얕잡아 봐선 안되지. 육박전에선 무용지물이지만 오십보에서 백보 떨어진 곳에선 위력을 발휘할 수 있지. 돌팔매가 유리한 건 활처럼 장전하는 시간이 필요 없다는 걸세. 쥐고 있다가 불시에 던지면 되니까. 게다가 동작이 빨라 상대방이 빠르게 예측할 수 없다는 것도 장점이지. 오늘 여기와서 모든 조련 과정을 다 보지 않았나? 고쳐야 할 점이 있다면 지적해주게나."

"전문적인 군사 조련에 뭘 안다고 설왕설래를 하겠습니까? 한 가지만 느낀 바를 말씀드리면 투석할 때의 투석 방법을 집중적으로 조련 했으면 좋겠다는 생각을 했습니다."

"투석 방법이라면?"

"두 가지 아닙니까? 돌든 팔을 머리 위로 높이 쳐들고 뒤쪽으로 몸을 구부렸다가 그 반동으로 돌을 던지는 방법이 있고 또 한가지는? 혹시 냇가에서 팔매질로 물수제비를 떠가게 하는 방법 아십니까?"

"물수제비? 그건 돌을 머리 위로 쳐들었다가 던져서는 성공할 수 없고 돌 든 팔을 옆구리 밑, 뒤로 뺐다가 힘껏 뿌리치며 던질 때 물수제비를 만들 수 있지."

"그겁니다. 그래서 내가 처음에 일반 자갈 같은 돌로 싸울게아니라 현무암 바위를 깨어 쓰면 날카로운 날이 살아있기 때문에 그걸 맞으면 살상력이 아주 크고 예리할 거로 생각해서 제안을 해드렸습니다."

"무슨 말인지 알겠네. 던지는 방법은 한가지, 물수제비 투석 방식으로 통일하기로 하지. 여하튼 고맙네. 농촌, 어촌 장정들이 대환영이야. 먼저 나서서 군사 조련에 앞장서고 있으니 말일세. 지금은 강화섬의 절반 이상은 조련에 참가했으니 이제 왜구 침탈 쯤 겁날거 없네."

방택은 정 병사로부터 대접을 잘 받고 3일만에 강화를 떠나기로 했다.

"어디로 가실건가?"

"송도에 들렀다가 내려갈까 합니다."

그 때 누군가 방택을 찾아온 손님이 있다고 알렸다. 만나러 온 사람은 이십여 세 나 보이는 준수한 청년이었다.

"안녕하십니까? 저는 강화서원에서 공부중인 최인로라고 하는 서생(書生)입니다."

"반갑네. 왜 만나려 했는가?"

137

"저는 정 병사님을 도와드리라는 스승님의 명을 받고 재작년에 와서 선생님이 만드시고 쓰신 책력을 받아 천여 부(千餘 部) 남짓 다른 곳에 옮겨 적어 그 서책을 강화섬 안의 여러 고을에 전해주어 그분들이 농사를 짓는데 아주 큰힘을 얻게 되었다는 칭찬을 많이 들었습니다. 헌데 마침 금헌(류방택) 선생님께서 오셨다 해서 인사 올리러 들른 것입니다."

최인로라 하는 그 친구는 보자기에 싸가지고 온 서책들을 꺼내놓았다.

"두 벌입니다. 한 벌은 선생님의 원저(原著) 책력이고 또 한 벌은 제가 그대로 옮겨 쓴 전사본(轉寫本) 책력입니다. 아무래도 원본은 가지고 계셔야 할 것 같아서 드리기 위해 가져 온 것입니다."

그러면서 그는 다시 보자기에 소중하게 싸서 방택에게 주었다.

"뜻밖에 고맙네. 자넨 아직 과거를 안보았나?"

"한 차례 낙방했습니다. 그러던 차에 병사님을 도와드리게 된 것이지요. 선생님의 책력을 두어 달 옮겨 쓰고 그걸 각 마을마다 전해주면서 전 생각을 바꾸게 되었습니다. 천문학이 뭔지 깊이 공부를 했으면 싶었습니다. 그래서 병사님께 제 뜻을 말씀드렸더니 언젠가는 선생님이 강화에 오실거라 하셔서 기다리고 있었습니다."

방택은 반가운 표정을 지었다. 지금까지 스스로 천문학을 배우고 싶다는 후학(後學)은 만나본 적이 없었던 것이다.

"깊고 오묘한 학문이네만 세상의 관심과 출세하고는 거리가 멀지. 천문학은 한 마 디로 기다림의 학문이야. 평생을 인내하며 기다려야 하는 학문이란 뜻이지."

"저도 미루어 알고 있습니다. 제자로 거두어주십시오."

"내가 천문학의 기본 입문서 몇 권을 나중에 줄 테니 정독을 해보고 그 길로 나서겠다는 굳은 뜻이 선다면 내 제자로 받아들이겠네. 다른 학문과 다르게 천문학 쪽은 사제(師弟)간은 도제(徒弟)관계가 되네. 스승이 직접 하나하나 가르치는게 아니라 제자가 되면 평생 따르며 스승의 어깨 너머로 모든 학문의 진리를 배우고 터득해야 하는 거지. 그래서 어려운 길이라 하는 걸세."

"각오하고 있습니다."

"그럼 나중에 다시 보세."

방택은 강화섬의 북쪽 계산리에 나와 송도로 가기 위해 배를 탔다.

4. 판결사(判決使) 신돈(辛旽)의 위세

국가 개혁을 위한 가장 강력한 기관인 전민변정도감(田民辨正都監)을 만들어 신돈은 집행관인 판결사(判決使)가 되었다. 그리고나서 신돈은 강력한 포고문을 발했다.

포고문(布告文)

근래 가장 부패한 국정은 전정(田政)의 문란이라 하겠다. 나라 전체의 국토 과반을 권세가들과 사전(寺田), 녹전(祿田), 공수전(公須田), 세업전(世業田) 공전(功田) 등등의 이름으로 모두 차지하고 있으며 백성들의 자영전(自營田)은 극히 미미한 면적이다. 이 모든 부정부패의 전정을 철저히 조사 감찰하여 토지 소유에 있어 불법성이 있거나 잘못이 있다면 그 토지를 국유화하거나 원주인인 백성들에게 돌려줄 것이다. 이 명을 어기는 자에게는 중벌이 내려질 것이며 만일 전비(前非)를 스스로 뉘우쳐 자복하거나 불법을 자수하는 자에게는 그 죄를 묻지 않겠다. 불법 사실은 개경에 사는 자는 15일 이내, 각 지방 거주자는 40일 이내에 자진 신고를 해야만 혜택을 볼수 있다.

전민변정도감 판결사 신 돈

이 판결문은 전국 곳곳마다 붙게 되어 온 나라 안이 순식간에 끓는 가마솥이 되었다. 권세 있는 부자, 지주들이 들고 일어나 임금에게 앞다투어 상소문을 올렸다.

- 옥천사(玉泉寺) 노비의 자식으로 태어나 그 근본이 뭔지 알 수 없는 요승(妖僧) 신돈이 왕비를 잃어 실의에 빠지신 상감을 휘어잡고 마음대로 대권을 잡아 국기(國紀)문란에 앞장서고 있나이다. 전정개혁이라며 평지풍파를 일으키는 저의가 의심스럽기 이를 데 없나이다.

- 나라를 혼란에 빠뜨리는 신돈을 파직시키시옵소서.

당장 수 백통의 상소문이 빗발쳤다. 뿐만아니라 조회를 열자 백관이 너도나도 신돈을 쫓아내야 한다며 탄핵(彈劾)했다.

"편두통이 심하여 과인은 오늘 조회를 파하고 신돈 판결사 문제는 다음 기회에 재론하기로 하겠소."

임금은 용상에서 일어나 편전으로 물러갔다. 대신들은 닭 쫓던 개처럼 되어 퇴청하지도 못하고 신돈에게 화풀이를 했다.

"일개 무명 땡중이 주상께 붙어 남의 집 재산까지 마음대로 휘져으며 난리를 치고 있으니 왜 그러는지 어디 이유나 들어봅시다."

여기저기서 손가락질을 하며 신돈을 노골적으로 욕했다. 그런데도 신돈은 꿈쩍하지 않았다.

"여러분! 여러분은 무엇이 두렵소? 자기 권세를 이용하여 죄 없는 백성들의 논밭을 빼앗아 자기 재산을 만들었지요. 나라에 공을 세워서 나라가 공전(功田)을 내려주었소. 그러면 감사히 생각해서 농사나 잘 지으시지 그 논밭은 왜 가난한 농민들에게 도지로 세(稅) 내주고 고리(高利)로 피 빨듯이 빨아먹어 농민은 빚만 늘어나게 하여 나중에는 빚도 못 갚는다며 농민의 텃밭까지 빼앗아 자기 농토로 삼고, 그런 짓을 한 두 번 하는게 아니라 계속해서 너도나도 해 온 바람에 당신들은 부자가 됐지만 나라와 농민은 가난뱅이가 되어 빚더미에 앉게 된 것이오. 이런 부정부패는 누가 책임 지시겠소? 문하시중(首相) 대감이? 아니면 당신이? 당신도 아니면, 당신이 책임 지시겠소?"

신돈은 오히려 당당하게 중신들을 쥐잡듯 몰아붙였다.

"당신들은 자칭 명문 귀족 집안의 고관이라고 으스대고 권세를 휘두르지요. 노비 출신의 하찮은 땡중 신돈! 그런 땡중이 설치니 고금에 그런 자는 없었다며 욕하고 있지요? 당신들은 말 한마디 잘못하면 부정 축재한 재산은 물론이요, 구족(九族)이 멸문지화(滅門之禍)를 당하게 됩니다. 얼마나 두렵소? 털어서 먼지 안나는 놈 없는데 털면? 나는 털어도 먼지 안난다. 안나게 청렴하게 살아왔기 때문이다. 그처럼 청렴결백하다면 두려울게 뭔가? 나 신돈! 두려울 게 없는 사람이외다. 여러분의 욕설처럼 근본도 없는 절간의 노비자식으로 태어난 천의무봉(天衣無縫)의 중이기 때문이오. 여러분은 권력으로 긁어모은 재산이 날아갈까. 아니면 벌쭉하게 번창한 영광의 가문을 지키지 못하면 어찌 될까 그런 근심으로 사니까 천둥 치는 소리만 들려도 초 긴장상태가 되어 덤빕니다.

지나간 역사를 돌아보시오. 지금부터 백년 전인 고종(高宗) 임금 연간에 우리는 몽고군의 침략을 받아 국난(國難)을 겪었습니다. 야만적인 몽고군의 침략을 막아낼 힘이 없었습니다. 그때 중신 회의에서 국론이 정해졌습니다. 몽고군은 수전(水戰)에 약하니 조정이 강화도로 피난을 가서 몽고에 항전하기로 말입니다.

그런 국론은 일견 보면 비록 우리 고려가 소국이지만 마지막까지 몽고와 맞서 싸우겠다는 것이었습니다. 하지만 그건 알고보면 나라의 모든 일반 백성을 속인 속임수에 불과했습니다. 강화도로 피난을 결정한 이유는 다른 데 있었기 때문 올시다. 누대에 걸쳐 권력을 잡고 온갖 술수로 재산을 긁어모은 수구파(守舊派) 대신들이 그 재산 몽고군에게 빼앗기지 않고 지키기 위해 강화도 피난을 주장한 것이었습니다.

피난 결정이 난 뒤 개경에서 강화섬까지는 각 집안의 재물 바리들을 실은 우마차가 꼬리에 꼬리를 물고 한 달동안 길을 차지했다 합디다. 이게 권세가 부자들의 속성이오. 지금 우리나라는 몽고의 기반에서 벗어날 수 있는 절호의 기회를 맞이하고 있다고 봅니다. 하지만 국력이 제대로 뒷받침하지 못하고 있습니다. 국력을 기르려면 부패한 각종 정책들을 개혁해야 합니다.

나 비록 비천한 중이지만 내가 책임져야 할 일 점 혈육도 없습니다. 의심의 눈초리는 거둬주시오. 금상께선 즉위하시면서부터 얼마나 당당하게 〈새로운 고려국 건설〉을 주장하며 매진하셨었습니까? 하지만 호사다마(好事多魔), 목숨처럼 아끼던 사랑하는 왕비마마를 잃고 그 슬픔과 충격에서 아직도 벗어나지 못하고 계십니다. 내가 결심한 것은 바로 상감마마를 부축하여 다시 일으켜 세우고 초심을 되찾아가시도록 목숨 다해 도와드리려는 마음뿐이니 여러분, 도와주시오."

그의 긴 변설(辨說)이 끝났다. 모든 대신들은 꿀 먹은 벙어리처럼 고개를 숙이고 숙연하고 조용했다.

143

임금은 승지로부터 조회에서 보인 신돈의 모든 행태를 보고 받자 근심 어린 표정이 되었다.

"판결사를 불러라."

저녁 수라를 들고 난 임금이 신돈을 불러오게 했다.

"신, 현신입니다."

"술 한잔 하자고 불렀소."

"황공하옵니다."

임금은 술잔에 손수 술을 따라 채워주며 한마디 했다.

"너무 강하면 부러지지요?"

"아침 조회 전말을 다 들으셨군요?"

"부드럽게 나갈 수 없겠소?"

"전하! 미리 상론드리지 못해서 죄송하옵니다. 소신도 부드럽게 합리적으로 개혁의 작업을 시작해야겠다 생각했나이다. 하지만 반 개혁 새력(反改革勢力)의 벽은 너무 높고 너무 두터워서 온건책(溫建策)으로는 아예 시작할 수도 없는 형편이었습니다."

"그렇다고 처음부터 쇠망치 정책으로 나가서야 나중엔 어떻게 감당하려구 그러시오?"

"전하! 저들의 비난대로 소신은 천의무봉, 가족은 물론 아무것도 가진 것 없고 욕심내어 권세와 재물을 거머쥐어야 할 이유가 없는 땡중 출신입니다. 그래서 무서울 게 없나이다. 사불 여차하여 소신의 목이 날아간다 해도 겁날 게 없나이다. 기득권을 가지고 지금껏 조정 안에서 군림한 중신이 나서서 저처럼 개혁을 외친다면 저들은 자기들과

오십보 백보 처지이니까 우습게 알겠지요. 하지만 그들이 받아들이는 소신은 다릅니다. 약점이 없는 새 얼굴이라는 거지요. 그 때문에 무서워 지레 겁을 내는 것입니다. 그래서 시작부터 강공(强攻), 강경책을 쓰기로 한 겁니다. 그리하여 개혁의 효과가 확연히 드러나면 그때부터는 부드러운 온건책으로 바꾸겠다는 계획을 가지고 있나이다."

그러면서 신돈은 포고문1과 이어서 포고문2를 발표했는데 일반 백성들의 반응이 뜨겁다고 상주했다. 실제로 두 차례 포고문이 나가자 대신들과 고관들은 신돈을 내쫓기 위해 하나로 뭉쳤지만 일반 백성들은 포고문 앞에 하루면 수천 명이 몰려들어 신돈의 등장을 환영했다.

"국초(國初) 이래 신돈처럼 어질고 현명한 정승이 나온 적이 없다. 신돈은 우리 불쌍하고 가난한 백성들을 구해주고 빼앗긴 우리 전답을 다시 찾아 줄 구세주다."

그리되니 임금도 그의 강공책을 은근히 지지해 줄 수밖에 없었다. 시골에도 조정에서 나온 호부(戶部)의 고관들이 내려와 각 군현(郡縣)의 농지(農地)조사를 철저하게 조사하기 시작했다.

류방택은 도비산에 나가 천문연구를 계속하며 틈이 날 때면 서산 집으로 돌아와 자신이 직접 작곡한 〈감군은곡〉을 연주하며 마음을 다스리곤 했다. 마침 방택이 집에 와 있다는 소식을 들었는지 그의 사촌 형 류숙이 술 한 병을 들고 방택의 금헌당을 찾아 왔다.

"아우 계신가?"

"아이구 형님, 오랜만에 뵙습니다."

"지난 월말에 만났는데 뭐가 오랜만인가?"

두 사람은 주안상을 마주하고 술잔을 기울였다.

"금헌(琴軒) 자네는 깊은 산속에서 지내니 세상이 얼마나 시끄러워졌는지 모를게야."

"알만한 건 알지요. 신돈 이야기군요?"

"으음, 어제는 내가 홍주(洪州. 홍성) 관아까지 불려갔다 오지 않았겠나."

"불려가다니요? 그게 무슨 말씀이오?"

방택이 놀라서 눈을 크게 떴다.

"호부의 관리가 내려와서 내 집안의 모든 토지에 대한 소유권 유무와 특히 선대로부터 받은 토지는 제외하고 내가 현직에 나간 뒤부터 새로 늘어난 각종 토지의 취득과정 등을 조사하러 왔더구먼. 증거가 되는 토지문서 등을 제출했지."

"부정 축재나 부정 취득 등을 가려내기 위한 조사로군요? 형님은 고관이었으니까 새롭게 취득한 토지가 합법적이었던 비합법적이었던 간에 늘긴 했지만 많은 평수가 늘어나진 않았을 것 같은데요?"

"조사차 내려 온 고관은 호부시랑(戶部侍郞)이었는데 그 사람도 은근히 놀라는 눈치였네. 선대로부터 받은 농지를 제외하고 새롭게 늘어난 농지의 평수가 너무 미미했기 때문이지."

"형님은 원래부터 청렴한 청백리(淸白吏)로 알려져 있으니 당연한 결과가 아니겠습니까? 내가 돌아다니다 보니 제일 전전긍긍하는 자들은 권세가들인 대지주(大地主)들이었습니다. 신돈의 농지개혁은 일반 백성들의 환호를 받고 있었습니다."

"으음. 주상께서 생각하시는 것처럼, 신돈이 생각하는 것처럼 개혁이 성공한다면 얼마나 좋은 일인가?"

"형님은 부정적이군요?"

류숙은 대답 대신 심각한 표정을 지었다. 수백 년 동안 저질러 온 부정인데 강경책을 써서 봄갈이 쟁기질하듯 확 뒤집어 놓을 수 있겠느냐는 것이었다.

"농민들의 농토를 오랫동안 밖으로 드러나지 않게 착취해 왔다고 치세. 그걸 뒤져서 밝혀내야만 개혁이 이뤄지는 게 아닌가? 하지만 착취한 그 부정은 어디에서든 찾을 수 없을 수가 있네. 그렇게 만들어 빼앗았을 테니까."

"땅문서를 교묘하게 변조시킨다?"

"그렇지. 뿐만 아니지. 남의 땅을 권세를 이용하여 빼앗았다 해도 원래의 땅문서는 건들지 않은 경우도 숱하게 많다고 봐야 한다. 나중에라도 문제가 되면 복잡해지니까."

"그리되면 그 땅은 원주인에게 그대로 소유권이 있으니 농민은 제 땅이라고 생각할 게 아니오?"

"농민은 대부분이 다 무식하니까 지주가 차지해버리면 자기는 빚을 갚지못해 땅을 빼앗겼으니 그 땅은 자기 소유가 아니라고 생각하지."

"신돈이 만든 전민판정도감에서는 각도에 관리들을 파견해서 불법 토지 착취나 거래 내용을 조사하기 시작했네. 그 조사가 어려운 것은 바로 온갖 비리로 얽히고설켜 있는 데다가 땅문서라는 것이 제대로 갖춰진 게 별로 없다는 거야. 그리되면 혼란에 휩싸이게 되고 서로 분쟁만 커지게 되지."

"거기까진 생각지 못했네. 잘못하면 민란(民亂)의 소지가 되겠구먼? 지금은 신돈의 시원한 포고문에 빼앗긴 농토는 모두 되찾을 거라고 기대에 부풀어 신돈 만세를 불렀는데 시일이 지나면서 모든 것은 불가능한 헛꿈이란 걸 알게 되면 농민들은 화가 치밀어 난을 일으킬 수도 있겠단 말이요?"

"홍주를 다녀오며 내가 가장 두려워한 것은, 아우가 지적 한 대로 농민들이 장차 들고 일어날지도 모른다는 불안이었네."

"그럼 막아야 하는 거 아니오?"

"나라도 나서서 신돈의 발호를 막아야 하는데 나는 이미 현관에서 물러나 고향에서 야인생활을 하고 있으니 그럴 수도 없구...."

"형님, 너무 근심하지 마시우. 더 두고봅시다. 지금은 시작이니 더 두고 보자는 거지요. 자아, 술이나 마십시다."

5. 수미전(須彌殿)의 비밀

　기득권 세력의 저항이 만만치 않았으나 신돈은 강경책을 굽히지 않았다. 그러다 보니 그의 급진적 개혁정책은 초기에 성공을 거두고 있었다. 포고문 속에서 신분 고하를 막론하고 자기 집 토지 문제에 있어 불법성이 개재되어 있다고 생각되어 스스로 전비를 뉘우치고 자진 신고를 하면 벌을 내리지 않겠다고 선언했는데 몇 달이 지난 지금 자진 신고 자수자는 전국적으로 2백 명이 넘고 있었다.
　그것만으로도 성공이라고 신돈은 의기양양했다. 게다가 다시 한번 백성들의 환호를 받은 사건은 전국 사찰이 소유하고 있던 노비들 중에서 개경(開京) 일원의 각 사찰에 메어있던 관비(官婢) 52명을 해방시키고 노비적(奴婢籍)을 불태워 양민을 만들어 준 사건이었다.
　그에 가장 놀란 층은 기득권 세력 쪽이었다. 행세하던 양반집에는 수백 년 동안 많으면 3, 4십명의 하인 노비를 부리고 있었고 웬만한 집도 10명 이상을 부리고 사는데 신돈은 거기까지 손을 대고 노비들을 해방 시켜주고 있었으니 그 칼날은 곧 자기 집에도 향하리라며 불안에 떨었다.
　하지만 신돈은 임금이 감싸고 있어 그를 쳐낼 방법이 없었다. 게다가 대신들 중에는 신돈을 지지하는 새로운 파벌이 생겨났다. 이부상서(吏部尙書) 김원명(金元命)이었다. 신돈을 원래 왕비에게 처음 소개한 사람은 그였다. 이윽고 다섯 명의 중신들이 김원명 주위에 모여들어 신돈 옹호파를 만들었다.

어느 날 조회에서 김원명은 그동안 이룩한 신돈의 공적을 일일이 나열하고 그에게 개혁 성공을 이룩할 힘을 더해주기 위해 공신(功臣)호를 내려야 한다고 상주했다. 그러자 반대파의 대신들이 불가함을 아뢰며 막았다. 임금도 난처한 표정이었다. 한동안 침묵을 지키던 임금이 마침내 결론을 내렸다.

"과인도 반대는 하지 않소. 신 판결사에게 어떤 공신호를 내리는게 합당한지 예조(禮曹)에서 정하여 과인에게 올리라."

그러면서 임금은 용상에서 일어났다.

"오늘 조회를 파하노라."

신돈은 그로부터 5일 후에 공신호를 받았다.

"개혁 전체를 성공적으로 마무리한 것은 아니나 초기 단계의 성공으로 탄력을 받아 그 기세를 더 높이고 있으니 신돈을 진평후(眞平侯)로 봉하노라."

다음부터 신돈은 진평후로 불리게 되었다.

신돈의 위상은 더 높아지고 왕의 신임도 더욱 깊어졌다. 신돈은 궐내 수창궁 뒤쪽에 〈한월정사(閒月精舍)〉란 선방(禪房)을 지어 놓고 그곳에서 생활했다. 원래 집도 가족도 없는 선승이었기에 임금의 윤허를 받아 궐내에 살게 된 것이다.

임금이 애초 신돈을 궐 밖에 살게 하지 않고 궐 안에 들어와 살아도 좋다고 한 것은 그럴만한 이유가 있었다. 왕비 사후 공민왕은 정사에도 뜻을 잃고 슬픔에 잠겨 마치 폐인이 되어가는 것처럼 보였다. 본인 자신도 만사가 싫으니 누군가가 자기 대신 국사(國事)를 처리해주고 보필하며 나라를 다스려주기를 마음속에 바라고 있었다.

원로대신이거나 국상(國相)에게 대리청정을 맡길 수도 있었다. 당장 그렇게 하고 싶었지만 걸리는 게 있었다. 누군가 권력의 정상에 올라 국권을 잡으면 그걸 빌미로 척족세도(慼族勢道)가 발호하여 나라 망치는 지름길로 들어설 것 같은 불안감 때문에 대리청정을 쉽게 맡기지 못하고 있었다.

그러니 대리청정을 맡을 수 있는 인물은 주변에 척족이 없는 빈한한 가계의 인물이 적임자였다. 그러던 차에 공민왕은 신돈을 만났던 것이다. 출신성분을 묻고 그의 답을 들었을 때부터 임금은 신돈을 새롭게 보았다.

"출가하기 전 속성(俗姓)은 뭔가?"

"성은 신가이옵고 이름은 돈이옵니다."

"일가친척은 없는가?"

"지금은 없습니다. 저희 부모는 절간의 노비였습니다. 조실부모 하고 소년 시절 출가하여 중이 되었습니다."

"대사가 보기에 원나라를 비롯한 외세는 어떻게 변할 것 같소?"

"몽고는 거의 망해가고 있다고 보여집니다. 중원의 싸움이 치열하다가 명나라의 주원장이 통일을 하게 되었습니다. 이 혼란의 시기는 우리 고려국으로서는 발전의 호기가 아닐 수 없습니다. 전하께서는 이미 그걸 아시고 몽고의 백 년 기반을 완전히 끊어버리고 자강(自彊)의 독립국을 만들어야 한다며 개혁정책을 세워 밀고 나가셨습니다."

임금은 만족한 듯 신돈의 입을 막았다.

"대사를 만난 건 짐의 행운이자 나라의 행운이다. 그대는 언제나 과인의 곁에서 국정을 보살피라."

"황공무지로소이다. 높으신 뜻 받들겠나이다."

공민왕이 보기에 신돈은 두 가지를 다 겸한 적임자였던 것이다. 두 가지란 국제정세에 밝고 공민왕의 초심이 뭔지를 간파하고 있었고 무엇보다 신돈은 척족 세도정치와는 먼 고아나 다름없는 단신이어서 마음에 들었던 것이다.

그걸 안 신돈 역시 임금이 언제나 곁에 있기를 원하니 궐 안에 조촐한 숙소가 하나 필요하다 생각하고 고목나무 조각으로 지붕을 덮은 삼칸 너와집을 만들고 한월정사라 했던 것이다. 일이 없을 때는 그곳에 와 독경(讀經)을 하며 수련을 했는데 때로 임금과 동행할 때도 있었다.

"너무 선방이 초라한 거 아니오?"

임금의 말에 그는 손을 내저었다.

"이 정도면 훌륭합니다. 주상께서 쉬시기에는 좀 비좁고 불편하시겠지요."

"그건 사실이요."

"그래서 말씀인데 소신의 선방 뒤에는 기묘한 바위들이 둘러 서 있는 작은 공터가 하나 있습니다. 졸졸거리며 지나가는 작은 시내도 있습니다."

"그 얘긴 왜 하오?"

"거기다가 아주 작고 아담한 전각을 하나 들이고 싶어 그럽니다. 거기다 만들면 외부와는 완전히 차단되어 정말로 조용한 쉼터가 될 것 같습니다. 전각이 완성되면 유일한 상감마마의 휴식처가 되며 또한 서화(書畵) 창작의 산실로도 사용될 수 있게 만들고 싶습니다."

"화실을 만든다? 으음. 좋은 구상이오. 추진하시오."

"누구도 모르게 만들어 보겠나이다."

신돈은 이튿날부터 은밀하게 공사 시작을 지시했다. 신돈의 거처인 한월정사는 울창한 숲속에 들어 있어 밖에서는 잘 보이지 않았다. 그런데 지금 만들겠다는 작은 전각 역시 외부에서는 전혀 보이지 않는 곳에 있었다.

목수들이 건축재료들을 가지고 들어가는데 외부 사람들은 새로 전각을 만들기 위해 운반 하는게 아니라 한월정사가 초라하여 다시 짓거나 개수(改修)하는 걸로 보였다. 그건 처음부터 신돈이 뭔가 숨기고 있는 계략이 있었기 때문이었다.

이윽고 한달이 안되어 한월정사 뒷편에 전각 하나가 들어섰다. 신돈은 그 전각 이름을 수미전(須彌殿)이라 칭했다. 임금에게 수미전을 공개한 것은 그로부터 한 달이 더 지나서였다. 임금은 여늬날 처럼 한월정사 옆에 있는 조용한 방에서 혼자 술잔을 기울이고 있었다.

"전하! 오늘이 무슨 날이옵니까?"

"왜 묻소?"

"오랜만에 용안에 생기가 넘쳐 보여서 그러하옵니다. 소신이 모르는 무슨 경사라도 있사옵니까?"

"경사? 허허허. 우울 속에 사는 과인에게 무슨 경사가 있겠소? 왕비 생각을 하니 그 아름답던 모습이 방안에 가득하여 모처럼 기쁘게 술을 마시고 있을 뿐이오. 대사도 한 잔 하시오."

임금은 신돈에게 대작을 권했다.

"대사의 눈썰미를 속일 수는 없소. 사실 오늘은 과인에게 행운을 안겨준 기쁜 날이라오."

"무슨 날이지요?"

"중신아비를 통하여 왕비를 알게 되었는데 과인은 첫눈에 반해서 혼인의 인연이 이루어졌으면 좋겠다고 바랐지. 그런데 내 사람이 되기에 너무 어려워 보였소."

"왜요?"

"공주를 탐내는 사람들이 너무 많은 거야. 포기해야겠다는 생각이 들어 공주를 잊기로 했지. 제대로 잠도 못 자고 밤을 새웠는데 그 이튿날 아침 공주집, 그러니까 처가에서 날 선택했다고 중신아비를 통해 승낙이 온 거요."

"그게 바로 오늘이군요."

"그렇지. 12년 전 오늘! 9월 9일 중양절(重陽節) 아침!"

"정말로 경축의 날이군요."

임금은 모처럼 기뻐하며 술잔을 기울였다.

"수미전은 완공했다며 언제 보여줄 것이오?"

"곧 보여드릴 것입니다. 조금만 기다리십시오."

초저녁이 지나자 임금은 기분 좋게 취해 갔다. 조금만 더 마시면 대취(大醉)하리란 걸 신돈은 잘 알고 있었다. 얼마 후 신돈은 임금에게 자리를 옮겨 다시 마시는게 좋겠다고 권했다.

"자리를 옮긴다? 그것도 좋지."

신돈은 손뼉을 쳤다. 그게 군호인 듯 궁녀 두 사람이 옆방에서 들어와 부축했다.

"잘 모시어라."

"네에."

임금은 부축을 받고 선방을 나섰다. 선방 뒤로 돌아가는 좁은 길이 있었다. 어둠 속을 헤치며 숲길을 지나자 갑자기 눈앞이 밝아지며 온갖 아름다운 꽃들이 피어있는 꽃밭 속에 서게 되었다.

"허허 기화요초라더니 이렇게 아름다운 꽃밭이 있을 줄 몰랐도다. 으음, 마치 극락(極樂)으로 들어가는 길 같구나."

임금은 비틀거리면서도 계속 감탄했다.

"그런데 진평후! 진평후(신돈)가 안보이지 않느냐?"

"저 뒤쪽에서 마마를 따르고 있나이다."

"여기가 어디냐?"

궁녀에게 물었다.

"수미산 가는 길이라 했나이다."

"수미산은 극락세계 안에 있는 산 이름 아니냐?"

"그렇사옵니다."

"그럼 지금 과인은 극락으로 들어가는 중이로구나."

임금은 기분이 좋아 어쩔 줄을 몰랐다.

"아, 이건 무슨 전각인데 이렇게 아름다울꼬? 옳지, 현판이 있구나. 수미전(須彌殿)이라고?"

"전각으로 모시겠나이다."

임금은 순간적으로 오색구름을 타고 움직이는 것처럼 기분이 좋아졌다. 잠시 후 임금은 아름답게 꾸민 방안으로 모셔졌다. 주안상이 차려져 있었다. 임금은 앉자마자 자작으로 술잔을 채워 목이 마른 듯 한잔을 마셨다.

"진평후는 어디 있느냐?"

신돈을 찾았지만 방 안에는 임금밖에 없었다. 모시고 들어 온 궁녀들도 밖으로 나갔던 것이다. 임금은 다시 빈 술잔을 채우면서 흐늘거리는 정신을 바로 잡으며 방안을 둘러보았다.

6. 환생(還生)한 왕비, 노국공주

'아아! 이곳은 방안이 아니었단 말인가?'
분명 전각 안으로 들어올 때는 방안으로 들어 왔는데 둘러보니 방안이 아니었다. 주안상이 놓여 있고 자신이 앉아 있는 약간 너른 공간만이 방처럼 돼 있을 뿐 주변은 기화요초가 심어진 바위들이 어느 것은 높게 어느 것은 낮고 앙증스럽게 겹쳐 있고 그 밑으로는 좁기는 해도 벽계수(碧溪水)가 졸졸거리며 흐르고 있었다.
극락 동산이 따로 없었다. 방안은 선경(仙境)으로 정교하게 꾸미고 만들어놓은 곳이었다. 술에 취하지 않아 이 풍경을 보았더라도 극락선경은 바로 이런 곳이구나 하고 찬탄할만 했다.
'이게 무슨 음율소리인가?'
어디선가 마치 바위 뒤에서 나는 것처럼 가야금 소리가 울려 퍼지고 있었다. 산조(散調) 가락이었다. 어두웠던 그곳에 어유등(魚油燈)이 켜져서 가야금을 타는 여인의 얼굴과 모습이 드러나 보였다. 임금은 진작부터 산조 소리에 취하고 여인의 황홀한 자태에 취하여 술잔 드는 것을 잊고 있었다.
이윽고 가야금 탄주가 끝나자 여인이 일어나 임금 앞으로 다가와 다소곳이 부복했다. 임금은 여인의 모습을 볼 때부터 탄복해 마지않았다. 그 맵시나 걸음걸이마저 죽은 노국공주, 왕비와 아주 흡사하게 닮아 있었기 때문이었다.

"가진(佳珍)! 일어나라."

비틀거리는 걸음으로 다가 간 임금이 여인을 부축하여 일으켰다.

"황공무지로소이다. 상감마마."

"그대를 오늘 만날 줄 알았다. 가진, 앉아라."

가진이라고 자꾸 부르는 건 취한 임금이 그 여인을 죽은 왕비 가진으로 착각하고 있었기 때문이었다.

여인은 소복을 하고 있었다.

"가진아, 소복을 하다니 왜 상복을 입었지?"

"상감마마, 소첩은 가진 왕비가 아니옵고,"

"가진이 아니면?"

"소첩의 이름은 반야(槃若) 이옵니다."

"반야라고? 행심반야바라밀다심경에 나오는 반야?"

"그러하옵니다."

"아아, 내가 사랑하던 왕비 가진은 애석하게도 죽어서 열반(涅槃)했으니 간 곳이 반야 극락이라 반야가 되어 과인 앞에 다시 환생했구나? 어디보자."

임금은 그녀를 포옹하고 눈물을 흘렸다.

"날마다 밤마다 널 그리워했었는데 이제야 소원성취 했구나."

공민왕은 원래 색(色) 밝히는 군주가 아니었다. 오직 한 여인 노국공주만 사랑했다. 그런 공주가 아이를 낳다가 불의에 눈을 감고 말자 임금은 슬픔을 이기지 못하여 피폐해져서 나라의 정사까지 손을 놓고 말았다.

안타까워하던 주변에서는 아름다운 후궁을 뽑아 임금을 모시게 했지만, 임금은 단 한번도 관심을 두거나 눈길을 주지 않았다. 그런 임금이 반야라는 여인을 보자 죽은 왕비가 환생했다며 좋아했다. 그로부터 임금은 저녁이 되어도 침전으로 가지 않고 극락 낙원인 수미전으로 가는 게 일과처럼 되기 시작했다.

신돈은 그걸 알면서 일부러 임금이 수미전 출입에 대해서는 모르는 체 했고 임금을 모시고 자기가 함께 가는 일도 없었다. 임금은 처음에 신돈의 그런 태도에 섭섭함이 있었지만 그가 따라오지 않음으로 오히려 좋을 때도 많다고 느끼고 있었다.

그로부터 임금은 건강을 회복하기 시작했다. 죽은 왕비에 대한 그리움에서도 점차 벗어나는 빛이 완연하게 보였다. 그러던 어느 날 임금이 신돈에게 개혁정책의 진전여부를 물었다.

"진평후가 추진하고 있는 전정(田政)의 개혁이 어느 정도 추진 되었는지 알고 싶소."

"많은 성과가 있나이다. 내일 아침 조회 때는 개혁추진 성과에 대한 자세한 장계(狀啓)를 올리고 설명을 하기로 하겠나이다. 개혁추진과 왕도(王都) 이전은 함께 이뤄져야만 한다는 결론을 얻었나이다."

"왕도 이전이라니? 지금껏 한마디도 없다가 갑자기 왕도를 옮겨야 한다니 그건 또 무슨 해괴한 주장이오?"

"왕도가 되려면 세 가지 삼덕(三德)을 갖추어야 한다 했습니다. 먼저 천덕(天德)을 갖춰야 하고 두 번째로는 지덕(地德)을 갖춰야 한다 했습니다. 하늘이 봐주고 땅이 봐줘도 세 번째 인덕(人德)을 갖춰야 한 나라의 수도 자격이 있다는 것입니다."

"우리 개경(開京)은 삼덕을 갖추지 못했단 거요?"

"아니옵니다. 우리나라에 삼덕을 갖춘 왕도 후보지는 다섯 군데로 알려져 있나이다. 후보지마다 왕도 수명이 있다 했습니다. 서경(西京. 평양)은 800년, 개경은 400년 한양(漢陽. 서울)은 5백년. 계룡산 신도안이 700년. 완산주(전주 800년〉 등입니다. 우리 고려의 왕건(王建) 시조님은 고구려의 기상과 전통을 이어받기 위해 국호도 고려라 했으며 애초 왕도도 서경으로 정하려 했습니다. 처음부터 서경으로 갔더라면 나라의 국세가 줄아들지 않았을 것입니다. 지금이라도 새로운 고려를 창건하시려면 대륙으로 뻗어나갈 수 있는 발판인 서경으로 왕성을 옮기시는 게 최상책이라 사료되어 삼가 주장하는 것입니다."

궐내가 조용해졌다. 그러자 호부상서인 최영장이 나섰다.

"신돈 판결사께서는 한 나라의 국도(國都) 이전을 한 집안의 이사처럼 간단하게 말씀하고 계십니다. 나라의 근본이 옮겨가는 것입니다. 옮기려면 6천2백여 명의 관리들이 직장을 옮겨야 합니다. 그뿐 입니까? 그들 직계가족만 해도 수십 명일 텐데 가족까지 개경집과 땅을 버리고, 버린다고 표현된 건 죄송합니다만 일시에 집과 땅을 내놓으면 누가 사지요? 돈 가진 자들은 모두 서경으로 떠나야 하는데 누가 있어 사 주겠느냐구요? 천도(遷都)는 천부당만부당 어리석은 일입니다. 상감마마의 영명하신 판단이 있기만 바랄 뿐이옵니다."

그러자 임금은 국자감(國子監)의 관장에게 물었다.

"나라 발전에 필요한 것이 무사 방임과 부패에 대한 개혁과 척결이

지름길이라 하여 진평후는 일로 매진하고 있는데 갑자기 왕도를 옮겨야 한다는 천도(遷都) 문제를 들고나왔습니다. 구질서 개혁과 천도는 어떤 관계가 있으며 천도를 해야 한다면 왜 해야 하는가에 대해 상주하기 바라오."

그는 원로학자였다.

"너무 갑작스런 발의라 답변이 궁색하여도 용서 바라옵니다. 매사엔 긍정과 부정이 있지요. 천도 역시 긍정적인 면도 있고 부정적인 면도 있나이다. 긍정적인 면이라면 구도를 버리고 신도로 천도함은 바로 새로운 국가의 새 출발과 재 건국(再 建國)의 의미가 있습니다. 만백성에게 힘찬 용기와 자신감을 안겨줄 수 있지요. 하지만 부정적인 면도 그에 못지않다고 봅니다."

"그게 뭐지요?"

"일대 혼란이 일어날 것입니다. 왕건 태조께서 나라를 열고 이곳 송도 개경으로 국도를 정하셨습니다. 그때부터 나라의 기둥들인 중요 국가기관을 비롯하여 권좌(權座)들이 왕성으로 집결되어 발전했고 모든 국사를 좌지우지하는 지도층 유력 인사들의 가문들 역시 왕성 안에 뿌리를 내리고 십 년, 이십 년 아니 백 년, 이백 년 지금까지 4백여 년 동안 군림해오고 있습니다. 천도를 하면 이 지배세력들이 모든 가족들을 거느리고 이사를 해야겠지요. 그것이 대역사(大役事)일 뿐 아니라 이사의 기일도 오래 걸리고 오래 걸리면 이미 새로운 신흥 지배세력들이 먼저 새 왕도를 선점하게 되니 그리되면 지금까지 누려 온 기득권을 다 잃어버리게 된다는 불안감을 갖게 됩니다. 진평후의 천도 발의는 당연지사라 할 수 있습니다. 모든 면의 개혁에 박차를 가하고 있는 이때 천도까지 이룰 수만 있다면 금상첨화라 생각했겠지요. 하지만 저항 세력이 너무 많아서 불가능에 가까울 것으로 사료되옵니다."

관장의 상주에 기득권 세력들은 처음엔 불안한 기색이었으나 불가능 쪽으로 결론을 내자 안도의 숨을 내쉬었다. 그의 상주가 끝나자 이부시랑(吏部侍郎) 정진기가 나섰다.

"옳으신 지적이라 봅니다. 평지풍파를 일으켜서 국력을 소모할 필요는 없다고 보옵니다. 굳이 지적한다면 그렇진 않겠지만 만에 하나 불순한 의도가 있어 천도를 주장한다면 그건 사전에 막아야 합니다."

"불순이라니 그건 또 무슨 말이오?"

"개혁을 주장하는 세력은 수백 년 동안 왕성에 뿌리 박고 국정을 주도해 온 기성 세력을 청소하지 않고서는 개혁이 성공할 수 없다며 싸우지만, 기득권 세력은 자기들의 기득권과 재산과 가문을 지키려면 최선을 다해 방어를 해야된다 생각할 것입니다. 개혁 세력은 두 가지 유리함을 가지고 있지요. 첫째는 명분에서 이길 수 있고 둘째는 기성 세력이 끝까지 반대를 해도 좋다. 그걸 빌미로 우리는 새 왕성으로 천도를 하여 새로운, 우리만의 국정 주도세력을 키우면 된다. 그렇게 생각할 테니까요. 그리되면 조정의 위기입니다. 상감마마의 바른 결단이 중요합니다."

"무슨 말씀인지 잘 알아들었소이다. 과인은 좀더 지켜 보고 결단을 내리기로 하겠습니다."

임금은 중도적인 입장을 고수했다. 그 때문에 조정 안에서만 갈등이 더 커져가기 시작했다.

그러던 어느 날. 도비산 천문소에 있던 방택은 기쁜 손님을 맞게 되었다. 청년이 되었다 하나 아직은 소년 때가 그대로 남아있는 아들 백유(伯濡)가 찾아 온 것이었다.

"웬일이냐?"

안 본 사이 늠름해져 있었다. 백유는 머리도 명석하고 공부를 잘하는 편이었다. 아들 백유는 열네 살에 진사시(進士試) 과거에 합격하고 8년 뒤에는 2차 시험인 생원시(生員試)도 거뜬히 합격하여 스승인 목은 이색(李穡)을 기쁘게 했다. 방택의 부친인 성거공(成巨公)은 이색의 부친인 이곡(李穀) 선생과 친하여 일찍이 아들 방택을 제자로 보내어 공부를 시켰고 방택은 이곡의 장남인 이색 선생에게 보내져서 부자 2대가 그 집 가문의 제자가 되게 했다.

"넌 송도에 있어야 할 녀석이 왜 내려왔어? 그보다 이제 과거시험의 마지막 관문인 전시(殿試)를 남겨놓고 있잖니? 진사, 초시 합격한 자에 한해서 임금 앞에 불려가 보는 시험이 전시 아니냐?"

"예."

"그럼 공부에 집중해야지."

"꼭 전해드려야 할 게 있어 내려 온 거예요."

"뭔데?"

아들은 보자기 속에서 큰 봉투 하나를 꺼냈다.

"전 잘 모르겠지만 서운관에서 온 관보 같습니다."

"관보(官報)라구?"

방택은 급히 개봉했다. 그의 표정이 놀라움으로 커졌다.

7. 은혜의 왕명(王命)

서운관의 관장이 보낸 서찰이었다.
"서운관 관장께서 날 찾는구나."
"왜요?"
"곡절은 모르겠고 왜 급히 만나자는지도 모르겠구나."
고향 집으로 돌아온 방택은 간단한 여행 채비를 하고서 송도를 향해 떠났다. 육로로 가는 길보다는 바닷길로 가는 편이 훨씬 시간이 절약되었다. 그는 당진으로 나가 작은 장삿배를 얻어타고 송도로 갔다.
송도 집에 도착한 방택은 의외의 소식을 접하게 되었다. 사촌 형인 류숙이 보름 전부터 송도에 와 있다는 것이었다.
"다 은퇴를 하고 향리에 묻혀 살고 있던 형이 웬일이지요? 여긴 왜 왔지요?"
소식을 전해 준 아버지에게 방택이 물었다.
"주상(主上)께 진언드릴 말씀이 있어 왔다 하더구나."
의외였다. 나중 서로 틈이 나면 한 번 만나기로 하고 방택은 서운관으로 판사(判事. 정3품)인 추경훈 관장을 찾아갔다.
"어서오시오. 오랜만에 뵙는구려."
관장이 반가워 했다.
"신수가 훤하십니다."
"헌데 어인일로 절 찾으셨습니까?"

"나두 언제 한 번 뵈어야겠다 생각을 하고 있었는데 상감께서 먼저 찾으셔서 연락 드린 것입니다."

"상감께서요?"

방택은 흠칫 놀랐다.

"실은 보름 전인 9월 15일에 자원전에서 연회가 있었습니다. 그 연회는 주상께서 보위에 오르신 후 국가의 발전을 진작시키기 위해 여러 분야의 새로운 인재들을 발굴해서 해마다 시상을 해오지 않았습니까?"

".... 그랬었죠."

"류겸승(柳兼承) 께서도 상을 받은 적이 있으니 잘 아시겠지요. 지금까지 발탁된 수상자들을 초대하여 직접 상감께서 연회를 베풀어 위로를 해주신 겁니다."

"그랬군요."

"류 겸승도 당연히 초대가 되어야 해서 서운관 관리들에게 연락책임을 맡겼는데 실수가 생겼지 뭡니까? 관리들은 류 겸승이 현직에서 은퇴를 하고 낙향해 있다는 사유를 들어 연락을 안 했던 것입니다. 관장인 내 잘못이지요."

"틀린 말은 아니잖습니까? 현직에 있다면 몰라도 퇴직한 관리를 현직처럼 초청한다는 건 좀 사리에 맞지 않은 것 같습니다."

"그건 아니지요. 아무튼 류겸승이 빠지는 바람에 관장인 내가 상감마마로부터 질책을 받았습니다. 류겸승을 당장 불러올리라는 어명까지 내리셨습니다."

이야기를 다 듣고 난 방택은 난처한 얼굴을 했다.

"일단 나 하구 등청을 하여 용안을 뵙기로 합시다."

"들자 하니 상감마마께서는 왕비마마의 급서(急逝)로 쓰러지시어 옥체 미령하시다던데 요즘은 좀 나아지셨나요?"

"고비는 넘기신듯 다시 기력을 찾으시어 국사도 챙기고 계십니다."

"정말 천행이군요."

이제는 사랑하는 왕비를 잃은 깊은 슬픔을 떨쳐내고 강건함을 되찾아가고 있다는 것이었다. 이윽고 방택은 서운관 관장과 함께 대궐로 등청하게 되었다.

"신 류방택 삼가 주상전하를 뵈옵나이다."

방택은 임금 앞에 부복하였다.

"일어나라!"

"황공하옵니다."

"과인이 보위에 오른 후 해마다 각계의 유망한 새 인재를 뽑아 표창하고 있는데 그대는 그 의의가 어디 있다고 보느냐?"

돌연한 질문에 응대를 못하고 몸을 떨었다.

"서운관을 그만 둔 사유가 뭔가?"

"용서하여 주옵소서. 소신의 생각이 너무 짧았나이다. 간섭을 받지 않고 오직 계속하고 있던 천문 연구에 몰두하려면 현직을 떠나야 한다는 생각에 그런 죄를 범하고 말았나이다. 중벌을 내려주옵소서."

방택은 다시 부복했다. 임금은 화를 풀지 않았다. 국가가 내려준 직책과 벼슬을 누구에게도 상의 한마디 없이 무책임하게 버렸다는 것이 이유였다. 그러자 천운관의 관장이 방택을 변호했다.

"상감마마, 류 겸서의 죄는 용서할 수 없지만 본인의 실수를 깊이 뉘우치고 있사오니 너그럽게 안아주시옵소서. 새 인재들을 한자리에 초대할 때 류 겸서가 보이지 않아 소신이 알아보았더니 자기 고향에 있는 도비산이란 곳에서 연구를 하고 있다는 것이었는데 류 겸서는 왕비 마마께서 불행을 당하셨다는 비보를 전해 듣고 한 달 동안 그 산속에서 애곡(哀哭)을 멈추지 않았다 하옵니다."

그러자 임금의 용안에서는 눈물이 흘러 떨어졌다. 얼마가 지난 후 임금은 다시 추스르고 명을 내렸다.

"복직(復職)을 명하노라."

"성은이 망극하옵니다."

방택은 다시 한번 자신이 만든 거문고의 곡, 〈감군은(感君恩)〉을 탄주 할 때 같은 임금에 대한 은혜에 감동을 하게 되었다.

방택은 고향인 서산으로 내려가지도 못하고 송도의 집에서 다시 서운관으로 출근하게 되었다. 그로부터 삼일이 안되어 퇴청해서 집에 돌아오자 심부름꾼 하나가 와서 쪽지를 전해주었다.

"어디서 온 노복이냐?"

"서찰을 보시면 아신다 했습니다."

급히 열어 본 방택이 흠칫했다. 서찰은 사촌 형인 류숙이 보낸 것이었다. 선지교(善池橋)에 있는 주막에서 잠시 만나자는 내용이었다. 선지교 주막은 옛날부터 자주 들려 정담(情談)을 나누던 단골집이었다.

밤이 되자 방택은 선지교 주막을 찾아갔다. 선지교는 작은 돌다리이다. 이 돌다리가 유명해진 것은 그로부터 10여 년 후에 끔찍한 사건 하나가 벌어졌었기 때문이다. 이성계(李成桂)의 역성혁명(易姓革命)을 반대하고 고려조에 충성을 맹세하던 포은(圃隱) 정몽주(鄭夢周)가 이방원(李芳遠)이 보낸 암살객 조영규의 철퇴를 맞아 정몽주가 척살(擲殺) 당한 다리가 선지교(선죽교) 돌다리 위였다.

정몽주가 살해당한 뒤부터 그 다리 이름이 바뀌게 되었다. 정몽주가 죽은 다음부터 핏자국이 있던 돌다리 위에서는 푸른 대나무가 돋아나 다음부터는 의(義)에 선죽교(善竹橋)라 사람들이 고쳐 부르게 되었던 것이다. 하지만 아직은 선지교였다.

"아이구 형님! 어찌 혼자 자작(自酌)이시오?"

"기다리고 있었잖아? 어서오시게."

류숙은 깜짝 반가워했다.

"이 집은 앉은뱅이 술이 유명하지요?"

"그렇지. 안그래도 그걸 마시고 있었네. 후래자(後來者) 삼배(三盃)라 했으니 한꺼번에 석 잔은 비우게."

"누굴 취해서 일어나지도 못하는 앉은뱅이 만들고 싶어 그러시오?"

앉은뱅이 술 이름이 생긴 것은 좀 유별나다. 술을 담그고 그 술이 잘 익었는지 뚜껑을 열고 손가락을 넣어 찍어 먹어보면 알 수가 있다. 쪼그리고 앉아서 술독을 약간 열고 손가락으로 찍어 먹다가 보니 맛이 기가 막혀 작은 바가지로 떠서 마시기 시작하는데 하도 맛이 좋아 그만 술독 하나를 다 마셔서 나중에는 쪼그리고 앉아 있지도 못하고 옆으로 쓰러지고 만다 하여 앉은뱅이술이라 했다고 한다.

"벼슬 마다하고 고향 집으로 내려간 형님이 어인일로 상경하셨을까? 뭐 다른 욕심이 생겨서 온 건 아닐테구."

방택은 약간 놀리는 투로 말을 했는데 류숙의 표정은 갑자기 심각해졌다.

"미안하우. 뭔가 어려운 걸 얘기해 볼까 그런 얼굴이구먼. 넓은 술청이 있는데 굳이 작은 방으로 들어 온 것도 그렇구?"

"실은 자네하구 상의해 볼 게 있어 만나자 했네."

"얘기해 보시오."

"자넨 진평후에 대해 어떻게 생각하나?"

"진평후라면? 신돈을 말하는 거로군요."

"먼저 결론부터 얘기 하자구. 그 자에게 나라를 맡기는게 좋은가. 아니면 그 자는 하루속히 제거해야 할 인물인가? 자넨 어느 쪽이야?"

"정말 어려운 일인데 쉽게 얘기하는군요? 난 하늘의 별자리나 관찰하는 천관(天官)에 불과한데 내가 그걸 어떻게 평가합니까? 나보다 형님 평가가 가장 옳을 거 같소. 먼저 얘기 해보시오"

"허허, 자네부터 말해보라니까."

"도만 닦던 중이니 뭘 알아 부정을 바로 잡고 어지럽혀진 나랏일을 바로 잡을까? 처음에는 반신반의 했지요. 아닌말로 거의 자포자기하신 상감을 등에 업고 무소불위의 권력을 휘두르며 사리사욕이나 챙기려고 저러지 않나? 나도 그렇게 의심도 했는데 하는 걸 보니 그게 아닙디다. 첫 봄에 씨 뿌리기 위해 논밭을 쟁기로 갈아 엎을 때처럼 저

깊은데 까지 뒤집어 엎어버리는 것처럼 속이 후련하게 잘 하더구먼. 지금 내 얘기가 당하고만 살아 온 가난한 일반 백성들의 말이요. 역대 어느 재상이 양반들에게 빼앗긴 자기들 땅을 되찾아 준 사람이 있느냐 신돈은 우리들의 구세주이다. 그런 소리 많이 들었소."

"지금 신돈은 상감의 명을 받고 전민변정도감이란 관청을 내고 개혁이란 칼을 휘두른지 벌써 반년이 넘어가는데 양반한테 빼앗긴 땅 도로 찾아주었다는 농민 있단 말 들어보았나?"

"아직은 ... 못 들은 거 같은데?"

"신돈의 시작은 좋았네. 두뇌도 좋아서 임금이 즉위 이후 나라와 민족을 어떻게 이끌고 가야만 새 고려국은 강국이 될 수 있는가를 재빨리 간파하고 개혁은 아무런 집안의 뿌리도 없고 가족도 없는 자기 같은 사람만이 권세를 잡아 대청소를 할 수 있다고 자신했지. 거기다 뒤에는 임금이 지키고 있었네. 그래서 그는 무소불위의 권력을 쥐고 밀어부쳤다. 처음에는 그 막강한 권세의 힘에 모두 엎드렸네. 그리되니 가장 빠른 시일 안에 대청소는 다 끝낼 수 있을 것처럼 보였지. 백성들이 환호한 것은 바로 그 때문이지. 하지만 신돈은 하나만 알고 둘은 몰랐어. 숙정(肅整)의 대상이 된 기득권 수구세력들이 어떻게 수백 년 동안 온갖 풍상을 견디며 대가족을 만들었으며 어떻게 권세를 하나하나 쌓아왔는지를 몰랐지. 그들을 몽둥이를 휘둘러 각종 비리와 부정을 박살내며 뿌리 뽑겠다구? 천만의 말씀이지! 신돈 아니라 어느 누가 와도 그 개혁은 성공할 수 없다는 것이 내가 만나 본 나라 지도층 사람들의 공통된 생각이야. 밖으로 드러내놓지는 않았어도 은

171

연중 그들은 하나로 뭉쳐져 가고 있어. 그들은 한결같이 신돈을 끌어내리고 사약을 받게 해야 한다 하고 있네."

류숙은 그제야 은퇴하고 고향으로 내려가 있는 자기가 왜 왕성에 올라오게 되었는지를 밝혔다.

"그런저런 심각한 문제를 상론하고 싶으니 상경해달라고 계속 파발을 보내오는 거야. 이미 지하에는 반(反)신돈의 모임이 만들어져 있었다. 그럼 적극적으로 나서서 상감께 그 부당함을 주장하면 될텐데 상감은 아직도 신돈을 하늘처럼 믿고 있어 그 주장이 통하지 않을 것 같아 날 불렀다는 거였어."

"형님이 나서면 다 해결 된다구요?"

"지금 현직에 있던 은퇴를 해서 물러나 있던 모든 중신들을 통틀어도 상감께서 가장 믿고 신임하는 원임대신은 은퇴한 나 밖에 없고 지금 조정 안팎에서 상감을 움직일 수 있는 대신은 나 밖에 없어 불러 올렸다는 것이었어."

그 말은 사실이었다. 11살의 왕자(훗날 공민왕)가 북경으로 인질이 되어 잡혀갈 때부터 왕자를 호위하고 따라가서 십여 년동안 곁에서 모시고 있다가 귀국하여 보위에 오를 때부터 계속 또 지근거리에서 측신으로 봉직해 왔기에 임금은 누구보다 류 숙을 신임하고 그에게 의지하기도 했다.

8. 반야(般若)의 수상한 임신

　반(反)신돈 세력은 점점 그 세를 더 해갔다. 그들의 공통된 목표는 단 한가지 "죽어도 내 재산을 내놓을 수 없다"와 "준비되지 않은 졸속 개혁은 오히려 국가 혼란만 가져와 나라 망친다. 신돈을 추방하자"였다. 그러나 임금이 신돈을 싸고도니 섣불리 표면화시킬 수가 없었다.
　그래서 류숙에게 호소하여 임금의 마음을 움직이게 만들어 달라 하기로 했던 것이다.
　"그래 언제쯤 상감께 말씀드릴 작정이십니까?"
　자기도 모르게 긴장하며 방택이 물었다.
　"이미 두 차례나 뵙고 상주했네."
　"반응은요?"
　"처음에는 화를 내셨지. 신돈의 과오가 뭐냐? 잘 하고 있잖느냐?"
　"잘하고 있는 것처럼 보여도 사실은 국가 파멸의 구렁텅이로 향하고 있습니다. 계란으로 바위 치기지요. 개혁은 그렇게 급진적으로 하게되면 처음엔 그 위세에 눌려서 모두 따를 것 같이 보이지만 점차 불만을 가지면서 강하게 반발하기 시작하면 엄청난 혼란만 일으키고 말 것입니다. 신돈 역시 지금은 갈수록 개혁이 어려워지고 있다고 느끼고 있다고 봅니다. 그는 갑자기 왕성의 천도를 주장하고 있습니다. 서경으로 왕도를 옮기자는 것이지요."
　"지금 같은 시기에 왜 왕도를 옮기자는 건지, 옮기면 무엇이 국가발전과 민생(民生)에 이득이 오길래 그렇게 이사하자고 주장하는 거지요?"

류숙은 목이 타는지 단숨에 술잔을 비워내고 말을 이었다.

"개혁에 힘을 쓰면 쓸수록 반발하고 앞을 가로막는 벽이 있단 말이야? 그 벽은 다름 아닌 수백 년 동안 왕성에 살면서 온갖 특혜를 누리면서 가문의 영광과 부(富)와 권세를 쌓고 누려 온 수구파(守舊派) 세력들의 벽이란 말야. 그 막강한 세력을 해체해야만 세력이 약화되고 그래야 개혁의 청소가 가능하다고 본 거지."

"어떻게 해체한다는 거요?"

"왕성을 이사하는 방법이지. 서경으로 이사한다면? 대궐과 각종 권부(權府)와 조정과 국가의 중요한 모든 기관이 한꺼번에 옮겨가야 한다. 일반 대가 집 하나가 이사 하는 것처럼 생각하면 안돼. 국가와 나라의 심장부가 옮겨가는 거야. 이사가 확정되면? 조정의 모든 중신들과 지배 세력이 모두 이사를 해야 한다. 그들이 이사하려면? 모든 가족과 식솔들도 함께 가야 한다. 가는 건 어렵지 않지만 문제는 수백 년 동안 뿌리 내린 온갖 재산은 그냥 남아 있는데 그걸 짊어지고 갈 수도 없고 버리고 갈 수도 없게 된다. 그렇게 되면 이사하고 나서 그들의 입장은? 그들의 세력은 양분되어 급격히 약화된다. 그 기회를 이용하여 신돈은 재빨리 이사해 간 새 왕성에 신진사류(新進士類)들을 심어서 자기 지지 세력을 확보하고 그들의 강력한 지지를 받아 개혁을 밀어붙이겠다는 속셈이 있는 것이야."

"신돈은 무서운 사람이군요? 그런 것까지도 상감께 진언했다고요?"

"했지. 개혁이 지지부진 하거나 그리되면 신돈을 조정에서 추방하셔야 한다고까지 상주했네."

"상감의 반응은 어떠셨소?"

"처음에는 내 진언을 끝까지 들으시려고 안 했지만 나중에는 수긍을 하시게 되었지. 하지만 아직도 신돈에 대해 미련은 다 버리시지 않았네. 좀 더 두고 보자고 하셨으니까."

"근본적으로 주상께서는 형님을 신임하고 계신데다가 지금은 현직에서 물러나 고향에서 야인(野人) 생활을 하고 있으니 아무런 야심이 없다는 걸 아시고 진심으로 대하셨군요."

"날 불러올린 친구들도 그걸 감안 했던거지."

"만족합디까?"

"물론이지."

"언제쯤 내려가실 거지요?"

"이삼일 후에,"

"아무튼 조심해야겠습니다. 반발 세력이 구체화되고 신돈에게 맞서게 되면 신돈도 보복하려 할 텐데요. 매사 조심하시고 내 생각엔 이번에 내려가시면 이곳 친구들이 부른다 해도 오지 않는게 좋을 것 같습니다."

"음, 뭘 근심하는지 알겠네."

늦은 밤까지 두 사람은 술잔을 나누다가 선지교 술집을 뒤로했다. 류숙은 삼일이 지난 후 고향으로 내려갔다.

한편.

신돈은 초조감에 사로잡혔다. 토지개혁의 성과가 나지 않고 있었던 것이다. 구세력의 반발 때문에 그렇다는 걸 알고 신돈은 특단의 계책을 내어놓고 임금께 재가를 하라고 서둘렀다.

그것이 바로 왕성 이전이란 서경천도(西京遷都)안 이었다. 임금은 반대했다. 지금은 때가 아니라는 게 이유였다. 국력 신장이 어느 수준만큼 이루어지고 난 다음에 생각해볼 문제라는 것이었다. 그러자 신돈은 태도를 바꿨다. 이번에는 충청좌도 충주(忠州)로 서경대신 새로운 천도지로 추천한다며 왕성을 옮기자고 임금을 설복하기 시작했던 것이다.

"더 생각해 봅시다."

만사가 귀찮아진 임금은 손을 흔들고 자리에서 일어났다.

"전하, 어딜 가시려구 그러십니까?"

신돈이 묻자 임금은 수미전(須彌殿)에 가겠다 했다.

"소신이 모시겠나이다."

"아니 과인 혼자 가겠소."

궁녀 둘이 시중을 들었다. 수미전은 대궐에서 뒤쪽으로 좀 떨어진 숲속에 있었다. 그곳은 신돈이 궐내에서 기거하기 위해 만들어 놓은 숙소를 겸한 선방, 한월정사가 있는 곳이었고 수미전은 정사 뒤쪽 아주 은밀한 곳에 만들어진 비밀전각이었다.

머리가 아플 때 임금이 그곳을 찾는 이유는 단 한지였다. 반야라는 미인을 만나기 위해서였다. 반야는 이곳에만 거처할 뿐 대궐 쪽은 모습을 드러내지 않았다. 처음에는 임금도 대궐로 나오라 했지만 당사자가 싫다하여 임금도 그냥 두고 생각날 때는 임금이 직접 찾아가 만나왔던 것이다.

"어서오시옵소서. 상감마마."

반야는 임금이 좋아하는 술상을 들고나와 마주 앉았다. 임금은 우선 한 잔 시원하게 마시고 나서 반야에게 옆으로 오라고 손짓했다. 반야가 임금 옆으로 와 살포시 앉자마자 임금은 반야를 무릎 위로 끌어올렸다.

"아이, 마마."

"요즘 들어 야윈 것 같구나. 원인이 뭐라 생각되느냐?"

"상감마마, 사실은……"

"왜 말을 못 하느냐?"

"사실은 기쁜 소식이 있나이다."

"어서 얘기해 보아라!"

임금이 채근했다.

"마마, 요즘 들어 쉽게 피곤하고 먹은 것도 없는데 구토증세가 일어나고 그래서 어제 어의(御醫)를 불러 진맥을 해달라 했나이다."

"그랬더니?"

"태기(胎氣)가 있다 했습니다. 용종(龍種)을 가진지 벌써 3개월이 지났다 했나이다."

임금은 깜짝 놀라더니 반야를 힘껏 포옹했다.

"왕자라더냐 공주라더냐?"

"그건 6개월이 지나야 알 수 있다 했나이다."

"어허! 네가 임신을 하다니."

임금은 눈물을 주체치 못했다. 얼마나 기다리던 임신 소식이던가. 사랑하던 왕비 노국공주가 10년 동안 기다렸어도 들어서지 않던 아기가 들어서게 되었다는 소식을 들었을 때 임금은 몇일 동안 기뻐서 잠도 제대로 못 잤었다. 그랬던 왕비가 난산(難産) 끝에 아기도 왕비도 불의에 눈을 감고 말았었다. 그 슬픔은 말할 수가 없었다. 그런데 반야가 임신을 했다는게 아닌가. 임금은 감격의 눈물을 주체치 못하고 반야에게 고마워 했다.

그러던 어느 날 조회를 마치고 임금이 편전에 들어가 쉬고 있을 때 신돈이 들어 왔다.

"삼가 전하께 축하를 드리게 됨을 영광으로 생각하옵니다. 그토록 기다리시던 용종이 반야비의 몸에 들어선 것은 나라와 전하와 만백성의 홍복이 아닐 수 없나이다."

"고맙소. 반야를 소개한 사람은 진평후 아니었소? 대사가 아니었으면 이런 영광과 행복이 과인에게 어떻게 찾아올 수 있었겠소? 고맙소."

임금은 신돈에게 진심으로 고마워 했다. 신돈은 내심 쾌재를 불렀다. 반야의 임신 소식은 신돈의 권력과 막강한 힘을 한 단계 더 굳히는 계기를 마련했다.

한편 반 신돈 세력인 김달상(金達祥), 김정(金精), 김원영(金元榮), 정구(鄭謳), 이존오(李存吾) 등 강경파 대신들은 매일 밤 모여서 신돈 척결의 방법 등을 논의하고 있었다. 그들은 낙향해 덕산의 가야산 밑에 은거하며 유유자적하게 지내고 있는 류 숙까지 불러올려 임금의 마음을 돌려놓게 해달라고 진지하게 청했다.

물론 왕의 신돈에 대한 태도가 한순간에 변하게 할 수는 없어도 언젠가는 신돈을 제거하겠다는 마음을 임금이 갖도록 만든것은 큰 효과였다고 대신들은 류숙에게 고마워했다.

류숙은 일단 자기가 해줄 일은 마쳤다며 다시 고향으로 내려가려 하자 여러 대신들이 잡고 놓아주지 않았다. 하지만 더 머물면 위험하게 될 수도 있다고 생각한 그는 곧 떠나겠다 했다. 그런데 한편 신돈 측도 손을 놓고 있지만은 않았다.

신돈 역시 그를 따르는 쇄신파(刷新派) 젊은 대신들이 많았다. 그리되니 반 신돈파 세력들이 모여서 어떤 계략을 꾸미고 있는지도 거기 심어놓은 간자(間者. 첩자)들을 통하여 소상하게 알고 있었다. 지금 신돈이 신경을 곤두세우고 있는 정보는 〈반야의 임신〉 소식이었다.

신돈은 일부러 궐 내외에 그 소식이 퍼지기를 바랐다. 반대파들이 어떻게 나올까 알고 싶어서였다.

"저들이 호재 중의 호재(好材)라며 좋아하고 있습니다."

그런 정보가 들어왔다.

"어떤 면에서 호재라더냐?"

"이 말씀을 드려야할찌 너무 황송해서...."

신돈 앞에서 그 간자는 쩔쩔맸다.

"무슨 말이든 괜찮다. 말하라."

"반야빈이 가진 신생아는 왕의 자식인 용종이 아니고…."

"아니고,"

"황송하옵게도 진평후 대감의 자식이라고 했습니다. 왜냐하면 반야빈은 원래부터 진평후 신돈 대감의 여성이었기 때문이란 것이었습니다."

반야는 신돈이 데려온 여자였다. 사람들은 그래서 반야는 신돈의 애첩이라고까지 했다. 그런 반야이고 보니 갑자기 왕의 시중을 들고 왕의 은총을 입게 되어 자식을 얻게 되었다 하더라도 그 자식은 신돈의 씨이지 임금의 씨라 볼 수는 없다는 것이었다.

신돈의 추종자들인 대신들이 긴급히 모여 대책 회의를 열었다.

"더 이상 두고 볼 수는 없습니다. 이제 저들이 더 발호하기 전에 쓸어내야 한다고 봅니다."

형부시랑 이종범이 나섰다.

"조금만 더 지켜보기로 하시지요."

다른 대신이 신중론을 폈다.

"올데까지 왔습니다. 뭘 더 기다려야 한다는 것입니까? 저들은 이제 반야빈이 용종을 가진 것은 임금의 친혈육이 아니고 진평후의 혈육이라며 들고 일어나 우릴 칠 기세입니다. 그게 커지면 걷잡을 수 없게 됩니다. 초기에 불을 꺼야지 왼 산에 옮아붙은 화마가 되면 끌 수 없게 됩니다."

"저들이 행동으로 옮기려 할 때 들이치자는 겁니다. 어찌해야 할까요?"

신돈에게 물었다.

"이시랑 말이 옳소. 이제 때가 된 것 같소. 지금 모이고 있는 저들은 강경파 대표급들이지. 지금 명단에 오른 23명을 우선 처단해서 끌어내면 조정은 조용해질 것이오. 그런 다음부터는 더 강경책으로 나가면 맞서는 자들이 없겠지."

신돈은 이미 작성되어 있던 반신돈 대신들의 명단을 내놓고 당장 그들을 잡아들이라 명했다.

이튿날이 되자 갑자기 검거 선풍이 일어나 조정에 살벌한 바람이 불어 닥쳤다. 한편 송악산 천문소에 나가있던 방택은 전혀 그 소식을 알지 못했다. 오후가 되자 뜻밖에도 류숙의 둘째 아들이 찾아왔다.

"아니 여기까지 웬일이냐?"

뭔가 철렁하기도 하며 반갑기도 해서 조카의 손을 잡았다. 조카의 눈에서는 금방 눈물이 맺혀 굴러 떨어졌다.

"왜 그러니? 응? 집안에 뭔 일이 있어?"

그러자 조카는 고개를 끄덕이며 겨우 말을 이었다.

"아버님이 잡혀가셨어요."

" 뭐야? 언제?"

"오늘 아침에요. 전옥서(典獄署) 전랑들이 닥쳐들어 포박하고 끌어갔어요."

"어제 고향집으로 내려간다 했었는데 왜 지체하다가 그런 불행을 당해?"

"저 때문이었어요. 제 일을 봐주시다가 못 가시고 ...."

"지금 전옥서에 구금되어 있겠구나?"

"예."

"알았다. 내가 무슨 능력이 있어 네 부친을 빼낼 수 있겠느냐만 왜 잡혀가셨는지나 알아보마. 너무 염려하지 말아."

조카가 떠나갔다. 류숙은 낙향은 했지만 송도에도 집이 있었고 고향에도 집이 있었다. 방택은 일찍 퇴청하기로 하고 밀직사(密直司)를 찾아갔다. 밀직사는 왕명의 출납(出納)과 궁 안의 숙위(宿衛. 경호), 숙위군을 담당하는 부서였다.

숙위군 낭장(郎將)인 천호성이란 사람이 방택과는 함께 근무한 적이 있어 친하게 지내던 사이였다. 그는 아직 퇴청시간이 안되어 자리에 앉아 있었다.

"우리 자주 가던 주막있지? 거기 가서 기다려줄 수 없나? 바로 나갈게."

이윽고 두 사람은 만났다.

"걱정돼서 왔구먼? 류숙 대감 때문에?"

그는 방택이 왜 자기를 찾아왔는지 알고 있었다.

"왜 갑자기 체포 구금되었는지 그게 궁금하네."

"신돈의 짓이지."

그는 신돈파에서 벌인 옥사(獄事)의 전말에 대해 자세히 설명해 주었다.

"문제는 반야의 임신이었네. 그건 신돈의 씨다. 따라서 신돈은 사직(社稷)의 정통성을 흔든 역적이니 죽여 마땅하다. 그게 반 신돈파의 주장이었고 그걸 내걸고 신돈과 정면 대결하기로 결정 한 것이 새어 나가 신돈의 분노를 샀고 신돈이 먼저 선수를 쳐서 반대파들을 잡아 들인 것일세."

"이해가 안 되는 부분이 있네."

"뭐가 말인가?"

"내 사촌 서령군(瑞寧君 柳淑) 대감은 이미 퇴관(退官)하여 낙향한 분인데 왜 현직에 있는 대신들과 똑같이 잡아다가 구금시켰느냐 하는 거야."

"나도 그게 이상했는데 알고 보니 신돈의 미움을 샀다더군? 반 신돈파 대신들은 자기들 힘으로는 상감을 움직일 수 없으니 비록 야인이 되어 시골에 묻혀 살긴 해도 류 대감만 한 원로도 없고 상감의 마음을 움직일 수 있는 인물도 그분 밖에는 없다 생각하고 모셔 온 거라네. 모셔오기만 했으면 되는데 온 뒤에는 직접 임금을 만나 그것도 세 번이나 직언(直言)을 하고, 신돈의 급진적 개혁의 부당함을 아뢰고 임금의 마음을 돌려놓았다는 게야."

"흐음, 그렇게 보면 신돈 측에서 볼 때 류 숙은 반대 수구파의 괴수(魁首)쯤으로 보겠구먼."

"그럴 수도 있지."

"이건 보통 문제가 아니군? 잘못하면 본인은 물론 가문까지 화를 입을 수도 있겠는걸?"

"왕 전하의 결론이 어떻게 나느냐에 따라 운명이 결정된다고 보네."

"상감을 찾아뵙고 내가 용서를 빌어볼까?"

방택은 주먹을 쥐고 결심한 듯 말했다. 그러자 낭장 천호성이 깜짝 놀라며 말렸다.

"자네에 대한 전하의 신임과 애정은 세상이 다 알지만 이번만은 참게. 뵈었다는 것 자체가 구명운동을 했다고 상대에게 낙인이 찍히게 되면 엉뚱한 불똥이 튈테니까."

천 낭장이 말렸다.

"알았네. 다른 건 몰라도 직접 형님 면회는 해야 될것같네. 나한테 할 말도 있을 것 같아서 말야. 자넨 전옥서에도 발이 닿아 있잖은가. 부탁하네. 손 좀 써주게."

"알아봄세."

두 사람은 헤어졌다.

9. 충신(忠臣) 애사(哀史)

이튿날 오후가 되자 낭장 천호성은 자기 부하를 보내어 방택에게 류숙의 면회는 오늘 밤에 가능하다, 얘기를 해 두었으니 만나보라는 서찰을 보내왔다.

방택은 저녁이 되자 전옥서 뇌옥(牢獄)으로 류숙을 찾아갔다. 옥리(獄吏)의 안내를 받고 옥사 안으로 들어가서 류숙을 만났다.

"형님!"

"어떻게 찾아왔는가?"

"그게 중요한게 아니라 이 위기를 어떻게 해결해야지요?"

"신돈의 올가미가 워낙 강해서 빠져나갈 수 없을 것 같네."

"내가 주상전하께 형님 구명에 대한 상소를 올릴까요?"

"지금은 안 통할 거 같애. 상감은 반야의 복중(腹中)에 있는 태아는 자기 아이라 철석같이 믿고 있어. 더구나 사랑하던 왕비 노국공주가 아이를 낳다가 비명횡사했기 때문에 다시는 자기 자식을 얻지 못할거라 생각했다가 임신 소식을 들은 뒤라 지금은 누가 뭐라하든 믿지 않을 거야. 거기다가 반야는 숨겨놓은 신돈의 애첩이기 때문에 뱃속에 든 아이도 신돈의 자식이라 한다면 그 말을 듣는 순간 임금은 어떻게 나올까? 신돈은 우리가 그런 악성 헛소문을 퍼트린 장본인들이니 목을 베야 한다고 부채질하고 있네."

"그럼 손 놓고 상감과 신돈의 처분만 기다린단 말이오?"

"어쩔 수 없잖은가? 뼈아픈 실책이었어. 반야가 가진 복중 아이는 우리가 나서서 신돈의 자식이라고 주장하지 않아도 만백성이 다 미루어 알 사실인데 하필이면 우리가 그걸 문제 삼아 먼저 터트렸으니 그게 실책이었다는 거야. 섶을 지고 불 속에 뛰어든 격이지. 운명은 하늘에 맡기자구."

"그러니까 내가 직접 주상전하를 만나 뵙거나 상소를 올리면 오히려 불리하다? 지금으로선 가만히 있는게 상책이다?"

"그거야."

"가족들한테 당부할 말은 없소?"

그러자 류숙은 너무 염려하지 말고 동요하지 말라 전하라 했다. 이튿날부터 신돈은 붙잡혀 온 대신들을 직접 하나하나 문초했다.

"개혁제도를 만들고 실시할 때부터 극심한 반대를 하며 앞길을 가로막은 수구파 대신들은 오늘 여기 잡혀 온 11명의 대신들 뿐이 아니라고 본다. 반 개혁파의 수괴(首魁)는 서령군 류숙이다. 그렇지?"

신돈은 류숙을 반 개혁파의 수괴로 몰았다. 동료, 후배 대신들은 하나같이 머리를 흔들었다.

"이미 현직에서 물러나 고향에서 야인으로 묻혀 살고있는 전임 대신입니다. 조정의 일이나 조정과는 전혀 관계없는 중신입니다. 게다가 시골 고향집 근처의 가야산 밑에서 유유자적하며 살고있는 분입니다. 그런 분이 수괴라니요? 아닙니다."

"시골에 처박혀 있으면 그냥 처박혀 있을 게지 왕성에는 왜 와서 감놔라 배놔라 하는거지?"

"그건 우리가 요청해서 잠시 상경한 것뿐입니다. 상감께서 가장 신임하는 측근 대신이었기에 상감을 뵙고 급진적인 전지 개혁이나 노비 해방 등은 그 부작용이 너무 큼으로 그걸 막아달라 진언하실 수 있는 분은 그분이 유일해서 우리가 사정을 한 것 뿐입니다."

하지만 신돈은 믿지 않았다.

"그건 그렇다 치자. '반야의 뱃속에 든 아이는 상감의 씨가 아니고 요승(妖僧) 신돈의 씨다'. 그렇게 소문을 낸 자들은 너희들이다. 어떤 근거로 그런 주장을 했는지 밝혀라."

"소문만 들었을 뿐입니다"

"그 소문을 누구한테 들었는지 대란 말이다."

대신들은 온갖 악형의 고문을 다 당하게 되었다. 제일 악랄한 고문은 죽침(竹鍼) 고문이었다. 대나무를 날카롭게 쪼개고 쪼개어 그 끝을 죄수의 손가락 끝 손톱 밑에 집어넣고 점차 힘을 가하면서 밀어 넣는 악형이다.

손가락 한 개도 아니고 열 손가락을 다 산적 꿰듯 꿰는 것이었다. 신돈은 마지막으로 류숙을 불러내어 공초했다.

"류숙! 당신은 상감께서 볼모로 연경(燕京)에 끌려가시고 돌아올 때 맹세를 했다고 들었소. 몽고의 기반에서 벗어나 자주 강국이 되려면 국가의 부정, 부패를 일소하고 전반적인 정치와 사회개혁을 이뤄내는 것이 선결돼야 한다. 상감 앞에서 맹세한 사람은 당신과 조일신, 김용 등 측근 비서들이었다고 들었소. 임금께서도 개혁을 국정 일 순위로 정하시고 그 대업을 나에게 맡기셨소"

"그래서요?"

"그대들이나 나나 실천하고 있는 목표는 똑같은데 왜 극구 반대를 하는 거요?"

"개혁을 하려면 두 가지 큰 방법이 있소. 마른하늘에 벼락 치듯 독선적으로, 독제적 칼부터 휘두르며 강제로 개혁을 해 나가는 방법, 또 하나의 방법은 점진적으로 모든 백성들의 의사를 수용하면서 합리적으로 개혁을 해나가는 방법이요. 두 가지 방법 모두 장단점이 있지요. 급진적인 방법은 개혁의 속도를 빨리 낼 수 있어 그 결과가 눈에 보일 때가 있지요. 하지만 개혁이란 미명하에 반대자들의 모든 입을 틀어막고 몽둥이를 휘둘러 가며 해나가면 무서워서 절대복종하는 것처럼 보여도 언젠가는 반대자들의 엄청난 반대 세력이 고개를 들고 앞을 막는다는 겁니다. 또 하나 점진적인 방법은 온건한 개혁정책으로 밀고 나가며 주변의 모든 백성들의 의사를 모아서 추진해 나가기 때문에 환영을 받는 대신 속도가 느리다는 것이 단점입니다. 이 두 가지 방법의 장점을 취해서 나가면 되는데 대사께선 매사 권력의 쇠망치만 휘두르며 뭐든 두드려 박고 있소이다. 그걸 반대한 거요. 그리고 이미 현직을 떠난 노 대신이 대궐에 나타난 것은 이권이나 권력에 연연하여 온 게 아닙니다. 나라의 장래가 걱정이 돼서 온것 뿐이오."

류숙은 당당하게 자신의 의견을 말하고 신돈에게 맞섰다. 이들이 뇌옥에 갇힌 채 문초를 받고 고문을 당한지 열흘 동안 신돈은 특히 류숙에게 강온(強溫) 양면작전을 썼다. 그를 회유하여 자신의 세력권 내에 두면 반신돈파의 대신들을 조용히 잠재울 수 있다고 본 것이다.

"서령군 대감! 나와 함께 손잡고 대사(大事)를 이루어 나갑시다. 그렇게만 해준다면 대감이 원하는 건 무엇이든 해드리겠소. 손잡으면 상감께서도 기뻐하실 겝니다. 그렇게 합시다."

"난 아무런 욕심이 없소이다. 날 회유하지 말고 대사, 당신이 만사를 내려놓고 당장 다시 산사(山寺)로 돌아가는 것이 나라 발전에 도움이 되는 것이오. 내 말대로 따르시오."

하지만 류 숙의 태도가 전혀 달라지지 않자 신돈은 삼족(三族)을 멸하겠다고 협박했다. 아무튼 이 사건은 한 달여를 끌었다. 임금은 이들의 처벌을 원치 않고 있었기 때문이었다.

"상감마마, 이자들은 사직의 정통성을 무시하는 반역자들입니다. 반야빈이 가진 아이의 아버지는 상감마마가 아니며 심지어는 소신이라고 당치도 않는 비난을 하고 있는, 용서할수 없는 자들입니다. 그들을 처벌하지 않고는 나라의 기강이 바로 서지 않습니다."

임금도 마침내 처벌하란 어명을 내렸다. 귀찮아서 견딜 수 없었던 것이다. 류숙을 비롯한 여섯 명의 대신들이 피해를 입게 된 것이다. 특히 류숙의 피해가 가장 컸다. 가산(家産)을 몰수 당했을 뿐 아니라 그의 관력(官歷) 서훈(敍勳) 등 모든 국가업적 등까지도 빼앗겼다.

뿐만 아니라 신돈은 류숙의 즉결 처형을 주장하여 목숨까지 위태롭게 되었다. 하지만 임금은 참형(斬刑)만은 재가하지 않았다. 그 대신 임금은 류숙을 유배형(流配刑)에 처했다.

"류숙은 귀양지 영광(靈光) 땅에 부처(付處)하라."

임금이 전처럼 명민한 군주였다면 도저히 그런 처벌은 내리지 않았겠지만 지금은 자기 아이를 갖게 되었다는 반야에게 빠져 암우한 군주가 되어 그 같은 처벌을 내렸다고 백성들이 안타까워 했다.

아무튼 류숙의 집안은 쑥대밭이 되었다. 불행 중 다행이라면 친족이 아닌 방계(傍系) 가족들은 무사했다는 것 정도였다. 류숙은 전라도 영광으로 귀양을 떠나게 되었다. 졸지에 죄수 함거(轞車)에 실린 채 송도의 남문을 나설 때는 석별을 아쉬워하며 뒤따르는 대소 신료(臣僚)들의 수레들로 거리를 메웠다.

"여기까지만 배웅이 가능합니다."

죄수압송 대장이 성문을 나선 지 십리 쯤 왔을 때 모든 수레의 움직임을 중지 시키고 큰소리로 외쳤다. 그러자 동료, 후배 대신들이 함거 앞에 모여들며 석별의 정을 나누었다.

"서령군 대감. 어떻든 버티시오. 화무십일홍(花無十日紅), 열흘 넘게 피는 꽃은 없잖습니까? 반드시 다시 돌아오실 겁니다."

여러 사람이 위로의 말을 했다. 개중에는 억울하게 누명을 쓰고 귀양을 떠나는 류숙에게 한시(漢詩)를 지어 불렀다. 일일이 고맙다고 함거의 울기둥 뒤에 앉은 류숙은 인사를 하면서 동료가 읊은 한시에 즉흥 답시(答詩)를 읊었다.

불시충양성의박(不是忠襄誠意薄)
대명지하구거란(大名之下久居難)
(이렇게 된 것은) 임금께 바쳐 온 충의가 부족해서가 아니라
(원래) 큰 이름 밑의 자리에는 오래 있기 어려운 것(법)이다.

나중에 신돈은 류숙의 이 즉흥시를 꼬투리 삼아 류숙은 임금(공민왕)에 대한 원망으로 반역을 도모할 수도 있다는 속내를 담은 불충한 시라며 류숙은 유배를 시킬게 아니라 즉참(卽斬)에 처해야 마땅하다고 주장하게 되었다.

공민왕의 수족이 남아있는 대신은 류숙 하나였다. 임금이 그의 목을 베지 못하게 하고 귀양으로 마무리 지으라 한 것은 언젠가 때가 되면 류 숙을 다시 귀양지에서 불러올려 중책을 맡게 하려는 것으로 생각하게 되었던 것이다.

어쨌든 떠나기 하루 전에 류숙을 만난 방택은 위로를 하고 류숙의 가족들은 자신의 집에 불러와 고생하지 않게 돌볼테니 염려하지 말라 했다. 이렇게 되어 신돈의 모함으로 류숙, 김달상, 김정, 임경원 등 8명의 중신들이 희생되었다.

누구보다 슬퍼한 사람은 방택이었다. 충신인 류숙 같은 사람을 처단한 임금의 처사에 실망했기 때문이었다. 그토록 재기와 대망(大望)이 넘치고 영민했던 군주도 여색(女色) 앞에 타락하기 시작하면 암우한 군주가 되고말아 사리 분별조차 제대로 못하게 된다는 것이 실망이었던 것이다. 방택은 오랜만에 거문고를 꺼내놓고 자신이 만든 임금의 은혜를 노래한 〈감군은곡(感君恩曲)〉을 탄주하며 눈물 지었다.

한 달쯤 지나자 밤낮으로 술에 취해 비몽사몽 지내던 임금이 그날은 맑은 정신이 되어 아침조회를 주재했다. 이른바 전정개혁(田政改革)에 대한 그동안 실적에 대해 고하라 했다. 당황한 것은 모든 책임을 맡아왔던 신돈이었다.

마침내 신돈이 앞으로 나서서 임금께 상주했다. 그렇게 달변(達辯)인 신돈이 더듬거리기 시작했다. 처음 시작은 원활하게 잘 진척이 되었으나 중도에 기득권 세력인 수구 대신들의 완강한 반대에 부딪혀 중단된 상태에 이르렀다며 책임을 전가했다.

"시중대감!"

임금은 국상인 문하시중을 불렀다.

"예, 주상전하!"

"개혁사업 내용이 뭐가 잘되고 잘못되어 중단 지경에 이르렀는지 세밀히 조사해 보시오. 새롭게 시작해야겠소."

"예, 분부 거행하겠나이다."

"그 방면의 조사 연구는 전문적인 식견이 있는 대신이 맡아야 할 거요. 오오 참! 류숙 대감이 있었지. 류숙 대감에게 맡기시오."

궐내가 갑자기 찬물을 끼얹은 것처럼 조용해졌다. 문하시중이 겨우 진언했다.

"전하! 서령군은 한 달 전에 치죄를 받아 멀리 영광땅에 귀양을 갔나이다."

"치죄?"

임금이 깜짝 놀라 벌떡 일어났다.

"송구하옵니다."

임금이 뭔가 떠올리려는 듯 머리를 흔들었다. 그러더니 용상에 털썩 주저 앉았다.

"상감마마, 옥체를 돌보소서."

대신들이 일제히 부복하며 외쳤다. 임금은 잠시 후 비틀거리며 자리에서 일어났다.

"반역 대신의 수괴로 류숙은 전하께서 직접 처단을 내리신 것입니다."

신돈이 큰소리로 재우치자 임금은 괴로운 듯 아무 말도 하지 않고 내시들의 부축을 받고 대전을 나가버렸다.

그 여진(餘震)은 한 달 후 류숙의 귀양지에서 엉뚱하게 일어나고 말았다. 류숙이 귀양살이를 하고 있던 장소는 인가도 없는 황량한 야산 밑에 있던 낡은 초가였다. 그곳에 유숙은 연금되어 있었는데 그를 주야로 지키며 감시하는 군병은 지방 관아에서 파견된 병사였다.

그저 연명할 정도의 주식과 부식을 받아 스스로 취사를 해야하는 형편이었다. 맞은 편 황토산만 넘어가면 부곡(部曲)이란 버려진 마을이 있었다. 부곡은 그야말로 세상에서 쓰레기처럼 버린 온갖 범법자 인생들이 모여 사는 곳이었다.

아침이 되면 죄수 류숙은 식사 해결을 위해 부엌으로 나오는데 그 날 아침에는 그림자도 보이지 않았다. 인기적이 없다는 것을 지키고 있던 병사가 안 것은 점심때가 지나서였다. 병사는 쪽마루를 올라가 안방 문을 열었다. 이상한 것은 어디가 아픈지 그때까지도 죄수는 자리에 누워있다는 것이었다.

섬뜩한 기분이 든 병사는 반듯하게 누워있는 류 숙의 몸을 흔들었다. 그런데 반응이 없었다.

"허! 이럴수가!"

언제 죽었는지 손발이 굳어져 가고 있었다. 놀란 병사는 관아로 달려가 보고를 했다. 세 명의 병사와 의원 하나가 나와 시신을 검안했다.
"목이 졸려 죽었구먼. 이 상처를 보게."
교살(絞殺) 되었던 것이다. 줄로 목을 감아 힘껏 졸라서 숨이 끊어지게 한 것이다.
류숙은 귀양지 방안에서 그렇게 허무하게 목이 졸려 죽음을 맞이했던 것이다. 류숙의 변사 사건은 당장 금부(禁部)에 보고 되었는데 사인(死因)은 자살이거나 타살인데 자살보다는 타살 혐의가 농후하여 범인을 추적 중이며 용의자라면 부곡에 살고있는 부랑자 중에서도 정신이상자 세 명을 잡아 문초 중이라고 보고했다.
그러나 그게 애매모호해서 진범을 가려낸다는 것은 애초 불가능하다는 거나 마찬가지였다. 그렇게 몰고 가도록 뒤에서 압력을 가한 쪽은 신돈이었다. 나중에 파다하게 난 소문에 의하면 자객을 보내어 류숙을 죽이게 한 것은 신돈이고 류숙을 죽여야 한다고 신돈이 결심한 것은 언젠가 임금은 류숙을 다시 불러올려 중임을 맡길 게 틀림없어 보였기 때문이었다. 류숙 사망사건은 끝내 전모가 밝혀지지 않고 유야무야 되고 말아 유족들을 한스럽게 만들었다.
욕심은 한이 없다.
결국 욕심은 화를 불러오고 욕심의 화는 죽음까지 불러온다 하였다. 신돈의 욕심도 결국 화를 자초하고 말았다. 신돈은 처음 임금이 개혁정책 수행을 위임했을 때만 해도 애국심 하나로 진심을 가지고 나섰지만 기득권 세력의 반대에 부딪혀 결국엔 좌절하게 되었다.
그렇게 되자 신돈은 임금에게 더 큰 권력을 요구하게 되었고 반대파들을 무참히 짓밟기 시작했다. 신돈은 서경 천도를 주장했다가 임금이 받아들이지 않자 이번에는 충주(忠州)로 천도를 하고 자신을 고려 전토를 지배할 수 있는 오도도사심관(五道都事審官)에 임명해 달라고 강요하듯 임금에게 청했다.

"이건 국법에도 없는 제도요. 조정의 우두머리는 문하시중(門下侍中. 首相)인데 시중을 거느리는 상관이 되게 해달라? 안되오."

임금은 거절했다. 임금은 신돈의 조정에 따라 수미전의 극락 화원에 들어가 정사는 신돈에게 맡겨 놓고 반야와 술에 취하여 살고 있었지만, 완전히 타락한 건 아니었다. 문뜩문뜩 류숙의 직언이 떠오르고 신돈의 방약무인한 모습이 떠오를 때마다 이건 아니란 생각이 괴롭혔던 것이다.

게다가 신돈을 고발하는 상소문이 계속 접수되고 있었다.

"지난번 문수회(文殊會) 연회가 열렸을 때 신돈은 제상의 자리에 앉지 않고 감히 상감의 옆자리에 앉아 거드름을 피워 보는 이들의 눈살을 찌푸리게 했나이다. 신돈이 국은(國恩)을 과하게 입어 임금을 우습게 보고 무시하는 교만에서 비롯된 것으로 보입니다.

뿐만 아니라 신돈은 궁을 출입할 때도 고개를 숙이지 아니하며 하마석(下馬石)이 있는 곳에서 말을 내리지 아니하고 말을 타고 홍문 안까지 들어오고 있나이다. 그자가 무슨 좌리공신(佐理功臣)입니까? 원 컨대 죄를 물으시고 중이니 멀리 한사(寒寺)로 귀양 보내심이 마땅하다고 보옵니다."

이존오(李存吾)의 신돈 탄핵상소문이었다. 그것들을 읽고 난 임금은 신돈에 대한 원심(怨心)이 생겨나기 시작했다. 신돈 또한 임금의 변심을 눈치채지 못할 둔재는 아니었다.

"뭔가 조정 안의 낌새가 심상찮다. 우리도 대책을 세워야 한다."

신돈의 말에 판결부사(判決副使)직을 맡은 신돈 세력의 2인자인 최충진이 물었다.

"대책이라면? 마지막 비책(秘策)을 말씀하는 겁니까?"

"그렇다."

신돈이 말한 비책이란 정변(政變)을 말함이었다. 애초부터 정변을 일으켜 국권을 완전히 쥐어보겠다고 생각한 적은 없었다. 그러나 막강한 권력을 잡고 휘두를 때부터 그는 그 권력에 욕심내고 취하기 시작했던 것이다.

그런데 최근 들어 임금의 태도가 바뀌고 신돈과 그 세력에 대한 탄핵 상소가 빗발치는 걸 보면서 그는 위기감을 느꼈던 것이다. 신돈은 임금을 쳐내고 지금 원나라 대도(북경)에 인질로 가 있는 충목왕의 장자인 기영 왕자를 신왕으로 모시어 원의 지지를 받아 입조(入朝) 시킨다는 계책도 세워 놓고 있었다.

그 같은 신돈의 암계(暗計)는 류숙 이후 다시 뭉쳐진 반 신돈파 대신들도 짐작하고 경계하고 있었다. 그중에서도 강경론자는 최정찬, 임춘원, 정추, 이존오 등 10여 인이었고 그들은 장군 최영과 유인우 장군, 그리고 왜구의 토벌로 그 성가를 높이고 있던 이성계 등에게 암묵적인 지지를 얻고 있었다.

그들은 예성강(禮成江) 강가인 송악주루(松嶽酒樓)의 별채 안에서 비밀회합을 하고 있었다.

"충치는 한시라도 빨리 뽑아내야지 참고 기다린다고 멀쩡한 이빨이 될 수 없습니다. 신돈이 먼저 선수 치게 해서는 아니됩니다. 우리가 먼저 들이칩시다."

최정찬이 팔을 걷어부쳤다.

"언제쯤 거사를 해야할지 오늘밤 결정을 내립시다."

정추도 강하게 나섰다.

"언제가 좋을 것 같소?"

최정찬이 궁궐의 수비대인 정용위(正勇衛) 영장인 임춘원에게 물었다.

"저는 반역자 김용을 잡을 때처럼 다시 한번 흥국사(興國寺)를 이용하여 신돈을 잡아들였으면 좋겠습니다."

"흥국사로?"

"앞으로 열흘 후면 4월 초파일입니다. 초파일 행사는 대궐의 원찰인 흥국사에서 열리게 되지요. 상감께서는 물론이요, 모든 중신들도 흥국사에 모입니다. 신돈 역시 필히 참예하게 되어 있지요. 우리는 지금 대궐 수비대인 정용위 군사 중에 30명을 뽑아 놓았는데 그들을 이용하여 신돈 일당을 일망타진하면 됩니다."

사월 초파일이면 고려에서는 전국적으로 팔관회(八關會)가 열렸다. 팔관회는 부처님 오신날을 경축하는 행사로 연등 매달기와 자선법회(慈善法會) 등 각종 민속예술 행사가 벌어졌다.

10. 요승(妖僧) 신돈(辛旽)의 최후

　그중에서도 중요한 행사는 자선법회였다. 초파일 때만은 외롭게 사는 노인들과 병자들 그리고 가난한 백성들을 초대하여 음식을 대접하고 생필품과 양식 등을 나눠주는 나눔의 행사가 있었다. 오전에는 연등 행사가 있고 오후에는 자선법회가 있다. 연등 행사가 벌어지는 오전에 신돈 일행을 기습해서 잡아내자고 결국 결론이 내려졌다.
　"앞으로 열흘입니다. 열흘 안에 모든 준비가 철저히 끝나야 합니다."
　그들은 성공을 비는 승배(勝盃)를 높이 들었다. 조정에서는 곧 초파일을 앞두고 팔관회 행사 준비에 바쁘게 돌아가게 되었다.
　따라서 최정찬이 이끄는 반 신돈 세력도 극비리에 완벽한 거사 계획을 세우며 송악산 깊은 골짜기에서 거사 훈련까지 마쳤다. 드디어 초파일 당일이 되었다. 흥국사 너른 앞마당에는 행사를 위한 누대(樓臺)가 만들어지고 임금 행차가 임어하면 임금이 좌정할 보좌도 마련되었다.
　이윽고 먼저 들어 온 행차가 있었다. 임금의 행차인 줄 알았으나 금빛 가마에서 내린 사람은 신돈이었다. 궐내나 임금이 있는 곳에는 군사를 대동하지 못하게 돼 있는데도 신돈은 20명의 경호대 호위를 받은 채 당당하게 들어왔던 것이다.
　신돈은 임금의 보좌 근처에 마련된 자신의 안석에 거만스럽게 앉으며 사방을 둘러 보았다. 그러면서 입시한 승지를 보고 물었다.

"주상전하의 대여는 왜 안 보이나?"

"진작에 출발하셨다는 전갈을 받았으니 곧 당도하실 것입니다."

그러나 임금의 행차는 늦게까지 당도하지 않았다. 문하시중을 비롯한 중신 4명도 초조한 기색이 역력했다.

"왜 늦어지시는지 속히 알아보도록 하라."

신돈이 화난 소리로 지시했다. 임금의 행차가 보이지 않으니 행사장 주변은 여기저기에서 수군거리는 소리가 들려왔다. 임금의 행차가 아직도 당도하지 못했다면 뭔가 뜻밖의 사고가 일어난 것이 분명해 보였던 것이다.

긴장된 순간이 지나갔다.

그때였다. 흥국사 뒤쪽에서 천둥소리 같은 게 일어났다. 그건 화약통이 폭발하는 소리였다. 뭉게구름처럼 연기가 치솟아 오르고 불길이 일어나 화광이 충천했다.

"어서 속히 피하셔야겠습니다."

경호대장이 뛰어 올라와 신돈을 부축했다. 그가 자리에서 막 일어나려 할 때 누대 주변 사방에서 함성소리가 일어나며 40여 명 군사들이 누대를 에워쌌다. 그러면서 10여 명 군사들이 신돈 앞으로 덮쳐들며 외쳤다.

"역적 신돈을 잡아라! 신돈은 여기 오기 전 상감마마를 해치고 혼자 여기에 온 것이다. 자! 오라를 받아라!"

그렇게 외치고 있는 자는 최정찬 이었다.

"뭣들 하는 거냐? 진평후 대감을 호위하라!"

신돈의 경호대장이 외치자 그를 따라온 경호병 20여 명이 누대 밑에서 뛰어 올라왔다. 그러나 최정찬이 데리고 온 50여 명의 용사들 앞에서는 오래 버티지 못했다. 마침내 경호대장 마저 무참히 죽고나자 신돈은 누대에서 뛰어내려 도망치려했지만 그도 잡히고 말았다.

신돈은 뇌옥에 갇히게 되었고 신돈의 추종자들 20여 명도 투옥당하여 문초를 기다리게 되었다. 임금은 먼저 신돈을 끌어내어 만났다. 신돈의 태도는 적반하장이었다.

"홍국사에 늦도록 행차하지 않은 이유는 무엇입니까? 소신을 잡기 위해 일부러 시각을 지연시킨 것입니까?"

"행차 출발을 앞두고 갑자기 토사곽란(吐瀉癨亂)이 일어나 진정시키려다 늦었소. 그게 뭐 그리 중요한 일인가?"

"전하가 계시면 날뛰지 못할까 봐 수구파들이 전하의 행차를 막아놓고 소신이 주상을 끌어내리고 감히 보좌까지 넘보고 있었다며 정변을 일으켰다가 미수에 그쳤나이다. 어서 속히 소신을 풀어주십시오. 저 반역의 무리들을 모조리 다 잡아 처단하겠나이다."

자기는 죄가 없으니 당장 풀어달라며 가히 협박조로 큰소리 쳤다.

임금은 괴로운 듯 얼굴을 찌푸렸다.

"상감마마 왜 그러십니까?"

곁에 시종하고 있던 내시가 놀라 물었다.

"아직도 .... 곽란이 완전히 멈추지 않는구나."

"돌아가시옵소서."

임금은 더 이상 신돈과 상대하지 않고 편전으로 돌아갔다. 편전으로 온 임금은 장군 유인우와 최영을 속히 부르라 명했다. 얼마 후 두 사람이 급히 들어와 부복했다.

"잘 오시었소. 급히 상론할 게 있어 불렀소."

임금은 오늘 초파일 행사장인 흥국사에서 일어난 사건 전말을 얘기했다.

"얼마나 놀라셨습니까?"

두 사람은 이구동성으로 위로하며 자신들이 사전에 막지 못한 죄를 용서하시라 했다.

"그보다 진평후를 어떻게 처리해야 할지 난감하여 두 분을 오라 했소. 먼저 원로이신 유인우 장군의 의견을 듣고 싶소이다."

"신돈의 처음 출발은 정의롭고 좋았습니다만 날이 갈수록 상감마마의 성총을 흐리게 만들어 놓고 사리사욕만 채우며 반대파들을 짓밟아 왔습니다. 백해무익(百害無益)한 중입니다. 신돈을 처단하십시오. 그 당여(黨與)들 까지도 말입니다."

"으음"

임금은 길게 한숨을 내쉬었다.

"최영장군은 어떻소?"

"소신도 유인우 장군의 의견과 같습니다. 잘라내시옵소서."

"면목이 없소. 과인의 사람보는 눈이 흐려져서 그런 간신배를 가까이 해 온 것 부끄럽게 생각합니다. 두 장군 말씀에 따르지요."

임금은 그렇게 결론을 내리고 먼저 흥국사 사건을 일으킨 수구파 대신들을 불러 그들의 말도 들어보기로 했다. 최정찬을 비롯한 열 명의 대신들이 임금 앞에 불려 왔다.

"어찌하여 신돈 국사를 갑자기 포박하고 뇌옥에 가두었느냐?"

"소신 최정찬! 나라와 국정을 책임지고 있는 신돈 국사 같은 분을 반역자로 몰아 투옥까지 시킨 죄, 그게 죽을죄라면 벌을 달게 받겠나이다. 그런 소동을 피운 저희들을 용서해 주시옵소서. 많은 중신들 뿐만 아니라 유인우, 최영 같은 무장들에 이르기 까지 신돈을 그냥 두면 종사가 위험하니 속히 그 자를 잡아 처단함이 마땅하다는 중론에 따라 소신이 정용위 군사들을 이끌고 가 신돈을 피체, 투옥한 것이옵니다."

임금은 심각한 얼굴로 한동안 허공을 응시하다가 입시하고 있던 장군 유인우를 불렀다.

"예, 전하! 하명하소서."

"역적 신돈의 모든 죄상을 낱낱이 밝혀내고 강력한 처벌을 내리시오."

임금도 마침내 신돈을 버리기로 결심한 것이었다. 신돈은 삭탈관직을 당하고 수주성(水州城. 수원))에 유배되었다.

그렇게 되자 신돈의 수족이나 다름없던 왕성수비군의 장군이었던 최사원과 기철의 친척인 기현 등이 신돈을 구하기로 하고 반란을 일으켰다.

"신돈 국사를 처형함은 어불성설이며 그분은 무고의 함정에 걸린 것이다. 처형에 앞장 선 유인우와 최영을 잡아 억울함을 벗겨드리자!"

그렇게 선동하며 수비군 600여 명을 동원하여 왕궁 안으로 쳐들어왔다. 그 소식을 접한 장군 최영은 유인우 장군에게 연락하여 대궐 수비대인 대원 천여 명을 이끌고 서문(西門) 쪽으로 달려 나와 반란군이 오기를 기다렸다.

이윽고 반란군이 서문쪽을 돌파하기 위해 진격해 왔다. 그걸 알고 최영은 서문 밖에 군사를 매복시키고 유인우는 서문 안에 매복시키고 있었다. 반란군은 질풍처럼 달려왔다, 그들을 이끌고 있던 최사원이 외쳤다.

"성문이 열렸다. 어서 돌파하여 들어가라!"

유인우가 일부러 성문을 열어 놓은 걸 까맣게 모르고 반란군이 밀어닥쳤다. 어디선가 북소리가 울렸다.

"최사원! 너희들은 독 안에 든 쥐다! 항복하라!"

반란군의 후방에서 나타난 최영이 부르짖었다. 반란군은 앞뒤에 관병들의 포위망에 걸려 한동안 분전했으나 우두머리인 최사원과 기현이 사로잡히는 바람에 추풍낙엽처럼 짓밟히다가 완패하여 도망쳤다.

그렇게 되자 중신들은 임금 앞에서 신돈의 악랄함을 다시 한번 고발했다.

"신돈이 제 목숨의 구명(救命)을 위해 사병(私兵)을 동원하여 반란을 일으켰다가 실패했나이다. 이건 신돈이 살아 있기 때문입니다. 신돈을 사사(賜死) 시키시옵소서. 그래야만 후환이 없어집니다."

임금도 더 이상 참을 수 없었던지 화가 나서 추상같은 어명을 내리고야 말았다.

"반역자 신돈을 사사하여 일벌백계하라."

마침내 임금의 권세를 능가하던 신돈은 유배지 마당에 꿇어앉은 채 독약 사발을 받고 마시지 않을 수 없었다. 잠시 후 그는 검붉은 피를 토하고 운명했다. 그가 죽음으로 해서 억울하게 옥에 갇히거나 귀양을 갔던 반 신돈파의 대신들은 곧바로 신원복권(伸寃復權)이 되어 풀려났으나 류숙처럼 신돈의 계략에 빠져 죽임을 당했는데도 끝내 사인과 범인을 밝혀내지 못하고 죽게 된 그런 경우만 억울한 한으로 남게 되었다.

본인이 그렇게 억울한 의문사(疑問死)의 죽음은 당했지만 류 숙도 신원복권이 되어 빼앗겼던 모든 가산(家産) 일체와 공훈, 관력 등 전 재산과 녹봉. 명예 등 모든 것을 되찾게 되었다.

한편으로 방택의 집안에는 우울한 근심거리가 생겨나고 있었다. 방택의 부친인 성거공(成巨公)이 노환으로 자리보전을 한 채 점점 쇠약해지고 있었던 것이다. 부친이 송도집에서 서산 고향집으로 낙향한 것은 3년 전이었다.

지병(持病)을 앓고 있었는데 계절에 따라 병세가 좋아졌다가 나빠졌다 하여 가족들을 안타깝게 했다. 그러던 3일 전에 고향 집에서 서사(書士)일을 보고 있던 장 서사가 송도에 올라와 서운관으로 와서 방택을 만났다.

"오랜만일세. 반갑구먼. 웬일로 이렇게 오셨나?"

"너무 상심하지 마십시오. 아버님이 이틀 전에 병세 악화로 갑자기

타계하셨습니다."

"아버님이?"

가슴 한쪽이 무너져 내리는 것 같은 충격을 참으며 방택은 자리에서 일어났다. 서사의 도움으로 정중한 부고장(訃告帳)을 만들어 예부(禮部)를 비롯한 조정 각 부처에 돌렸다.

"승정원(承政院)에는 직접 전해주세요. 그래야 주상전하께서도 알게 됩니다."

바쁘게 돌아다니며 부친의 부음(訃音)을 전하고 나자 장 서사는 속히 고향으로 내려가자고 채근했다.

"장례일에 늦지 않을까?"

초조하게 방택이 묻자 장 서사는 손을 저였다.

"그래서 7일장을 하기로 했습니다. 지금 가도 넉넉할 것입니다."

송도에 거주하는 손자 3명과 손녀 한 명 그리고 그 외 가족들까지 마차 두 대에 나눠 타고 고향으로 급히 내려갔다.

고향 집 너른 마당에는 장례식을 하기 위한 여러 가지 준비가 갖춰져 있었다. 부친 성거공의 형제는 둘이었다. 아우 성계(成桂) 공이 있었다. 성계 공은 류숙의 아버지였다. 방택의 부친 성거공은 나라의 빈객(賓客)을 응대하고 연회 등을 맡아 하던 예빈시(禮賓寺)의 예빈경으로 봉직했고 아우인 성계 공은 태상경으로 봉직했다.

류씨 집안의 선조는 제1세인 서령부원군(瑞寧府院君) 류성간(柳成澗)공 이었다. 고려는 서기 1170년(의종24년)도에 무장인 정중부(鄭仲夫)가 무신 반란을 일으켜 집권한 후 이의방, 경대승, 이의민, 최충헌, 최의에 이르기까지 100년 동안을 무신 독재정권으로 나라를 다스렸다.

그 백 년 중에 70여 년을 최충헌(崔忠獻) 3대에 걸친 그의 아들과 손자에 이르기까지 국권을 전단했다. 최충헌은 신종, 희종, 강종, 고종 등 4왕을 멋대로 즉위시키고 명종, 희종 2왕을 폐위시키기도 했다. 그러면서 아예 조정을 자기 집에 옮겨 〈도방(都房)〉이라 하며 집안에서 나라를 통치를 했을 정도였다. 몽고가 침략해 오자 그들을 막아내기에는 역부족이란 사실을 알았으면서도 강화도로 피난을 하여 마지막까지 항전하여 물리쳐야 한다며 강화 피난을 주장했다.

그건 허울 좋은 주장이었을 뿐 사실은 그동안 온갖 비리와 불법으로 축재한 재산을 몽고군에게 모두 빼앗길까 봐 강화천도를 주장하며 사실은 그 재산을 무사히 강화섬으로 옮겨 숨기기 위해 주장한 큰소리였던 것이다.

폭압적인 정치에 모든 백성들은 계속 떨었지만 내심에는 무신정권을 하루속히 무너뜨리고 허수아비 임금에게 모든 대권을 돌려주어 왕정복고(王政復古)를 해야만 한다고 벼르는 세력이 커가고 있었다. 젊은 세대들이었다.

그 세력의 주동자는 대사성 류경 이었고 삼별초(三別抄)의 별장이던 김인준. 도령낭장(都令郞將) 임연. 장군 박송비. 역시 장군이었던 류성간 등이 모여 모의를 한 다음 최의(崔竩)집을 기습하여 최의를 참수(斬首)하여 무신 독재정권을 타도하고 임금에게 국정을 되돌려주어 왕정복고를 이룩했다.

1258년(고종45)의 일이었다. 이로써 100여 년 동안 발호해 온 무신 독재정권이 무너지게 되었고 류성간은 그 공을 인정받아 서령부원군의 칭호를 얻게 되었다. 그것이 류씨 집안의 자랑이었다. 5세손인 방택의 조부(祖父), 류굉(宏) 공은 군내(軍內)의 모든 병장기를 제조, 제작하는 태중대부(太中大夫) 군기감을 지냈고 6세인 부친은 예빈경을 지냈다.

방택은 7세손이었다. 이윽고 부친의 장례는 법도에 따라 성대하게 치러졌다. 장지 묘소는 선산이었다. 50여 명의 가족 친지들이 마지막 떠나는 고인의 명복을 빌었다. 장례 뒤 삼우제(三虞祭)까지 지내고 돌아오는 도중에 대궐에서 오는 예빈시의 관리 일행과 마주쳤다.

"상감마마의 어명을 받으시오!"

돌연히 방택은 길가에 부복했다.

"상감마마를 뵈옵니다."

"인명은 재천이라 했거늘 너무 슬퍼하지 말라. 과인, 심심한 조의를 표하노라. 그리고 서운관 겸서 류방택에게 추동관정(秋冬官正) 직임을 내리며 동시에 장복(章服) 일 점과 미곡 300섬, 비단 20필을 하사 하노라. 그리고 그대는 인편에 사직서를 올리고 그 이유를 부친 시묘(侍墓) 3년에 두고 있어 그대의 효성은 만고의 모범이 될만하나 중차대한 국사가 산적하여 받아들일 수 없다."

방택은 부친 묘소 옆에 누옥(陋屋)을 만들고 3년 동안 시묘살이 할 것을 결심하고 현직에서 사직하겠다는 뜻을 서운관 관장에게 밝혔는데 그 뜻을 임금에게 고한 모양이었다.

그 대신 방택은 장복이란 특수한 예복을 하사받았다. 옷자락 앞 섶에 화려한 금색의 수가 놓여진 옷이었다. 중요한 나라의 의식이 있을 때 입는 옷이었다.

"성은이 망극하옵니다."

방택은 임금이 계신 북쪽으로 부복한채 사배(四拜)를 올리고 감사함을 표했다.

제3부

1. 목은 이색(牧隱 李穡)과의 대화

    그 후 상경하여 서운관으로 돌아온 방택은 어느날 문하성(門下省)에서 내려 온 관보(官報) 한 통을 받았다. 그동안에 각 부처에서 뽑았던 새 인재 18명을 불러 회의를 한다는 내용이었다.
    "주상전하께서 이제 미몽(迷夢)에서 깨어나 정상으로 돌아오셨단 신호구나."
    방택은 누구보다 기뻐했다. 그는 지금까지 연구해 온 천문(天文)자료를 정리했다. 임금 앞에서 가장 정확한 우리만의 책력을 만들어 바치겠다고 약속한 것이 벌써 3년 전이었다. 물론 아직은 완벽한 건 아니었다.
    하지만 최선을 다하여 만들어 낸 책력이었다. 만약 임금이 자기 앞에서 그동안 연구하여 완성한 것들을 상주해보라 할지도 모른다는 생각에 상주할 내용을 복습해 보기도 했다. 이윽고 정해진 회의 날짜에 대궐로 들어갔다. 대궐 회의장에는 당초에 부른 18명의 새 인재들이 다 들어와 서로 안부를 묻느라 떠들썩했다.
    "자, 착석하시오."
    회의장 가장자리에 둥그렇게 안석을 만들어 놓았는데 모두 거기에 둘러앉았다. 임금이 임석해야 회의를 시작할 수 있어 모두 기다렸다. 뜨거운 차가 다 식어갈 만큼 시간이 지나도록 임금의 행차가 없었다. 이윽고 승지가 나와 전했다.

"오늘은 모처럼 제공을 만나 그동안 정체되고 혼란만 겪고 있던 국가개혁을 다시 한번 점검하고 새로운 각오로 재출발하신다는 주상전하의 명을 받들어 모인 것이오. 하지만 전하께서는 갑자기 옥체가 미령(玉體靡寧)하시어 행어(幸御)하시지 못하게 됐습니다. 용태가 좋아지시면 다시 부르실 것입니다. 오늘은 그냥 해산하기 바랍니다."

모였던 친구들은 모두 한마디씩 하며 수군거렸다. 그들의 말을 종합해 본 방택은 안타까운 표정을 지었다.

임금은 아직도 낮 밤 없이 술에 취한 채 비몽사몽 지낸다고 한다. 시간만 나면 비밀 전각인 수미전으로 들어가 왕자를 어르며 반야와 함께 술을 마신다고 한다. 왕자는 반야가 낳은 아들로 이름은 무니노(牟尼奴)였다. 그토록 사랑하던 노국공주가 난산 끝에 아기와 함께 운명한 뒤에 공민왕은 완전히 폐인처럼 되었다가 반야를 만나고 왕자까지 얻으니 그 곁에서 떠나지 못하고 있었다.

게다가 만취되어 만사를 잊고 살아도 신돈 같은 신하가 국사를 대리하여 처리하고 다스려서 마음을 놓았지만, 신돈이 처형되고 없어진 지금은 임금을 대리하여 다스려줄 신하가 없었다. 그래서 술에서 깨어날 때는 잠시 잠깐 이러면 안된다고 정신을 다 잡으며 임금은 정사 전반을 챙긴다고 한다. 하지만 또 취하면 그 총기와 열기는 안타깝게도 사라지고 만다는 것이었다. 그게 거기 모인 친구들의 중론이었다.

소중하게 가지고 갔던 자료들은 보통이도 풀어보지 못하고 대궐을 물러 나오게 되었다. 방택은 서운관으로 되돌아 가는 길에 예성강 강가에 있던 이색(李穡)의 집으로 가 대문을 두드렸다. 밖으로 나온 서사가 방택을 알아보고 깜짝 반가워하며 집안으로 들이고 집주인 이색에게 고했다.

"아이구, 금헌 공께서 웬일로 오셨습니까? 어서 사랑으로 드십시오."

"갑자기 목은 선생 생각이 나서 왔습니다. 먼저 와 계신 분이 있군요. 전 다음에 올까요?"

방택이 앉으려다 말고 가겠다 했다. 그러자 먼저 와 있던 젊은 장수가 자기도 일어나려 했다.

"특별한 일이 있어 뵈려 온 건 아닙니다. 전 다음에 …"

그러자 이색은 두 사람을 모두 앉혔다.

"서로 수인사나 해두시면 좋을 분 들이요. 이분은 서운관에서 기상(氣象)을 연구하는 학자이시고 이쪽 젊은 무장(武將)은 이성계(李成桂) 장군이십니다."

이색의 소개에 방택은 깜짝 놀랐다.

"이성계 장군 이라구요? 이번 남원 운봉까지 쳐들어온 호발도의 왜구 수천 명을 짓밟아 대승을 거두었다는 이 장군! 영광이오."

그러자 이성계는 안절부절하며 겸손해 했다.

"장차 이 나라를 지켜낼 빼어난 장재(將材)지요."

이색이 새삼스럽게 칭찬했다.

"그리구 여기 류방택 선생은 내 선친이셨던 가정(稼亭)공 밑에서 수학한 제자이고 아들인 류백유군은 내 밑에서 수학하여 재작년, 전시(殿試)에 장원급제하여 전도양양한 나라의 인재일세."

"잘 부탁합니다. 아드님까지 2대가 목은 선생가의 제자였다니 부럽습니다. 저는 쌍성총관부가 있는 관북(關北)의 영흥땅에 사는 일개 무장입니다. 목은 선생 서원(書院)은 기회 있을 때 가끔 들려서 제자분들과 교유하며 배움을 얻고 있습니다."

목은 이색은 류방택보다 8세 연하였고 이성계는 방택보다 15세 연하의 청년이었다. 청년장수 이성계가 알려지기 시작한 것은 그의 아버지 이자춘(李子春)과 함께 공민왕의 밀명을 받고 원나라의 총독부였던 쌍성총관부를 쳐서 그들을 내쫓고 우리 땅으로 수복하고 난 뒤였다.

무예는 출중했으나 배움이 짧아 이성계는 젊은 유학 선비들을 좋아했다. 이색서원을 찾는 것도 그와 가깝게 된 정도전(鄭道傳)과 친해서이기도 했다.

"전 이만 가보겠습니다. 안녕히 계십시오."

이성계가 자리에서 일어났다. 그리고는 떠나갔다.

"이번에 동북면병마사(東北面兵馬使)로 제수받고 영흥으로 떠나게 되어 나한테 인사를 온 것이오."

"젊은 무장이면서도 겸손하고 바르군요."

"새로운 세대지요. 저런 장수들이 자라난다면 장차 우리 고려도 새로운 자강(自强)의 나라가 될 수 있을 텐데 상감이 걱정이요."

"그러게 말입니다."

"일부러 일이 있어 찾아온 건 아닌지?"

"아닙니다. 실은 오늘 조정에서 작은 행사가 하나 열리기로 돼 있었습니다."

"무슨 행사인데요?"

"상감께서 즉위하신 직후부터 각 부서에서 새로운 인재를 발굴하신다며 해마다 뽑았지요."

"류 공도 뽑혔었지요 아마? "

"예, 그 새 인재 회의를 오늘 조정에서 연다며 초청을 해서 등청을 했습니다. 18명이 모였더군요. 전하께서 임어 하시기로 되어 있었는데 오실 거라더니 결국 못오시고 말았습니다."

"왜요?"

"갑자기 옥체미령 하시어 나오시지 못하니 오늘은 그냥 해산하란 전교였습니다."

"허, 큰일이요. 취기가 심하여 온전한 정신을 차리지 못한 게 틀림없군요."

"소문에 의하면 거의 날마다 왼 종일 취하신 상태라 하던데 ....."

"고질적인 중독상태가 된 거지. 그러면 신임하는 충신들이 있어 그 중독상태를 고쳐드리고 강건한 군주로 만들어 드려야 하는데 그런 충신들은 다 없어지고 오히려 그걸 기화로 권세를 잡고 설치는 모리배(謀利輩)만 날뛰고 있으니 나라 앞날이 큰일이요. 듣자 하니 생전의 신돈은 임금의 환심을 사려고 자제위(子弟衛)라는 것까지 만들어 바쳤지 뭐요."

"자제위가 뭐죠?"

"임금의 신변을 호위하고 시중을 드는 기구랍디다."

"임금을 호위하는 독립된 부서는 운검위(雲劍衛) 아닙니까?"

"그러니 옥상옥(屋上屋)이지. 스무 살 이하 미남 소년들만 가려 뽑아 자제위를 만들어 임금의 혀처럼 움직이게 만들어 놓았는데 모두 12명이랍디다. 이 아이들이 문제요."

"남색(男色)들인가요?"

"그게 아니고 후궁, 궁녀들의 표적이 된 거지. 자제위 위사들의 권력이 높아지니 거기다 아부하고 이권을 대며 금전으로 매수하고 도덕 문란까지 말 로는 못 한다오."

"그걸 그냥 두고 보기만 한단 말입니까? 자제위를 아예 없애버리지요"

"그 아이들의 뒷배가 든든한데 누가 제동을 걸며 자제위를 끔직하게 의지하고 있는 임금이 없애라면 펄쩍 뛰실텐데 뭐가 되겠소?"

"목은 같은 대유(大儒)께서 나서시어 직간(直諫)을 올리면 주상께서도 새로운 결심을 하지 않을까요?"

"때가 되면 해야겠지만 조정 대신들이 또 서로 분열이 되어 이전투구(泥田鬪狗)를 벌이고 있어 언로(言路)가 막혀있는 상태요."

"원나라냐 명나라냐 그 싸움이군요."

"기득권 수구세력은 아직도 망해가는 원나라를 붙잡고 요지부동으로 군림하려 들고, 명나라 세(勢)를 지지하는 세력은 신흥 유학(儒學)의 선비 세력으로 보면 되지. 젊은 유학 선비들은 그래도 참신하고 개혁적인 포부와 주장을 가지고 있는 세력이오."

"그런 때 잘못 나서면 양쪽 세력이 들고 일어나 역적으로 몰아부칠 위험이 아주 크군요. 그렇게 되면 처음부터 안 나서니만 못한 결과를 맞겠군요."

"그런 셈이요."

이색은 한숨을 내쉬었다.

"주상전하의 회춘만 바라야 할 상황이군요. 제 자식놈한테 들어보니 역시 장차 이나라를 짊어지고 나갈 새로운 인재들은 모두 목은(이색)선생 서원에 모여 있다 하더군요. 그들에게 기대해 볼 수밖에 없겠습니다. 전 이만 가보겠습니다."

방택은 이색의 집, 서원을 뒤로 하고 집으로 돌아왔다.

고려말은 구시대가 물러가고 신시대가 태동하여 세대교체가 이뤄진 격변의 시기였다. 고려조는 국초 이래 호국불교를 앞세워 불교를 왕조의 통치이념으로 삼아 왔다. 그래서 이른바 수백 년 동안 나라를 다스려 온 지배계급은 불교의 영향을 받은 수구세력이었다.

그랬던 것이 새로운 사상으로 무장한 신세대가 등장하여 구세력과 대립했다. 신세대 탄생을 주도한 제도는 바로 지배층의 관료나 정치인들을 〈과거〉시험을 통해 뽑는 시험제도였다. 이는 광종(光宗) 9년(서기 958년), 중국에서 온 학자 쌍기의 건의로 시작된 국가고시 제도였다.

과거시험의 과목은 모두 유학(儒學)의 경전에서 출제되었기 때문에 왕조의 통치이념이었던 불교가 배척되고 실용적인 학문의 원산이었던 유교가 대신 통치이념이 되기 시작한 것이다.

전국적으로 사찰의 건립이나 중요성이 사라지고 과거를 대비한 서원들이 늘어나기 시작했다. 이것은 유학의 선비들이 국론을 좌우하기 시작하여 지배세력의 세대교체가 이루어져 가고 있음을 말하고 있었던 것이다. 목은(牧隱) 이색의 서원이 주목을 받게 된 것도 장차 나라의 새 동량(棟樑)이 될 젊은 인재들이 수하에 많다고 소문이 나서였다.

그건 사실이었다. 방택의 장남인 백유도 이색의 서원에 다닐 때부터 주목을 받은 문도였고 방택보다 열일곱 살이 아래인 포은(圃隱) 정몽주도 이색의 제자였으며 스물두 살이 아래였던 정도전도 제자였고 조준(趙浚) 하륜(河崙)도 제자였으며 이행(李行) 길재(吉再)도 제자였고 길재(冶隱)는 방택보다 서른세 살이 아래였다.

그 밖에도 훗날 류방택이 주도하여 연구결실을 본 천문도인 〈천상열차분야지도〉를 제작할 때 서문(序文)을 담당한 권근(權近)도 이색의 제자였다. 권근은 방택의 아들인 백유와 친구였으며 애초에 그는 포은 정몽주 서원에 다니다가 이색의 서원으로 옮긴 수재였다.

권근은 보기 드문 영재였다. 문장이 뛰어나 조정에서 필요로 하는 모든 글월을 평생 찬술한 문인이었다. 영재나 수재로 칭송을 듣는 사람들은 어느 한 가지 쪽만 뛰어남을 볼 수 있다. 기억력이 보통이 아니면 천재라 한다. 하지만 진정한 천재는 기억력뿐 아니라 수학(數學)적인 이학(理學)에도 뛰어나 있음을 볼 수 있다.

권근은 문학에도 뛰어났지만 수학에도 조예가 깊어 주변에서는 천재로 알려진 인물이었다. 뒷날 이성계가 역성혁명(易姓革命)에 성공하고 새 나라인 조선왕조를 창업할 때 국가 기조를 유학으로 삼고 정치 경제 사회 문화 전반에 새로운 바람을 일으킨 신세대의 지성(知性)들은 거의 목은 이색(李穡)의 서원 출신인 그의 제자들이 대부분이었다.

주야장취(晝夜長醉)하며 폐인처럼 되어 가고 있는 임금이 언젠가는 재기를 하고 본 모습을 찾기만 고대할 뿐이었다.

"신진 유학도들인 신세대가 뒷받침할 때까지는 재기를 하셔야 합니다. 상감마마! 나라의 앞날은 밝습니다."

방택은 대궐 쪽에 머리 숙여 빌고 목은의 집을 떠났다.

2. 공민왕(恭愍王)의 슬픈 최후

그러나 공민왕은 두 번 다시 일어서지 못하고 젊은 나이에 눈을 감는 비극을 맞이하고 말았다. 서기 1374년. 공민왕 24년 9월이었다. 불행은 〈자제위(子弟衛)〉에서 시작되었다. 항상 취해 사시니 온종일, 밤 동안 임금을 보살피고 시중을 드는 특별 경호대가 필요하다는 게 요승 신돈의 주장이었다.

규모는 12명 정도. 나약한 궁녀들보다는 양반 사대부 집안의 십대, 미소년(美少年) 중에서 가려 뽑자는 것이었다. 신돈의 주장을 꺾을만한 반대 세력이 없었다. 그리하여 탄생한 것이 이른바 자제위란 것이다. 목적이나 출발은 좋았지만 1년이 채 지나지 않아 여러 가지 문제점이 잉태되었다.

십 대의 미소년을 둘러싸고 있던 여자들은 궁녀들이었고 궁녀 전반을 감독하며 거느리고 있는 자들은 내시들인 환관이었다. 평소에도 궁녀들은 어떤 방법을 쓰던 임금의 눈에 들어 성은(聖恩)을 한번 입어 보는 게 소원이었다. 그리되면 자신뿐만 아니라 하루아침에 제 집안까지 부귀영화를 누릴 수 있게 되지 않는가.

그 때문에 자제위의 소년들을 유혹하여 미색에 빠지게 하고 내연의 관계까지도 만들고 있었다. 자제위의 미소년들도 한창 이성을 그리워하는 나이라 쉽게 유혹에 빠졌던 것이다. 추문은 자기들끼리만 아는 비밀로 하자 했지만 그건 부처님 손바닥이었다.

먹이사슬로 봐도 가장 위에서 전체를 감독하는 자들이 환관(宦官)이었다. 그 같은 비밀을 한 손에 쥐고 재물과 돈을 상납받고 있었던 것이다. 대궐의 환관 내시들을 총감독하는 우두머리는 최만생(崔萬生)이었다.

이 자는 궁녀들이나 자제들에게서 뇌물만 거둬 먹는게 아니라 제가 스스로 나서서 궁녀들에게 자제위 소년들을 소개해주고 소개비도 받아 챙겼다. 이쯤 되자 자제위는 만신창이가 되었다.

정비(正妃)인 노국공주가 난산 끝에 세상을 떠나자 계비(繼妃)인 익비(益妃)를 맞아 들였었다. 그러나 여자라면 오직 노국공주밖에 모르던 공민왕은 공주 이외의 다른 여인은 모두 싫어하고 받아주지 않았다.

공방(空房)에서 외롭게 지내던 그 익비가 드디어 공민왕의 용종(龍種)을 품어 임신을 하게 되었다는 소문이 은연 중에 퍼지기 시작한 것이었다. 그런데 문제는 임금이 그녀가 있는 비빈전을 한 번도 찾지 않았다는데 있었다.

"익비의 임신과 상감하고는 전혀 상관없다고 한다."

그 뒤에 꼬리가 붙은 것은 애인이 따로 있다는 것이었다.

"숨겨진 애인은 자제위의 위사(衛士) 홍윤(洪允)이라네."

홍윤은 자제위의 청년들 중에 가장 건장하고 잘생긴 호남아였다. 여색(女色)을 밝혀 서너명의 궁녀들 까지 내연녀로 만들었을 정도인데 환관 최만생은 그걸 이용하여 한목 크게 챙겨보자 하여 홍윤을 유인해서 익비에게 소개해주고 연인관계가 되도록 만들었다. 그래서 남은 결과물이 익비의 임신이었던 것이다.

'그런데 이 소문은 은밀하게 퍼지더니 한 달 후에는 급속도로 퍼지고 있는 말 없는 말까지 붙어나 익비의 임신은 자제위의 홍윤이 시킨 것으로 단정되어 가고 있었다. 여기에 제일 불안감을 느낀 사람은 본인이었던 홍윤이었지만 그보다 더 큰 불안을 느낀 사람은 환관 최만생이었다.

'만약 이 사건이 터지면 어찌 될까? 난 무사할까? 천만의 말씀이다. 홍윤이는 익비와의 사통(私通)으로 처벌받겠지만 나는 그동안 궁녀들을 쥐어짜 거둬들인 각종 뇌물들이 밝혀지겠지. 그리되면 내 집안은 구족지화(九族之禍)를 당하고 재산은 물론이요, 내 목숨도 짓밟혀 죽겠지.,

어떤 방법으로든 살길을 열어야겠다고 다짐했다. 그러던 어느 날 아직 초저녁인데도 임금은 수미정에서 취해 있었다.

"상감마마를 침전으로 모시어라."

환관 최만생이 임금 주변을 따르고 있던 자제위 위사들에게 명했다.

"예."

그들은 임금을 부축하고 수미전을 나섰다. 대궐 뒷쪽으로 한동안 걸어 나와야 침전 전각이 있었다. 이윽고 침전 문 앞에 이르렀다.

"됐다. 침소 안으로는 내가 모실테니 위사방으로 가보도록 하라."

임금을 부축하고 왔던 홍윤과 김관수 등 네 명의 위사들에게 돌아가도록 환관 최만생이 명했다

"상감마마, 소생들은 물러가옵니다."

자제위 위사들이 복도로 나갔다. 침전 앞에는 술에 취한 임금과 최만생 밖에는 없었다. 오늘밤 최만생은 임금의 침소 주변에 아무도 잡근하지 못하게 미리 손을 쓰고 있었다.

"만생인가?"

부축하여 방안으로 들오자 임금이 물었다.

"예, 그렇사옵니다."

"아이들은?"

"밤이 너무 늦어 퇴청 시켰나이다."

"그랬구면."

임금이 휘청하자 어깨를 잡아주며 환관 최만생이 소곤거렸다.

"상감마마. 그동안 떠돌던 해괴한 소문이 사실로 밝혀졌나이다."

"무슨 말이냐?"

"계비이신 익비마마를 임신시킨 장본인은 자제위 위사 홍윤으로 밝혀졌나이다."

"아니 그것들이 그렇고 그런 사이더란 말이더냐?"

"예, 마마. 속히 어명을 내리시어 홍윤과 익비를 처벌하시옵소서."

"홍윤이가 익비와 간통하여 자식을 수태시켰다고? 속히 잡아들여라!"

임금은 펄쩍 뛰었다. 만취한데다 흥분한 임금은 더 이상 화를 내지 못하고 최만생이 부축 하는대로 침상에 길게 누워버렸다. 임금이 금방 잠이 든 것을 확인한 최만생은 궐내의 호위군인 용호군 궐내 집무실로 달려가 오늘 밤 당직인 장군 이성호에게 임금이 내린 어명을 전하고 즉시 잡아 금위영에 구금하도록 전했다.

그런데 공교롭게도 자제위 위사인 노선(盧璿)이 호위군무 보고차 들렸다가 최만생이 전달하는 어명을 듣고 급히 저희들 집무실인 위사청으로 돌아와서 홍윤에게 알려주게 되었다.

"일단은 어서 피하고 보라구."

"알았어. 고마워."

홍윤은 급히 풀었던 무장을 다시 하고 화가나서 최만생의 내시 거처방으로 찾아갔다. 최만생은 어디로 갔는지 보이지 않았다.

"밤이 늦었으니 잠자러 들어오겠지."

홍윤은 병풍이 서 있는 바로 뒤쪽에 다락이 있다는 것을 발견하고 그 안으로 올라가 숨었다. 얼마가 지나자 인기척이 나서 다락 문틈으로 내다보니 내시 최만생이 들어와 뭔가 찾았다.

"허!"

최만생이 놀라 뒷걸음질 쳤다. 다락문이 열리며 장검을 빼어든 홍윤이 뛰어 내려왔던 것이다.

"어? 넌 왜 거기서 나오느냐?"

깜짝 놀란 최만생이 어쩔 줄을 몰랐다. 그러자 홍윤은 번쩍이는 장검을 그의 목에 대고 급히 소곤거렸다.

"앞장 서시오."

"왜 이러느냐?"

"뒤돌아보지 말고, 소리내지 말고 걸으시오."

홍윤은 날카로운 칼끝을 그의 등에 내고 앞으로 밀었다. 최만생의 거소(居所)에서 왕의 침전까지는 아주 가까웠다.

"지금까지 온갖 비리와 불법을 자행하여 축재를 해온 당신이 사태 위급해지자 나한테 모든 책임을 전가하고 자신만 살겠다고?"

"오해일세. 난 그런 생각해본 적이 없네."

"조용히 하시오."

다시 한번 칼끝으로 어깨쭉을 밀며 왕이 잠들어 있는 침소로 들어갔다. 홍윤은 익숙하게 침소의 휘장을 열었다. 만취한 임금이 깊은 잠에 들어 있었다. 홍윤은 그걸 확인하고 장검을 치켜들며 최만생에게 낮게 명했다.

"이 검을 받으시오."

"왜 이러나? 응?"

"임금의 가슴팍을 내리 찍으면 끝납니다."

"날 더러 시해(弑害)하란 소린가? 나, 난 못하네."

홍윤이 강제로 검을 최만생의 손에 쥐어주고 어서 빨리 내리치라 재촉 했지만 최만생은 칼을 놓고 무릎을 꿇고 벌벌 떨기만 했다. 그러자 홍윤은 더 이상 시간을 지체했다간 어떤 위기가 올지 알 수 없다는 듯 최만생에게 주었던 장검을 다시 빼앗아 들고 잠든 임금 앞에 다가섰다.

"얍!"

그의 입에서 기합 일성이 터져 나오자 임금의 몸이 들썩 올랐다가 꿈틀거렸다. 가슴에서 선혈이 솟구쳐 당장 피투성이가 되었다. 홍윤이 최만생에게 부르짖었다.

"어서 태화전(泰和殿)으로 가서 대왕대비께 고하시오. 상감께서 흉변을 당하여 돌아가셨다고!"

"아 알겠네."

내시 최만생은 비틀거리며 태화전으로 달려갔다. 그가 가면서 흉변이 일어났음을 알려서인지 여기저기에서 경호병들이 뛰어왔다. 문하시중(수상)인 이인임(李仁任)과 자제위 위장인 김흥경도 숨이 차게 들어왔다.

그때쯤 공민왕의 생모인 태화전의 대비가 어린 세자 무니노를 데리고 침전으로 들어왔다.

"이게 무슨 청천의 날벼락인가? 상감마마 눈을 뜨시오."

대비는 통곡을 하다가 실신하여 정신을 놓아버렸다.

"이런 흉변이 일어났는데 너는 뭘 했느냐?"

자제위장 김흥경이 진작부터 엎드려 있던 홍윤을 보자 따져 물었다.

"죄송하옵니다. 너무 졸지에 당한 일이라...."

홍윤은 엎드려 빌었다.

"자제위가 왜 있느냐? 이런 흉변을 막기 위해 만든 거 아니냐?"

"용서 하십시요. 저희들 잘못이옵니다."

바로 그때 위장 김흥경은 엎드려 있는 홍윤의 녹색 관복 자락에 흥건하게 묻어 있는 핏자국을 보았다. 이상했던지 그 핏자국을 확인하고 큰소리로 외쳤다.

"이자가 범인이다. 이자를 포박하여 끌어내라."

홍윤은 변명 한 마디 못하고 오라를 받았다. 그러자 문하시중 이인임도 외쳤다.

"이자 역시 피투성이이다. 내시 최만생도 공범이다."

벌벌 떨고 있던 최만생도 오라를 받았다. 나라 안은 발칵 뒤집혔다. 갑자기 공민왕이 암살 참변을 당하여 국상(國喪)을 치르게 되었던 것이다.

국상보다 더 시급한 것은 누구로 왕위를 승계시킬 것이냐는 것이었다. 대왕대비와 문하시중 이인임은 선왕이 이미 책봉해 놓은 세자 무니노가 대통을 잇는게 맞다고 주장했고 다른 중신들은 반대 의견이었다.

"세자 무니노의 생모가 누구입니까? 반야 아니오? 반야는 누구입니까? 반야는 신돈의 애첩이었소이다. 출생의 근본이 불분명한 세자를 세우면 국통이 서질 않습니다, 다른 왕자를 찾아봅시다."

양편의 주장이 첨예하게 맞섰다. 나라의 위신과 장래를 생각해서 서로 명분을 세웠지만 알고보면 어떤 왕자를 밀어 올려야 신왕에게 장차 신임을 얻고 더 출세를 할 수 있을까를 따지고 있어 결론 내기가 어려웠던 것이다.

역시 문하시중 이인임의 세력이 막강한데다가 대왕대비까지 가세하는 바람에 어린 왕자인 무니노가 신왕으로 등극하게 되었다. 이가 고려 제12대 왕인 우왕(禑王)이었다. 공민왕의 암살사건의 전말을 들은 방택은 너무도 놀라고 기가 막혀 밤잠을 이루지 못하고 슬퍼했다.

"나의 평생 지주가 무너졌구나. 진심으로 날 대해주고 내가 하고자 하던 일을 이해해주고 은혜를 베풀어주던 은인이 저 세상으로 가시어 이젠 두 번 다시 뵐수 없게 되었구나. 오호 통재(痛哉)라!"

방택은 거문고를 꺼내들고 공민왕을 위해 만들었던 〈감군은곡(感君恩曲)〉을 연주하며 그 곡을 공민왕의 영전에 바쳤다.

며칠 후 저녁 때가 되자 서운관에서 퇴청하면서 목은 이색의 서원에 들렸다.

"갑자기 어인 일로 오시었소?"

이색이 반갑게 맞았다.

"다망하신데 뵈러 온 건 아닌지 모르겠습니다."

"그렇지 않습니다. 마침 오셨으니 술이나 한잔 나누시지요."

"고맙습니다."

조촐하고 간단한 주안상이 나오자 두 사람은 잔을 채우고 들었다.

"금헌(琴軒. 방택의 아호) 선생 안색이 아주 안 좋군요. 무슨 일 있습니까?"

이색이 물었다.

"그렇습니까? 간밤을 지새워 잠을 좀 설쳤더니 그렇게 보이는 모양이군요. 금상이신 공민왕 전하께서 불행을 당하셨다는 소식을 듣고 놀라고 슬퍼서 만감이 교차되어 선잠을 잤습니다."

"애통해하는 분들이 어찌 류 공 뿐이겠소? 상감의 불행이자 나라의 불행이 아닐 수 없습니다."

"목은 선생께 간곡히 당부드릴 말씀이 있어 왔습니다."

"당부?"

"예."

"뭔지 기탄없이 말씀해보시오."

"선생은 당대 최고의 유학자이시고 관혼상제(冠婚喪祭)에 대한 새로운 법제를 만들어 시행케 했습니다. 부모 장례는 3년 상을 원칙으로 탈상(脫喪)하게 했고 부모님의 묘소 옆에 초막을 짓고 시묘(侍墓)를 하며 부모에 대한 효도의 예를 다하는 시묘법도 제정하여 시행케 했습니다. 비로소 우리 고려도 동방예의지국(東方禮義之國)이 되었다며 선생을 칭송하고 있지요."

"새삼스럽게 그런 말씀을 하시는 연유가 뭐지요?"

"저는 사계절의 변화와 별들의 운행을 관찰 연구하는 천문학도에 불과할 뿐 관혼상제에는 문외한입니다만, 이번 선왕의 국장 때는 저도 미관말직이라도 좋으니 국장 일체를 맡는 빈전도감(殯殿都監)에 가서 3년 동안 근무하고 싶어서 그 방법이 없을까 여쭤보려고 왔습니다."

방택의 진지한 말을 듣자 이색은 약간 당황했다.

"아니 왜 그런 생각을 했지요?"

"선왕께 입은 은혜가 너무 막중해서 그 은공을 갚을 길은 지하에 누워계실 상감을 지켜드리고 싶어서입니다."

"빈전도감이 마련되면 판도감 대감이 임명되겠지요. 문하시중이 맡는게 관례지요. 장례는 발인에서 능에 묻히실 때까지 약 3개월이 걸립니다. 장례 각 부서가 정해지고 궐내에 빈전이 마련되지요. 그때부터 풍수관이 각처를 돌며 명당 장지를 수탐합니다. 장지가 정해지면 능을 조성하기 위한 공사가 벌어집니다. 한 달여 걸리지요. 그것들이 다 끝나면 장례는 빈전에서 신왕 집전 아래 고인의 혼(魂)과 육신인 백(魄)을 떠나보내는 견전례(遣奠禮)를 드리고 장례 의식이 거행됩니다. 조성된 능에 선왕의 시신이 묻히면 끝이 나고 모든 사람들은 수릉관(守陵官)을 제외하고 장지를 떠나게 됩니다."

"탈상 때까지 3년간 왕릉 곁에서 시묘살이를 하는 대신이 수릉관인가요?"

"그렇습니다. 수릉관은 아무나 되지 못하지요. 원래 학덕이 높고 관혼상제 제의에 밝으며 생전에 선왕과의 신임이 깊었던 분이 됩니다."

"수릉관 혼자서 능을 지키는가요?"

"아닙니다. 능 주위에는 사당, 제전, 사무소 등 부속 건물이 있고 거기 근무하는 관리와 하인들이 있게 됩니다."

"제가 원하는 자리는 능안의 사무소 안에서 일하는 일꾼 정돕니다. 그렇게라도 선왕 릉을 모시고 싶습니다."

"정말 보기 드문 충신이군요. 빈전도감 판도감 대감인 문하시중 이인임 대감께 제가 직접 말씀을 드려보겠습니다만 원하시는 대로 될지는 모르겠습니다. 아무튼 그런 결심을 하셨다니 놀랍고 대단하십니다."

이 색은 몇 번이나 탄복해 마지않았다.

"놀라울 따름입니다. 충신의 표상이라면 금헌의 가형(家兄)인 류숙 공이 아니오? 그분이 임금을 사모하고 충성한 것은 부모 모시는 것보다 더 진실했습니다. 불행히도 신돈 같은 간신배의 모함에 걸려 희생되었지만 금헌 선생을 보니 서산류씨의 가문이 어떤 가문인지 알만합니다."

"이제 물러가겠습니다."

방택은 집으로 돌아왔다. 그로부터 십여 일이 지난 어느 날이었다. 아들인 백유가 아버지 방에 들어 왔다.

"아버님, 최근에 목은 스승님 만나셨나요?"

"그래 십여 일 됐지."

"내일 오후에 퇴청하시면 잠시 스승댁으로 들려주십사 하던데요?"

"알았다."

부탁했던 일에 대한 답을 해주려는 것 같았다. 이튿날 퇴청하고 목은을 만났다.

"빈전도감 판도감인 이인임 대감께 말씀을 드리고 상의를 했더니 선뜻 승낙을 않습디다. 미안하오."

"그래요?"

"이 대감 말에도 일리는 있더라구요. 금헌공(류방택)은 지금까지 특수한 기능을 가진 기능직 중진 관리이신데 일반 정무를 담당하는 대신과는 다르잖느냐. 국왕 시묘일은 아무래도 맞지 않는 것 같다. 시묘 일은 일반 정무 담당 관리들이 맡는 게 좋을 것 같다. 금헌공의 그 갸륵한 충성의 뜻은 모든 조신들의 귀감으로 삼도록 하겠다. 그러더라구요."

"고맙습니다. 공연히 폐만 끼쳤군요."

"천만에요."

방택은 가슴이 허전해서 묵은 집을 나섰다. 예성강 강가에는 주막집이 많이 있었다. 그의 발길은 자기도 모르게 근처의 주막 안으로 들어갔다. 그 밤은 혼자서 흠뻑 취하고 싶었던 것이다.

방택은 국상이 끝날 때까지 붕어한 선왕에 대한 애도의 마음을 신실하게 지키며 지냈다. 석 달 만에 모든 장의 절차가 끝났다. 작년에는 서운관이 사천감(司天監)으로 이름이 바뀌었다가 올해 들어 다시 서운관으로 환원되었다.

새로운 국왕인 우왕이 즉위하자 관리들의 승차(陞差) 행사가 있게 되었다. 류방택은 서운관 부정(副正) 봉선대부(奉善大夫)가 되었다. 봉선대부는 조산대부(朝散大夫)로 불리우기도 했다.

그 이듬해인 우왕 2년에 류방택은 다시 승차하여 중현대부(中縣大夫) 사재령(司宰令, 正3品)이 되었다. 실질적인 서운관 관장이 된 것이다.

3. 기승(奇僧) 무학선사(無學禪師)

춘래불사춘(春來不似春)이라 했던가. 봄은 봄인데 아직도 진달래 철쭉은 절반의 꽃망울만 열고 찬바람을 맞고 있었다. 방택은 외출 채비를 하고서 서운관 관장실을 나섰다. 그때 관장실로 오고 있던 점수부정(占守副正, 종4품) 김길재 부정을 만나게 되었다.

"찾으신다길래 바로 뵈러 가려 했더니 다른 일 하나가 발을 잡지 뭡니까? 어딜 가시려구요?"

"취령산 천문소를 잠시 둘러보고 와야 할 것 같아서 나섰습니다. 내 자리 좀 봐주시오."

"그렇게 하시지요. 날씨가 춥습니다. 고뿔 조심하십시오."

"다녀오리다."

방택은 김포방(金浦坊)이란 곳으로 가서 그 뒷산인 취령산으로 올랐다. 산 중턱에는 아담한 산사(山寺)가 하나 있었다. 취령사였다. 그냥 지나치려다 주지인 대허 스님께 인사나 드리고 가야겠다는 생각에 절 마당으로 들어갔다.

대웅전 섬돌 앞에 다달아 열린 문 안으로 안을 들여다 보았는데 주지 스님은 안 보였다. 돌아서자 누군가 아는 체하며 인사를 건넸다. 젊은 수도승이었다.

"아미타불! 오랜만에 뵙습니다."

"주지스님이 안보이네요?"

"저 밑 요사채 방안에 계십니다."

방택은 절 방들이 붙어 있는 객사로 가서 주지 스님방 앞에서 큰기침을 했다.

"밖에 누구시오?"

"스님, 저 금헌입니다."

그러자 방문이 열리며 주지 스님이 내다보고 깜짝 반가워했다.

"오, 금헌! 들어오시오."

"손님이 계시네요?"

"이제 그만 일어날까 생각 중이었소이다."

손님인 스님이 자리에서 절반쯤 일어나자 주지 스님은 그를 주저앉혔다.

"왜 이러시나? 서로 알고 지내면 좋은 인연이 될텐데 .... 자아, 금헌도 앉으시오."

방택도 얼결에 앉았다.

"수인사나 하시지요. 이 분은 서운관에서 일하는 천문학자 류방택이라 하오."

"깊게 공부한 천문학자가 절친한 친우라고 자랑을 해서 진작부터 성함 익히 들어 알고 있었는데 이렇게 뵙게되니 기쁘군요."

"금헌! 이분이 뉘신 줄 아시오? 내가 여러 번 말씀드린 무학대사(無學大師)가 바로 이분이오."

"꼭 뵙고 싶다고 여러 번 말씀드렸는데 이렇게 뵙다니 영광입니다. 수도 거처하시는 산사가 일정치 않고 거기 머무는 날짜도 헤아리지 못해 뵙는 건 푸른 하늘에 뜬구름 잡는 거나 마찬가지라 해서 포기를 하고 있었습니다."

뜻밖에 꼭 만나고 싶었던 무학대사를 여기서 이렇게 만날 줄은 몰라 몹시 기뻐했다.

천문학은 여러 분야의 전문적인 지식을 요구하는 학문이었다. 고도의 계산법인 수학을 배워야 함은 물론이고 풍수지리, 풍수학은 물론 역학(易學)까지도 깊이 있는 지식이 필요했다. 별자리의 변화되는 위치를 보거나 별의 색깔 변화를 관찰하고도 일식(日蝕)과 월식(月蝕)의 날짜를 정확하게 예측할 수도 있고 갑자기 변화되는 한 가정의, 한 나라의 운명을 예언할 수 있다.

지금까지 방택은 재야(在野)에 숨어 있던 그 여러 방면의 전문적인 학자들을 직접 찾거나 소개받아 많은 공부를 해왔다. 그중에는 꼭 만나서 가르침을 받고 싶은 인물이 있었지만 만나기가 어려워 지금까지 못 만난 대사(大師)가 하나 있었다. 무학(無學)대사였다.

무학은 류방택과 고향이 같은 동향인(同鄕人)이었다. 무학은 탄생 자체가 신기하다고 전해지고 있었다. 무학의 속성(俗姓)은 밀양 박씨였고 서산(瑞山)에서 세류(洗柳)쟁이 아들로 태어났다. 세류쟁이는 갈대로 자리를 짜거나 그릇들을 만들어 파는 하층민 중의 하나였다. 몽고군에 항전하여 반란을 일으켰던 삼별초(三別抄)의 장군 중 하나였던 박 서가 그의 조부였다.

그런데 그의 아버지가 문제를 일으켰다. 평소 사이가 안 좋았던 고을 공부(工部)의 말단 창고지기와 두 사람이 흉기를 휘두르며 싸우다가 창고지기를 죽게 만들었던 것이다. 그래서 무학의 아버지는 그 길로 도망쳐서 안면도로 들어가 숨어 살게 되었다.

만삭이었던 무학의 어머니는 남편을 찾기 위해 안면도로 가는 배를 탔는데 진통이 시작되어 바다 가운데 있던 간월도(看月島)라는 섬에 내려져서 아이를 낳게 되었다. 그게 무학이었다.

무학은 18세에 송광사로 출가하여 혜명 스님에게 배우고 원나라로 유학을 갔다. 그곳에서 인도승(印度僧)인 지공을 만나 선(禪) 불교를 배우고 나옹스님을 만나 제자가 되었다. 나옹은 나중 공민왕의 배려로 왕사(王師)가 된 스님이었다. 나옹은 무학을 자신의 전법(傳法) 제자로 삼기를 원했지만 나옹의 다른 제자들의 반대로 무산되었다. 이유는 무학의 출신성분이 천하다는 것 때문이었다. 그때부터 무학은 토굴을 파고 들어가 5년 동안 참선을 하기도 하고 전국을 떠돌며 고승이나 유학을 공부한 신진 사류(士類)들과도 교분을 쌓았다.

무학은 자유로운 수행자임을 자처했다. 그는 파자점(破字占)에도 능하여 석왕사에서 만난 이성계의 서까래 3개의 꿈(王字夢)을 해몽하여 나중 임금이 될 거라고 예언했고 풍수학에도 조예가 깊었고 역학(易學)이나 천문지리(天文地理)에도 해박했다.

방택이 무학에 대해 처음 접하고 놀란 것은 그의 독특한 우주관(宇宙觀)의 기록을 본 다음부터였다. 얼마 후 주지스님이 방택에게 말했다.

"이렇게 대사께서 어려운 걸음 하신 이유는 내가 급히 보자 해서였소. 이렇게 합시다. 천문소에 가서 하실 일 하시고 오늘 밤에 대사님과 만나시는게 좋을듯 합니다. 어떻소?"

"그러십시오. 물러 갔다가 밤에 잠시 들리도록 하겠습니다."

취령산(鷲嶺山) 산정에 있던 천문소에 올라와 상주하는 관원에게서 보고를 듣고 저녁 식사 후 방택은 다시 절로 내려갔다. 무학도 저녁 식사를 마치고 차를 마시고 있는 중이었다.

"들어오시오."

방택이 방안으로 들어 갔다.

"자아, 차 한 잔 하십시오. 아무리 생각해도 천문학을 하시는 학자가 나 같은 땡중을 만나 얘기를 나누고 싶다니 이해가 안갔습니다."

"너무 겸손해하시지 마십시오."

"불승(佛僧)과 천문관(天文官)은 전혀 관련이 없지 않소?"

"혹시 동고(東皐) 권중화(權仲和) 군을 아시는지요?"

"그분과는 어떻게 아시는 사이요?"

무학이 놀라워하며 되물었다.

"동문수학(同文修學)한 친구입니다."

"목은 이색 선생 부친이신 이곡(李穀) 선생이 스승이었군요."

"그렇습니다. 그 친구는 지금 문하성에서 중임을 맡고 있는데 원래가 수재였습니다. 고금(古今)의 역사에 밝고 의학(醫學) 뿐만 아니라 풍수지리. 복서(卜筮)에도 밝았지요. 나는 그 친구가 누구보다 해박한 풍수지리학이나 역(易)과 복서에 깊은 지식을 가지고 있다는 데에 부러움을 가지고 있었습니다."

"풍수 사상이나 주역(周易)과 복서라? 내가 듣기로 선생은 수십 년

간 천체와 천문을 연구해 그 방면에선 뛰어난 인재라 소문이 나 있던데 어째서 천문과는 전혀 상관이 없는, 인간사 점(占)치는 복서와 풍수지리를 부러워하시지요?"

"예를 들면 우리 천문학에 칠정산(七政算) 이라는게 있습니다. 칠정은 해(日)와 달(月), 그리고 오성(五星)인 수(水). 화(火). 목(木). 금(金). 토(土)를 합쳐서 칠정이라 한다고 서경(書經)의 순전(舜典)에 기록되어 있지요. 밤하늘에 떠 있는 그 일월(日月)과 오성(五星)도 항상 같은 장소에 움직임 없이 붙박아 떠 있는 것도 아니고 그 모양과 색깔 또한 언제나 똑같지는 않습니다."

"그래서 시시때때로 각기 변화하는 일월과 오성에도 길흉(吉凶)의 상(象)이 있으므로 그 변화를 종합하여 점(占)을 쳐서 그 결과에 따라 인간사나 정치의 길흉을 미리 알고 대처하기도 한다."

눈을 감고 듣고있던 무학이 결론처럼 내렸다.

"그렇습니다. 대사께서는 그렇게 이미 다 잘 아시고 계시잖습니까? 그래서 지도를 받아볼까 하고 만나 뵙고 싶었던 겁니다."

"점과 천문과 그렇게 깊은 인연이 있는 줄 몰랐구먼?"

주지승이 놀랍다는 듯 말했다.

"애초 옛날 주나라 시절, 천문의 유래와 상(象) 등에 이론을 세울 때부터 그 근본은 유학(儒學)을 바탕으로 하여 지상의 자연과 역사를 대비시켜 만들었습니다. 별 이름만 해도 해와 달 그리고 다섯 별들에 모두 유학의 주역에 나오는 명칭을 붙이고 있잖습니까? 우주관 자체도 중국의 한(漢)나라 이래 사용한 일명 논천(論天)이라 부르는 혼천설(渾天說)로 설명하고 있습니다. 하늘과 땅의 몸체는 마치 새알과 같으며 하늘이 땅을 둘러싸고 있어 넓이가 끝이 없고, 그 모습이 웅혼하여 혼천이라 한다. 하늘의 둘레는 365도 4분(分)의 1이며 절반은 지상에 나와 있고 절반은 보이지 않게 되어 있어 하늘이 운행하는 것이 마치 수레바퀴가 도는 것과 같다. 진나라의 갈홍(葛弘)이 설파한 겁니다. 게다가 지상의 12국(國) 위치와 명칭으로 하늘도 12개 권역으로 나누어 권역에 삼원(三垣) 28수(宿)의 성좌로 설정하여 설명하게 돼 있습니다."

"각각 모여있는 별자리를 삼원 28수라 한단 말인가?"

주지 스님이 어렵다는 듯 물었다. 그러자 무명이 덧붙였다.

"밤하늘에 떠 있는 별들도 무리로 모여 있습니다. 제일 많이 모여 있는 세곳 의 지역을 담(垣)을 친 궁궐로 설정한 곳이 삼원인데, 지상 같으면 정궁도 있고 별궁도 있지요. 그곳에는 천제(天帝)와 신하들이 거주하기도 하고 지상의 인간사까지 직접 관장하는 정무관(政務官)들이 거주하는 별궁도 있고 물건을 팔고 사는 하늘의 시장거리도 있습니다."

"28수는?"

"하늘은 타원형으로 된 구형(球形)인데 그 중심 부분에 적도(赤道)가 있지요. 그 주변을 적당한 간격으로 나누어 천상 관측의 기준 별자리로 삼은 28개의 별자리를 말합니다."

무명의 설명에 주지 스님은 그제야 이해가 간다는 듯 고개를 끄덕였다.

"음, 금헌이 왜 역학에 복점(卜占)까지 깊이 있게 알아야 하느냐 하는 그 말을 이제야 이해할 수 있겠네."

"어려서부터 밤하늘의 별자리를 관찰하고 관측하는 것이 그렇게 좋았습니다. 성인이 되면서 난 벽에 부딪혔지요."

"벽이라니?"

"일식(日蝕)과 월식(月蝕)이 있습니다. 그것들이 나타나는 시점에는 어떤 흉사(凶邪)가 나타날까? 그보다는 언제쯤 일식 현상이 나타날까? 달이 숨는 월식은 또 언제 어느 때 나타날까? 일관(日官. 天文官)이라면 다가올 일. 월식은 어느 날 어느 시각에 나타나 시작되고 끝나게 될지 정확하게 예측하고 예보(豫報)할 수 있어야 한다는 것이었습니다."

"그건 어렵겠구먼. 이른바 성점(星占)을 쳐서 알아 맞춘다는 것도 힘들것 같은데?"

"점 보다는 수리계산(數理計算)으로 알아맞혀야 가장 정확한 일월식 예보가 될 수 있었던 겁니다. 그게 보통 어려운 게 아니었습니다."

"그건 아이들도 하는 가감승제(加減乘除. 더하기, 빼기, 곱하기, 나누기) 수학 가지고는 안되겠구먼?"

"잘 보셨습니다. 그 또한 일찍이 천문학은 고등수학이 아니고서는 접근도 어렵겠다 싶어 개인적인 공부를 했습니다. 신분 고하를 막론하고 이 세상에 전문가는 많다. 그 전문가를 찾아 배워보자. 맨처음에 찾은 분이 염전(鹽田)의 일꾼 수장인 염부장이었고, 고등수학의 길을 열어준 분은 동네에 살던 이웃집 하찮은 말단 관리였습니다. 그렇게 공부를 해서 그들의 실력을 내 것으로 만들어 누구와 겨뤄도 지지 않는다 자만하기도 했지요. 그런데 일, 월식 날짜 예보 계산은 할 수 없었던 겁니다."

"고등수학 가지고도 계산이 어렵다는 것은 원래의 하늘이 바둑판처럼 반듯하지 않고 둥근 구형이라서 그런게 아닐까?"

"역시 잘 아셨습니다. 둥근 공처럼 생긴데다가 비스듬히 누운 수레바퀴처럼 돌고 있다는데 문제가 있었습니다. 이 비틀어진 회전운동 때문에 이른바 세차운동(歲差運動) 이라는게 생기지요. 그 때문에 고정된 자리를 지켜야 하는 별들이 전후좌우로 이동을 하게 되는 겁니다. 지구는 자전(自轉)도 하고 1년에 한 번씩 태양의 주위를 도는 공전(公轉)을 하기도 합니다. 주기는 1년이지요.

지구의 위치와 태양의 위치가 달라질 때 위도(緯度)에 따른 지구 위치도 달라지며, 지구가 자전하면 천체의 작용으로 약간씩 변합니다. 지구 자전축의 기울기는 23도 27분이며, 이 기울기 때문에 태양이 남반구(南半球)와 북반구로 상대적인 위치가 바뀌게 되어 그 이동으로 4계절(季節)이 생기는 것입니다. 정확한 수학적 계산으로 값을 매겨놓아도 그게 2, 3년 지나면 이동 때문에 새로 계산을 해야 하게 됩니다. 뿐만아니라 원나라 수도인 대도(大都, 북경) 하늘에서 관측한 값과 고려의 송도(開京)에서 관측한 값의 차이가 크게 나게 됩니다. 그래서 원나라의 달력을 우리가 쓰면 24절기의 날짜가 거의 맞지 않아 농사가 엉망이 되는 것입니다."

그러자 무학이 한마디 했다.

"세차보정(歲差補整)은 역시 천문의 뛰어난 학자가 할 수 있다 했습니다. 그보다 그 계산의 어려움을 해소하기 위해 중국의 학자들이 계산법을 만들어 그 계산법에 공식으로 맞추면 쉽게 해결할 수 있다 란 말을 들었는데 그런 계산법칙이 나와 있나요?"

"그런게 있다는 말은 들었습니다만 비록 있다 해도 나는 사용하지 않을 것입니다."

"편리하고 좋을 것 같은데요? 고개를 흔드시는 이유를 물어보아도 되겠습니까?"

"아까도 말씀 드렸지만 나는 지금까지 한걸음 한걸음 내 스스로 깨우쳐서 천문학을 해왔습니다. 그런 공식이나 법칙을 만들어 조금은 편하게 계산을 하게 했으니 그걸 사용하면 되잖느냐 그렇게 말씀하시지만 그러기엔 지금까지의 내 노력을 생각해보면 무슨 수를 쓰던 내 실력으로 계산을 해 내겠다는 결심을 잊은 적이 없습니다. 독자적인, 나만의 방법으로 하나하나 성공시킬 겁니다. 내가 대사님을 만나려 한 것도 대사께서는 불법(佛法)뿐 아니라 역학(易學), 노장학(老莊學), 풍수지리(風水地理), 천문, 성점(星占) 등 뭐든 전문지식을 가지고 있는 분이고 이 모든 게 자수성가로 이루신 분이었기에 내가 존경하고 언젠가는 가르침을 받아야겠다 생각한 것입니다. 요즘도 석왕사에서 수도하시고 계신다면, 소생이 한 달에 한 번 찾아 뵙고 가르침을 받고 싶습니다. 거두어주십시오."

방택은 간곡하게 청했다. 손사래를 치며 거절하던 무학도 나중에는 어쩔 수 없다는 듯 반승낙을 했다.

"감사합니다."

지금까지 자신의 천문 연구의 진척 사항은 혼자 밖에는 알지 못했다. 그러고 보니 지금 자신은 어느 지점에 와있는지 이 길이 바른 길인지 때로는 깜깜하기도 했었다. 하지만 이젠 든든한 원군이 생겼던 것이다.

4. 세계 최고(最古), 최초의 금속활자본(金屬活字本) 직지심경<直旨心經>(直旨心體要節)

방택이 사사로이 가지고 있던 은둔처는 두 군데였다. 둘 다 간소한 너와집이었다. 휴식을 위해 있다는 것 보다는 밤하늘 관측소였다. 그 중 아주 오래된 집은 서산고향 쪽에 있는 도비산 속에 있는 집과 송도에 있던 취령산 산속에 있는 집이었다.

밤하늘의 별을 시간에 따라 정밀하게 관측하는 건 아주 중요한 일과였다. 항상 밝게 빛나는 별은 24개이고 이름을 붙일만한 별은 320개이다. 그렇다면 전체의 별 숫자가 344개인데 그것밖에 안되느냐 한다면 그 외에도 물론 별로 인정할만한 것들은 2500개 정도가 더 있다고 후한(後漢)의 천문학자 장형(張衡)이 주장한 바 있다.

방택이 지금껏 별 관측에 매진해 온 것도 따지고 보면 새로운 별들이 얼마나 더 있을까 조사하는 것이었다. 그 결과 현재까지는 이름을 붙일만한 별 320개 항목에서 18개의 새 별을 발견하여 추가하는데까지 이르렀다. 이것만 해도 큰 성과였다. 은둔처의 관측소가 중요한 것은 송도에서 보는 하늘과 서산에서 보는 하늘의 차이가 있기 때문이었다.

그래서 시간 날 때마다 그는 도비산에 가서 관측하고 아니면 송도의 김포방 뒷산인 취령산에서 가서 관측하곤 했던 것이다. 지금처럼 만추(晩秋)일 때는 취령산 하늘이 더 맑고 선명해서 이곳을 자주 찾왔다. 이건 밤하늘을 조사하는 거라 일단 등청해서 하루일과를 마치고 집으로 퇴청하는게 아니고 곧장 이곳으로 퇴근하여 일을 하는 것이었다. 그는 관측소인 취령산 정상부근을 올라가려다 중간 계곡에 있는 취령사에 들렸다.

마침 주지스님인 대허대사가 저녁예불 준비 중에 방택을 맞이 했다.

"대사님, 오랜만입니다."

"어서 오시오."

"예불 준비 중이십니까? 아니 지금 보고 계신 책은 새 책 같은데요?"

"청주(淸州) 흥덕사(興德寺)에 계신 백운(白雲)선사(禪師)께서 특별히 보내 온 귀중한 서책이오."

주지스님은 보고 있던 그 서책을 방택에게 넘겨주었다. 그걸 받아든 방택이 일별하고 궁금한 듯 물었다.

"책의 표지를 보니 직지심체요절(直旨心體要節)이라 돼 있군요. 불경 중에 하나인가요?"

"불경은 아니오. 유명한 선종(禪宗) 조사(祖師)들의 어록(語錄)과 계송(戒頌) 들을 가려 뽑고 그것을 백운선사가 다시 재구성한 해설서 겸 수상록(隨想錄)이라 할 수 있는 책이오. 훌륭한 책입니다. 내용도 내용 이려니와 우리나라나 다른 나라들은 모두 책을 만들때에는 목판(木版)이라 해서 나무를 새겨 활자(活字)로 만들어 나무활자로 찍어내고 있는데 백운선사께서는 이번에 나무 대신 주석(朱錫)과 구리를 녹여 만든 이른바 금속활자(金屬活字)로 찍어내어 이 책이 금속활자본으로는 최초가 아닌가 싶습니다."

"그렇게 대단한 일을 하시다니 놀랍습니다."

"나무에 새긴 활자는 아무래도 약해서 여러 번 인쇄하면 글자의 획이 떨어져 나가거나 쉽게 닳는다는 게 가장 큰 단점이었지."

"나무를 금속으로 바꾸면 그런 걱정은 안 해도 되겠군요."

* 著者. (註) *
1377년(고려 우왕 3년)에 청주 흥덕사 주지인 백운선사가 만들어 낸 이른바 금속활자본 〈직지심경(直旨心經)〉은 세계 최초의 금속활자본이며 독일의 쿠텐베르크의 금속활자본 〈성경〉책보다 78년이나 앞선 것으로 인정을 받아 지금은 파리 국립박물관에 보관되어 있다.
이 책은 원명(原名)이 직지심경이 아니고 〈직지심체요절〉이며 저자인 백운선사의 참선(參禪) 엣세이 모음집이며 신앙 앤소로우지로 알려져 있다. 이 책에서 백운선사는 〈무심선(無心禪)〉이란 특유의 선 수행 방법을 가르치고 있다. 무심(無心), 무념(無念)으로 있으면서 사람이 저마다 지니고있는 깨달음(佛性)이 자연스럽게 깨어나도록 하는 방법이다. 원래는 상(上), 하(下) 2책으로 간행되었으나 상권은 손실되고 현재 남아있는 건 하권이다.

방택은 자리에서 일어났다.

"올라가 보겠습니다."

"잠깐!"

스님은 방택을 데리고 요사채의 끝방으로 갔다. 방안은 나무로 기구들을 만드는 공작방(工作房)이었다. 스님은 손재주가 많아 농기구에서부터 생활용품들도 잘 만들어 냈다. 그래서인지 신도들의 인기가 대단했다.

스님은 만들고 있던 기구 하나를 보여주었다.

"이제 시작이요."

"아이구, 그래도 얼개는 만드셨네요?"

"얼개만 만들면 뭐하나? 진짜 기술적인 문제는 깜깜이인데."

그러면서 스님은 설계도면이 그려진 넓은 백지 한 장과 작은 도면이 있는 서책을 들고 왔다. 그건 하늘 위에 떠 있는 일월성신(日月星辰)의 운행과 움직임 등을 관찰할 수 있는 〈선기옥형(璇璣玉衡)〉이란 기구 그림이었다. 선기옥형은 나중 〈혼천의(渾天儀)〉라 불리우기도 했다.

이 기구는 중국의 천문학자들이 만들어 사용할 뿐 고려에서는 책에 나와 있는 그림 정도만 알려져 있었다. 그 그림을 스님에게 보여주었더니 자기가 한번 연구해 가며 완성해 보겠다 했던 것이다.

"자세한 도면만 있었으면 얼마나 좋았겠소?"

"너무 부담 갖지 마십시오. 제가 만들어 옛날부터 써오고 있는 기기도 그런대로 도움을 받고 있으니까요."

방택은 거듭 사과하면서 관측대가 있는 산정으로 떠났다.

그러나 한편 고려의 안팎, 국내외 정세는 혼란으로 치닫고 있었다. 세계의 절반을 호령하며 영원히 망하지 않을듯하던 원나라도 석양에 지는 해가 되어 그 세력이 원래의 몽고사막 쪽으로 졸아들고 있었고 중원에서는 이윽고 명나라가 일어서서 통일 강국의 면모를 보이기 시작하고 있었다.

거기에 비례해서 고려조정은 어느 쪽 비위를 맞출지 몰라 전전긍 긍하고 있었다. 그즈음에 공민왕 시해사건이 일어났고 대통을 이을 당당한 왕자가 없어 누구를 세워야 하느냐는 문제로 심각한 권력 쟁투가 일어났다. 요승 신돈의 자식일 것이란 의심을 사고 있던 왕자 무니노는 신왕으로 세울 수 없다고 반발하던 반대파들을 누르고 즉위시킨 쪽은 권신 이인임과 대왕대비였다.

그래서 신왕이 된 것은 어린 왕자 무니노였고 이인임은 시중(수상)이 되어 강권 정치를 시작했다. 반대파들은 모두 잡아들여 처단하고 부정축재를 일삼았다. 신흥제국 명나라는 고자세였다. 고려를 독립국으로 승인해 주고 사신을 받아주는 조건으로 군마 1만 필을 바치라 요구해 왔던 것이다.

그런 다음 사신을 보내왔다. 명은 사신을 통해서 반원(反元) 정책을 추구하던 공민왕 암살사건을 추궁하고 신원이 불분명한 왕자를 신왕(禑王)에 앉힌 책임을 묻겠다고 미리 통고해 왔던 것이다. 조정에서는 명사 접반사(明使 接伴使)로 정도전(鄭道傳)을 임명하고 맞으라 했다. 그러나 정도전은 불응하고 끝내 나가지 않았다. 그 사건으로 정도전은 전라도 나주(羅州), 회진현에 있던 부곡(部曲)에 8년 유배형을 받아 내려갔다. 부곡은 나라의 최하층민들이 모여 죽지 못해 사는 곳을 말함이었다.

명사가 들어와 위세를 부리고 압록강을 건너 요동으로 향할 때 친원파인 이인임(李仁任)은 호송관 김의(金義)를 통하여 명사를 살해하고 그 목을 원의 조정에 전하라고 지시했다. 그건 장차 명의 압박으로 지금까지 권세와 부를 누려 온 친원파들이 쫓겨날 것을 우려하여 원의 조정에 잘 보여 권세를 연명해 보려는 술수였다.

대노(大怒)한 명은 일방적으로 국서를 보내왔다. 먼저 자국의 사신을 암살한 범인을 잡아 명에 보내라 그리고 지금부터 원나라가 100여 년간 지배해 온 고려의 철령 이북 지방은 명이 접수하여 명의 영토임을 선포한다. 고려는 이에 대비하라고 명령을 보내왔다.

철령 이북 지방이라면 지금의 함경남도와 함경북도 전 지역을 말함이었다. 이 땅은 원래 고구려가 700년을 다스려 온 우리 국토였다. 그 땅을 원나라에 빼앗긴 것은 국력이 약했던 고려 때문이었다. 그 한을 푼 임금은 공민왕이었다. 인질에서 풀려 새 임금이 되어 귀국할 때부터 원의 압제에서 벗어나 자주 독립국이 되어야 한다며 반원 정책을 표방하며 먼저 원나라의 고려총독부였던 쌍성총관부부터 수복하여 함경도 일대를 되찾았던 것이다.

그러나 공민왕이 비명에 간 이후부터는 대비의 수렴청정(垂簾聽政)을 받는 어린 왕이 보위에 앉아 있으니 원이나 명이 우습게 얕보는 게 당연했다. 그러던 차에 명의 사신 암살사건이 터졌던 것이다. 전쟁 불사를 선언하며 나서는 명나라의 강경책은 당연했다.

거기에 놀란 문하시중 이인임은 당장 원나라에 특사를 보내어 구명을 요청했고 원나라는 고려에게 자신들이 북에서 명군을 칠 테니 고려는 남에서 북으로 명군을 같이 쳐서 섬멸시키자고 제의했다. 하지만 지금의 원군 사기와 군사력은 믿을 수가 없었다.

고려의 국론(國論)은 갈팡질팡 그 자체였다. 뭔가 새로운 결심이 필요하게 되었다. 먼저 이웃나라의 사신 살해를 지시한 대신으로 안사기가 지목이되고 잡혀서 끌려 들어오자 목을 쳐서 즉결처분을 했다. 이어서 안사기의 배후는 문하시중 이인임 이니 그와 그의 세력을 척결해야 마땅하다는 탄핵 상소가 빗발치자 이인임과 그 세력을 모조리 잡아들여 처단해 버렸다.

문하시중과(首相), 문하수시중(門下守侍中. 副首相) 등 국가 최고의 요직은 지금까지는 문신(文臣)들의 전유물이었으나 새로운 시중과 수시중은 모두 무장(武將)으로 바뀌게 되었다. 즉 수상인 시중은 장군 최영(崔瑩)이 맡게 되었고 부수상인 수시중은 장군 이성계가 맡게 되었던 것이다.

무장들에게 중책을 맡겼다는 것은 새로운 뜻이 있었다. 조정은 지금까지 기득권을 누려오면서 원에 충성하던 친원파를 수차례에 걸쳐 청소를 했는데도 잔존세력이 여전히 꿈틀대고 있었고 새롭게 개혁세력으로 부상한 젊은 유학(儒學) 사대부 선비들 이 개혁세력으로 등장하면서 대립하게 된 것이다. 특히 새로운 세대는 실질적인 학문인 유학을 했기 때문에 탁상공론이 아닌 실사구시(實事求是)를 앞세워 개혁을 요구했다.

더구나 명나라는 새로운 신흥국으로 등장하며 처음부터 원나라가 요구하던 것들보다 더 엄청난 조공(朝貢)을 바치라 했다. 1만 필의 군마를 바치고 공녀(貢女)도 요구했다. 게다가 원이 그동안 차지하고 있던 함경남북도 까지도 자기들 영토로 편입한다고 일방적으로 통보해 왔던 것이다.

장군 최영이 전면에 부상한 이유도 거기 있었다.

"선왕(先王. 공민왕)께서는 즉위하신 후 제일성이 자주독립국가 건설이었소. 왕비의 죽음으로 선왕의 의지가 꺾여 슬픔에서 헤어나오지 못한 그 때 요승 신돈 같은 간신배가 국권을 쥐고 흔들어 선왕의 개혁정책은 물거품이 되고 나라는 피폐해지고 백성들은 도탄에 빠진 것이오. 이걸 안 신흥국 명나라가 우릴 업신여기고 강수(强數)를 두어 협박한 겁니다. 굴복하면 안 됩니다. 굴하면 우리는 또다시 몽고 백년의 식민지 역사가 다시 중국 식민지사로 전락하기 때문이오. 감히 나는 이 자리에서 선언합니다. 명나라의 침략야욕을 꺾고 선왕께서 수복한 실지를 지켜내며 고구려 이래 우리의 영토였던 요동(遼東) 땅까지 수복해야 할 때는 지금이라 생각합니다."

국가 긴급회의인 도평의회(都評議會. 중신회의)가 열린 자리에서 장군 최영이 그렇게 강하게 주장했다.

그러자 원로대신 중 하나인 이존오(李存吾)가 나섰다.

"최영 상장군(上將軍)의 자신에 찬 말씀 들어보니 든든합니다. 물론 무력은 무력으로 맞서서 상대를 응징하고 굴복 시키는게 상책입니다만 그것은 두 나라의 군사력이나 국력이 엇비슷할 때 취해야 하는 계책이 아닐까 싶습니다. 지금은 위험한 계책으로 보입니다. 우리 같은 소국이 대국을 상대해서 싸운다는 것은 패전할 확률이 높습니다. 소신의 생각으로는 우선 어지러운 국내 사정과 국력을 추스르고 명나라 같은 새로운 대국은 온건책(溫建策)으로, 그리고 협상으로 다독이며 나가는 것이 현명하다고 보입니다."

그의 말이 끝나자 여기저기에 있던 원로중신들이 그의 의견에 찬성했다. 답답하다는 듯 최영이 다시 나섰다.

"왜 그렇게 나약하십니까? 명나라를 대국이라 여기면 안됩니다. 이제 겨우 분열되었던 중원 각지, 그것도 일부만 통일한 상태입니다. 지금은 소국입니다. 우리가 무장하고 도발한다 해도 저들은 맞서 싸우기 위해 쳐들어올 힘이 없습니다. 그 힘을 가지려면 앞으로 십년 이십년 후라야 가능해질 수 있습니다. 그게 안되니까 명나라는 협박만 하는 것입니다. 몽고가 점령했던 철령 이북지방을 명의 영토에 편입시키고 다스리겠다고 말이지요. 하지만 따져보십시오. 중국쪽의 조정은 수천 년 동안 요동 요서(남만주 지역) 지역이나 압록강 이남(평안도) 지역이나 철령 이북(함경남북도) 지역을 자기들 관리를 내세워 지배하고 통치한 적이 있는지 생각 해 보십시오. 한 번도 없습니다. 그곳은 쓰잘데 없는 황무한 오랑캐 땅이라고 버린 것입니다. 그런데 지금 명은 그 땅에 총관부를 설치하고 영원히 지배하겠다고 큰소리치고 있습니다. 우리가 지금 당장 압수(압록강) 넘어 요동 땅으로 진군해도 명군은 전쟁을 일으킬 힘이 없습니다. 지금 소신이 주장하는 것은 바로 몽고에게 빼앗긴 우리 고토(故土)를 완전히 되찾고 내치에 힘을 써 국력을 신장해야 할 때라는 것입니다."

장군 최영의 의견이 너무 강경책이니 채택해서는 안 된다는 게 중신들의 의견이었지만 최영이라는 이름이 갖는 무게에 눌려 그의 제안에 따르기로 했다.

최영은 백 전의 용장이었다. 젊은 이성계와 더불어 그때까지 나라

해안을 돌며 노략질만 일삼고 있던 왜구들을 완전히 내쫓은 장수는 최영과 이성계였다. 최영은 왜구들이 남해안에 대거 침략했던 홍산(鴻山) 전투에서, 이성계는 남원 지리산 전투에서 대첩(大捷)을 거두어 그 이후 왜구의 침탈은 그 세력이 미미해졌다. 나라 역시 선왕이 암살당하고 신왕은 어린 소년이어서 누구나 위기의식을 가지고 있었다. 그래서 강력한 무인정권의 탄생을 택한 것이기도 했다.

5. 전쟁준비 시책(施策)

며칠이 지난후

저녁에 퇴청해서 집으로 들어가자 장남인 백유가 와 있었다.

"늦으셨네요 아버님."

"음, 헌데 넌 언제 왔어?"

"저도 좀 전에 왔어요."

"볼일이 있어서 왔느냐?"

"목은 서원에 다니는 제 친구가 와서 목은 선생 심부름이라며 이성계 장군이 아버님을 찾고 계신다고 전하라 해서 왔다고 하더라구요."

"이성계 장군이? 흐음, 특별히 날 만날 이유가 없을텐데 이상하구나. 알았다."

방택은 고개를 끄덕였다. 다음날 방택은 조금 이르게 퇴청한 후 궐내에 있던 수시중(守侍中) 집무소로 이성계를 찾아갔다.

"오, 류 관장님이 오셨구려. 오랜만입니다."

이성계가 반갑게 맞았다.

"수시중 되신 거 축하합니다. 인사 늦어 죄송합니다. 용서하십시오. 무슨 일로 절 만나자고 하셨나요?"

"상론할 일이 있어 뵙자고 한 겁니다."

이성계는 자리에서 일어나더니 좁아 보이는 옆방으로 인도했다. 벽면 한쪽이 모두 지도로 채워져 있었다.

"이게 무슨 지도지요?"

"왕성 부근의 지돕니다. 표시된 것들을 보시면 아시겠지만 이건 지적도(地籍圖)인 셈이지요. 어느 쪽의 토지가 누구의 소유인지 기록이 돼 있지요. 전국 대부분의 농토가 유력한 권문세가들이 차지하고 있다는 걸 알 수 있습니다. 그들이 정당한 방법으로 농민들의 농지를 사들인 게 아니라 강제로 빼앗은 것이 대부분이란 게 문제의 요점입니다. 최영 시중께서는 선왕께서 못다 이루신 개혁을 완전히 이루어 강력한 국가의 힘을 키워 나가야겠다며 벼르고 계십니다."

"문란해진 전정(田政)의 개혁은 단번에 해결이 날 수 없는 나라의 과제(課題)입니다. 가진자들의 저항에 부딪혀 선왕께서도 실패하셨고 진평후 신돈도 실패했습니다. 그런 걸 거울삼아 차근차근 해 나가면 성공할 수 있다고 봅니다."

"최 장군은 해결할 수 있겠지요. 그런데 그보다 더 어려운 일들이 생겼습니다. 최영 시중께서는 시급히 준비해야 할 국책(國策) 세 가지를 내놓았습니다. 물론 아직은 중신 회의에서 당장 시행하자고 결론을 낸 건 아닙니다만 곧 결정을 볼 것으로 보입니다."

"그게 뭔데요?"

"지금 현재 우리 고려가 가장 시급히 요구되고 있는 것은 하루 속히 국력을 기르고 강군(强軍)을 만드는 것이다. 따라서 세 가지 처방이 필요하다. 첫째는 전지개혁은 다시 강력하게 시행해야 한다. 둘째. 군량(軍糧)을 비축하고 전비(戰費)를 마련하기 위해서는 모든 관리들의 봉급을 수령액에서 1할을 떼어 저축함과 동시에 모든 토지에 부과

되고 있는 세금은 전체의 액수에서 반조(半租)를 떼어내 징수하여 저축하게 할 것이다. 그리고 15세 이상 장정들을 뽑아 군사력을 증강시킨다."

놀라움으로 얼굴이 이지러진 방택은 더듬거리며 받았다.

"이건... 내어놓고 말하는 전쟁... 전쟁준비로군요?"

"그렇다고 볼 수 있소."

"왜 갑자기 전쟁 준비지요? 어디와 전쟁을 한다는 거냐구요?"

"다른 사람들이 그렇게 따져 묻자 최 장군은 당장 지금 전쟁을 하자는 게 아니라 철저하게 준비를 해 나가자란 뜻이라 하더군요."

"이 장군님은 최 장군의 그 같은 제의에 찬성 하셨습니까?"

"강경하게 반대할 명분이 없었습니다. 지금 신흥국 명나라는 우리에게 선전포고나 똑같은 선언을 한 상태 아닙니까?"

"아직은 조정의 비밀 같은데 그런 기밀을 나 같은 천문학자에게 말씀하시는 이유가 뭔지 듣고 싶습니다."

"사실은 중신회의에서 류방택 서운관 관장 이름이 설왕설래 되어서였습니다."

"제가 왜 거론되었지요?"

"전쟁 준비는 거창하고 거대한 국가사업 아닙니까?"

"그렇지요."

"그 사업을 다 맡아서 관리하고 운영해 나가자면 그 방면에 탁월한 기능과 능력을 갖춘 인재가 필요한데 그 인재가 류방택 관장이라는 것이었습니다."

"누가 추천한 거지요?"

"최영 장군이 직접 거론 하다더군요. 류 관장은 일찍부터 그런 쪽에 두각을 나타내어 용호군의 전군 살림을 맡아 훌륭히 해낸 분 이었다구요."

"왜 그런 말씀을 하시는지."

"그 중책을 맡으라면 맡으실 의향이 있으신지 궁금해서 오시라 한 겁니다."

"전 그럴만한 능력이 애당초 없는, 그저 밤하늘이나 지키고 있는 일관(日官)일 뿐입니다. 장군께서도 제가 그런 대사(大事)에 관여하여 실무를 통괄하여 맡아주기를 바라시는 겁니까?"

갑자기 심각해진 방택의 말에 이성계도 당황한 빛을 띠었다.

"아. 아닙니다."

이성계는 손사래를 치면서 웃었다.

"난 류 관장님이 맡아야 한다고 말한 적 없습니다. 적임자라고도 하지 않았지요. 그런데 이렇게 오시라고 한 건 만일 최 장군이 맡기려 할 때는 어쩌시려나? 그게 궁금해서 먼저 뵙자고 한 겁니다."

"저는 지금 천문을 연구하고 있는 학도입니다. 선왕께 약조드렸던 고유한 우리식의 책력을 만들어 바치겠다고 약조를 드렸으면서도 아직도 그 연구를 끝내지 못하고 있습니다. 그런데 어떻게 새로운 일을 맡을 수 있겠습니까?"

"거절하시겠군요?"

"예."

"잘 생각하셨습니다."

"그건 무슨 뜻이지요?"

"나도 전쟁 준비를 반대한 사람이기 때문이지요. 물론 최 장군의 시국 판단을 틀렸다고 반대하진 않습니다. 신흥국인 명나라는 아직은 종이호랑이이기 때문이지요. 하지만 그들도 3,4년 지나가면 강국이 될 겁니다. 우리가 전쟁준비를 하는데 한 두달에 끝내지는 못하지요."

"4, 5년이 걸려도 못할 것 같은데요?"

"물론입니다. 그러는 사이에 명나라는 무장을 갖추고 대대적인 침략을 감행해 올 수 있을 것입니다. 그렇게 되면 국가적인 불행을 겪게 될 것입니다. 그러니 외교전으로 화평을 유지하며 그들이 모르게 장기적으로 국력 신장을 꾀하자는 게 내 의견이었소."

"만약 명나라와 우리가 무력 충돌을 일으켜 전쟁이 일어난다면 약속한 대로 원나라가 동맹군을 보내줄까요?"

"마지못해 파병은 하겠지만 지금은 전투력이 약화되어 참전 하나마나일 것입니다. 그런데도 최 장군은 원의 힘을 믿고 있습니다."

"그리되면 국론은 더 첨예하게 대립하겠군요? 최영 시중의 친원파와 그들 기성 세력을 반대하는 유학을 배운 신진 사류(士類)들 말이지요."

"전쟁 준비를 위해서는 류 관장님 같은 분의 힘과 기량이 필요하다며 최 장군 쪽에서 강력히 부를 수도 있을 겁니다. 응하지 않는게 좋을 겁니다."

"… 예. 고맙습니다."

"저 역시 원래대로 중도를 택하겠습니다."

방택은 이성계의 집무소를 뒤로 했다. 전쟁 준비를 한다는 것은 혼자의 힘으로는 안 되겠지만 전체의 흐름을 잡고 확고한 목표를 세워 관리해 나가는 실무적인 선도자가 필요하다. 그렇게 되면 새 조정은 류방택을 불러낼 수도 있다는 것을 이성계가 귀띔을 한 것이었다.

'어쩌면 고마운 충고인지도 모른다.'

그는 그렇게 생각 했다.

얼마 안 가서 조정은 이성계가 말했던 이른바 전쟁 준비나 다름없던 4대 긴급시책을 내놓았다.

1. 중단 없는 전정개혁(田政改革)
2. 백관(百官)의 봉급은 1할 감봉 조치하여 전비(戰費) 마련을 위해 저축한다.
3. 모든 사전(寺田, 私田)에 부과되는 조세(租稅)는 반조(半租)를 더 올려 거두어 군량(軍糧)으로 저축해야 한다.
4. 15세 이상 장정은 징집(徵集)에 응해야 하며 즉시 군사 조련을 실시한다.

그리고 예상 했던대로 최영 시중이 류방택을 만나자 했던 것이다.

"부르셨습니까?"

"어서오십시오. 류 관장님."

그가 자리를 권했다. 최영과 이성계는 똑같은 무장이었으나 서로 성격이나 사고 하는게 달랐다. 최영은 단순하고 직선적이고 전형적인 무장이었다. 그는 생각하기 전에 먼저 행동 했다. 그 때문에 협상이라는 걸 좋아하지 않았다. 언제나 정직하고 정의감이 강했다.

그러나 이성계는 달랐다. 무장이라 직선적이고 단순하긴 했지만 부드러움을 갖고 있었고 대화를 좋아하고 남의 말을 잘 듣는 편이었다. 그런 성격의 특색은 출신성분과 큰 관계가 있었다. 최영이 명문가 출신이라면 이성계는 북쪽 국경의 변두리, 야만인들이 살고 있던 변방의 산골에서 태어나 성장한 서민 출신이었다.

그 때문이었는지 이성계는 누구를 만나도 격식을 따지지 않고 소박해서 친근감을 느끼게 했다. 하지만 최영은 범접할 수 없는 위엄과 권위가 있어 쉽게 다가갈 수 없는 장군이었다.

"혹시 이번에 발표된 4대 국가시책에 대해 알고 계십니까?"

최영이 물었다.

"예. 관보를 통하여 알고 있습니다."

"소감은?"

"첫째는 놀람이고 둘째는 만시지탄(晩時之歎)이고 세 번째는 난지난사(難之難事)이겠다 였습니다."

"이런 국책은 진작 세워서 밀고 나갔어야 하는데 늦은 게 통탄스럽고 마지막으로 걱정스러운 건 그걸 성공시킨다는 게 어렵고 어려운 일일 것이다! 그 말씀이군요. 역시 정곡을 찌르셨습니다."

최영은 고개를 끄덕였다. 그러더니 다시 물었다.

"왜 난지난사! 어려운 일이라 하시오?"

"장애요인이 너무 많기 때문입니다. 저 같은 문외한이 봐도 도처에 장애물입니다. 전지개혁이 안되는 이유는 잘 아시겠지요. 불법으로 토지를 점유하고 있는 자들이 모두 권세가들이어서 갈수록 저항이 거세지기 때문에 어려운 겁니다. 두번째 시책으로 모든 관리들의 봉급을 1할(割) 깍아서 재원을 비축하겠다 했지요. 모르긴 몰라도 관리들은 지난 십 년동안 봉급이 그대로인데 게다가 1할을 깎고 준다니 가만 있겠습니까? 그리고 농지의 각종 세금은 현행 세금에서 그 절반을 더 올려 받겠다니 누가 따르려 하겠습니까? 게다가 15세 이상의 장정은 신병으로 징집해 가겠다 하고 있습니다. 15세 이상 장정은 모두 농사꾼입니다. 그들을 징집하면 당장 농사 지을 인력이 없어서 농촌은 비상이 걸리게 됩니다."

방택의 말이 이어지자 최영은 벌레 씹은 얼굴이 되었다. 잠시 침묵을 지키더니 입을 열었다.

"그래서 류 관장을 불러 모신 것이외다. 그렇게 장애요인들을 속속들이 잘 알고 있으면 그 장애요인들을 해결해 나갈 수 있는 묘수(妙手)도 있는 게 아니겠소? 옛날 류 관장께서 용호군에 계실 때 대궐 수비군 전체의 살림살이를 새로운 방법으로 깨끗이 해결하여 모두를 감탄시킨 일이 있었다는 걸 알고 있습니다. 이번에도 그 실무를 맡아주십시오. 각종 실무를 다 관할하는 개량도감(改良都監)을 설치하려 합니다. 맡아주시오."

최영은 간곡하게 부탁했다.

"시중대감! 저는 두 가지 이유 때문에 맡을 수가 없습니다."

"그게 뭐요?"

"첫째는 선왕 전하와 약조한 중요한 업무가 있습니다. 아시다시피 우리 고려국은 독자적인 책력(冊曆)을 갖지 못한 채 천년도 넘게 중국의 책력을 사용해 왔습니다. 그것 때문에 중국과 우리 고려 사이에는 농사 절기(節氣)의 날짜가 맞지 않는데다가 일식과 월식 같은 것을 정확하게 예보하려면 천문의 계산법이 있습니다. 그 모든 것이 우리는 미비하여 소신에게 선왕께서는 연구를 하여 독자적인 방법을 완성하랍신 어명을 받고 지금까지 매달려오고 있는 형편입니다. 또 한 가지 맡을 수 없는 이유라면 저의 건강입니다. 올해 만 68세입니다. 개량도감의 사업을 감당하기에는 너무 늙었습니다. 쉴새 없이 움직이며 일에 매진해야 할 거 아닙니까? 시중대감의 청을 선뜻 따르지 못하는 걸 용서하여 주십시오."

방택은 진지하게 그 두 가지 이유를 들어 직책 맡는 것을 사양했다.

"정 그러시다면 일단은 유보하겠습니다만 급히 도와줘야 할 때가 생기면 언제든 도와주십시오."

"알겠습니다. 고맙습니다."

제4부

1. 요동 정벌전(遼東 征伐戰)

나라 안팎은 벌집을 쑤셔놓은 듯 소란스러워지기 시작했다. 요동 정벌을 위한 4대 긴급 대책을 내놓았기 때문이었다. 반대 여론이 들끓었다. 전쟁 준비 시책을 취소해야 된다는 것이었다.

"국가의 자주권(自主權)과 실지회복(失地回復)이란 명분론을 앞세워 몇 년 동안 흉년으로 만백성은 초근목피로 연명해야 하는 빈사지경에 이르렀는데도 전쟁 준비에 앞장서다니 이건 어불성설입니다. 조정 안의 강경파를 몰아내십시오."

그런 상소문이 빗발쳤다. 그러나 시중인 최영은 외눈 하나 깜박이지 않았다. 오히려 겁이 나서 어쩔 줄 모르는 사람은 이제 열아홉 살 된 임금 우왕이었다.

"최시중! 이, 이러다 백성들이 들고 일어나는 거 아니오? 과인은 겁이 나오. 어쩌면 좋소?"

우왕은 하루종일 잠시도 최영 곁에서 떨어지지 않으려 했다.

"상감마마, 제발 고정하십시오. 어린 애처럼 왜 이러십니까? 이렇게 과감하게 밀고 나가지 않으면 나라가 군건히 일어설 수 없습니다. 한번은 겪어야 할 국가적인 고통입니다. 조금만 참으십시오. 모든 혀가 조용해지게 만들겠습니다."

"그래도 겁이 납니다."

"상감마마!"

"말씀하세요.
"상감께서는 황해도 해주로 사냥이나 떠나 쉬시다가 오시지요."
"해주(海州) 백사정?"
"예."
"그래도 되겠소?"

임금은 좋아서 벌어진 입을 다물지 못했다. 해주 백사정은 자주 가는 곳이다. 사냥은 핑계일 뿐 그곳 지방관의 딸인 달래가 임금 오시기를 목이 빠지게 늘 기다리고 있는 곳이었던 것이다.

한편 최영은 당당하게 국론을 휘어잡고 밀고 나갔다. 저항이 이만저만 아니었어도 4대 시책은 시행의 첫 발을 내 딛었던 것이다. 조정 안에는 최영을 따르는 무장들이 떠받들고 있어서 그의 입지는 아주 굳건했다. 시일이 지남에 따라 반대파의 목소리는 작아지고 일반 백성들도 조정의 강제적인 지시에 순응하고 따르게 되었다.

그렇게 일 년이 훌쩍 지나갔다.

조정은 또 한 번 시끄러워 졌다. 명나라에서 급사(急使)가 와서 전하기를 명은 금년부터 고려의 철령 이북 지역을 명의 요동성(遼東城)에 편입, 지배할 것이며 철령에는 명의 철령위(鐵嶺衛)를 설치하겠다며 일방적인 통고를 해왔다.

최영의 강경책을 반대해 온 신진 사대부 쪽에서는 이런 결과가 올 줄 알았다며 최영파는 책임을 지라며 들고 일어났다. 그런데도 최영 등 강경파들은 의외로 조용했다. 우왕은 왕실 가족들을 한양의 북한산성으로 피신시키고 개경의 수비장군으로 문하찬성사(門下贊成事)

우현보를 임명하여 지키게 하고 우왕 자신은 사냥을 다녀 온다며 황해도 해주 백사정으로 떠난다 했다. 떠나기 전 왕은 은밀하게 최영 시중을 만났다.

"모든 국사는 최시중께 맡기고 떠나겠습니다."

"알겠습니다. 상감께서는 지금부터 꼭 한 달 후에 서경(西京)으로 오셔야 합니다. 모두 기다릴 것입니다."

"알겠소."

임금이 먼저 해주로 떠났다. 최영은 그로부터 3일 후에 개경에서 서경으로 가는 길목인 황해도 봉주(鳳山)로 갔다. 봉주에는 벌써 20여 명의 각급 고위급 지휘관들이 먼저 모여 기다리고 있었다. 이들은 보름 전에 이미 직책에 따른 보직에 임명된 이른바 요동 정벌군의 각급 장수들이었다.

정벌군의 출정 장군들의 구체적인 명단은 아직 정식으로 조정의 조의(朝議)에서 발표된 바가 없었다. 최영은 그만큼 대군의 출정에 대해 비밀을 유지하려고 노력했던 것이다.

"내달 15일까지 각자의 군(軍)을 이끌고 전체가 서경의 능라도 연병장에 집결하기로 한다."

"요동 정벌군의 출정식은 서경에서 합니까?"

"그렇다."

"왜 왕성인 개경에서 출정식을 하지 않고 서경에서 해야 합니까?"

"지금 말할 수 없다. 때가 되면 알게 될 것이다. 오늘은 출정 준비를 위한 각군 수뇌들의 회의를 위해 모인 것이다."

장군 최영은 그렇게 간단명료하게 끝냈다. 수만 명의 군사가 움직이는 거라 각 군은 서로 유기적인 협조가 필요했다. 그런 것들을 미리 점검하자는 것이었다. 이성계의 우군은 최영의 채근에 따라 한 달 전에 출정 준비를 마친 상태였다. 그러던 어느날 이성계의 군막에는 이번에 새로 편성된 특수부대 〈석투당군(石投幢軍)〉, 즉 돌팔매로 싸우는 부대의 장군인 정대근이 찾아왔다는 보고가 들어 왔다.

"들어오라 하라."

장군 정대근이 들어와 이성계를 만났다.

"어서 오시게. 출정 채비는 다 끝났지?"

"예."

"돌팔매 전투부대는 고구려군에서 그 위용을 떨쳤는데 그 부대가 정규군에 편성된 것은 이번이 처음일세. 조민수 장군의 좌군에는 없지. 금번 정벌전에서 그 위력을 다 보여주기 바라네."

"예, 감사합니다."

"할 말이 있어 온 것 같은데?"

"종군부(從軍部) 결성은 다 끝났는지요? 아직 완전히 끝나지 않았으면 인재를 한사람 추천하고 싶어서 뵈었습니다."

종군부는 그동안의 전투부대에는 없던 부서였다. 종군부는 말 그대로 출정하는 군대에 속한 민간인 단체를 말함이었다. 대군이 움직이면 병사들의 사기를 진작시키고 그들의 어려움을 풀어주는 치료사들이 필요하다. 그리고 안전사고가 많다. 행군 도중에 다치거나 혹은 전염병으로 고생하기도 한다.

심지어는 사망하기도 한다. 그래서 종군사(從軍師)가 필요한 것이다. 의원들이 수십 명 따라가고 스님도 십여 명이 따라가며 유학사(儒學士)들도 십여 명이 따라간다. 스님이 필요할 때는 병사가 뜻밖에 사망하면 극락왕생을 비는 천도제를 지내주어 병사들의 사기를 진작시켜준다. 유학사들이 필요한 건 각종 제의(祭儀)들을 주관해줘야 하기 때문이다.

"어떤 부서에 누구를 천거하고 싶은 건가?"

"종군부 안에 꼭 필요한 부서는 다 갖춰져 있는데 제가 보기에 일관(日官)도 필요하지 않을까 싶습니다만."

"일관? 하늘의 별을 연구하는 천문관을 말함인가?"

"그렇습니다."

"일관이 왜 필요하지?"

"일관은 별을 관찰 연구하는 것뿐만 아니라 해와 달(日月)과 수화목금토(五星) 등 중요한 별에는 각기 길흉(吉凶)의 상(象)이 있으므로 그 위치 운행과 변화에 따라 점(占)을 쳐서 인간의 운명 혹은 농사나 정치 군사에 도움을 주기도 합니다. 그걸 성명학(星命學)이라 하기도 하지요. 군사에서 필요한 것은 배설 구축하는 아군의 진형(陣形)이 생진(生陣)인지 사진(死陣)인지 가려내고 천상의 변화에 따라 자연재해나 다가오는 심상찮은 적정(敵情)까지도 예측할 수 있습니다."

"으음, 일관들도 유용하군? 그래 누굴 천거하고 싶은가?"

"서운관 관장인 류방택입니다."

그말을 듣자 이성계는 깜짝 놀랐다.

"류 관장을 정장군이 어떻게 알지?"

장군 정대근은 방택과의 오랜 인연에 대해 설명했다.

"류 관장이 왕성 수비군인 용호군 군관(軍官)일 때부터 서로 친교를 맺었고 그 후 제가 강화병사(江華兵使)로 있을 때 다시 만났지요. 왜구들의 대거 약탈로 섬은 완전히 초토화되어 농민들은 농사까지도 포기하고 있을 때 류 관장은 오랫동안 연구해 온 개인 독자의 달력을 농민들에게 내주어 용기를 얻고 논밭으로 나아가 씨를 뿌리게 하여 그 재생(再生)을 고마워했지요. 뿐만 아니라 돌팔매군의 우수한 전투력을 내세워 이번 원정군의 독립된 부대로 편성까지 됐습니다. 돌팔매군의 창설 또한 류 관장의 공적이지요. 지금은 서운관 관장일만 보고 있습니다."

이성계는 기쁜 표정을 하고 일관들을 가려 뽑아 종군부에 참여시키겠다 야속했다. 정대근이 돌아가자 이성계는 류방택을 불러들였다.

"바쁘실텐데 이렇게 오시라 가시라 해서 죄송합니다."

이성계가 반갑게 맞이했다.

"정벌군 준비는 잘 되어가시겠지요?"

"거의 끝나가고 있습니다. 류 관장님을 오시라 한 것은 부탁드릴 말씀이 있어서였습니다."

"무엇인지요?"

방택은 약간 긴장하면서 되물었다. 이성계는 종군부 구성에 대해서 자세히 설명했다.

"자고로 천문(天文)의 비밀을 깨우친 자야만 명장(名將) 소리를 들을 자격이 있다 하였습니다. 언젠가 무학대사를 만났더니 들려준 말이지요. 금수(禽獸)도 천변(天變)을 깨치고 살아가거늘 하물며 장수가 천변을 못 깨우치고 군사를 부린다면 백전필패(百戰必敗)를 당할게 뻔하지 않소? 그런 말씀 하는데 난 부끄러웠습니다. 원래 둔재(鈍才)인데다가 배운게 없으니 난 천변을 깨칠 능력이 없기 때문이었습니다. 그건 나뿐이 아니고 다른 장수들도 나와 같지요. 그래서 류 관장 같은 전문학자들을 종군부에 모셔서 가르침을 받는게 현명하다는 결론을 얻게 되었습니다. 정벌전의 기간은 1년으로 잡고 있습니다. 따라서 종군연한은 1년입니다. 도와주십시오."

이성계는 간곡하고 정중하게 요청했다.

"전에도 장군의 청을 거절한 적이 있어 마음이 무거웠는데 거기다 더 큰 짐을 얹어주시는군요. 직장에 돌아가 상론을 해서 답을 드리겠습니다."

서운관으로 돌아온 방택은 공동으로 관장을 맡고 있던 정창선 판사(判事)와 상의를 했다. 정 판사는 직제상 명예직 관장이었고 실질적인 관장은 류방택이었다.

"안그래도 이부(吏部)에서 관공문(官公文)이 왔는데 이번 요동 정벌군 종군부에 종군하란 명령이 내려왔소. 이곳은 내가 있으니 안심하시고 나라의 부름에 응하시는게 좋겠습니다."

그렇게 되어 방택은 정벌군의 일원으로 종군하게 되었다.

드디어 다음 달인 서기 1388년 (우왕14년) 3월 15일.

역사적인 고려의 요동 정벌전, 그 서막이 열렸다. 먼저 좌. 우군(左. 右軍) 도합 3만8천8백3십 명의 대군이 서경으로 모여들었다. 고려 역사상 이렇게 많은 병력이 한꺼번에 움직이는 건 처음 있는 일이었다.

병사들은 그뿐이 아니었다. 보군이 3만8천여 명이었지만 보급품을 짊어진 나이 든 노무자만 1만1천6백4십 명이었고 보병을 선도하는 기병(騎兵)만 해도 2만1천8십 기(騎)였다. 게다가 50문(門)의 화포대(火砲隊)와 특이한 부대는 그동안 강화에서 연마한 돌팔매군인 석투당군(石投幢軍) 2천여 명이 편성되어 전군 10만에 이르는 대군이 떠나는데만 근 열흘이 걸렸고 이들이 일으키는 황토 먼지는 한 달동안 서경하늘을 덮을 지경이었다.

각군 배속(配屬) 지휘관 명단과 각 군 편제(編制)

전군 팔도도통사(八道都統使)　문하시중 최영(崔瑩)
팔도도통사 조전원수(助戰元首) 이원계

1. 좌군(左軍)도통사　　　장군 조민수. 장군 심덕부
　부원수(副元首)　　　　이무. 왕안덕. 이승원. 박위.
　　　　　　　　　　　　최운해. 경의. 최단
　조전원수(助戰元首)　최공철. 조희고. 안경. 안빈

2. 우군(右軍)도통사　　　장군 이성계
　부원수(副元首)　　　　정지. 지용기. 황보림. 윤호.
　　　　　　　　　　　　배극렴. 이지란
　조전원수(助戰元首)　김인찬. 박영충. 이화. 김상.
　　　　　　　　　　　　윤사덕. 경보. 이을진. 이빈.
　　　　　　　　　　　　김천장. 구성로. 이방원. 이방연.
　　　　　　　　　　　　임춘원
3. 화포대. 석투당군　장군 최무선. 정대근

　전군은 마침내 서경 패수(大同江)의 사잇섬인 능라도 일대에 집결하게 되었다. 깃발들이 숲을 이루고 창검들이 임립(林立)하여 하늘을 가렸다. 예정대로 능라도 누대(樓臺)와 전역에는 장정들의 출정식이 벌어졌다.
　임금이 직접 참관한다 하였으나 의식이 시작될 때까지 임금의 행차는 없었다. 뿐만 아니라 가장 중요한 인물인 출정군 총사령인 최영 장군이 보이지 않았던 것이다. 병사들은 수군거리며 모두 궁금해 했다.
　서열상 좌군원수인 장군 조민수가 누대 위에 올랐다.
　"나는 요동 원정군 좌군도통사 장군 조민수이다. 먼저 제군들에게 양해를 구할 사항이 있다. 이 역사적인 출정식에 국가의 수반이시오, 이 나라의 임금이신 우왕마마가 보체 미령(靡寧)하시어 부득이 행어하시지 못하였다는 것이다. 제병들과 더불어 쾌차하시기만 빌 뿐이다. 그리고 본 정벌군 총수이신 최영 장군께서는 국정을 책임지신 시중으로서 나랏일을 정리하실 일이 많아 불참하셨다. 그러나 최 장군께서는 좌, 우군 도통사 앞에서 서약을 시키셨다. 장군께서는 직접 압수(압록강)를 건너 요동 땅에 우리 자랑스런 정벌군이 첫 발을 내딛을 때 함께 하시며 다시 한번 승리 결의회를 하시겠다 했다. 대고려국 만세! 최영장군 만세!"

조민수의 만세삼창에 전군은 땅이 꺼지고 강물이 뒤집어질 만큼 우레같은 소리로 만세삼창을 따라 했다. 조민수의 목소리가 더 커졌다.

"개경을 떠나오기 전 최영 장군은 우리에게 이렇게 말씀했다. 화살은 이미 시위를 떠났다. 과녁을 향해 날아가고 있는데 잘잘못의 시비를 지금 가리면 뭐 하느냐? 우리는 자랑스런 전쟁을 눈앞에 두고 있잖느냐? 태조대왕께서 우리 고려를 건국하실 때 국호를 고려로 한 것은 고구려의 기상과 영광을 지키고 광개토 대제가 정복했던 거대한 영토를 다시 찾자는 의미에서 지으신 것이다.

어찌 우리 잊으랴! 태조대왕의 웅대한 그 꿈은 470년이 흐른 지금까지도 우리는 이루지 못했다. 지금 우리는 그 꿈을 실현하기 위해 떨쳐 일어났다! 우리 고려의 용사들은 요동 벌판으로 나아가야 한다. 고구려의 찬란했던 영광이 우릴 기다린다!"

출정식은 그런대로 뜨거운 열기로 넘쳤다. 좌군 원수 조민수는 집결한지 하루만에 요동으로의 행군을 채근했다. 전군은 1만2천여 명의 기병군(騎兵軍)부터 말 발굽소리도 우렁차게 출발했고 그 뒤를 이어 조민수의 좌군 2만. 그리고 이성계의 우군 2만의 순서대로 요동땅의 압록강 대안인 의주(義州)를 향하여 출발했다.

호왈 10만의 대군이 떠나자 꼬리를 물고 부대와 부대의 행군대열이 10리를 뻗어 장사진을 이루어 장관이었다. 그런데 이 행군대열은 시간이 지남에 따라 부대간 간격이 커져서 서로 안 보이게 될 때도 있었다. 이윽고 선발대는 보름만에 평성, 순천을 거쳐 개천에서 살수(청천강)를 건너 영변, 구성(龜城)을 지나 종착지인 압록강변 의주에 이르렀다.

요동 정벌군 총수인 최영은 전군이 전선으로 떠난 이튿날 서경에 당도했다. 임금과 함께 그가 서경의 출정식에 참석치 않은 데에는 그럴만한 이유가 있었다. 어쩌면 일부러 참석하지 않았는지도 몰랐다. 이렇게 엄청난 대군을 발하기 위해 왕성인 개경에서 임금을 모시고 만조백관을 거느리고 대대적인 출정식을 벌이는 것이 당연했지만 그리되면 백성들이 더 원망했을 것이다.

전쟁 준비를 한다고 뭐든 다 쓸어내 갔던 것이다. 민심이 사나왔다. 그래서 최영은 원정군의 출발을 비밀로 하고 서경에서 출정식을 하고 요동땅을 상륙하면서 한꺼번에 정벌시작을 터뜨려 모두 놀라움과 자랑스러움에 젖게 만든다는 계략이었다.

"그런데 도대체 5일이면 의주까지 당도할 수 있는데 왜 여지껏 후속 부대들은 길거리에서 헤메고 있느냐?"

현황 보고를 받은 최영이 보고자인 비서, 장군 이원계(李元桂)에게 화를 냈다. 이원계는 이성계의 이복형이었다.

"소장이 보기에 원인은 비좁은 도로사정에 있다고 보았습니다."

"도로사정? 그게 무슨 말인가?"

"진시황은 바둑판 같이 넓고 편편한 도로를 갖는 자만이 천하를 얻을 수 있다 했습니다. 그래서 그는 생전에 반듯하고 넓은 군사도로를 건설했지요."

"진시황은 왜 나오나?"

"그러나 우리 고려같이 골이 좁고 험준한 산들이 많은 나라에선 바둑판 도로는 어림 없으니 그 반대를 택한 것입니다. 쳐들어 오는 적을 막아내려면 도로에 장애물이 많고 비좁아야 하며 도로면이 악로(惡路)가 되어 수레도 다니기 힘들게 그렇게 만든 겁니다. 만들 필요도 없었겠지요. 원래대로 그냥 둬도 악로였을 테니까요. 그것이 천연의 요새 역할을 하며 적을 막아내는데 최선의 방비책이었겠지요. 아병은 그 때문에 엉망인 도로를 치우고 개선을 한 다음에야 진군을 하니 이렇게 늦어지고 있었던 것입니다."

최영은 한숨을 내쉬었다. 생전에 그도 많아야 수천 명의 군사를 데리고 다니며 전투를 했지, 이렇게 수만 명을 지휘하며 독전(督戰)해 본적이 없어 이런 난관에 봉착하리라는 예상은 하지 못했다.

"그건 본관의 실수였군. 여하튼 전군이 의주에 집결되는 날짜는 애초 진군 후 7일로 잡았는데 지금 귀 장의 계산대로라면 며칠이 더 걸린단 말인가?"

"보름 이상, 더 늦어지면 한달 정도 걸릴 것 같습니다."

"15일까지로 못 박고 그 명령을 어길 시에는 응분의 댓가를 받게된다는 것을 주지시키도록! 어서 떠나라."

최영은 이원계를 다시 행군지에 돌려보냈다. 그는 각 부대마다 돌아다니면서 임금과 통수권자 최영의 군령(軍令)을 전했다. 이미 선두인 조민수의 좌군 2만은 구성에서 의주를 향해가고 있는데 후군으로 출발한 이성계의 우군은 개천(介川)이란 산골짜기에서 눈앞에 있는 청천강을 건너지 못하고 주춤거리고 있었다.

"아뢰오! 서경에서 팔도도통사 조전원수 이원계 장군이 당도했습니다."

가설 천막 안에서 함께 참전하고 있던 두 아들, 방원, 막내 방연과 잠시 휴식을 취하고 있던 이성계는 거기까지 방문한 이복형 이원계를 만나게 되었다.

"아이구, 형님이 이렇게 갑자기 오시다니 웬일이시오?"

이성계가 반가워하자 이원계는 자기가 오지 않으면 않된 이유를 설명했다.

"부대의 행군이 느리다고 최영 장군의 성화가 대단하시네. 왜 그렇게 못 가나?"

"형님도 아시면서 그러오? 도로 사정이 엉망이라 그런 거 아니오? 최 장군께서도 그런 건 아실만한데?"

"그걸 감안 하더라도 너무 느리지 않나? 조민수 장군의 좌군은 이미 의주에 도착했는데 자네의 우군은 이제야 개천에서 질척거리고 있어 하는 말 아닌가?"

그 말에 이방원이 불쑥 한마디 했다.

"아직 안 보셨군요?"

"뭘?"

"다리 고치는거요."

"다릴 고치다니?"

"그건 고치는게 아니라 새로 놓는 수준입니다. 백문이불여일견이라 했으니 숙부께서 직접 보셔야 합니다. 가시지요?"

막내인 이방연이 일어나며 채근했다. 청천강 강가로 오자 토목공사가 한창이었다.

"이곳 개천에서 영변, 구성으로 넘어가는 다리는 이곳 한 개입니다. 나무로 만든 목교지요. 오래된 다리였습니다. 헌데 선발군 중 기마병 1만 명이 먼저 건너가고 이어서 좌군 보병 2만 명이 저 다리를 건너갔습니다. 그 하중(荷重)은 상상 불허입니다. 그때 이미 다리가 무너지고 있었는데 노무자 1만 명과 각종 보급수레 2천 대가 건넜지요. 우리는 다리가 무너지고 있다는 것을 모르고 보병 2만의 선발대가 다리 위로 들어섰습니다. 간발의 차이였지요. 부처님이 봐주신 겁니다. 다리 중간이 완전히 무너지고 순식간에 다리는 폭삭 강물 속에 주저앉았습니다. 지금 우리는 무너진 다리를 새로 놓고 있는 겁니다."

막내 방연의 말에 이원계는 할 말을 잃고 멍하니 공사장을 바라보았다.

"으음, 실전에 대한 철저한 준비를 못했구나. 이 장군! 지금 새로 고치는 저 다리는 언제쯤 완성이 될까?"

이성계에게 물었다.

"칠팔일 걸릴 겁니다. 다리가 만들어지고 우리 우군 2만이 건너갈 겁니다. 보급 노무대와 수레들은 지금 병사들이 통나무를 베어다가 바지선을 만들었으니 나룻배 두 척이 끌고 여러 번 왕래해서 운반할 겁니다. 그렇게 보면 당초 예상보다 20여 일 늦게 의주에 당도하게 될 것 같습니다."

"빨라도 4월 중순이 되겠구먼."

"그렇게 봐야겠지요."

이원계는 실망한 채 먼저 의주로 떠나갔다.

2. 압록강의 사잇섬, 위화도(威化島)

전군 10만이 의주(義州)에 당도하여 압록강 강기슭에 있던 통군정에 집결한 것은 이성계의 예상대로 4월 중순이었다. 대군이 주둔하고 군막을 쳐서 야영에 대비하니 갑자기 큰 도회지 하나가 벌판 위에 새로 생겨난 듯했다.

주력부대는 의주 읍내 쪽에 주둔하고 일만 명의 선두부대는 통군정 앞에 군막을 세웠다. 모든 각급 지휘관들이 다 모였다. 최영도 와 있었다.

"우리들 앞에 도도하게 흐르고 있는 대하(大河)는 압수(鴨綠江)이다. 강 건너 보이는 성채가 명(明)의 안동(安東)이다. 우리는 그곳으로 건너가 상륙을 해야 한다. 그러나 문제는 다리다. 압수교는 목교(木橋)이고 수레 하나 겨우 지나갈 만큼 비좁은 다리이며 노후된 다리다. 우리 고려의 전군이 지나가는데는 그 하중을 견디지 못할 것 같다. 제장들의 의견을 듣고싶다. 어떻게 하면 최단기간에 전군이 요동 땅에 상륙할 수 있느냐?"

그러자 제장(諸將)은 다투어 나서서 무사도하(無事渡河)의 방법을 내놓았다.

"전군의 3할은 기존의 목교를 이용하여 진군하게 하여 다리를 최대한 보호하게 하고 나머지 모든 부대는 운반선을 만들어 강을 건너가면 될 것으로 보입니다."

좌군 부원수 박위의 설명이었다.

"운반선을 만들면 최상책이 되겠지요. 하지만 어느 세월에 그 많은 배를 건조하고 작전에 나설 수 있겠소?"

누군가가 나서서 반대했다. 주로 최상의 도하 방법에 대해 의견을 내놓고 설왕설래하는 쪽은 조민수의 좌군 소속들이었다. 최영이 한마디 했다.

"왜 이성계 장군의 우군은 한마디도 없소? 기발한 방법이 없나?"

그러나 이성계는 쓴쓰레하게 웃을 뿐 말이 없었다. 이에 모욕감을 느꼈던지 그의 셋째 아들 조전 장군 이방원(李芳遠)이 일어섰다.

"우군장군 이방원입니다. 여러분에게 보여드릴게 있습니다. 왼쪽으로 고개를 약간 돌리면 강 건너 명나라의 안동성이 보일 것입니다. 그 성의 오른쪽을 보십시오. 그쪽에는 강 복판에 울창한 숲이 있는게 보이실 것입니다. 압수 중간에 있는 사잇섬입니다. 굉장히 큰 면적의 섬입니다. 섬 이름은 위화도(威化島)입니다. 압수는 대강입니다. 백두산에서 발원하여 서해바다로 빠지는 이 강은 하류로 내려올수록 강폭이 넓어져 바다처럼 광대합니다. 저 섬은 그 복판에 있습니다."

"잠깐!"

조민수가 방원의 말을 중단시켰다.

"이방원 장군은 마치 저 섬에 다녀온 것 처럼 말하고 있는데 실제로 다녀왔소?"

"아닙니다."

"가보지도 않은 곳을 운위하며 상륙전에 대해 진술하는데 그것을 믿으라 그런 말이오?"

이방원도 지지 않았다.

"아직 가보지는 않았습니다만 이곳에 도착해서 소장은 여러 명의 뱃사공들을 만나 이 강에 대한 특성이나 지금 말씀드린 위화도에 대하여 상세하게 들었습니다. 여러모로 저 섬은 아군의 도강작전에 큰 힘이 되어줄 것으로 믿게 되었습니다. 어부나 사공들의 말에 의하면 섬 안은 아주 넓은 밭들이 모여 있으며 병사는 1만여 명이 주둔할 수 있을 거라 했습니다. 압수가 넓으니 위화도를 중간 거점으로 삼아 대군이 요동땅에 상륙하는게 좋겠다는 생각입니다. 도통사 대장군께서 허락을 내려주신다면 물에 익숙한 병사 3, 4명과 더불어 고깃배를 타고 아무도 모르게 잠입하여 섬안의 사정을 알아오고 싶습니다. 허락해주십시오."

이방원의 자원에 장군 최영은 승낙했다.

"오늘 밤은 그믐밤이니 저 섬에 잠입하기 좋을 것이다. 다녀오도록 하라."

"예."

방원은 곧 물질에 익숙한 병사 3명을 뽑았다. 그런 다음 고깃배 한 척을 대여(貸與)하고 선장을 안내자로 삼았다. 준비를 다 마치고 자정이 넘기를 기다렸다.

"출발 하시지요."

선장이 그랬다. 아군조차 숨어 있던 이들이 강복판으로 떠나는 것을 모르고 있었다.

"위화도는 강 복판에 있지만 실제로는 북쪽과 남쪽 간의 거리 차이가 있습니다. 섬까지의 남쪽 거리는 섬에서 북쪽 거리보다 배 이상 되지요. 남쪽인 의주까지 거리가 6이라면 섬에서 북쪽 요동까지는 4밖에 안된다는 겁니다. 우리는 섬의 남동쪽으로 돌아 아무도 모르게 상륙하겠습니다."

드디어 선장은 칠흑같은 어둠 속에서 섬에 당도하자 모두 하선케 하고 배를 갈대밭에 숨겼다.

"전에는 원나라 몽고병사들이 지켰는데 언제부턴가 명나라 군사로 바뀌었지요. 섬의 한복판에 군영이 있고 지키는 군사는 많지 않은 듯 했습니다. 자, 가시죠."

이방원 일행은 섬의 곳곳을 숨어다니며 샅샅이 조사했다. 3일후 이방원은 결과를 장군회의에 보고 했다.

"요동 공격을 효과적으로 하려면 압수의 사잇섬인 위화도를 징검다리로 삼아 하는게 좋을듯 싶습니다. 소장이 조사한 바 위화도는 1만 내지 2만의 병력이 주둔할 정도의 넓이를 가지고 있었습니다. 현재 그 섬에는 약 백 명 정도의 명나라 국경수비군들이 지키고 있을 뿐이었습니다."

그러자 부원수 배극렴이 물었다.

"전군은 4만인데 위화도에는 2만 밖에 주둔할 수 없다면 나머지 병력은 어디에 주둔해야 된다는 말이오?"

"나머지 병력은 현재의 이곳 통군정에 있으면 됩니다."

"그곳으로 건너갈 수 있는 방법은?"

"전군을 동원하여 통나무를 베어내어 엮어서 부교(浮橋)를 만들어 건너가면 됩니다."

"물위에 부교를 띄우려면 지지대가 있어야 통과하는 하중을 견딜 수 있잖은가? 그게 어려운 방법일 거 같은데?"

"함께 위화도를 다녀온 나룻배, 고깃배 등의 선주인 어부들의 말씀 들어보니 부교 밑에는 어선들을 띄워 징검다리 역할을 하게 하면 되지 않느냐? 했습니다."

"그건 좋은 방법이지만 수백 척의 어선은 어디서 구해오지?"

"압수는 대강이어서 연안 백 리 안 기슭에는 수십, 수백척 어선이 있다 했습니다. 그것들을 징발해 오자는 것이었습니다."

"징발? 어민들은 어선이 곧 생계를 유지 시켜주는 재산일텐데?"

"그 문제는 이렇게 해결키로 했습니다. 징발되는 배는 정벌전이 끝나면 일률적으로 넉넉한 대여비(貸與費)를 지불하겠다는 증서를 써주면 될 것으로 보였습니다."

탁월한 군략이라며 이방원의 제안을 받아들였다. 이튿날부터 전군은 울창한 산속으로 보내져서 통나무 벌채(伐採)를 시작했다.

이방원은 장군 3명과 함께 어선을 타고 강기슭 주변에 있는 어선을 찾아다니며 몇 달간만 대여해달라 청했다.

좌우군 합동 장군회의에서 이성계는 조민수에게 제의했다.

"위화도 남쪽 부교 건설은 우리 우군이 한 달 안에 마치겠소. 절반의 군사가 그곳으로 건너가면 북쪽 부교 건설은 좌군이 맡아주십시오. 좌군이 좀 건설하기에 편하고 수월할 것입니다."

"뭣 때문에 편하지요?"

"남쪽 부교를 끌어다가 설치하면 되니까요."

"알겠습니다."

그 모든 공사가 다 끝나서 좌. 우군 각 1만씩 2만의 군사가 위화도에 입도(入島)한 것은 출사한지 두 달 만인 5월 중순이었다. 그동안 장군 최영은 그곳에 있지 않았다. 우왕과 함께 서경에서 정벌군을 지휘하겠다는 뜻이었다.

이윽고 벌채해서 가져온 통나무를 일정한 길이로 잘라 부교를 만들기 위해 엮는 작업이 진행되었다. 강기슭에 자른 통나무들을 쌓아 놓고 3천여 명의 병사들이 엮어나가고 있었다.

"잠시 작업을 멈추어라!"

누군가 일하고 있는 병사들 사이를 돌아다니며 외치고 있었다. 그는 이지란 조전 장군이었다. 이지란은 쌍성총관부 북쪽, 토문강 유역 출신의 여진족(女眞族) 장수였는데 이성계의 권유를 받고 고려군에 귀순한 맹장(猛將)이었으며 이성계와는 의형제를 맺은 아우였다.

"통나무는 엮어야지 못을 쳐서 박아 연결시키면 안된다. 못을 쳐서 엮음을 해 놓으면 우선은 강할 것 같지만 물속에 들어가면 물결이나 와류(渦流)가 휘돌아 치면 모두 견디지 못하고 부셔진다."

"그럼 어떻게 해야 안 부서지지요?"

병사들이 묻자 이지란은 손에 들고 있던 칡넝쿨을 들어 보였다.

"이것은 칡넝쿨이다. 산 속에서 제일 흔하게 볼 수 있는 것이 칡넝쿨 아닌가? 이 칡넝쿨로 칡 바를 만들어 통나무들을 엮어서 부교를 만들어야 된다. 높은 파도나 와류를 만나면 못질하여 고정시킨 통나무들은 부서져 나가지만 칡 바로 묶어 엮어놓으면 물속에서 시달려도 매듭이라 여유가 생겨 부서짐이 없다.그 러니 먼저 칡 바를 만들어라."

천여 명의 병사들이 차출되어 산속으로 칡넝쿨을 가져오기 위해 들어갔다. 그것들을 구해오자 작업은 더 속도를 냈다. 서경 행궁(行宮. 임시로 만든 政廳)에 있던 장군 최영은 아직도 요동땅에 상륙하지 못하고 있는 전군에 대하여 이틀이 멀다고 급사(急使)를 보내어 속히 상륙하라고 성화를 부렸다.

그런데 오월 하순으로 접어들자 흐린 날이 많아지고 비 오는날도 많아졌다. 드디어 최영은 총 진군령을 내리고 전군은 압수를 건너 요동을 점령하란 군령을 내렸다. 그러나 문제는 위화도 북쪽 부교 가설을 담당한 조민수의 좌군이었다. 계속 비가 내리니 빗속에서는 작업을 할 수가 없었던 것이다.

답답해진 이성계는 종군부에 있던 방택을 불렀다.

"어서오시오. 금헌공."

"장군 표정이 어둡군요. 무슨 일 있습니까?"

"최영 장군은 왜 빨리 도강(渡江)하여 요동땅에 상륙하지 못하느냐 불같이 재촉하는데 날씨가 악천후(惡天候)로 비만 뿌려대니 부교 가설 공사를 계속할 수가 없지 않소?"

"걱정이시겠습니다."

이성계는 방택에게 비 내리는 강뚝길을 잠시 걷자 했다. 비에 젖은 사잇섬 위화도의 모습이 눈앞에 있었다.

"금헌공, 지금은 5월(陰) 중순인데 왜 하루가 멀다고 비를 뿌리지요? 장마는 6월 중순이나 되어야 시작되는 거 아니요?"

"그렇지 않아도 장군님께 진언(進言)드릴 말씀이 있었습니다."

"그게 무엇이오?"

"서경을 떠날 때부터 이상한 조짐이 밤하늘에 나타났습니다. 여름의 별자리는 북방칠수(北方七宿)라 하여 현무(玄武) 별자리라 하기도 합니다. 그 별들의 빛깔과 형상(形象)의 변화 등을 관찰하면 자연의 재해나 여러 가지 이상징후가 나타난다는 걸 예측할 수 있습니다."

"어떤 이상징후를 발견하시었소?"

"예년과 다르게 올해의 오뉴월 장마는 일찍 시작해서 아주 늦게 끝날 것 같습니다. 여름 장마는 대체로 5월 말부터 시작하여 6월 초에 끝나는게 예사인데 이번에는 오월 중순인 16일경부터 시작하여 6월 말인 25일쯤 끝날 것 같습니다."

"날짜까지도 예언하실 수 있는거요?"

"정확한 계산으로 하니까요."

"허, 놀랍습니다. 그래서 종군하시길 청한 것이기도 합니다만. 장마기간은 전체 41일간이 되는군요?"

"그렇습니다. 군사작전에 장마는 적이지요. 아무래도 정벌군의 진격은 무리일 듯 합니다."

"무리라구요?"

이성계가 흠칫 놀라며 큰소리를 냈다.

"죄송합니다."

"회군해야 한다는 말씀 아니오?"
"죄송합니다."
방택은 긴 장마가 자기 책임이라도 되는 듯 죄송하단 말만 연발했다.
"군막으로 돌아가 술이나 한 잔 하십시다."
이성계는 방택을 군막으로 이끌었다.

한편 부교 가설이 늦어지니 전군에는 불평불만이 만연하기 시작했다.
"애초 요동 정벌을 하겠다는 대의명분은 높이 살만했지만 전쟁 준비가 너무나 소홀했다. 서경에서 10만 대군이 떠났으면 아무리 늦어도 한 달이면 요동땅에 상륙하여 전쟁을 벌일 수 있었어야 했다. 하지만 이게 뭐냐? 서경에서 3월 15일에 출진하여 지금은 6월 초순이다. 두 달 반이 걸렸는데도 우리는 의주에서 제자리 걸음이다. 지금 비가 잦은 것은 이제 장마가 코 앞에 다가오고 있다는 증거이다."
"회군(回軍)하고 다시 기회를 보아 요동을 쳐야한다!"
회군하자는 쪽은 이성계의 우군 쪽이었다. 조민수를 비롯한 40여 명 장수들이 포진한 좌군은 충실한 최영의 지지자인 최영파였다. 그들은 회군소리를 입에 올리는 자는 군법에 따라 즉참에 처하겠다고 으름장을 놓았다.
"아무리 그렇다 해도 일단 우리 우군만이라도 긴급 지휘관 회의라도 열어 어떻게 대처해 나가야 될지 총의(總意)를 물어보십시오."
배극렴이 이성계에게 제안했다. 그렇게 되어 우군 수뇌회의가 열렸다. 조전원수 배극렴이 회의를 주재했다.

"이번 전쟁의 목적은 고려 백성이라면 누구나 긍지를 가질만한 대업(大業)이었다. 하지만 잘못된 것은 미비한 전쟁 준비인데도 진군에 나섰다는 데 있었다. 이 단점은 모든 병사들이 다 느끼고 얘기하는 불만이다. 요동 전쟁은 애초 단기전으로 승부를 내겠다는게 최영 장군의 계획이었다. 그러나 요동땅을 쳐들어가지도 못하고 출정한지 3개월이 흘러버렸다. 해마다 6월이면 장마가 온다. 십여 일만 있으면 장맛비 때문에 싸울 수도 없게 된다. 그 때문에 지금 전군에는 진군은 다음 기회로 미루고 회군하는 것이 마땅하다는 여론이 비등하고 있다. 우리 우군의 태도를 정할 때가 되었다고 본다. 여러분의 기탄없는 의견을 모아보기로 한다."

그러자 이방원이 나섰다.

"회군해야 마땅하다고 봅니다. 지금 고국 사정을 돌아보십시오. 수삼 년 동안 흉년에 시달렸는데 전쟁 준비를 한다고 봉급을 깎고 토지 소유세를 엄청 올리고 게다가 농사지을 청년들까지 모조리 징집해 온 바람에 모든 농촌은 거덜나고 말았습니다. 좌군은 조민수 장군부터 모든 장수들이 최영 장군의 손발이니 회군 소리를 못하게 합니다만 그렇다면 우리 우군만이라도 회군해야 한다고 봅니다."

그러자 장군 김인찬이 나섰다.

"이 전쟁은 불가하니 회군하여 민생을 돌보고 다시 철저한 준비 후에 출정해야 마땅하다고 상소문을 올려 조정 안에서 논의하게 해야 합니다."

결론이 났다. 상소문을 작성해서 조정에 올리자는 것이었다. 이윽고 3명의 장수가 뽑혀 상소문을 작성하게 되었다. 그런 다음 이성계에게 전해졌다.

"무골(武骨)들이라 문외한(門外漢)이니 다시 잘 작성해 보라."

마침내 작성이 끝난 상소문의 내용은 다음과 같았다.

3. 전쟁 4불가론(戰爭 四不可論)

전쟁 4불가론 (戰爭 四不可論)

1. 소국이 대국을 상대하여 전쟁함은 위험하고 옳지 않다.

2. 여름이 다가오는 오뉴월이며 곧 장마가 닥친다. 우기(雨期)에 동병(動兵)함은 불가하다는 게 병가(兵家)의 상식이다.

3. 요동을 공격함에 있어 본국의 후방이 비게 되어 창궐하는 왜구들의 대대적인 침략이 우려되며 농사철의 군사 징병으로 농사지을 장정이 없어 흉작이 예상된다.

4. 장마철인 우기에는 보급물자 수송이 어렵고 정교한 무기인 활의 정확도가 떨어지며 습기 때문에 화포(火砲)의 작동이 어렵다. 게다가 음식물의 부패가 빨라져 군사들의 위생에 문제가 발생하며 전염병이 창궐할 위험성이 크다.

이성계의 우군 장수들은 모두 전쟁 4대 불가론 상소에 대 찬성하고 조정에 보내기 전 조민수의 좌군 장수들에게도 열람을 시키고 뜻을 같이하는 게 좋겠다 하여 상소문을 전했다.

좌군 장수들은 놀라 긴급회의를 열고 상소는 조정에 보내지 말고 회군은 아예 없었던 일로 하겠다고 결의했다. 그러면서 상소를 하고 싶으면 우군 이성계 장군과 그 휘하 장수들 연기명으로만 올리라고 못을 박았다. 진퇴양난에 빠진 사람은 이성계였다.

"상소는 없었던 일로 하는 게 좋겠다. 그렇게 하라."

이성계의 그 말에 우군 장수들은 들고 일어났다.

"구더기 무서워 장 못 담급니까? 우리가 처한 실정 그대로 조정에 알리니 진군인지 회군인지 결정을 내려달라는 게 무슨 잘못입니까?"

"여러분의 의견은 백번 옳다. 하지만 잘못하면 우리가 의심을 받을 수도 있다."

"의심이라니요?"

"좌군은 모두 최영 장군의 명대로 진군해야 한다고 주장하고 있는데 우리만 불가하니 회군해야 한다고 하면? 어떤 의심을 할까?"

"이성계 장군은 딴 마음을 품은 게 아니냐? 군사들을 되돌려 대역(大逆) 반란을 일으키려는 흑심을 가진 게 아니냐는 의심을 할 거다. 그런 말씀이군요?"

장군 윤사덕이 말했다.

"바로 그걸세."

"전쟁을 하려면 조정이 강력한 힘을 가지고 있어야 하는데 지금 조정은 나약하기 이를 데 없지요. 임금이 막강한 권한을 가지고 행사해야 하는데 지금 임금은 어린데다가 출신에 대한 정통성도 인정받지 못하고 있습니다. 요승 신돈의 아들이란 딱지가 붙어 다니기 때문입니다. 그 허약함을 막아보려고 최영 장군은 자기 딸을 왕비로 들여 앉혀 임금을 자기가 틀어쥐고 있습니다. 하지만 그런 상황은 대역 반란을 합리화시킬 수 있는 명분이 됩니다. 그런 사정 때문에 걱정 하신거군요."

"윤 장군이 정확하게 보고 있네."

그때 이방원이 나섰다.

"사실 그대로, 우리가 처해 있는 현실을 조정에 알리고 진군인지 회군인지 답을 내려달라는 건데 뭘 그렇게 고뇌하십니까? 조정에서 내려오는 답대로 하면 될 것입니다. 뭘 의심하겠습니까?"

그의 말을 들은 다른 장수들도 동감을 표하며 상소는 우군 단독으로라도 빨리 올리라고 요구했다. 이성계는 급사(急使) 편에 상소를 주고 즉시 조정으로 떠나게 했다.

그런 다음 이성계는 측근 장수 3명을 은밀하게 불러 향후 대책을 숙의했다.

"최영 장군은 그럼에도 불구하고 상소를 보고 나면 당장 전군 진격령을 내리고 손수 나서서 고삐를 죄일 것으로 보입니다."

"그럴 공산이 크네. 일단은 최 장군이 어떻게 처리하는가 지켜보기로 하세."

급사가 조정으로 떠난지 오 일이 지났을 때 누군가 이성계의 군영에 들어왔다.

"아니 최 내시(內侍) 아닌가? 어떻게 여기까지 왔는가?"

이성계가 깜짝 반가워하며 맞이한 중년의 사내는 조정 부시중 집무소 소속인 내시였다.

"사정이 급해보여 소인이 직접 달려왔습니다."

"내가 보낸 상소문은 조정에 도착했는가?"

"예, 임금께는 올리지도 않으시고 최영 시중께서 개봉하여 읽으시고 화가 충천하셨습니다. 당신이 직접 가서 진군을 반대하는 자들을 색출하여 처벌을 하겠다는 것이었습니다."

"직접 오시겠다구?"

"그 화난 것을 보면 당장이라도 달려오실 기세였습니다."

"온다면 며칠이나 걸릴까?"

"제가 닷새 걸렸으니 최 장군도 그 정도 걸리겠지요."

"고맙네."

이성계는 위기감을 느꼈다. 밤새 한잠도 이루지 못하고 뜬눈으로 새웠다. 이른 아침이 되자 장군 윤사덕이 급히 찾아왔다.

"장군께 물어볼 게 있어 왔습니다."

"뭐요?"

"지금 우리 정벌군 전군의 식량은 이달이면 바닥이 난다던데 사실입니까?"

"이달 말? 어디서 들었는가?"

"이건 좌군 취사부(炊事部)에서 나온 기밀이라던데요?"

"전혀 모르고 있었는데?"

"그러실 줄 알았습니다. 출정할 때 전군의 군량은 4개월 량이었다 합니다. 처음 발표할 때는 6개월 분량이라 했는데 속인 거랍니다. 4개월 치도 백성들 뒤주 속을 박박 긁어내어 채운 거랍니다. 당초 군량 재고는 조민수 장군과 취사부 군졸 몇 명만 아는 비밀로 하고 떠났다 합니다."

"그럼 우리 전군이 떠나온지 벌써 3개월이 지나고 있잖은가? 상소를 올리지 않았어도 군량 때문에 굶어 죽지 않으려면 전군은 회군하게 돼 있었구먼."

"그겁니다. 그런데 괜히 4불가론 상소문을 써서 평지풍파를 일으켰으니 우리만 처벌을 받게 되지 않았습니까?"

"허, 그러게 말야."

"어쩔 수 없습니다. 이렇게 하십시다."

윤사덕은 갑자기 이성계의 귀 가까이 접근하여 숨기고 있던 밀계(密計) 하나를 소근거렸다.

"그렇게 하세."

이성계는 고개를 끄덕였다.

이튿날 이른 아침이었다.

누군가 장군 조민수 방으로 들어와 급히 잠을 깨웠다. 부장(部將) 중의 하나였다.

"웬일이냐?"

"급히 보고드릴 말씀이 있어 왔습니다."

"말해보라!"

"옛. 아무래도 수상하여 보고 말씀드립니다. 우군 취사부 부엌에서 병사들이 부엌 아궁이들을 헐어내고 있었습니다."

"부엌 아궁이를 헐어내고 있다구? 네가 직접 목격 했느냐?"

"예, 새벽 순찰을 돌고 있는데 우군의 취사부 앞을 지나다 직접 본 것입니다. 어저께도 멀쩡하던 부뚜막을 헐어내고 있었습니다."

"왜 허느냐 물어보았느냐?"

"예, 당번 병사들에게 물어봤지요. 허는 이유가 뭐냐? 물었더니 자기들도 왜 부수라고 하는지 까닭을 모른다 했습니다. 위에서 헐라고 명령이 내려와서 그 명령에만 따르고 있을 뿐이라는 것이었습니다."

조민수는 잠이 확 깨는지 창밖을 노려보았다. 곁에 있던 아장(亞將)이 근심스럽게 물었다.

"이성계 장군이 단독으로 회군키로 결정한게 아닐까요? 그게 아니면 부대에서 삼시세끼 언제나 제일 많이 찾는 부엌 아궁이를 헌다는 것은 곧 부대 철수를 뜻 하는 게 아닙니까?"

"부대철수! 회군?"

만감이 교차하는지 그는 세차게 머리를 흔들었다. 군대 안에서 가장 중요한 부서는 부엌을 가지고 있는 취사부이다. 군대가 진격하고 주둔하면 맨 먼저 만드는 것이 아궁이이다. 한 아궁이가 감당할 수 있는 병사의 입은 그 숫자가 정해져 있다.

그래서 주둔군 전체의 숫자를 제일 정확하게 알려면 그 부대가 만들어 놓은 아궁이 숫자만 파악하면 된다. 그 아궁이가 허물어진다는 것은 부대가 철수함을 뜻한다. 이성계군은 아궁이를 헐고 있다는 것이니 곧 철수 한다는 거나 다름 없었던 것이다.

조민수는 사태가 심상치 않게 돌아가고 있음을 느끼고 휘하의 장수들을 불러 모아 긴급회의를 열었다. 참석한 장수들도 이미 보고를 받아 사태를 잘 알고 있었다. 모두 앙앙불락이었다.

장군 이무가 나섰다.

"안 그래도 부장들을 시켜 알아보았더니 우군 쪽 자체 병사들도 이성계 장군이 확실하게 회군한다는 군령은 아직 안내린 상태라 하더군요."

"모르시는 말씀! 우리 병사들의 보고와는 동떨어지는군요. 이미 선발부대는 배를 이용하여 떠났답니다."

"뭐라구요? 그게 사실입니까?"

장군 박위가 놀라 물었다.

"어디로 떠났단 말이오? 개경이요 서경이요?"

"이성계 장군의 고향인 동북면으로 향했다고 합니다. 지금 우리 군사들 사이에 파다하게 퍼진 소문입니다."

"회군명령은 아직 안 떨어졌지만 머지않아 회군한다, 지금까지는 그렇게 소문이 났었는데 이제는 이미 우군의 이성계 군 선발부대가 함길도 동북면으로 떠났다구? 어느 쪽을 믿어야 하나?"

조민수가 화를 냈다. 그런데 늦게 참석한 다른 장군들의 말도 똑같았다.

"우리 좌군 전체가 동요하고 있습니다. 이성계군은 우리와는 상론도 없이 독단적으로 회군을 시작했다고 합니다."

그제야 상황이 정리되었다. 이미 우군 측이 떠나기 시작해서 조민수의 좌군 병사들은 갈피를 잡지 못하고 우왕좌왕하고 있다는 것이었다.

"더 이상 흔들리면 안 됩니다. 조 장군님이 강력한 명령을 내리십시오. 임금과 도원수 최영 장군의 재가도 없이 회군함은 반역행위이다. 전군은 동요하지 말고 제자리를 지켜라. 서경 행궁에서 명령이 내려올 것이다. 그렇게 발표해서 군심(軍心)을 다잡아야 합니다."

"그리고 이 어지러운 불복사태를 정리하기 위해서는 좌,우군 양군합동 장군회의를 열겠다 선언하십시오. 이성계가 참석하면 현재의 반역행위를 중지케 하고 본인의 내심이 뭔지 밝히도록 만들어야 합니다."

"옳소! 박위 장군의 말씀이 맞습니다."

그에 조민수는 좌,우양군 장군회의를 급히 개최했다. 얼마 되지 않아 조민수의 좌군군영에서는 양군의 장수들 70여 명이 모여 긴급회의를 열게 되었다. 이성계는 조금 늦게 들어왔다. 좌중은 팽팽한 긴장감이 감돌기 시작했다. 모든 시선은 이성계의 일거수일투족에 집중되었다.

장군 심덕부가 이성계에게 꾸짖듯 말을 던졌다.

"분명하게 말씀하시오. 이성계 장군은 누구 명을 받아 회군을 시작했습니까? 상감마마의 명이오, 아니면 전군도통사 최영 장군의 명이오?"

"난 어느 누구의 명도 받은 적 없소."

이성계가 딱 잘라 말했다.

"으음, 그렇다면 사사로이 회군 군령(軍令)을 내렸으니 반역자 아닌가?"

"옳소! 이성계는 반역자요!"

조민수 좌군 소속의 장군들이 합창하듯 떼소리를 질렀다.

"이성계 장군! 당신은 반역자이기 때문에 우리는 당신을 포박하여 서경으로 압송할 것이오."

장군 박위가 선언했다.

"이제 좌군 도통사 조민수 장군께서 서경압송의 결정을 내려주실 것이오."

조민수에게 위임 했다. 그러자 조민수는 괴로운 듯 고개를 숙이고 한동안 침묵을 지키다가 입을 열었다.

"좌군 원수인 내가 마지막으로 묻겠소. 이 장군은 독단으로 휘하의 우군병사 전군의 회군을 명하고 출발을 지시했소?"

"........."

그러자 이성계는 말없이 웃음만 띄웠다.

"왜 말을 못 하시오?"

그가 대답을 못 하자 여기저기 장수들이 자리에서 일어나며 고성이 터졌다. 당장에라도 잡아 묶을 것 같은 기세였다. 절체절명의 순간이었다. 그의 말 한마디가 자신의 운명을 가를 순간 이었던 것이다.

"말해보시오!"

조민수는 마지막으로 묻고 있었다. 이성계는 그제서야 아주 똑똑하게 들보가 울리는 소리로 대답했다.

"조 장군은 뭘 알고 싶소? 내가 직접 회군령을 내렸느냐고? 그 말을 듣고 싶은 거요? 천만의 말씀이오. 난 회군이나 퇴군, 그 어떤 군령을 독단으로 내린 적 없소이다. 이제 됐소?"

그러자 박위가 외쳤다.

"이성계 장군 휘하의 우군 선발대가 동북면으로 회군해 갔다는 사실은 어떻게 변명하겠소?"

"전혀 알지도 못하는 사실이고 그런 사실도 없소."

"아니 땐 굴뚝에 연기나는 거 보았소?"

"회군령을 내린 사실이 없는데 내 군대가 어떻게 빠져나갈 수 있단 말이오?"

"그럼 갑자기 우군내의 취사부 부엌 아궁이들을 다 헐어낸 것은 어떻게 변명하시겠소? 부뚜막을 허는 것은 그 부대의 철수를 의미하거나 부대이동을 말하는 거 아니냔 말이오?"

"아 그래서 악성 소문이 전 부대 내에 퍼진 거군요? 부뚜막을 헌다! 우군은 독단적으로 먼저 회군해 가는구나. 우리는 뭔가? 그 소문이 더 커지다 보니까 선발대는 동북면을 향해 먼저 떠났다는 말까지 나왔군요. 우리 취사장 부뚜막을 헌 것은 그럴만한 이유가 있었습니다. 당장 우기가 닥쳐왔는데 우리는 위화도에서 시일을 너무 허비한게 아닌가. 최영 장군이 오셔서 책임 추궁당하지 않으려면 지금이라도 요동땅에 진격해야 한다. 그러기 위한 준비로 부뚜막부터 헐라 그런 것인데 오해가 생겨 일이 이렇게까지 커진 것이오. 그 점에 대해서는 사과하겠소. 그리고 마지막으로 한 말씀 드리지요. 선발대가 내 고향 동북면으로 떠났다는데 이 자리엔 좌. 우 양군에서 각자 맡은 부대의 장수들이 단 한 명도 빠지지 않고 참석하고 있는데 누가 선발군을 인

솔해 갔다는 거지요? 그리고 당장 부대 점검을 하면 빠져나간 병력 유무를 알 수 있지않소? 억측은 하지 맙시다."

이성계의 명쾌한 해명이 끝나자 좌중은 그제야 팽팽하던 긴장감이 풀어졌다. 우군에서 배극렴이 일어섰다.

"이상한 헛소문으로 이 장군을 괴롭혔으니 사과하시오. 그리고 오해가 풀렸으니 이제 이렇게 양군의 지휘관 장수들이 다 모인 자리에서 진지한 논의를 해 보는게 어떻겠소?"

"무슨 논의를 해보자는 거요?"

심덕부가 물었다.

"기왕 나온 얘기이니 하나로 의견을 모아보자는 겁니다. 이번 요동 정벌전의 출병에 대한 평가는 여러분들이 다 잘 알고 있소이다. 지금 우리는 늪 속에 들어와 있는 셈입니다. 움직이면 움직일수록 깊이 빠져들어 갑니다. 이 전쟁을 준비하고 선도한 최영 장군을 성토하자는 게 아닙니다. 우리 민족의 숙원이었던 북벌(北伐) 전쟁에 나선 것 만으로도 자랑스럽습니다. 문제는 이 전쟁에 승리할 수 있도록 충분한 준비가 돼 있느냐 하는 겁니다. 너무나도 허술한 준비로 백성들만 도탄에 빠지고 나라만 거덜나게 되었습니다. 그래서 이성계 장군과 우리는 4가지 이유 때문에 부득불 전쟁할 수 없으니 조정에서 결론을 내달라 상소문을 올린 것이오. 그런데 답은 없고 답 대신 최영 장군만 화가나서 당장 달려와 책임자를 처벌하겠다 했습니다."

"그건 우리도 압니다. 그럼 전쟁 4불가론은 지금도 유효합니까?"

"물론이요. 가장 올바른 판단이었고 지금도 변함없소."

"그럼 이 자리에서 진군이냐 회군이냐 총의로 정한다면 따르겠소?"

"따르겠소."

이성계는 주저하지 않고 명쾌하게 대답했다. 이렇게 되자 조민수의 입장이 난처해지고 말았다. 배극렴이 조민수 앞에 다가서며 물었다.

"먼저 아까 이성계 장군을 몰아부쳤던 것 정중하게 사과하실 마음 없습니까?"

그러자 조민수가 천천히 이성계를 바라보았다.

"오해해서 무례히 대했던 것 용서해주시오."

"마음에 두지 않겠소. 너무 염려하지 마시오."

두 사람이 화해하자 배극렴은 재빨리 물었다.

"이 자리에서는 마지막으로 진군이냐 회군이냐를 정하자 했습니다. 그 결정에 전군원수이신 최영 장군이 따르시겠느냐 안 따르시겠느냐는 최 장군 판단에 맡기기로 하고 우선 우리 좌우군의 총의를 물어서 정하겠습니다. 먼저 우군원수이신 이성계 장군께 묻습니다. 진군입니까 회군입니까?"

"회군이오."

그의 대답에 휘하의 모든 장수들이 발을 구르며 동의했다.

"됐습니다. 좌군의 조민수 장군의 선택이 아주 중요하게 됐군요."

그 순간 좌. 우군 장수 70명의 시선은 조민수에게 고정되었다. 그는 장군 최영의 오른팔이고 이번 전쟁에서 누구보다 최영의 입장을 옹호하고 변호한 강경파였다. 그가 데리고 있는 수하의 장군들도 모두 자기와 입장을 함께 하고 있었다. 그렇다면 조민수의 답은 뻔하지 않은가.

"조장군님! 속히 답해주십시오. 진군입니까 회군입니까?"

조민수는 창밖을 내다보며 한동안 생각에 잠겼다. 방안은 무거운 침묵이 가라앉았다. 한참만에 조민수는 자리에서 일어나 방안을 둘러보고 나서 입을 열었다.

"전군(全軍) 회군(回軍)이다."

그의 이 한마디에 그의 수하 장수들은 모두 원성을 발했다.

"이렇게 허무하게 좌절하려고 여기까지 온 겁니까?"

"회군을 취소하십시오."

이곳저곳에서 불평의 소리가 터져 나오자 조민수는 큰소리로 외쳤다.

"내 명령을 어기지 말라. 5일 안에 최영 장군이 이곳에 오지 않으면 즉시 회군한다. 이성계 장군이 취사대의 부뚜막을 헌 것은 이미 준비해 온 전체 군량 4개월분에서 거의 다 소비하여 더 이상 버틸 수 없는 처지라는 걸 알았기 때문이다. 최영 장군이 최전선에 나와 지휘를 하지 못한 이유도 거기에 있었다. 그것을 일찍이 아시고 장군은 개경 일대와 서경 일대를 뒤지시며 모자라는 군량을 모아 이곳으로 보내려 한 것이다. 하지만 이미 출정 전에 온 백성의 식량까지 징발한 상태라서 더 이상 끌어모을 수가 없었다고 보여진다. 전군은 일단 서경으로 회군한다."

4. 위화도 회군(威化島 回軍)

1388년. 우왕 14년. 5월22일(陰).

고려의 요동정벌군, 호왈 10만 대군은 출정한 지 3개월 만에 완전히 압수를 건너 요동땅으로 진격하지 못한채 회군하게 되었다.

한편 이원계의 군사 천여 명을 거느린 장군 최영은 속력을 높이라고 채근했다. 드디어 살수(청천강)를 건너 영변을 막 지났을 때 산굽이를 돌아들며 달려오는 필마단기(匹馬單騎)의 기병 하나를 만나게 되었다. 그 기병은 눈앞에 다가오는 장수가 최영이라는 걸 알자 급하게 말에서 내려 무릎을 꿇었다.

"넌 누구냐?"

"소관은 좌군의 최운해 장군의 군관(軍官)입니다."

"어디를 가는 길이냐?"

"전군도통사 최영 장군을 뵈오러 서경 행궁으로 가고 있는 중이었습니다."

"무슨 일로?"

"사세가 급합니다. 이틀 전에 정벌군 전군은 회군령을 내리고 회군을 시작했습니다. 사세가 급하니 최영 장군을 뵈면 즉시 개경으로 환궁하시어 사직을 보호하시고 회군의 책임을 물으셔야 한다고 저의 최운해 장군이 말씀 전하라 하셨습니다."

"뭐야? 회군? "

최영은 분노를 이기지 못해 몸을 떨었다.

"회군을 주장한 반역자는 이성계겠지?"

"조민수 장군과 이성계 장군. 양인의 이름으로 회군령을 내린 것입니다."

"조민수마저 반역을 해? 아아 원흉은 이성계 그놈이다. 내 일찍이 시중 이인임이 그자를 중용하지 말라 했을 때 그의 말을 들었어야 했거늘!"

최영은 하늘을 올려다보고 탄식했다. 그의 뒤에 있던 호위장군 이원계가 물었다.

"그래서 그들은 어디를 향해서 가고 있느냐?"

"처음엔 서경 행궁이라더니 지금은 개경 대궐이라 합니다."

"어디쯤 오고 있지?"

"구성(龜城)을 향해 오고 있습니다."

이원계는 급히 최영에게 권했다.

"장군님, 왕성과 대궐이 위험합니다. 그들보다 먼저 환궁하셔야 합니다."

그제야 최영은 급히 말머리를 돌리고 서경 인근에 있던 성주온천을 향해 출발했다. 그곳에는 임금인 우왕과 왕비가 체류 중이었던 것이다.

회군을 시작한 정벌군은 갈 때와는 다르게 나는듯이 열흘이 안되어 왕성인 개경에 이르렀다. 최영은 왕과 왕비를 모시고 정벌군보다 겨우 이틀 전에 왕궁으로 귀환했다. 우군인 이성계군은 도성의 동문

305

인 숭인문(崇仁門) 밖에 당도하여 주둔했다.

　좌군인 조민수 군은 왕성의 서문인 선의문(宣義門) 밖에 주둔했다. 그러면서 이성계는 회군하지 않으면 안 되었던 전후 사정을 임금께 장계문(狀啓文)으로 썼다.

"유사이래 민족의 숙원이었던 북벌군을 일으킨 것은 자손세세 자랑으로 여길 일이었습니다. 하오나 피치 못할 사정으로 부득이 회군하게된 그 죄를 자청(自請)하옵니다. 장마가 눈앞에 닥쳐온데다가 가장 취약했던 것은 군량의 태부족이었습니다. 호왈 10만 대군이 소비할 군량은 처음 가지고 간 군량으로는 턱없이 부족하여 만부득이 재북벌전(再北伐戰)을 약속하고 회군하지 않을 수 없었습니다. 언젠가 한 번더 출정의 기회가 주어진다면 그때는 지금의 죄를 빛나는 전공(戰功)으로 씻어 갚겠음을 약조드리며 성밖에 엎드려 비오니 비답(批答)을 내려주시옵소서."

　그리고는 급사를 시켜 장계문을 가지고 대궐로 들어가도록 했다.
"우릴 들어오도록 할까요?"
이방원이 이성계에게 물었다.
"반 반이다."
"이건 시일 낭비입니다. 지금 대궐 주변에는 수비군 2천 명이 지키고 있습니다. 천하의 맹장인 최영도 어쩔 수 없을 겁니다. 하지만 우리는 2만의 대군이 있습니다. 밀고 들어가면 끝날 일인데 조정 눈치를 보고 기다립니까?"

"누군들 그렇게 못해서 기다리고 있는 줄 아느냐? 안그래도 최 장군은 날 의심하고 있을 것이다. 정변을 일으킬지도 모른다고. 왜 반역자의 낙인을 받아야 하느냐?"

"그럼 하염없이 기다려야 하는군요. 그러다 조민수 장군에게 선수를 빼앗길 수도 있습니다. 조 장군은 최 장군의 손발이 아닙니까?"

"지금 최영 장군은 조민수를 믿지 않을 것이다. 그 역시 배신을 하지 않았느냐? 좀 더 사태추이를 지켜보자. 서두를거 없다."

그렇게 3일이 지나갔는데도 조정에서는 아무런 비답이 없었다. 장수들이 들고 일어나 더 이상 참을 수 없으니 궁안으로 진격하자 했다. 이성계는 서문에 주둔 중인 조민수의 좌군 움직임을 염탐케 했다. 아무런 움직임이 없다는 보고가 들어왔다.

"우리 우군만이라도 공격을 합시다."

더 이상 기다린다는 것은 무의미하니 공격하자고 장군들이 서둘렀다. 이성계는 간부회의를 열었다.

"제장들의 뜻을 알고 있다. 하지만 기다린 데는 그럴만한 이유가 있었다. 군사를 끌고 대궐로 들어간다는 것은 범궐(犯闕)이다. 정변(政變)을 의미한다. 최영 장군은 우리가 먼저 범궐하기를 기다리고 있다고 봐야 한다."

"장계를 보내드리고 비답을 기다린다며 이만큼 정상적인 순서를 다했으면 우리도 할만큼 다했다고 봅니다."

"그럼 어떻게 해야 한단 말인가?"

"제게 묘안이 한가지 있습니다."

장군 윤사덕이 나섰다.

"묘안? 그게 뭔가?"

"일단 우리 2만 군사를 양분합시다. 그중 천명의 군사가 선봉에 서고 나머지 대군은 좀 떨어진 장소에 머무는 겁니다. 선봉군은 요동 정벌군이 회군하여 대궐 앞에 이르렀으니 성문을 열고 맞이하라. 주상전하께 회군을 복명 하겠다. 그렇게 요구하는 겁니다. 이때 순순히 성문을 열어 맞이하지 않고 무력으로 저들이 막는다면 우리 전군은 일제히 대궐 안으로 쳐들어 가는 겁니다. 그리되면 나중 무력사용의 빌미를 제공한 쪽은 우리가 아니고 저들이었다고 드러날 것 아닙니까?"

모든 장수들이 환영했다.

"선봉군은 누가 맡는게 좋을까?"

"소장이 맡겠습니다."

이을진이 자원했다. 한 밤중을 이용하여 대군은 약간 후퇴를 하여 산속에 숨겼다. 그런 다음 천명의 선봉군을 편성하여 이을진이 거느리고 이른 아침에 숭의문 앞에 이르렀다.

"성문을 열어라. 우리는 압수에서 회군해 온 요동정벌군 선봉대이다."

마상에서 이을진이 큰소리로 외치자 잠시 후 성문 위 다락에 장군 하나가 부장들을 데리고 나타났다.

"나는 숭인문 수비군장 최만원이다. 왜 소란스럽게 하는가?"

"전지에서 돌아오는 정벌군을 막겠느냐? 왕성 입성은 상감의 어명이다. 어서 성문을 열어라."

"돌아가라. 돌아가지 않으면 모두 짓밟아 놓겠다. 발사!"

그의 명령 일하에 미리부터 성루에 배치되어 있던 궁시대(弓矢隊) 30명이 일제히 활을 쏘았다. 화살이 비오듯 날아오며 이을진의 선봉대 머리 위에 쏟아져 내렸다. 말들이 비명을 지르며 튀어 오르고 앞서던 기병들이 말 위에서 굴러 떨어졌다.

그러자 대오가 흐트러진 이을진의 선봉군은 뒤로 퇴각했다. 의외에도 성문의 수비는 완강했다. 이성계는 감춰두었던 화포대(火砲隊) 2백 문으로 성문을 정조준 시키고 일제히 발포를 명했다. 지리산 운봉에서 왜구들에게 최초로 그 위력을 발휘했던 최무선의 화포는 이번에도 대단한 파괴력을 보여주었다.

당장 육중한 성문이 파괴되고 불이 붙어 타오르자 수비병들은 대오를 잃고 이지란의 본군이 쳐들어가니 저항하던 수비군 천여 명은 삽시간에 짓밟히고 말았다. 이성계는 휘하의 2만 군사를 양분했다. 1만은 만월대와 조정이 있는 수창궁(壽昌宮) 점령을 명했고, 다른 1만은 우왕이 왕비와 함께 피신해 있던 대궐 인근의 자남산을 포위하고 임금을 생포하란 명을 내렸다.

자남산을 포위한 장군은 박영충이었다. 에워싸고 나자 군사들은 떼소리로 외쳤다.

"우왕은 나와 오라를 받으라!"

자남산 속의 전각에 피신해 있던 우왕은 왕비와 함께 임금 내외를

구하러 온 최영 시중의 팔소매를 잡고 늘어졌다.

"시중! 이제 우리는 어찌하면 좋소? 과인을 살려주시오."

"호랑이한테 물려가도 정신만 똑바로 차리고 있으면 살 수 있다 했습니다. 이런 때일수록 의연하셔야 합니다."

바로 그때 포위한 군사들의 입에서 최영도 우왕과 함께 있다는 말이 터져 나왔다. 최영이 와있는 줄도 모르고 공격하다가 전각 안에 있던 그의 모습을 보게 되었던 것이다.

"최시중이 있다. 최시중을 잡아라!"

군사들이 전각 안으로 몰려들었다. 그러자 최영은 임금과 왕비 앞을 가로막았다. 그러면서 뇌성벽력같은 소리를 질렀다. 전각 안의 들보가 쩌렁 울렸다.

"네 이놈. 너는 박영충 아니냐? 주상 앞에서 이 무슨 불충이냐?"

서릿발 같은 호령 소리에 박영충은 두 다리를 떨었다. 그를 따르던 군사들도 비틀거리며 뒤로 물러났다. 비록 휘하의 모든 군사는 자기 곁을 떠나 혼자였지만 추상같은 위엄만은 시퍼렇게 살아 있었다.

"시.시중 어찌하면 됩니까?"

최영 뒤에 숨어 떨고 있던 임금이 물었다.

"신 먼저 반군 앞에 나아가 그들이 원하는 대로 죽겠사오니 상감께선 전각의 후문을 통하여 선의문 쪽으로 도망치십시오. 조민수 장군이 있을 것입니다. 어서 먼저 몸을 피하십시오."

"무슨 말씀이오? 시중과 함께 아니면 나갈 수가 없습니다."

임금이 울자 왕비가 최영 앞에 절을 올리며 울었다.

"고려의 종사를 받들던 만고의 충신은 아버님으로 마지막이 될 것입니다. 소녀는 주상을 모시고 나라의 운명과 함께 하겠어요. 마지막 하직 인사 올립니다."

왕비는 임금 앞에서 재배(再拜)를 올리고 전각 밖의 하늘을 우러러 보았다.

"천지신명이시여. 이 고려의 종묘사직을 지켜주시옵소서."

박영충을 비롯한 그의 군사들은 미동도 하지 않고 왕과 왕비 그리고 최영의 모습만 쥐죽은 듯 바라만 보고 있을 뿐이었다.

그때 말발굽 소리가 닥쳐들며 적마(赤馬)가 나타났다.

"뭐하는 거냐? 역신(逆臣) 일당을 잡아 묶지 못하고?

외치는 장수는 이지란이었다. 그제야 군사들은 임금 내외와 최영을 잡아 묶어 끌고 나갔다. 비로소 이성계의 우군은 만월대와 수창궁 등 모든 대궐을 점령했다.

이튿날이 되자 긴급 어전회의가 열리고 이성계는 전광석화 처럼 국청(鞫廳)을 열고 최영의 죄상을 단죄했다.

"문하시중 최영은 자신의 공명심에 사로잡혀 국초이래 가장 많은 10만에 육박하는 대군을 징발하여 요동북벌이란 미명하에 전군을 사지에 몰아 넣었다. 그리하여 왜구들이 후방에서 마음 놓고 날뛰게 만들었고, 실기(失期)하여 농사까지 망쳐 백성들의 삶을 도탄에 빠뜨렸다. 이 모든 책임을 져야 마땅하다. 삭탈관직(削奪官職)하고 고봉현(高峰縣. 현재의 경기 고양군)에 유배(流配)하라."

최영이 유배형을 받고 고봉현 귀양지로 떠나자 그 이튿날 젊은 대신들은 모든 책임은 최영에게만 있는게 아니라 임금인 우왕에게도 있으니 우왕도 귀양 보냄이 마땅하다고 들고 일어났다.

임금을 그냥 두면 임금이 남아있는 수구대신(守舊大臣)들을 은밀하게 끼고 무슨 흉계를 꾸밀지 알 수 없다는 게 그 이유였다. 드디어 우왕도 치죄를 받고 폐서인(閉庶人)되어 강화도로 추방되었다가 유배지를 여주로 옮겼다.

우왕의 어린 아들인 창(昌)이 신왕으로 즉위했다. 창왕(昌王)이었다. 조정을 접수한 이성계는 정도전(鄭道傳)의 진언을 받아들여 새로운 정부를 탄생시켰다. 친원(親元) 수구파 기득권 세력들을 하나하나 색출하여 처단하고 신진 사대부들을 승차시켜 요직에 앉히는 대대적인 인사를 단행했다.

수구파 세력 가운데 아직도 남아있는 건 최영의 손발이나 다름없던 요동 정벌군 의 조민수 좌군 장군들이었다. 그들은 이성계의 회군령에 동조하여 최영으로부터 배신자, 반역자로 낙인이 찍혀 이러지도 저러지도 못하는 상황이 되어 큰소리도 내지 못하고 숨죽이고 있었다.

최영이 유배형을 받고 수구파 대신들이 하나, 둘 처단되자 조민수는 이제 다음 차례는 자기라는 불안감에 사로잡혔다. 거기서 더 불안하게 하는 것은 이성계의 태도였다. 아예 조민수의 존재를 백안시(白眼視)해버린 것이다.

처음에는 이성계가 부르겠지 했지만 감감 무소식이었고, 다음은 이성계가 찾아오겠지 하고 기다렸지만, 그 역시 오지도 않았고 아무런 내색조차 없었다.

"부르는데도 오지 않는 것은 왔을 때 선수를 빼앗겨 우리 칼에 목이 달아날까 싶어 그런 것 아닐까요?"

수하의 장군들이 한마디씩 했다.

"우리가 찾아갑시다. 조 장군 휘하의 장군 30명을 이끌고 이성계를 찾아가는 겁니다. 가서 앞으로 뭘 어떻게 하려는지 들어나 봅시다."

"좋습니다. 만약 우릴 적대(敵對)하면? 이성계 군과 한판 자웅을 결할 수밖에 없습니다. 어서 행동에 옮기십시오."

부원수 이승원의 의견이었다. 잠자코 듣고만 있던 조민수가 마침내 결론을 내렸다.

"이성계를 만나러 가자. 장군들이 다 갈 필요는 없다. 다 가면 괜히 의심만 할 거 아닌가?"

"좋습니다."

이윽고 조민수는 도원수 심덕부와 부원수 박위, 이승원 등 세 사람만 지정하여 데리고 가기로 했다. 오후쯤 되자 이성계의 군영에 보고가 들어갔다. 군관이 달려와 조민수가 와서 만나고 싶어 하는데 어떻게 하면 좋겠느냔 것이었다.

"조민수 장군이 왔다구?"

이성계가 그렇게 되물으며 곁에 있던 배극렴을 바라보았다.

"내박쳐 놓으니까 몸이 달았군요. 만나십시오. 내 생각엔 항복하러 온 것 같은데요?"

그러면서 웃었다. 이성계는 방에서 기다리지 않고 직접 밖에까지

나가 조민수를 맞았다. 잔뜩 긴장하고 있던 조민수와 그의 수하 장수 세 사람은 몸이 굳어진 듯 꼼짝 하지 않았다.

"조장군! 절 부르셨으면 뵈러 갈 텐데 이렇게 직접 오시다니 죄송합니다. 그동안 안녕하십니까?"

이성계가 정중하게 인사를 했다. 뜻밖인 듯 놀란 표정을 하고 있던 조민수의 얼굴 표정이 약간 풀어졌다.

"이 장군도 평안하셨지요? 이렇게 만나니 반갑구료."

"자아, 안으로 들어오십시오."

이성계는 극진하게 영접했다.

"우리 정벌군 좌. 우군 모든 장수들을 불러 그동안 전지의 노고를 위로하고 싶었는데도 해결해야 할 일이 산적하여 제대로 모시지를 못했습니다. 용서하십시오."

"용서까지야?"

"최영 장군을 원망하고 싶진 않습니다. 나름대로 최 장군께서는 강경일변도로 나가실 수밖에 없었고 거기에 목숨까지 바치셨으니 어찌겠습니까? 새로 즉위하신 주상은 너무 어리시고 조정엔 어른들이 없습니다. 나라는 한바탕 홍수가 휩쓸고 간 것처럼 황폐해져 있습니다. 빈사직전(瀕死直前)의 나라를 다시 살려놓아야 합니다. 조민수 장군 같은 어른이 팔을 걷어붙이고 나서야 할 때입니다. 우리 다 함께 힘을 합쳐 나갑시다."

이성계는 진심으로 호소했다. 조민수도 감동하여 이성계의 손을 잡았다.

"함께 힘을합쳐 나라부터 살립시다."

조민수와 그의 부하 장수들이 돌아가고 나자 이성계의 부하 장수들은 이성계 만세를 불렀다. 조민수와의 관계를 어떻게 설정해야 할까, 그걸 아는 부하 장수들은 없었기 때문이다.

잘못하면 일촉즉발, 쌍방이 무력 충돌을 일으킬 수도 있는 상황이라 모두 긴장했는데 이성계는 예상 밖으로 화해의 손길을 내밀어 갈등의 소지를 깨끗하게 없애버렸던 것이다.

조정은 그 후 점차 안정되어 갔다.

5. 방택(柳方澤)의 예언, 물에 뜬 옥사(獄舍)

사고는 엉뚱한 곳에서 일어났다. 폐서인되어 여주에 귀양 가 있던 전왕인 우왕의 복위(復位) 음모 사건이 일어났던 것이다. 음모 가담자는 최영의 조카인 김저와 부령(副令) 정득후였다. 어느 날 두 사람은 우왕내외를 위로하겠다고 여주 배소(配所)로 찾아갔다.

두 사람을 만난 우왕내외는 두 사람을 잡고 통곡을 하며 이성계 때문에 이리 되었으니 그를 암살 해달라고 애원했다. 김저는 조카였고 정득후는 최영집의 서사(書士) 출신이었다. 두 사람은 그렇게 하겠다 약속하고 상경하여 믿을만한 동지로 장군 곽충보를 지목하고 함께 모의에 들어갔다.

거사일은 부처님 오신 날 팔관회(八關會)가 열려 경비가 느슨해질 때를 노려 이성계를 암살하기로 했던 것이다. 그런데 암살을 한 달 앞두고 장군 정득후가 이성계를 만나 암살모의 내용을 자복하여 김저와 정득후가 잡혀들어가 문초를 받게 되었다.

곽충보가 배신한 것은 자기들 몇 명만으로는 도저히 승산이 없다는 결론을 냈기 때문이었다. 그리되어 김저. 정득후의 암살모의자는 일망타진되어 처단을 당했다. 이성계 암살 모의는 그 뒤에도 또 일어났다. 이초(彝初)사건으로 불리게 된 모의였다. 파평군(坡平君) 윤이 (尹彝)와 중랑장 이초(李初)가 주모자여서 이초사건으로 알려지게 된 것이다.

그 두 사람 중 하나인 윤이는 원의 수도인 대도(北京)에 거주하며 이성계 암살을 모의한 것이었다. 그 정보를 듣고 알게된 이성계는 아들 이방원과 3명의 자객단을 대도에 보내어 윤이를 본국으로 납치해 오도록 하여 치죄를 했다.

잡혀 온 그들의 자백으로 40여 명의 관련자들의 명단이 밝혀져 치죄를 당했다. 뜻밖의 인물도 관련이 되어 있었다. 이색(李穡)이었다. 전후 3차에 걸쳐 이색을 주모자들이 만나 지시를 받았다는 게 이색의 체포구금의 이유였다.

음모자들 중 하나인 춘추관 관리였던 한정원이 이색을 접촉한 장본인이란 것이었다. 알고보니 한정원은 이색의 제자 출신 중 하나였기 때문에 가끔 만나러 간 것이었다. 이색은 문초를 받고 역시 제자인 권근(權近)과 그 외 열 명의 죄수들과 함께 청주(淸州)로 이송되어 청주 감옥에 갇히게 되었다.

한편 방택은 집을 떠난지 6개월 만에 요동정벌군과 함께 송도로 돌아와 휴식도 취하지 못한 채 산적해 있던 서운관 일에 몰두했다. 이윽고 퇴청하여 집으로 돌아오자 큰아들 백유(伯濡)가 와 있었다.

"아버님, 일 좀 줄이세요. 건강을 생각하셔야지요."

"아직은 염려 없다. 그런데 너는 새로 나가는 내부시(內府寺) 일은 할 만 하드냐?"

"계산하는 일이 많아서 좀 따분합니다."

"내부시는 나라의 재무(財務)와 재화(財貨)를 보관하고 관리하는 중요한 부서다. 사람이 재화를 만지게 되면 사욕(私慾)이 생기게 되는

법이다. 항상 청렴을 신조로 삼고 자계(自戒)해야 한다. 나중 퇴임할 때는 나퇴(裸退)를 하겠다고 생각해라."

"나퇴가 뭐죠?"

"글자 그대로지. 벗을 라, 물러날 퇴. 벼슬에서 물러날 때는 속옷까지 다 벗어놓고 나가겠다 그런 자세로 일을 하란 말이다."

"명심하겠습니다."

"웬일로 왔느냐?"

"청주에 다녀오기로 했어요."

"그래 목은 선생이 아무 죄도 없는데 청주 감옥에 가셨지?"

"예, 그래서 면회 하고 위로해 드리려구요. 그 감옥에는 지금 선생님 뿐만 아니라 제 친구도 있습니다."

"친구라니? 누구?"

방택이 놀라서 물었다.

"권근(權近)이라고 처음엔 포은 정몽주 선생 제자였는데 나중 목은서원으로 옮겨서 저와 동문이 되었지요."

"권근? 양촌! 그래 옛날엔 우리 집에도 가끔 놀러 왔었지. 재주꾼이지? 문장은 아주 뛰어나고 그뿐이 아니라 수학(數學)에도 재주가 뛰어난 재사지?"

"아버님은 역시 대단하십니다. 아들 친구까지 잘 알고 계시니."

스승인 이색과 친구인 권근을 옥중 면회를 가기 위해 이틀 동안 휴가를 냈다는 것이었다.

"스승님은 죄가 없다는 게 중론이니 곧 풀려 나시겠지요?"

"물론이겠지. 의인은 하늘이 보우하신다 했다."

"청주 감옥에 스승님 면회를 하고 돌아온 몇 분 얘기로는 감옥이 아주 허술하다고 하드라구요."

"허술하다니?"

"옥사는 청주감영 근처에 있는데 그쪽은 무심천이라는 개천과 붙어 있어 장마 지면 떠내려갈만큼 저지대에 있더라 하더라구요."

"보통 장마에는 별 피해가 없었으니 옥사를 그냥 낮은 곳에 두었겠지. 하지만 이번 장마는 좀 다를 것같다."

"다르다니요?"

"작년부터 장마의 피해는 전국적으로 엄청나지 않았느냐? 내가 본 성점(星占)으로는 작년부터 3년 동안 그 규모가 같을 것으로 보여진다. 장마 시작도 빠른데다가 끝나는 날짜도 길 것이다. 보통은 보름 이쪽저쪽인데 작년부터 내년까지는 한 달 열흘 이상이 된다. 비도 폭우가 연일 쏟아져서 장마의 수량이 엄청날 것이다. 그쯤되면 저지대에 있는 감옥쯤이야 떠내려가고도 남을 것이다."

"이번 장마에는 감옥이 물 위에 뜬다구요? 그럼 스승님을 비롯한 모든 죄수들은 그냥 풀려나겠네요?"

"그럴수도 있다."

이번 장마의 폭우에 저지대에 있는 청주감옥은 물 위에 떠서 부서져 떠내려갈 거라고 예언하듯 말했다.

그로부터 두 달 후. 장마는 방택이 예측한 것 처럼 오랜 기간 동안 예측불허한 폭우를 쏟아부어 전국 곳곳에 수해를 입혔다. 그러던 어느날 장남인 백유가 집으로 부친을 만나러 왔다.

"아버님의 예언이 들어맞았다고 절 만나는 사람들이 다 얘기를 합니다."

"예언이라니?"

"장마 예언 말입니다."

"그건 예언이 아니라 예측이라 해야 되는거다. 예언은 점괘(占卦)를 보고 하는 거지만 예측은 통계적인 현상이나 정확한 계산에서 나오는 거니까. 그런데 널 만나는데 왜 말들을 한다는 게야?"

"청주감옥으로 목은 스승님 면회 간 자리에서 아버님의 예언, 아니 예측 말씀을 드렸더니 웃으시면서 금헌은 정확한 분이니 그 말도 맞을 수도 있다. 기대해 보자. 그랬는데 아닌게 아니라 폭우가 너무 많이 쏟아지고 무심천이 범람하자 저지대에 있던 청주감영도 물에 뜨고 청주감옥도 물에 떠내려가는 바람에 다 부서져 버리고 물에 빠진 죄수들은 구사일생으로 빠져나와 모두 살았답니다. 나중 조정에서는 그것도 하늘의 뜻이라며 죄수들을 모두 무죄 방면(放免)하여 목은 스승님과 제 친구인 권근도 집으로 돌아왔다지 뭡니까?"

"오, 정말 천행이구나."

"만나는 사람마다 스승님이 아버님의 그 얘기를 하시며 감탄을 하는 바람에 널리 알려진 겁니다. 언젠가 장마지면 청주감옥은 물에 떠내려가게 돼 있더라고 말씀한 분은 아버지 말고 한 분이 더 있었답니다. 그분은 성균관 박사(정5품)인 유창(劉敞)이란 분이었는데 그분은 어떤 근거를 가지고 말씀한 게 아니고 언젠가 한 번 다녀와서 아는데 옥사가 너무 낮은 곳에 있어 장마지면 떠내려갈 수도 있겠더라 하며 지나가는 말로 했다는 것이었습니다."

조정은 최영, 조민수 장군 등이 거세(去勢) 되고나자 모든 군권(軍權)은 이성계 손에 떨어지게 되어 그 힘은 막강했다. 이성계 암살 음모가 끊이지 않는 것도 저항 세력도 만만치 않다는 증거였다.

우왕의 음모사건 이후 조정 안에는 〈폐가입진(廢假立眞)〉 논쟁이 뜨겁게 일어났다. 가짜는 폐하고 진짜를 내세워야 한다는 것이었다. 그말은 보위에 앉아 있는 임금을 두고 하는 말이었다.

우왕은 처음부터 신돈의 자식이란 소문이 무성했었다. 그러다 요동 정벌군의 회군 때 장군 최영과 함께 잡혀서 귀양 갔다가 죽었다. 그러자 그의 어린 아들이 대통을 이어 받아 창왕(昌王)이 되었다.

창왕 역시 가짜라는 비난이 이어져 가짜는 폐하고 진짜를 내세우자란 강한 국론에 밀려 퇴위를 당했다. 그러자 정통 왕자를 찾자하여 결국은 장단(長湍)에 살고있는 신종(神宗)의 후손이었던 정창군(定昌君)을 신왕으로 모시기로 했다. 이가 고려 마지막 임금인 34대 공양왕(恭讓王)이었다.

무능하고 아둔했던 공양왕은 보위에 오르자 섭정자인 대왕대비의 치마폭에 말려 대비가 하자는 대로 따랐고 조정에서는 구세력 쪽에만 의지하여 이성계를 따르던 신진사류(新進士類)들의 불만과 원망만 샀다.

"전정(田政)개혁이다. 잘못된 각종 법령개혁이다, 하면서 강력한 개혁정책을 과감하게 밀고 나가야 함에도 주상은 오불관언하며 대비

뒤에만 숨는다. 이성계 시중께서 주상을 찾아내어 보위에 앉힌 것은 그렇게 나약한 군주를 원했던 것이 아니었다. 지금이라도 갈아치우고 직접 이성계 장군이 나아가야 한다."

그러면서 그들은 이성계에게 보위에 나가라 거의 강권하다시피 했다.

"왜 그러고 싶지 않겠는가. 하지만 참고 있는 것이다. 그렇게 하면 내가 무력 강권으로 보위를 찬탈했다며 반역자로 낙인 찍을 것이다."

이성계는 손을 저었다. 그러자 이성계의 지낭(智囊)이며 모사인 정도전이 일어섰다.

"이 장군의 대권 도전 문제는 위화도에서 회군할 때부터 나온 공론이었습니다. 우리는 보좌를 차지할 수 있을 만큼 세력도 갖추었고 우리가 나서면 감히 맞설 자가 없으며 백성들 또한 보좌의 주인은 이 장군이라며 환영할 것입니다. 하지만 선뜻 행동에 옮기지 못한 것은 보위 찬탈자란 누명을 쓸 수 있기 때문이었습니다."

"그건 누구나 다 아는 사실 아니오? 역시 지낭이신 삼봉(三峰. 정도전 아호)께서 보위에 나가는 것이 찬탈이 아니고 대다수 백성들의 염원이었다는 그런 획기적인 방안을 내놓으시라는 거 아니오?"

배극렴의 말에 정도전은 잠시 뜸을 드렸다가 말을 이었다.

"이제 때가 이르렀다고 보여집니다. 그런데 문제는 당장 보좌에 나가면 너무 갑작스럽기 때문에 반대 세력들이 보위 찬탈이라며 들고 일어날 것이고 그리되면 정통성을 인정받지 못한다는 약점이 있습니다. 그런데 제가 춘추시대의 역사 기록을 보다가 권지국사(權知國事)

란 직위가 있다는 걸 발견했습니다."

"권지국사? 그건 무슨 직위요?"

"다른 말로 하면 대리국왕이란 뜻입니다. 국왕 대리로 일단 취임하는 것입니다. 그리하여 일정 기간이 지나고 백성 상하가 국왕이 되었으면 할 때 마지못해 보위에 나가는 모양새를 갖추면 되는 것입니다."

"권지국사로 나가려 해도 구세력과 마찰이 크게 일어날 수도 있는데?"

"이성계 시중께서 지금 권지국사가 되시려면 금상(今上)인 공양왕을 쫓아내야 하는데 가능할까요?"

다른 측근들이 한마디씩 했다.

"그건 염려하지 않아도 됩니다. 주상은 개혁정책에 미온적이었으며 최영 사후 구세력의 영수(領袖)가 된 정몽주 대감을 붙잡고 개혁세력을 잡아들여 치죄를 해왔습니다. 이건 누가 보다라도 국왕 탄핵(彈劾)의 조건이 되고도 남는다고 생각할 겁니다."

마침내 전체 회의에서는 길일(吉日)을 받아 국왕(공양왕)을 갈아치우고 이성계를 권지국사에 취임시키기로 만장일치로 정했다.

그로부터 며칠 후.

아침 조회를 위하여 문무백관들이 도열해 섰다. 이윽고 임금이 나와 보좌에 임석했다. 그러자 배극렴이 나와 임금께 고했다.

"신 배극렴 아룁니다. 주상께서는 고(故) 최영 시중을 비롯하여 정몽주 대감께 사주하여 전제개혁과 군제개혁에 나선 신진 대신들을 핍박하고 개혁이 중단에 이르게 하시고 더불어 현재의 국가 최고 충신인 이성계 시중을 모함하여 그의 제거가 빠르면 빠를수록 국태민안(國泰民安)이 앞당겨진다고 몇몇 간신배 대신들에게 부추긴 사실이 드러나고 있어 더이상 그 죄 용서할 수 없는 지경에 이르렀습니다."

그 말을 들은 임금은 온몸을 떨었다. 배극렴 주위에는 이성계 시중을 비롯한 이지란, 김인찬, 이방원 등 맹장들이 버티고 서있었다. 그렇게 말이 많던 구세력의 중신들도 그들의 표정을 보고는 임금 편을 들지 못했다. 배극렴이 목소리를 높였다.

"주상은 보좌에서 물러나시오!"

"무, 무엄하다. 감히 과인더러 물러나라구?"

"그렇소. 물러나시오."

"아, 아아"

임금은 몸을 더 떨며 자기 편을 들어주던 대신들에게 구원을 바라는 눈빛으로 바라보았다. 하지만 그들은 모두 하나같이 고개를 떨어뜨리고 임금과 시선을 마주치지 않았다. 꿀 먹은 벙어리였다. 그리되자 뜻밖에도 여인네의 추상같은 목소리가 임금 뒤에서 터져 나왔다.

"배극렴! 당신은 지금 반역을 하고 있다는 걸 알고 있소 모르고 있소? 다짜고짜 주상께 물러나라! 그래도 되느냐?"

그녀는 임금 뒤에 앉아 있던 왕실의 어른인 대왕대비(大王大妃)인 정비(正妃) 안씨였다.

"금상은 암우하고 무능하여 천심(天心)과 민심이 떠난지 오래 되었습니다."

"금상을 암우하게 만든 자들이 누군가! 여기 있는 그대들 아니오?

눈과 귀와 입을 막아놓고, 손발까지 묶어놓고 무슨 일을 하란 말인가? 더구나 이성계 시중이 직접 고르고 골라 보좌에 앉힌 임금 아니오? 그런 임금이 자기들 마음에 들지 않는다고 4년도 안 돼 내쫓으려 하니 그게 대신들이 할 짓이냐?"

대왕대비는 조금도 지지 않았다.

"눈을 씻고 봐도 이제는 보위를 계승할만한 왕손도 없는데 누굴 새로 내세우겠단 말인가?"

"조정 상하 만백성은 '임금대리로 이성계 시중이 앉아야 한다'고 있습니다."

"대리임금? 고금동서에 신하 된 자가 대리임금이 되었단 말은 듣는이 처음이오. 대리임금이 아니라 새 임금, 신왕이겠지요. 치마를 입었다고 속이다니 보위를 찬탈하고 있다고 왜 솔직히 밝히지 못하는가? 사백칠십 년 고려 종사를 이렇게 불법으로 허무하게 내줄 수 없다. 이 무도한 역신들아!"

그러면서 대비는 슬피 울기 시작했다. 비틀거리며 임금이 일어났다. 자신의 처소인 별궁으로 들어갔다. 얼마가 지나자 이미 만반의 준비를 끝낸 이성계 일파는 남은(南誾)이 미리 만들어 두었던 교서를 들고 별궁으로 들어갔다.

"전하는 교서를 받으시오."

이윽고 모든 걸 포기한 듯 싶은 임금이 나왔다.

"신이 교서를 읽겠습니다. 국왕 요(瑤. 恭讓王)는 무도하고 암우하여 고려국을 다스릴 수 없다. 옥새(玉璽)를 권지국사 이성계 시중에게 위임하노라."

임금이 고개를 떨구었다. 그러자 뒤에 서 있던 왕비와 후궁들이 일시에 울음을 터뜨렸다. 그때 정희계(鄭熙啓)가 임금 앞으로 나와 두 번째의 교서를 읽었다.

"전왕 요를 원주(原州)로 추방한다."

교서를 읽자마자 위사들이 달려와 폐왕(廢王)을 밖으로 끌어냈다. 이미 만일에 대비하기 위해 이방원이 근위(近衛) 군사 천여 명을 동원하여 궁 안팎을 철통같이 둘러싸고 있었다.

"지체하면 안 된다. 어서 속히 떠나라."

이방원이 서두르며 명을 내렸다. 그런 다음 이성계의 세력들은 다시 흥국사로 자리를 옮겨 후속 조치를 논의했다.

"이제 어떡해야 할까?"

이성계가 둘러보자 역시 배극렴이 나섰다.

"보위는 단 하루도 비어 있으면 아니 됩니다. 지금 당장 대궐로 나서야 한다고 봅니다."

그러자 남은이 반대했다.

"급할수록 돌아가라 했습니다. 길일(吉日)을 받아 취임하심이 좋을 듯합니다."

"택일을 하자?"

"서운관에 명해서 길일을 택 받음심이 옳은 줄 압니다."

서운관에서는 국가 제례 의식(儀式) 등이 있을 때는 손(損)과 흉이 없는 길일을 살펴 정하도록 하고 있었다.

서운관의 부서에는 천문지리부, 역수(曆數), 점수(占數)부. 측후(測候)각루(刻漏)부 등이 있었다. 길일 택일은 점수부가 하는 일이다.

"좋소. 그럼 지금 곧 서운관에 알리도록 하시오."

남은이 대답하고 명을 내리려 할 때 잊고 있었다는 듯이 이성계가 만류했다.

"그러지 말고 서운관에 연락해서 내가 직접 뵙고 싶다고 류방택 관장을 모셔오도록 하라."

"알겠습니다."

저녁때가 되자 방택이 대궐에 있던 시중집무실로 이성계를 만나러 왔다. 방택을 보자 이성계는 벌떡 일어나 나오며 반갑게 맞았다.

"류 관장님 오랜만입니다. 이렇게 오시라 해서 죄송합니다!"

"얼마나 바쁘십니까?"

"회군한 뒤에 한번 모시고 대작(對酌)하며 감사를 표하려 해도 틈이 나지 않아 오늘에 이르렀습니다."

"도와드린 것도 없는데 감사라니요?"

"한 번만 더 도와주십시오."

이성계는 자기가 어떻게 권지국사가 되었는지 자세히 설명하고 천문을 봐서 취임일을 정해달라 청했다.

"권지국사라면 임금 대리가 되신다는 뜻이군요. 삼가 봉축합니다."

"고맙습니다. 취임은 서둘러야 한다 하고 있습니다."

"무슨 말씀인지 잘 알겠습니다."

"도와주실 수 있지요?"

"물론입니다. 그럼 가보겠습니다. 준비를 해야 하니까요."

방택은 급히 일어나 밖으로 나왔다. 취령산으로 향했다. 관측소에 가서 준비를 해야 했던 것이다. 천문을 살핀 그는 마침내 자정이 지나서 길일을 얻었다. 그는 급히 결과를 기록해서 관측소 직원인 김사예(司藝)에게 주고 이른 아침이 되면 대궐로 달려가 시중 집무소에 전하라 당부했다.

아침에 등청한 이성계는 서운관 류방택이 보내 온 결과를 알리기 위해 자파의 신료들을 불렀다.

"길일은 내일로 나왔다."

제5부

1. 권지국사(權知國事) 대리국왕(代理國王) 이성계

　이성계의 이른바 권지국사 임직식은 이튿날 아침 수창궁 정전(正殿)에서 열렸다. 만조백관이 도열하여 긴장감에 차 있었다. 이때 갑자기 백관들이 외쳤다.
　"이성계 대리 대왕, 천세! 천천세!"
　곤룡포를 입고 익선관(翼善冠)을 쓴 이성계가 보좌 앞으로 들어왔던 것이다.
　"대리대왕, 천세. 천천세!"
　궐내가 떠나갈 듯 환호 소리가 다시 한번 일어났다. 보좌는 비어 있었지만, 그 뒤에는 대왕대비가 앉아 있었다. 이성계는 대비 앞에 절을 올렸다. 대비는 말없이 눈물만 흘리고 있었다. 남은이 고했다.
　"지금 이후 고려의 국사(國事)는 이성계 권지국사께서 감록(監錄)하시고 대비마마는 서무(庶務)를 전담토록 되어 있나이다."
　그러자 신하들 중에서 대사헌(大司憲) 민개(閔開)가 나서며 질타했다.
　"모든 국사는 대비마마가 전담하시고 권지국사는 자문만 하면 되는 것을 왜 눈 가리고 아웅 하는 거요? 보위가 탐나면 왕위를 찬탈하면 될 것을!"
　순간 찬물을 끼얹은 듯 궐내가 가라앉았다.
　"저자를 끌어내라!"

이방원이 외쳤다. 그러자 위사(衛士) 두 명이 달려와 민개를 개끌듯 끌고 밖으로 나갔다.

"보좌에 좌정하소서. 마마!"

다시 축언(祝言)의 함성이 일어나자 이성계는 마지못해 하며 보좌에 앉았다. 그때 지신사(승지) 두 사람을 거느리고 권중화가 옥새함이 놓인 보개상(寶蓋床)을 머리 높이 받쳐 든 채 천천히 걸어 들어오고 있었다.

이성계 앞으로 다가오자 멈춰 섰다.

"대고려국 권지국사, 이성계 대리 대왕께서는 고려 국왕의 옥새를 받으시오."

이성계가 만면에 웃음을 띠고 옥새가 든 보개상을 받았다.

"이성계 대리 대왕 천세! 천천세! 영원무궁하소서!"

이로써 이성계는 모든 대권을 쥐고 임금이나 다름없는 자리에 올랐다. 그런데 권지국사가 되고 나서 최초로 망신을 당하는 사건이 일어났다.

새 임금이 즉위하면 자칭 대국인 명나라가 승인을 해줘야 하게 되어 있었다. 그래서 취임 승인 청원 사절단을 곧바로 보냈는데 국서(國書)를 바치자마자 명제(明帝) 주원장은 그 자리에서 사절단 앞으로 국서를 던지듯이 돌려주었던 것이다.

"임금 된 뒤에 승인을 청원하라 전하라."

사절단이 돌아와 보고를 하자 이성계는 부르르 쥔 주먹을 떨었다.

"위화도에서 회군한 것이 철천지 한이로다. 요동을 정벌하여 우리

땅으로 만들었더라면 이런 수모 당하지 않았을 것을!"

이성계는 이를 갈았다.

"내 언젠가는 이 모욕과 수모를 명나라 네놈들에게 돌려주리라."

한편 김포방(金浦坊) 취령산에 있던 사설 천문소에서 방택은 오랜만에 거문고를 꺼내놓고 다스름을 했다. 잠시 후 조용히 눈을 감고 묵상에 잠겨 있던 방택은 괴로운듯 고개를 좌우로 흔들었다. 이성계가 이른바 권지국사에 취임한다며 택일 성점(星占)을 부탁했을 때 선뜻 그 부탁을 받아준 것이 마음에 걸렸던 것이다.

'권지국사가 무엇인가. 새로운 임금이 된다는 말 아닌가? 그건 역성혁명(易姓革命)의 시작 아닌가. 그런데 왜 난 택일 부탁을 했을 때 과감하게 못한다고 거절하지 못했을까? 너무 졸지에 받은 부탁이라 전후 사정도 따져보지도 않고 해주겠다 했던 것이다.'

물론 거기에는 이성계의 부탁을 거절할 수 없는 이유도 있었다. 이성계는 출신이 서민적이어서였는지 쉽게 인간적으로 친해지는 인물이었다. 게다가 이성계는 소박하고 정직해서 한 번 알게 된 지인(知人)에게는 신뢰감을 주고 편안한 인간미를 보여주었다.

이성계는 방택보다 15년 연하였다. 방택이 나이를 따지지 않고 언제나 존중해주었는데 이성계 역시 방택에게는 깎듯 했다. 그런 것들이 복합적으로 버무려져 있어 그의 부탁을 그냥 깊이 따져보지 않고 해주었던 셈이다.

그런데도 마음 한켠이 무거웠다. 그는 다스름을 끝낸 거문고를 안고 탄주를 시작했다. 〈감군은곡(感君恩曲)〉이었다. 공민왕의 모습이 방안에 앉아 있는 듯한 착각을 느끼자 감은의 눈물이 흘러내렸다. 탄주를 다 끝내고 자작으로 약주 한 잔을 마시고 있을 때 누군가 찾아오는 발자국 소리가 들려왔다. 기침소리가 들렸다.

"아버님 계세요?"

"누구냐?"

그러자 방문이 열리며 장년 하나가 얼굴을 내밀었다.

"접니다."

"오, 백순(伯淳. 三男)이가 왔구나? 어서 들어와라."

백순은 그의 막내아들이었다.

"웬일로 여기까지 날 찾아왔느냐?"

"어머님이 집으로 모시고 오라 해서 왔습니다."

"왜?"

"왜라니요? 사흘 후면 조부(祖父)님 기제사(忌祭祀)가 있는 날 아닙니까?"

"내가 그걸 왜 잊었겠느냐?"

"전 직장에 3일 휴가원을 내어 허락받았습니다. 그리고 큰형님(장남 伯濡)도 휴가를 받았다 합니다."

"그래? 네 둘째 형(차남 伯淙)은?"

"내일 오전에 알려준다고 했습니다."

방택은 만족한 듯 고개를 끄덕였다. 류방택은 일찍이 예조판서(禮曹判書) 행평택감무(行平澤監務) 손사(孫俟)의 장녀와 혼인하여 슬하에 삼남이녀(三男二女)를 두었다. 장남 백유는 목은(牧隱) 이색의 제자로 임금이 임어한 자리에서 보는 마지막 과거시험인 전시(殿試)에서 급제한 수재로 지금은 춘추관(春秋館)의 겸승(兼丞. 종5품관)으로 봉직하고 있었다.

그리고 차남인 백종은 사재시(司宰寺)에서 주부(注簿. 종7품)로 일하고 있었고 막내인 삼남 백순은 아직은 사간원(司諫院) 말단에서 일하고 있었다. 조부의 제사를 모시기 위해 아들들이 휴가원을 냈다는 것은 그럴만한 이유가 있었다.

방택이 지금 살고 있는 곳은 왕성인 송도였다. 아들 셋 중에서 장남은 아버지를 모시고 살고 있고 막내가 함께 살고 있었다. 차남만 나가 살고 있었다. 그가 사는 곳도 왕성 안이었다. 그런데 부친 제사는 고향인 서산(瑞山)으로 가야 모실 수 있었다. 고향 집에 조상들의 위패를 모신 사당이 있고 유택(幽宅)이 있기 때문이다. 그래서 모두 모여 예년처럼 함께 내려가기로 한 것이었다.

드디어 제사 이틀 전 이른 아침이 되자 예성강가에 있던 방택의 집에는 아들, 딸 그리고 손자, 손녀들까지 열여섯 명이 모였다.

"자아, 준비 다 되셨으면 출발하시죠."

개풍(開豊) 항구에 갔던 막내아들 백순이 돌아오자 서둘렀다.

"배편은 잘 구했느냐? 전처럼 다 낡아빠져서 바람만 건뜻 불어도 기우뚱하며 뒤집어질 듯 한 그런 배는 아니겠지?"

장남 백유가 웃으며 물었다.

"이번 건 왕성에서 탐라도(제주도)까지 왕래하는 장삿배라 아주 고래등 처럼 단단하게 생겼습디다."

"그럼 믿고 떠나 보자."

식구들이 왕성의 항구인 개풍으로 떠났다. 황해바다 연안을 돌며 장사하는 배였다. 이들의 목적지는 충청도 당진(唐津)이었다. 당진은 그 이름처럼 당나라 때부터 국제무역도 하던 중요한 항구였다. 뿐만 아니라 당진은 내륙 물산이 모여드는 곳이라 장삿배들로 언제나 북적였던 것이다.

고향인 서산을 가자면 개경에서 육로로 택하면 한 달 이상 걸리지만, 배를 타고 가면 하루 이틀이면 당진에 도착하고 거기서 거의 이웃한 곳에 서산이 있었다. 드디어 식구들은 편안하게 고향 집에 당도했다.

이튿날 밤. 부친의 제사를 모셨다. 시집간 딸들은 모두 먼곳에 살고 있어 부르지 않아 아들 삼형제와 손자들만 참예하고, 사촌형 류 숙의 아들인 조카 실(柳實)이와 후(柳厚), 그 외 그의 자식들, 그리고 가까운 친척들 사십여 명이 참예했다.

격식과 제의(祭儀) 예절에 따라 엄숙하게 제사를 받들고 이튿날 새벽에 모두 일어나 부친 성거공(成巨公)이 잠들어 있는 유택 성묘(省墓)를 마쳤다. 집으로 돌아오자 뒤울안에 있던 사당(祠堂)에 참예했다.

조상들의 위패가 모셔져 있는 대상 밑에서 방택은 고유문(告諭文)을 읽었다.

"삼가 서산류씨(瑞山柳氏) 칠세후손(七世後孫). 검교밀직부사(檢校

密直副使) 판서운관사(判書雲觀事)겸 봉익대부(奉翊大夫). 류방택(柳方澤), 고두재배(叩頭再拜)로 조상님 전에 고유(告諭)하오니 굽어 살펴 주시옵소서. 작일(昨日), 어제는 저희 서산류씨 6세손이시며 제 부친이신 태중대부(太中大夫) 예빈경(禮賓卿)의 기제사일(忌祭祀日)일이오라 모처럼 후손들이 모두 모여 제사를 드리고 선조님들의 음우지덕(陰佑之德)으로 가문에 빛이나고 더욱 일익 번창하고 있으니 모두 서산류씨 집안의 일원이 되었다는데 자랑스러워 했나이다. 그리고 이 자리에 후손들이 모두 모였습니다.

　제 자식들, 진사시(進士試)를 준비하고 있는 큰손자 익동(益潼)이, 그리고 둘째 손자 익민(益湣)이, 셋째 손자 익경(益涇)이가 와 있고, 둘째 아들 백종(伯淙)의 아들이며 지금 과시(科試) 공부 중인 아들 의(宜)가 참예 했나이다. 그리고 막내인 셋 째 아들 백순(伯淳)이도 아들 만(晩)이를 데리고 왔나이다.

　그리고 온 세상이 다 알고 슬퍼한 저희 류씨집안의 애사(哀史)가 있었습니다. 제 사촌형님인 서령군(瑞寧君) 문희공(文僖公) 류숙(柳淑) 형이 그 주인공입니다. 32세에 문과에 장원급제하여 볼모로 원나라 수도인 대도로 끌려가던 강릉대군(江陵大君. 공민왕)의 시종으로 4년간 모시다가 대군께서 신왕이 되시어 귀국할 때 모시고 와 봉직하다가 간신배인 조일신의 무고로 파직을 당하였습니다.

　낙향해 있다가 조일신이 처형되자 복권이 되어 홍건적난을 평정하는데 공을 세워 충근절의찬화공신(忠勤節義贊化功臣) 서령군이 되었는데, 그의 충의(忠義)를 시기하고 모함하던 요승 신돈의 마수에 걸려 그만 유배되고 유배지에서 신돈이 보낸 자객의 손에 의해 희생된 만고의 충신입니다.

그리고 바로 서령군 문희공 류숙 형님의 충절의 정신이 낳은 두 아들. 실(實)이와 후(厚)가 자식들을 데리고 와 있습니다. 그뿐이 아니라 직계는 물론 방계(傍系)의 친척, 가족들까지 수십 인이 참예 했나이다. 이들에게 언제나 숭조지심(崇祖之心)을 품고 조상을 존숭하며 살아가야 한다는 걸 가르치겠습니다.

방택의 고유문이 끝났다. 그렇게 제사 일정이 다 끝나자 방택은 오랜만에 도비산으로 나가 하룻밤을 지내며 쉬기로 했다. 도비산 천문소에는 그동안 그가 연구하고 조사해 온 천문 기록들이 쌓여 있었다. 북극성(北極星)의 고도(高度)와 위치변화에 대한 관찰기록. 그리고 송도. 한양. 완주 등 각 지방의 시각차(時刻差) 조사와 그 계산법 연구. 그 외에도 다양한 조사기록들이 있었다. 중요한 것은 보자기에 쌌다. 송도 취령산으로 가져가기 위해서였다.

이른 아침이 되자 아들 삼형제와 손자들이 도비산으로 몰려왔다.

"할아버지, 이제 가셔야지요."

"어딜 간단 말이냐?"

"송도 우리 집이요."

"오냐, 가자."

당진으로 나가서 다시 배를 얻어 타고 송도로 가야했던 것이다.

2. 이방원(李芳遠)의 간청

    일상으로 돌아온지 한 달쯤 되었을 때 뜻밖에도 이성계의 다섯째 아들인 이방원(李芳遠)이 서운관으로 방택을 찾아왔다.
    "안녕하십니까? 이방원입니다."
    "이 장군이 오시다니 반갑습니다."
    방택은 요동 정벌군 이성계의 우군에 종군했기 때문에 군내에서도 가끔 만난 사이여서 서로 잘 알고 있었다.
    "아버님이 관장님 말씀을 여러 번 하셔서 한번 뵙고 인사나 드려야겠다 생각을 했습니다."
    "종군을 하면서 나도 장군은 여러 번을 만났지만, 이방원 장군은 솔직하고 호방해서인지 잊지 못했습니다."
    "아버님을 여러 번 도와주셨더군요. 고맙게 생각하시더라구요."
    "내가 무슨 도움을 주었다고 그러시는지 모르겠네요."
    "지난번 권지국사 대리 국왕 취임일을 길일(吉日)로 택일하여 정해 주셨다고 하시더라구요."
    "흐음, 그건 내 직업인 걸요? 당연히 해드려야죠."
    "경칭을 쓰시니 불편합니다. 하대하세요. 전 아드님인 저정(樗亭. 伯濡)과도 잘 아는 사이입니다."
    "그러고 보니 우리집 큰애한테 들은 적이 있습니다."
    이방원은 아버지를 닮아 원래 가식이 없고 서민적이었다.

"관장님은 작금(昨今)의 나라 사정을 어떻게 보고 계시는지 듣고 싶습니다."

"밤하늘의 별들이나 관찰하고 연구하며 산속에 사는 나 같은 사람이 뭘 알겠나?"

"너무 겸손하시군요. 두 가지 사건 때문에 나라와 백성들이 도탄에 빠졌습니다. 한 가지 큰 사건은 전혀 준비도 안 된 상태에서 10만 대군을 일으켰던 요동 정벌전이 수포로 돌아가 나라의 국력과 민생이 망쳐버린 것입니다. 또 한가지 사건은 뭘까요? 새로운 강국 고려를 건설하려던 공민왕께서 흉변을 당하여 붕어(崩御)하신 일입니다. 나라를 이끌고 가는 기둥이 없어진 것입니다."

공민왕 말이 나오자 방택은 자기도 모르게 눈시울이 붉어지며 눈물이 맺혀 그걸 보이지 않으려고 천정을 올려다보았다. 이방원은 더 진지한 음성이 되었다.

"모든 책임은 최영 장군에게 있었는데도 그와 그를 따르던 수구파 친원(親元) 기득권 세력은 마지막까지 권세를 내놓지 않으려고 몸부림쳤습니다. 최영 장군이 돌아가시면 수구파 세력이 완전히 사라지겠지 했으나 정몽주 대감이 남아 최영 장군 이상 강경파로 군림하게 되었지요. 불행하게도 정몽주 대감은 선죽교에서 철퇴를 맞고 쓰러졌습니다. 그렇게 되니 새로운 젊은 사대부 선비들이 기를 펴면서 공민왕께서 이루려 하셨던 대업을 달성하자고 나서고 있지만 역부족입니다. 하나로 만들어 이끌고 나갈 수 있는 국가 최고의 힘인 강력한 국왕이 없었던 것이지요."

이방원은 갑작스럽게 방문한 것도 의외인데 밑도 끝도 없이 나라 안의 혼란스런 국정(國政)을 운위하며 열을 올리는 이유가 뭘까하고 방택은 생각했다. 잠시 후가 되자 그 이유는 드러나게 되었다.

"그리되자 만백성은 강력한 새 국왕이 세워지기를 원했습니다. 그게 바로 이성계 장군이었습니다. 보위에 나가실 때가 되었으니 결정을 하시라고 모든 신료들이 한목소리로 외쳤습니다. 그러나 이 장군은 고개를 흔드셨습니다. 그리되면 보위를 찬탈한 역적이란 꼬리표가 붙는다는 것이었습니다."

"그래서 권지국사 대리 국왕이란 자리가 생겨난 거 아닌가?"

"정도전 대감이 만든 임시제도입니다. 국왕 대리를 하시다 보면 가까운 시일 안에 백성들은 보위에 앉아 강력한 힘을 보여달라 할 것이라 했습니다. 그때 마지못해 보위를 물려받으시면 무난하다는 것이었습니다."

"미안하네만 그대는 지금 어떤 결론을 찬성하고 있는지 궁금하네."

"사실은 어제 흥국사에서 이성계 장군을 따르는 개혁파 대신들이 모여서 비상 대책 회의를 열었습니다. 더 이상 선장 없는 나라가 되어서는 안된다. 망하기 직전 아닌가. 이성계 장군이 보위에 당장 나가야만 나라가 산다."

".........."

"내일이라도 신왕으로 등극하시게 해야한다. 그렇게 만장일치 결론을 냈습니다."

"내일이라면 ? 7월 5일?"

"그렇습니다. 오늘이 4일이니까요."

"그렇게 정했으면 내일 거사를 하면 될 텐데 그걸 사전에 알려주러 온 이유는 뭔가?"

"정한대로 밀고 나가자. 그렇게 준비, 시행하기로 했는데 문신(文臣)들이 제동을 걸었습니다. 보위에 나감은 삼심(三心)이 맞아야 한다. 즉 하늘의 마음(天心)이어야 하고, 둘째는 다스릴 땅(地心)의 마음이어야 하며, 세번째는 온 백성이 한마음 한뜻(人心)이 되어야 된다 했습니다. 그 삼심의 하나됨은 헤아려서 알아보아야지 인위적으로 마음대로 아무 때라도 보위에 나가면 되는 게 아니라는 것이었습니다. 그래서 권지국사 취임 때도 류방택 관장님이 가장 좋은 길일을 택하여 주셔서 그대로 따랐으니 이번에도 그분에게 청해야 한다는게 모두의 바람이었습니다. 특별히 저를 이렇게 보내시어 관장님께 간곡히 청하게 하신 분은 저의 부친이신 이성계 장군이십니다."

방택은 몹시 곤혹스런 표정을 지으며 눈을 감았다. 침묵이 흘렀다.

"청을 받아주십시오."

이방원이 채근했다. 권지국사 취임과 신왕 취임은 그 뜻이 완전히 다르지 않은가. 권지국사는 대리국왕이지만 신왕은 새로 등극하는 제왕이다. 왕씨의 후예가 신왕이 된다면 몰라도 전혀 다른 성씨의 인물이 왕위에 앉는다면 이것은 보위 찬탈이며 왕조를 바꾸는 역성혁명(易姓革命)이다.

이것은 심각하게 생각하고 결론 내려야 할 사안이었다.

"알겠네. 필요하다면 우리 서운관 일관(日官)들과 상의해서 결정해

통보해 드리겠네.”

"고맙습니다. 정해지기 까지 기일은 얼마나 걸릴까요?

“최소 열흘은 잡아야 하네.”

“그럼 그렇게 전해드리겠습니다.”

이방원이 떠났다. 방택은 바로 천운관 소속의 일관들을 소집했다. 류방택, 노을준(盧乙俊), 권중화(權仲和) 등 11명이 모였다. 모두 일월성신(日月星辰)의 운행(運行)과 풍운우동(風雲雨蝀)의 변화를 알아내어 국가의 길흉일(吉凶日)을 점칠 줄 아는 천문관들이었다.

“오늘 이렇게 여러분을 모신 것은 급히 상론할 말씀이 있어서입니다.”

상석에 앉은 판서운관사(判書雲觀事. 정3품관) 류방택이 회의를 주관했다.

“그동안 조정은 선장 없는 배처럼 되어 배가 산으로 가는 형국이었다 합니다.”

“그래서 권지국사를 모신 거 아닙니까?”

노을준이 한마디 했다.

“대리국왕이지 강력한 실제 국왕이 아니어서 어려움이 많았던 것 같습니다. 예를 들면 선왕이신 공민왕께서 추진하시던 모든 개혁정책은 추진 동력을 잃고 제자리 걸음이고, 요동 정벌전을 벌이고 난 전쟁 마무리를 못하는 후유증 등에 시달려 나라가 존망 지경에 까지 이르렀다는 겁니다.”

“그건 사실이지요. 모든 백성들이 못 살겠다고 아우성이니까요.”

“여러분도 아시다시피 국가 최고의 의결기관(議決機關)이 있습니다. 정종(正.從) 3품관 이상, 나라의 원로들이 모여 회의를 하는 이른바 도평의사사(都評議使司)입니다. 그 회의에서 결정을 내렸다 합니다. 신왕으로 권지국사인 이성계 장군을 모시기로 했답니다."

모두 놀라운지 표정이 굳어졌다. 잠시 침묵 후에 한숨을 내쉬며 권중화가 중얼거렸다.

"…..올게 왔군요."

모두 같은 느낌인 듯 했다.

"그럼 정식으로 날 잡아서 수창궁에 있는 대궐 보위에 나가야겠군요. 그래서 관장님이 우릴 부르셨군요?"

"길흉 여부를 따져서 거사 택일을 정해 달라는 밀직사(密直司)의 통보를 받았습니다."

"이건 보위 찬탈의 대역(大逆) 사건이 아닙니까?"

누군가 화가나서 외쳤다.

"나도 그게 꺼림직해서 먼저 여러분의 생각을 듣고 싶습니다. 만장일치가 안되면 할 수 없는 일이니까요. 자유롭게 개진하십시오. 모두 눈을 감으시고 이 같은 대역 사건에 연루되는 건 싫다 하는 분은 손을 들어 주시고 이성계 장군의 역성혁명은 필연적인 대세이므로 등극을 찬성한다 하시는 분은 가만이 있으면 됩니다. 반대를 하면 보복을 당할 게 아니냐 그렇게 생각할 수도 있지만 나는 나만 아는 비밀로 간직하겠습니다. 11명 가운데 나오는 반대자는 피치 못할 사정으로 부득불 불참으로 처리할 것입니다. 그럼 모두 눈을 감아 주십시오. 자, 그럼 반대하는 분, 손을 들어주십시오. 됐습니다. 이제 눈을 떠도 좋습니다"

방택은 좌중을 둘러보며 말을 이었다.

"11명 가운데 반대자는 2명이었습니다. 그렇다는 것만 알아주십시오. 약속한대로 비밀은 지키겠습니다. 복일(卜日)을 해서 택일할 때는 모든 일관이 한 곳에 모여서 함께 해왔습니다만 이번의 사안은 아주 중차대한 성점(星占)이므로 모두 흩어져서 주어진 날짜 시간 안에 각자 택일을 하여 제출하면 과반(過半) 이상의 동일한 의견을 취하여 정해진 날짜를 밀직사에 통지하겠습니다. 밀직사에 통지할 때는 일관 전원이 내놓은 복일이라 하겠습니다."

그러면서 방택은 성점 보는 시간을 정해주었다.

"시간은 오늘 혼각(昏刻. 해 지는 시각)에서부터 3일이 지나는 효각(曉刻. 해 뜨는 시각)까지 드립니다. 끝나면 천운관으로 등청해서 받으신 길일을 제출하시면 되겠습니다."

일관들은 평소, 관장인 류방택의 인품이나 인격, 그리고 그의 실력을 존경하고 있었다. 그가 하는 일에 원망을 하거나 불만을 드러내는 동료, 후배들이 없었다. 항상 모든 일에 불편부당하고 정직하고 성실해서 존경을 하고 있었다.

이번 일에도 아무런 잡음 없이 그를 따랐다. 일관들은 모두 흩어져서 정해진 시간을 지키기 위해 별자리와 그 변화를 관찰하기 위해 힘을 다했다. 방택도 취령산 천문소로 자리를 옮겨 별들을 보며 연구에 들어갔다.

그렇게 삼일이 지나 마감시각을 마쳤다. 아침이 되자 흩어졌던 일관들이 천운관으로 모두 다시 모였다. 일관들이 각자의 성점 결과를 제출했다. 방택은 하나하나 신중하게 그 결과를 점검했다. 한참 만에 방택이 입을 열었다.

"모두 아홉 분이 참예 했습니다. 아홉 분 중에 일곱 분은 똑같이 앞으로 사흘 뒤인 7월 16일 오시(午時)가 가장 좋은 길일이라 했고, 두 분은 앞으로 20일 뒤인 8월 3일이 길일중에 길일 이라 잡았습니다. 이 자리에서 양편의 점괘(占卦)를 분석하고 한 번 더 성점을 보는 것으로 할까요?"

그러자 노을준이 한마디 했다.

"지금 추대를 원하는 신료들은 월정사에 모여서 하회를 기다리고 있다 합니다. 시간을 지체할 수 없습니다. 다른 날로 정하신 두 분을 깎아내리자는 게 아닙니다. 저 역시 7월 16일이냐 8월 3일이냐 정하지 못해 고민했으니까요. 양자 모두 장. 단처가 있었기 때문입니다. 그래도 7월 16일이 조금 낫다 싶어 그 쪽을 택했을 뿐입니다. 다수의견을 따라도 이의 없다면 관장님이 정하십시오."

"알았소. 나 역시 양자택일에 고민을 좀 했으니까요. 어떻습니까? 저에게 맡기시겠습니까 아니면,"

"관장님 판단에 따르겠습니다."

모두가 그랬다.

"알았습니다. 그러면 삼일 뒤인 7월 16일 오시로 통보하겠습니다. 수고 많으셨습니다."

당장 밀직사에 통보를 보냈다.

3. 개국(開國)의 아침

7월 16일(1392년) 아침.

쾌청한 아침이었다. 권지국사 이성계를 따르는 신진 사대부 세력들인 배극렴(裵克廉), 조준(趙浚), 정도전(鄭道傳), 권근(權近), 조인옥(趙仁沃), 하륜(河崙), 유창(劉敞), 이지란(李之蘭), 김인찬(金仁贊), 이방원(李芳遠) 등 50여 명의 대소 신료(大小臣僚)들이 모두 모여 이성계의 사저(私邸)로 향했다.

그들 행렬의 선두에는 일반 백성들과 노인들이 나서서 옥새함(玉璽函)을 머리 높이 쳐들고 따라가고 있었다. 이성계의 사저에 가까워질수록 이들 뒤를 따르는 백성들의 숫자가 구름처럼 불어났다. 이윽고 사저의 대문 앞에 이르렀으나 문을 열어주지 않았다.

아침 식사를 하고 있던 이성계는 군중들이 몰려와 있다는 보고를 접하자 대문을 열어주지 말도록 명을 내렸다. 한참을 기다린 후에야 배극렴 정도전 등은 반강제로 대문을 열고 마당으로 들어서서 대청 위에 옥새함을 내려놓게 하였다.

"대왕마마, 이성계 대왕마마께서는 어서 나오셔서 이 옥새를 받으시옵소서."

오십여 명이 여러 번 합창을 한 뒤에야 마지 못해 이성계가 나타났다. 그의 모습이 대청에 나타나자 북소리가 진동하며 마당 안을 가득 채운 신료들과 백성들이 일제히 부복하며 배례(拜禮)를 올리며 외쳤다.

"이성계 대왕 천세. 천천세!"

만세 소리가 그치지 않았다. 한참 만에 잦아들자 배극렴이 나서서 왜 이성계 권지국사가 새 국왕으로 등극해야 하는지 필유이유(必有理由)를 하늘에 고했다.

"4백년 사직이 위급존망(危急存亡), 풍전등화에 이른 것은 기득권 세력들의 탐욕과 아집(我執), 그리고 정통성이 없는 임금들의 거듭된 실정으로 모든 천심과 인심이 떠났기 때문이며, 이 모든 위기를 극복할 수 있는 명군으로는 이성계 장군 이외에 없다는 천의(天意)가 모아졌으므로, 고려조정 대소신료 53명이 권지국사 대리왕인 이성계 장군을 국왕으로 옹립해야 한다고 전원 서명(署名) 수결(手決)을 했아오니 그 뜻을 받드시옵소서."

배극렴의 고유서(告諭書) 낭독이 끝나자 모두 다시 부복하며 외쳤다.

"이성계 대왕 천세! 천천세!"

이튿날인 7월17일. 아침.

수창궁(壽昌宮)에서는 화려한 곤룡포를 입고 면류관을 쓴 이성계가 새 왕조를 연 신왕으로 보좌에 올랐다. 이로써 34대. 475년을 면면히 이어 온 고려국(高麗國)은 역사의 뒤안길로 사라지고 조선왕조의 새 아침이 시작되었다.

신왕으로 보위에 오른 이성계는 당장 고려라는 국호를 버리지 않았다. 어차피 명(明)에 사신을 보내어 신왕 등극의 승인을 받아야 하므로 국호도 그때 함께 받아내야 했던 것이다. 일단은 상국연(上國然)하는 그들의 비위를 맞춰주자는 것이다.

　사실은 새 나라의 국호도 측근들의 연구로 두 가지 후보 명이 정해져 있는 상태였다. 화령(和寧)과 조선(朝鮮)이었다. 화령이란 이름이 나온 것은 이성계의 고향이 함경도 영흥(永興), 일명 화령이라 하니 신왕국 국명도 화령으로 하자는 것이었고, 또하나의 국명 조선은 고조선 시대부터 조선으로 불려왔으며 모든 백성들이 가장 친숙하게 부를 수 있는 나라 이름이니 조선이라 하자는 것이었다.

　신왕은 보위에 오른지 이틀만에 신속하게 신왕 등극과 새 나라에 대한 국명을 승인받기 위한 사절을 명나라에 파견했다. 신왕 즉위는 즉시 신임해주고, 국명을 무엇으로 할 것이냐에 대해서도 의외로 명은 별 트집 없이 〈조선〉으로 하는게 좋겠다고 결론을 내렸다.

　그런데 알고보면 조선이란 나라 이름에 대한 명과 우리나라의 국명해석(國名解釋)이 달랐다. 명나라가 조선이 좋겠다 한 것은 상고시대 중국의 기자가 동쪽으로 가서 한반도 북쪽에 기자조선(箕子朝鮮)을 건국하고 다스렸다는 고사(故事)를 떠올렸기 때문이었다.

　그러니까 신생국인 새 나라 이름을 조선이라 하면 상고 이래 조선국은 중국의 속국이란 거나 마찬가지라 생각해서 조선으로 하라 한 것인데, 당사자인 우리는 옛날부터 지금까지 기자조선의 실체를 믿지 않고 있다. 기자동래설(箕子東來說) 자체가 실제가 아닌 신화(神話)라고 치부하고 옛날이나 지금도 믿는 사람이 없다.

　한편 대리국왕 권지국사가 아닌 당당한 신왕이 전권을 잡아 다스리니 이른바 신진 세력들이 추구하고 있던 개혁정책의 실시와 시행에 탄력을 받고 있었다. 정도전, 조준 등을 비롯한 대다수의 신진 사대부들은 새로운 왕조는 개혁을 완수하여 강력한 자강국가(自彊國家)가 되어야 한다고 생각하고 있었다.

새 술은 새 부대에 담아야지 헌 부대에 담으면 안 된다는 것이 그들의 주장 이었다. 여기서 헌 부대로 지칭된 세대는 부패한 기득권 세력이었다. 새 부대에 새 술을 담그면 그 술이 익어 부풀어 올라와도 터지지 않지만, 헌 부대에 새 술을 담으면 그 술이 익어 부풀어 오르면 헌 부대는 견디지 못하고 터져버린다는 것이었다.

이어서 그들은 4가지 개혁과업을 제시했다. 첫째는 구제도 아래 구사상을 가지고 수백, 수십 년을 군림해 온 부패한 기성세력을 구축하고, 신진유학(新進儒學) 세력들과 새 사상을 가진 젊은 세력들이 주축이 되어 새나라의 역사를 책임져야 한다. 그러기 위해서는 동조세력 단합과 확장이다.

신세력의 단합 확장만이 중단 없는 동력의 원천이 되는 것이다. 둘째의 개혁과업은 문란하기 이를 데 없는 전정(田政)의 바로 잡기였다. 전 국토의 농지 대부분은 농민들이 소유하고 있는게 아니라 기득권 세력들이 강점(强占)하고 있었다. 권력으로 강점한 토지들을 다시 철저히 조사해서 국가에 환수 조치케 하고 다시 원래의 농민들에게 돌려주자는 것이었다. 그것이 과전법(科田法)이었다.

두 번째 개혁은 가병제(家兵制) 폐지였다. 가병은 행세하던 집안에 사사로운 사병(私兵)을 두어 집안을 지키고 주인이 출타할 때는 호위를 맡아주던 제도였다. 이 가병제도가 생긴 것은 무신정권(武臣政權)이 생긴 1273년 고종(高宗) 12년. 최우(崔瑀)가 정권을 잡고 자기 집에 정부를 끌어다가 정방(政房.都房)을 설치하여 나라를 다스릴 때부터였다. 집 안팎에 수천 명의 사병들이 상주하며 경호를 했다.

그것을 본 따서 행세하던 양반집들까지 수십, 혹은 수백 명의 가병을 양성하여 데리고 있으며 세(勢)를 과시했다. 이 가병제를 폐지하고 가병은 모두 정규군에 편입시키자는 것이었다. 세 번째의 개혁은 사전(寺田)이었다. 개국이래 고려는 불교를 숭앙하여 호국불교(護國佛敎)라 하여 통치이념으로 까지 삼았다.

건국 이래 4백여 년 동안이나 불교는 국가적인 대접을 받아 사찰만도 1만여 개로 늘어났으며 국가는 사찰에 거주하는 승려들의 생계를 책임지지 않을 수 없는 입장이었다. 생계를 위해 국가는 절 마다 일정한 토지를 지급해 주었다. 토지를 분배받은 사찰에서는 농토가 없는 일반 소작농(小作農)들에게 도지(賭地)로 빌려주고 소출(所出)의 절반을 도지세로 받아 재산을 늘렸다.

그 와중에 불법이 횡행한 것이다. 도지세를 받는 사찰의 주지승은 자기 마음대로 떼어내 거부(巨富)가 되는가 하면 그 밑의 승려들도 마찬가지라 이른바 사전의 부패가 만연한 상태였다. 사찰의 개혁은 그래서 시급한 문제였다.

사전 개혁을 앞세워 불교까지 개혁해야 한다는 주장이 거세게 일고 있었다. 이른바 척불운동(斥佛運動)이었다. 호국불교를 숭상하다가 나라가 도탄에 빠졌으니 이제 새 나라를 건설하려면 부패한 구세대, 구시대를 청산하고 신시대를 열기 위해서는 뭔가 획기적인 새로운 이념과 사상운동이 필요하다.

그렇게 주장하고 앞장 선 신세대의 전사(戰士)들은 정도전. 조준, 권근, 권중화 등이었다. 이들이 주장한 새시대의 사상은 유학(儒學)이었다. 불교야말로 공상공리(空想空理)의 깨달음의 도(道)일 뿐 사실적이지 못해서 공허하기만 할 뿐이다. 따라서 새시대 새나라가 필요한 사상은 실존(實存)과 실천의 학문인 유학이 만백성의 스승이되고 나라의 근본사상이 되어야 한다고 정도전은 주장하고 있었다.

그러니까 그들의 주장은 불교를 배척하고 유교를 새로운 나라의 통치이념으로 삼자는 것이었다. 이 같은 주장은 당시 구시대와 신시대를 확실하게 구분하자는 뜻이 있었지만 조선이란 새 나라가 출발하게 되었으니 지배층의 세력도 완전히 바뀌어야 한다는 뜻이기도 했다.

한편 류방택은 십여 일 동안 혼자서 고민하다가 결론을 내리고 며칠 뒤 문하시중(門下侍中. 정3품관) 최진성의 집무소로 찾아갔다.

"안녕하시오?"

"아니 금헌공께서 웬일이시오?"

"사사로운 신변 문제가 있어 상론드리려 왔소이다."

방택은 들고 온 서류 한 장을 내놓았다.

"이게 무엇이오?"

"걸해골서(乞骸骨書) 올시다."

걸해골서는 원로대신들이 현직에서 물러날 때 제출하는 사직서(辭職書)였다.

"잠깐 좌정하시지요."

최시중이 자리를 권했다.

"고맙습니다."

"현직에서 물러나시겠다는 겁니까?"

"예. 그렇소이다."

"왜 갑자기 이러시는지요?"

"그만둘 때도 됐지요. 제 나이 일흔둘 입니다. 이젠 벼슬에서 물러나 세상 떠날 채비는 해야되는 것 아니겠습니까."

"서운하신 말씀을 하시는군요. 날더러 물러나라는 말씀과 같습니다."

방택이 놀라 눈을 크게 떴다.

"그건 또 무슨 말씀이요?"

"나도 금헌공과 동갑이어서 그런 겁니다. 혹시 주상께도 밝혔습니까?"

임금인 이성계에게도 이야기했느냐는 말이었다.

"아닙니다. 상사인 문하시중이 있는데 임금께 먼저 제 사의 말씀을 드릴 수 있습니까."

"금헌대감, 이제 개국(開國)을 했습니다. 면목 일신, 새로운 국가를 만들기 위해서 주상전하께서는 노심초사하고 계십니다. 그런데 류방택 관장 같은 명신(名臣) 학자가 손을 놓는다면 어찌 되겠습니까? 주상께서는 아마도 절대 재가를 하지 않을 것으로 생각됩니다."

"너무 과대한 평을 해주시는군요. 시중께서도 잘 아시는 것 처럼 저는 그저 산속에 틀어박혀 별들이나 연구해 온 천관(天官)일 뿐입니다. 정사(政事)에 대해서는 모릅니다. 그런 내가 국가의 중요한 중신 축에나 들겠습니까?"

"허허 너무 겸손하시네요."

"사실이 그런걸요. 그리고 난 현직에 있으나 물러나 있으나 평생 해 온 일은 똑같이 할 것입니다. 난 선왕이신 공민왕 어전에서 약조 드린 게 있습니다. '우리나라는 중국에서 만든 책력(冊曆. 달력)을 가지고 사계절을 가늠하고 24기(氣)의 날짜를 계산하고 그것들을 우리 달력에 적용해 사용해왔으나, 모두가 중국의 날짜와 시각이 달라 농사의 절기가 맞지 않아 해마다 혼란을 겪어왔는데 나는 우리만의 독립된 책력을 만들어 확정해 보는 것이 평생 소원 중 하나였소. 그걸 이루는 것이 목표였기 때문에 벼슬자리는 별 의미가 없었소. 그 목표가 소원입니다' 했더니 주상의 생전에 꼭 성공하는 걸 보고 싶다며 격려를 아끼지 않으셨습니다."

"그렇게 큰 뜻을 가지고 계신 걸 몰랐습니다. 상감께 아뢰고 대감의 의사를 전해드리기는 하겠으나 사직의 재가 여부는 장담할 수 없으니 그리 아십시오."

"고맙습니다."

방택은 시중의 집무소를 뒤로 했다. 사직서를 그렇게 던지고 난 방택은 서산 고향집으로 일단 내려갔다. 푸욱 쉬고 싶었던 것이다. 금헌정에서 이틀을 쉬고 난 그는 도비산으로 떠났다.

"아아 오랜만에 왔구나. 정든 내 소굴(巢窟)이여."

감개무량 하였다. 이곳에서 오랫동안 성좌의 움직임을 연구했던 자료들이 아직도 그대로 있어 자신을 반갑게 맞아주었다. 그는 방문을 활짝 열어 놓았다. 바다 내음과 솔 향기가 어울려 방안으로 스며 들었다.

눈 앞에는 서해바다가 펼쳐져 보였다. 그 바다 복판에 있는 것은 벽란도라는 섬이었다. 눈을 감자 갈매기 우는소리와 함께 지금은 세상을 떠나고 없는 사촌 형인 사암(思菴) 류숙(柳淑)의 호방한 웃음소리와 그의 모습이 떠올랐다.

어느핸가 함께 고향에 내려왔을 때 금헌은 사암을 도비산 초막으로 초대하여 하룻밤을 함께 지낸 적이 있었다. 술이 거나하여 초막의 좁은 마당가에 서서 두 사람은 탁 트인 바다를 바라보며 시(詩)를 나눈 적이 있었다.

먼저 형인 사암 류숙이 운(韻)을 띄웠다.

강호에서 오랫토록 살자 다짐했건만
벼슬을 지낸지 스무해가 되었네.
흰 갈매기도 웃음이 나는 듯
구구구 하며 다락 앞에 가까이 오는구나.

금헌 류 방택도 바로 화답시(和答詩)를 읊었다.

"벽란도에서 사암 종형의 시에 차운함" (碧瀾渡次思菴從兄韻)

시인을 피리 불어 보내고 맞이하니 律人管迎送
저 물결 위에 또 한 해가 가는구나. 波上又經年
잠겼다가 떠오르고 또 잠기는 일엽편주여 出沒扁舟小
청산은 거울 속으로 떨어지누나. 靑山落鏡前

누구보다 잘 통하는 사촌이었다. 친형제 이상이었고 어려서부터 서로 의지하며 자란 사이었다. 그런 형이 너무 일찍 간신 신돈의 무고로 귀양지에서 그것도 신돈의 사주를 받은 암살자들에 의해 억울한 죽음을 당했다.

눈시울이 뜨거워졌다. 그는 슬픔을 떨쳐내기라도 할 것처럼 웃 방으로 건너갔다. 처음 배우던 때 가지고 있던 낡은 거문고가 웃 방 시렁 위에 놓여 있었다. 그는 거문고를 끌어안고 탄주를 시작했다.

애끓는 장부의 울음소리 같은 무거운 저음의 거문고 가락이 도비산 골짜기를 울리며 벽란도가 있는 바다로 빠져나가고 있었다. 주군(主君) 공민왕에게 드리는 〈감군은곡(感君恩曲)〉이었다. 보위 찬탈을 하고 역성혁명을 시작한 반역의 무리들이 요구한 즉위식 길일을 정해서 올린 것은 자신도 그 반역자의 대열에 들어섰다는 죄의식에 견딜 수 없는 모멸감을 갖게 됐었다.

더구나 저항이나 거부 의사를 행동으로 보여주지 못한 그 나약함이 부끄러워 괴로웠던 것이다. 그가 사직서를 내고 조정에서 나와 야인으로 숨어살며 과오를 씻겠다는 뜻이기도 했다. 사직을 했다는 것이 그렇게 마음 편하지 않을 수 없었다.

4. 동학사(東鶴寺) 초혼전(招魂殿)의 꿈

이레 만에 도비산에서 내려 온 방택은 계룡산을 다녀오고 싶다는 강한 욕구를 느꼈다.

"계룡산에 가면 동학사(東鶴寺. 일명 東學寺)가 있는데, 충신 포은(圃隱) 정몽주(鄭夢周) 초혼전(招魂殿)이 있었네. 누구도 두려워서 정몽주의 제향(祭享)을 모시지 못했는데 그의 제자인 길재(吉再)가 자기 스승인 포은의 혼을 불러 그곳에서 제사를 모셨는데 그 제단이 남아 있었네."

그 얘기는 언젠가 만났던 취령사의 대허스님에게서 들은 말이었다. 정몽주의 비참했던 죽음은 아직도 수수께끼 중의 하나였다. 범인이 밝혀진 바도 없고 그 범인을 사주한 사주자(使嗾者)가 누구인지도 모른다. 미루어 짐작하고 있을 뿐이었다.

대허스님으로부터 동학사 이야기를 들은 뒤부터 방택은 언젠가 틈이 날 때는 꼭 한 번 다녀오고 싶다는 마음을 갖게 됐었다. 이윽고 그는 간단하게 행장을 차리고 계룡산을 향해 떠났다. 걸어서 예산땅으로 들어섰다. 칠갑산을 끼고 천안으로 해서 한밭(大田) 계룡산으로 갈까 아니면 예산에서 청양을 지나 금강(錦江) 쪽으로 나가 배를 타고 공주로 가서 동학사를 찾아가면 어떨까. 그것도 한 가지 방법이란 생각이 들었다.

그는 청양고개를 넘기로 했다. 산길을 헤메 가다 보니 멀리 휘돌아가는 큰 강이 펼쳐져 보였다. 왕성 주변을 흐르는 예성강 줄기보다 훨씬 넓은 큰 강이었다. 금강이었다. 세도라는 강기슭에 배들이 매어 있었다. 고깃배, 장잣배 등이었다. 강 건너편에 있는 마을은 갱갱이포(江景)라 했다.

이 금강은 대강으로 갱갱이포에서 위로 올라가면 부여(夫餘)이고, 거기서 더 올라가면 곰나루(熊津. 公州)이다. 고깃배를 얻어타고 곰나루로 향했다. 곰나루와 부여는 6백 년 사직을 면면히 이어 온 백제의 왕도였다. 낙화암 밑을 지나면서 만감이 교차 되었다. 고려왕조도 삼천궁녀가 몸을 날려 투신해 죽었다는 낙화암의 전설처럼 힘없이 스러졌다.

마치 선죽교 위에서의 정몽주처럼. 정몽주는 이색과 견줄만한 대유학자였고 포부도 큰 새 시대의 지도자였다. 그리고 충신이었다. 그는 최영과 함께 수구파 영수(領袖)였다. 개혁의 완성만이 강건한 새 나라를 만들 수 있다며 일어난 젊은 세대는 노골적인 적대감을 들어냈다.

이들 급진파를 모아놓고 언젠가 정몽주는 꼭 하고 싶은 말이 있다며 설득한 적이 있었다.

"여러분은 온고이지신(溫故而知新)이란 선현의 가르침을 잘 알고 있으리라 생각한다. 온고이지신은 무슨 말인가? 옛 것을 버리고 옛 것을 거울 삼아 새 것을 만들어야 한다는 뜻으로 알고 있을 것이다. 하지만 그건 하나만 알고 둘은 모르는 무지(無知)가 아닐 수 없다.

온고지신은 옛 것을 버리고 새 것을 받아들이자란 뜻이 아니다. 그 반대이다. 옛 것은 낡고 고리타분하니 버리자는 게 아니고 옛 것을 알아야 새 것을 창조해 낼수 있다는 말이다. 나는 바로 그 같은 주장에 동조하는 사람이다. 옛 것만 알고 옛 것의 우수성만 고집하는 수구파가 아니라는 뜻이다."

그 뒤부터는 정몽주의 비난이 수그러들었다. 하지만 이성계를 따르던 신세대 세력들은 여전히 그를 눈엣가시로 생각하고 있었다. 권력을 쟁취해야만 개혁도 완수하고 새 왕조를 세울 수 있는데 여전히 그는 최대의 걸림돌이었던 것이다.

이방원에게 고집통 정몽주를 신세력 지지자로 바꿔지게 시도해 보라 했었다. 어느날 이방원은 정몽주를 자기 집으로 초대해서 주연을 베풀고 자연스럽게 그의 진심을 떠보았다.

"저는 병장기만 휘두르는 무장이라 시조는 짓고 싶어도 실력이 닿지 못해서 못합니다. 그런데 노심초사하다가 제 심회의 일단을 풀어본 게 있습니다."

"시조를 썼다? 어디 한 번 들어보세."

"제목은 〈하여가〉입니다. 졸작이라도 들어보시겠다니 읊어보겠습니다."

하여가(何如歌)

　　이런들 어떠하리 저런들 어떠하리
　　만수산 드렁칡이 얽혀 산들 어떠하리

우리도 이같이 얽히어 천 년을 누리고저.

　이방원의 시조를 듣고 난 정몽주는 지긋히 눈을 감고 생각에 잠겼다.
　"이게 무슨 내용인가. 이런들 어떠하리 저런들 어떠하리? 송도 뒷산인 만수산 땅속에 뻗어있는 드렁칡처럼 얽히고 설켜서 살아가는 게 인생이거늘. 정몽주. 당신을 포함한 나와 모든 사람들도 그렇게 얽혀 사는게 인생 아닌가. 그런데 왜 고집을 세우고 독야청청하려 하는가. 흠. 감히 날 회유해보겠다?"
　정몽주는 고개를 흔들며 힘주어 주먹을 쥐었다. 그런 다음 비장한 목소리로 답가(答歌)를 불러주었다.

　　이 몸이 죽고 죽어 일백 번 고쳐 죽어
　　백골이 진토 되어 넋이라도 있고 없고
　　임 향한 일편단심이야 가실 줄 있으랴.

　난 한 번도 아니고 백 번을 새로 죽는다해도 고려사직과 주군(主君)을 위해서라면 그 일편단심 변하지 않을 것이다. 그런 결연한 뜻이 들어 있었다. 거기서 이방원은 정몽주를 제거하지 않고는 결코 대권을 넘보지 못한다는 걸 깨달았다. 정몽주 살해사건은 그래서 생겨 났지만 이방원은 모의부터 암살 시행까지 철저하게 비밀에 부쳤다. 아버지인 이성계도 모르게 했던 것이다.

그러나 세상에 비밀은 없는 것이다. 완벽한 범죄가 어디 있는가. 정몽주가 한밤중에 집으로 귀가하다가 선죽교 돌다리 위에서 괴한의 철퇴를 맞고 척살(擲殺)을 당했다는 소식이 전해지자 나라 안은 발칵 뒤집혔었다.

"범인이 누군가? 왜 죽였을까?"

모든 사람들이 그런 의문을 품었다. 그러면서 수구파인 정몽주가 살해되면 가장 크게 덕을 볼 세력은 어느 쪽일까에 설왕설래하며 범인을 떠올렸다. 자연스럽게 정몽주 반대파인 이성계 세력 쪽에서 범행을 한 것이라 추단하게 되었다.

하지만 심증(心證)만 있지 물증(物證)이 없었다. 그런데 비밀은 엉뚱한 쪽에서 터져나왔다. 역시 암살 사주자는 이방원이었다. 이방원이 계획하고 실행한 암살 사건이었던 것이다. 살해계획을 세운 이방원은 자기가 데리고 있던 가병(家兵) 출신인 문객(門客) 조영규(趙英珪)를 불러 정몽주 살해를 지시했다.

"모레 밤이 최적기이다. 그믐날 밤이어서 달도 없고 천지가 암흑처럼 되기 때문이다. 그날 하루 정몽주의 행선지와 움직이는 시각. 하루의 일정을 누구도 모르게 뒷조사하여 보고하라. 그에 따라서 범행 시각을 정할 것이고 또 철저한 사전 연습을 할 것이다."

암살단은 4명으로 확정했다. 조영규가 책임자이고 그 밑에 조영규의 아우인 조영무, 그리고 조영무의 손발인 고여, 그리고 이부 등이었다. 이들 네 명은 즉시 흩어져서 정몽주의 모든 움직임을 숨어서 지켜보고 이방원에게 보고 했다. 이윽고 범행 일시가 정해졌다. 그믐날 밤이었다.

"정몽주의 그날 하루의 일과표를 알아서 작성했겠지?"

이방원이 묻자 조영규가 보고했다.

"물론입니다. 대궐에서 퇴청하고 나면 이성계 장군댁을 방문 한답니다."

"무슨 일로?"

"사냥을 나가셨다가 낙마하셔서 건강이 안 좋다 하시니 위문차 방문한다고 하더군요."

"그게 끝나면?"

"개경부윤(開京府尹) 유경의 초상집에 문상을 갔다가 집으로 귀가하는 것으로 알아냈습니다."

"좋다. 오늘 밤 선죽교에서 시행하도록! 그믐밤이라 지척을 분간할 수 없을 만큼 깜깜하니 누구도 알아볼 수 없을 거라고는 하지만 좀 더 철저한 준비가 필요하다. 네 명 모두 복면을 하도록 한다."

"알겠습니다."

"그럼 출발하도록!"

조영규 일당 네 명은 초저녁부터 선죽교 근처에 나가 매복한 채 정몽주가 돌아오기를 기다렸다. 조영규는 그중 한 명인 이부에게 먼저 지시를 하고 대궐로 보냈다.

"정몽주의 뒤를 밟아라. 우리가 알아 낸대로 이 장군 위문을 가는지, 그게 끝나면 유경의 초상집 문상을 가는지 미행을 하고 정몽주가 예상대로 귀가하기 위해 선죽교 방향으로 들어오면 곧장 먼저 와서 일행에게 그런 사실들을 알려 마지막 준비를 할 수 있게 하라."

밤이 이슥해져서야 정몽주는 하루 일과를 다 마치고 술이 거나한 채 말 위에 올라 집으로 가기 위해 선죽교 쪽으로 오고 있었다. 그런데 선죽교 한참 못미처에 주막이 하나 있었는데 밖으로 불빛이 나와 뚝길을 밝히고 있었다.

그때 다가오는 말을 보고 누군가 주막 앞에서 뛰어나왔다. 주막 앞 평상에 앉아 있던 주모였다.

"대감마님, 너무 늦게 오시네요?"

"오, 주모로군?"

"잠시만 기다리세요. 목이나 축이고 가셔!"

주모는 안에 들어갔다가 대접을 들고나와 말 위에 앉아 있는 정몽주에게 내밀었다. 정몽주는 사양할 듯하다가 대접을 받아들더니 쭈욱 들이켜고 빈 그릇을 내주었다.

"고맙네. 주모! 또 봄세. 자아 가자!"

그가 탄 말은 한참을 와서야 선죽교에 이르렀다. 그 밑 노계천(蘆溪川) 냇가를 건너는 돌다리였다. 그의 집은 건너편 가까운 곳에 있었다.

그가 탄 말이 돌다리 위로 올라섰다. 중간쯤 가는데 휙 하는 바람소리가 일어나며 바위돌 같은게 날아와 그의 뒷통수를 가격했다. 정몽주는 비명소리도 지르지 못하고 말 위에서 굴러떨어졌다. 뒷통수를 후려친 것은 조영규가 날린 철퇴(鐵槌)였던 것이다.

뒤이어 숨어 있던 두 명의 괴한이 장검을 뽑아들고 달려들어 하나는 정몽주의 가슴에, 또 하나는 그의 아랫배에 깊숙이 꽂았다. 정몽주의 시신은 당장 피투성이가 되어 선죽교 돌다리 위에 버려졌다.

괴한들은 놀란 말의 엉덩이를 때려서 내쫓았다. 주인 없는 말은 혼자 집을 향해 터덜거리며 갔다. 이것이 정몽주 척살의 전말이었다. 이런 사건들이 완전 범죄가 되어 세상에서 모르게 된다든가 아니면 영원히 드러나지 않을것 이라 생각한다면 그건 오산이다. 언젠가는 어디서든 물이 새듯 비밀이 새기 마련이다.

비밀이 폭로되는 가장 큰 계기는 잘못된 논공행상(論功行賞)이다. 성공하면 분배하라며 이방원은 당초 5개의 살구 알만한 금덩이를 주었다. 그 금덩이는 두목인 조영규 두 개, 나머지 세 개는 조영규 아우인 조영무 한 개. 그리고 그의 수하인 고여 그리고 이부가 각각 한 개씩 받기로 했다.

그것이 불만이었던 조영무는 자기도 형처럼 2개를 차지했다. 암살 사건의 실질적인 공로자는 자기였던 것이다. 조영무는 자기 부하 두 사람에게는 금괴 대신 5백여 평 상당의 농토를 둘로 나누어 떼주고 다독거렸다. 그것으로 끝나는 줄 알았지만 부하들의 불만은 쉽게 사그라들지 않았다.

만취되도록 술을 마신 고여는 어느날 주막에서 큰소리로 정몽주 암살사건의 전말을 터뜨리며 조영규 형제의 욕을 했다. 이것이 빌미가 되어 사건의 전모가 밝혀졌던 것이다.

물론 그들 네명은 금부에 잡혀가서 문초를 받았지만 이미 이성계의 새 나라 건국은 무르익을 때라 쉬쉬하다가 유야무야 되었다. 하지만 이 사건은 수구파에겐 아주 충격적이었다. 정몽주를 쥐도 새도 모르게 척살해버렸다면 앞으로 다음 순서는 자기들일 거라 두려워하기 시작했던 것이다. 장애물인 정몽주가 제거되자 이성계파의 대권 찬탈은 순조롭게 속도를 낼 수 있었다.

드디어 방택은 곰나루에서 배를 내렸다. 아직도 성문과 성벽에 둘러싸인 웅진백제(熊津百濟)의 수도였던 공주성의 위용은 그대로 살아 있었다. 방택은 성의 동문으로 나가 갑사(甲寺) 쪽으로 향했다. 갑사에서 계룡산 산정으로 올라가는 계곡길에 동학사(東鶴寺)가 있었던 것이다.

"이 계곡길은 만추(晩秋)의 단풍길로 왜 유명한지 알겠구나."

지금은 늦봄이어서 곳곳에 꽃들이 피어 있지만 역시 가을 단풍이 일품일 듯했다. 계룡산은 산봉우리들이 닭의 벼슬처럼 솟아 오른데다가 몸둥이는 누워 있는 용처럼 생겼다해서 계룡산으로 부른다.

이윽고 동학사 경내에 들어가서 지나가는 행자 스님에게 물었다.

"나무아미타불! 여쭤볼 게 있습니다. 야은(冶隱) 길재란 분이 포은 정몽주 선생의 초혼제(招魂祭)를 지내신 제대가 있다해서 찾아보러 왔는데 혹시 어느 곳에 있는지 아시는지요?"

"소승을 따라오십시오."

그는 동학사의 대웅전 돌아가는 동쪽 산자락 끝에 있는 돌단 앞에 멈춰섰다. 돌단만 있을 뿐 아무것도 보이지 않았다.

"이 돌단이 초혼제를 모셨던 제단이고 제대(祭臺)입니다. 길재 선생은 포은 선생 제사를 이곳에서 모셨다 합니다."

"고맙습니다."

스님을 보내고 방택은 혼자서 제대가 있는 돌단 앞으로 나가 섰다. 아무것도 없었다. 해마다 제사를 모시지 못하고 딱 한 차례 드린 듯했다. 그는 제대 밑에 꿇어 앉았다. 정몽주 영전에 고했다.

"일백 번을 고쳐 죽는 한이 있어도 불사이군(不事二君)은 하지 않겠다며 하늘에 맹세한 포은(圃隱) 선생의 그 충의(忠義) 정신을 높이 우러러봅니다. 소생은 주군을 위해 〈감군은곡(感君恩曲)〉이란 거문고 곡을 만들어 타며 불사이군 하겠다고 다짐을 했지만 선생처럼 목숨 바쳐 지키지 못했습니다. 부끄럽습니다. 대권과 보위를 찬탈하기 위해 혈안이 되었던 이방원 같은 반역자의 손에 쓰러졌으니 얼마나 통탄할 일입니까? 장차 어떤 일이 있더라도 이곳 동학사 일우의 제단에서 포은 선생의 초혼제를 계속 지내겠다는 결심을 하고 여기까지 왔습니다. 선생의 혼을 부르오니 감응(感應)해 주옵소서."

그런 다음 동학사의 주지스님인 평안(平安) 대사를 만나 자초지종을 설명하고 부탁이 하나 있으니 들어달라 했다.

"말씀해 보십시오."

"이곳에 규모를 갖춘 초혼각(招魂閣)을 짓고 충신 의사들을 해마다 제사 올리게 해주십시오. 저는 수십 년 동안 성좌(星座)를 연구해 온 천문관(天文官)으로 이번에 벼슬자리를 내려놓은 촌로(村老) 올시다."

"훌륭한 생각을 하셨군요. 장담은 할 수 없습니다. 하지만 방장스님을 비롯한 원로스님들과 깊이 상론해 보겠습니다."
"감사합니다!"

사실은 혼자서 오랫동안 생각해 오던 계획을 이제 이룰 수 있게 된 듯하여 기쁘기 이를 데 없었다. 방택은 홀가분한 마음으로 동학사 계곡에 흐르는 계류로 나아가 너른 바위 위에 앉았다. 거문고를 가지고 오지 않은 것이 후회 되었다. 문득 생각해보니 여기까지 와서 정몽주의 초혼제를 지낸 야은 길재의 모습이 떠오르고 그와 나누었던 시(詩) 한 수가 생각났다. 낮은 목소리로 낭송을 했다.

원운(原韻)
야은(冶隱) 길재(吉再)

지켜야 할 정도(正道)를 다 하면 무너지지 않으리니
지주(砥柱)가 동쪽 하늘에 우뚝 하도다.
도를 전하는 수고로움을 협의치 마소
성인 기자(箕子)가 가는 앞이라오.
(註. 지주는 황하의 중류(中流) 동관(潼關) 앞. 강 복판에 버티고 있는 거대한 바윗돌을 말한다. 강물의 흐름을 조절한다)

길재의 시에 류방택이 화답했다.

고죽군은 솜과 같은 대나무인지라   孤竹如綿竹
홀로 주나라의 임금을 도왔네   獨保周漢天

그를 본받으려는 그대 뜻을 알겠거니 　　移知植君意
맑은 바람 앞뒤에서 일어날 것이로세. 　　淸風吹後前

(註. 고죽군(孤竹君)은 은(殷)나라의 충신 백이숙제(伯夷叔齊)의 아버지이고, 아들은 은나라의 충신인데 반하여 아버지는 주(周)나라를 섬겨 재상(宰相)이 되었다)

방택은 동학사를 뒤로하고 귀경길에 나섰다. 조치원(鳥致院)에 와서 하룻밤을 자고 이튿날 개경 올라가는 역마(驛馬)를 탔다. 삼일만에 개경집으로 돌아온 방택은 하룻밤을 쉬고 이튿날은 친구인 교은(郊隱) 정이오(鄭以吾)가 생각이 나 퇴청 시간을 맞춰 보문각(宝文閣)으로 찾아갔다.

보문각은 임금이나 세자의 학문 공부를 담당하는 경연(經筵)과 귀중한 장서(藏書)를 보관하고 관리하는 관청이었다. 정이오는 평생 가깝게 지내는 세 명의 친구 중 하나였다. 정이오는 문장이 뛰어나 〈고려의 대표적인 문장가(文章家)〉로 소문이 난 친구였다.

그는 보문각 관장인 판사였다.

"아니 이게 누군가? 자기 직장은 책임지지 않고 남에 직장엔 웬일인가?"

"별 공부 그만하고 보문각이나 맡아 하랍신 어명이 있어 자넬 내쫓으려고 왔네."

"아이구, 잘 오시었네. 안 그래도 벼슬살이 지겹기만 했는데 나도 이제 푹 쉬게 되었으니 고맙네."

오랜만에 농담을 나누며 껄껄거리고 웃었다. 그런 다음 주루(酒樓)를 찾아 자리를 옮겼다.

"쉬는 날도 아닐텐데 웬일로 날 만나러 왔나?"

정이오가 첫 잔을 비워내며 물었다.

"나 사직했네. 한 달쯤 됐어."

"사직? 농담 아닌가?"

"아주 홀가분하네. 허리 꼬부라지게 이고 진 저 늙은이 짐 벗어 내려놓고 훌훌 산천 구경이나 하며 살아가게. 그런 뜻이지. 이렇게 편하고 흡족할 수 없네. 나 지금 어디서 온줄 아나? 계룡산 동학사에 다녀오는 길이야."

"걸해골서(乞骸骨書) 내놓고 팔도유람하고 있었구먼? 부럽네."

"동학사에 간 필유곡절이 있었네. 고려의 만고 충신 포은 정몽주 대감이 그토록 처참하게 반역자들의 손에 척살을 당했는데도 그 혼백을 위로해주는 후학들이 없었네. 제사라도 모시면 고려사직을 찬탈한 저들에게 찍혀 어떤 수난을 당할지 몰라 모두 등을 돌린 거야. 그래도 목숨을 걸고 포은의 혼백(魂魄)을 불러 계룡산 동학사에서 제사를 지내준 의사(義士)가 있었네."

"야은 길재였지."

"잘 아는구먼. 길재의 충의를 높혀보고 싶어 찾아간 거네."

"년년세세 자네도 포은의 제사를 모시고 싶었나?"

"이제 벼슬도 관두었고 재야에 있으면서 할 일이 뭐 있겠나? 원래 내가 하는 일이란 혼자서 해온, 혼자 성취해야 할 일이니, 집에 있어도 할 수 있는 과업이고 이참에 나도 고려유신(高麗遺臣)의 한 사람으로서 그들 충신들의 제사를 모시고 그들의 정신을 길이 현창하는게 나의 본분이라 생각되어 찾아 간 거야."

"금헌! 역시 자네답네. 나도 도와줄게."

"고마우이! 가서 보니 전각도 없고 낡은 제대(祭臺)만 남아 있었네. 주지승인 평안대사를 만났더니 어려운 일이지만 전각터는 마련해 볼 테니 날 더러 전각을 짓고 원대로 제사를 계속해보라 하더구면."

"포은전각을 짓는다고?"

"포은뿐 아니라 충신의 표상이 되는 다른 분들도 합사(合祀) 하고 싶네."

정이오는 방택의 손을 굳게 잡아주었다.

"언제부터 전각공사를 하려나?"

"이번 가을 추석 후부터."

"뜻을 함께하는 유지(有志)들을 모아 비용 기부금을 모금하면 어떨까? 그건 내가 앞장설 테니."

"아예 그런 생각하지 말게. 경비는 내가 다 책임질 걸세."

방택은 손사래를 치며 술이나 들자 했다.

"교은! 자네는 해동의 뛰어난 문장가요 시인이라면서 남의 시를 받았으면 답시를 불러주어야 하잖는가? 꿀 먹은 벙어리네?"

"미안, 미안허이! 자네가 준 시는 하두 좋아서 내가 기억하지. 외워볼까?"

정이오는 가득 찬 술잔을 다시 비워내고 금헌의 시를 암송했다.

어진 행위는 돌아오지 않고 세상은 알지 못하니 經德不回世莫如
가고 오는 것이 천체의 운행과 같도다. 適然來去合天時
내송은 서리 내린 줄기를 지극히 사랑하고 徠松酷愛霜前榦
대나무는 치우치게 눈 쌓인 가지를 가엽서하네 淇竹片鱗雪後枝
성력의 변함이 한스러워 소부의 놀림을 받고 星歷恨推邵父弄
달 갈구리 부끄러워 여공의 실을 잡았네. 月鉤羞杷呂公絲
평생토록 망국이 된 고려만을 사모하며 平生耿耿前朝意
그 깊은 뜻 우아한 거문고 탄주에 실어보네 彈一雅絃寄所思

(註. *邵父(邵雍)- 宋나라의 학자. 주돈이(周敦頤)가 송학(宋學)의 이론 체계로 <理氣論>을 주장한데 반하여, 소부는 <象數論>으로 맞섰다)
*여공(呂公)- 그는 漢나라 시조인 劉邦의 장인인데 유방이 아주 미천할 때 그의 관상을 보고 사위 삼았다

"역시! 그 졸시(拙詩)를 잊지 않고 외우고 있었다니 대단하이."
"좋은 시는 잘 기억되는 법이지. 다음 달 초사흘은 내 생일일세. 그 때 몇몇 친구를 부를테니 금헌도 와 주게. 즉흥 시회(詩會)도 할 예정일세. 그날 자네 시에 대한 답시를 내놓겠네."
방택은 술이 거나해서 집으로 돌아왔다.

5. 봉익대부(奉翊大夫) 원종공신(元從功臣)이 되다

그로부터 며칠이 지난 어느 날이었다. 방택은 취령산에 있던 사설 개인 천문소에 들어가 그동안 밀렸던 연구를 계속했다. 산그늘이 지고 하늘은 붉은 노을이 물들었다.

그 때 누군가가 찾아온 것처럼 방문 밖에서 헛기침 소리가 났다.

"밖에 누구시오?"

"관장님! 시일(時日. 종8품) 양원택인데요."

"양시일? 들어오게."

방택은 반갑게 맞이했다. 그가 들어왔다.

"웬일인가?"

"급히 전해드릴 말씀이 있어 왔습니다. 고공사(考功司. 관리들의 功過를 심사. 판정하는 관청)에서 서운관으로 최 낭사(郎事. 정5품)란 분이 방문했습니다."

"고공사 관리가 무슨 일로 왔다더냐?"

"이달 스무이튿날 논공행상(論功行賞)이 수창궁에서 치러질 예정이온데 류 관장님도 그 대상자라 하여 전해드리러 왔다 했습니다."

"논공행상?"

갑자기 머리를 어디엔가 부딪힌 것처럼 어지러웠다. 그는 잠시 후 가까스로 물었다.

"너는 아직도 내가 서운관 관장인 줄 알고 있는거냐?"

"예."

"내가 사직서를 내고 한 달전에 그만두었다. 그건 너도 알고 있겠지?"

"송구합니다. 전 모르고 있었습니다."

"허, 그럼? 그러면 아직도 내 사직서는 임금께 올라가지도 못하고 문하시중의 수중에 그냥 남아있다는 말 아닌가. 그는 처음엔 내 청을 듣고 사직을 반대했지만, 나중에는 사의에 대한 내 진심이 전해졌던지 그렇게 되도록 하겠다 약조했었다. 그런데 지금 보니 최시중은 약속을 안지킨게 아닌가?"

중신의 사직서는 문하성이 받아서 임금께 올려 재가를 받게 되어 있었는데 그게 도중에 거기까지도 가지 못한 것이 틀림없어 보였다.

"논공행상 대상자라니 내가 무슨 공을 세웠다 하더냐?"

"소인은 잘 모릅니다."

"고공사에서 나온 그 관리는 가지고 온 서류가 없더냐?"

"죄송합니다. 거기까지 전 알지 못합니다."

"누가 상을 내리게 됐다는 소식을 받은 거냐?"

"윤 판사님이었습니다. 여기에 심부름을 보내신 분이 그분이었으니까요."

윤 판사(尹判事)는 서운관의 명예 관장이었다. 서운관에는 두 명의 관장이 있었다. 다른 고위직을 가진 고관을 명예 관장으로 겸직케 하고 또 한 명의 관장은 실제 관장이었다. 실제 관장은 검교밀직부사(檢校密直副使. 정3품관)인 류방택이었다.

"뵙고 상의 드리겠다는 뜻을 전하라 하셨습니다."

"그래 알았다."

방택은 찾아온 관리를 보냈다. 이튿날 아침이 되자 방택은 곧바로 문하성을 찾아갔다. 시중 집무실로 들어갔다.

"어서오시오."

"시중 대감께서는 내가 왜 찾아왔는지 잘 아시지요?"

"글쎄요."

"분명히 사직서를 대감께 제출했는데 그게 아직도 결재가 안됐더라구요."

"그건 미리 알려드리지 못해 죄송하게 됐습니다. 상감께 주청하려 했는데, 공교롭게도 이번에 두 번째로 원종공신(元從功臣)의 명단이 정해져서 서훈(敍勳)을 하게 되었는데 그 가운데는 류방택 서운관 제점(提點. 관장)께서도 선정이 되어 사직서에 대한 말씀은 꺼내지 못한 것입니다. 우선 공신으로 표창되는 것 경하드립니다."

국가로부터 포상을 받는 공신(功臣)의 종류는 3부문으로 나누어진다. 첫째는 배향공신(配享功臣)이라 하여 왕 붕어 후 종묘(宗廟)에 위패를 모실 때 위패를 함께 배향하는 배향공신을 말함이며, 일명 특등공신(特等功臣)으로 불리우기도 했다.

두번째는 정공신(正功臣)이라 하여 1. 2. 3. 4등 공신으로 나뉘며 한 번에 50여 명을 포상하며 훈봉공신(勳封功臣)으로 불리우기도 한다. 조선왕조를 개창(開倉)하고 났을 때 개국에 공로를 세운 개국공신을 1등부터 4등까지 차등을 주어 공신으로 표창한 경우이다.

마지막 세번째 공신은 다수의 원종공신(元從功臣)을 말함이다. 개국공신 못지않은 공훈을 세운 공신들을 말하며 여기에는 국가적인 변란을 평정한 정난공신들도 포함이 되었다.

참고로 공신이 되면 국가적인 특혜가 주어졌다. 공신에게는 비석(碑石)을 세워 공적을 기록하는 (立碑記功) 특권을 주고, 부모와 처에게 작위를 주고 자손에게는 음직(蔭職)을 수여하고 범법(犯法)해도 감형 등의 특권을 주었다.

류방택에게 수여된 공신호는 원종공신이었다.

공신호(功臣號)를 내려준 이유는 조선 태조실록(太祖實錄)에 다음과 같이 기록되어 있다.

* 검교밀직부사(檢校密直副使) 류방택(柳方澤), 노을준(盧乙俊) 등 11인은 과인이 막 즉위하던 때에 모두 일관(日官)으로 있으면서 심중에 의심치 아니하고 천시(天時)를 삼가 점쳐서 대위(大位)에 오르기를 권고했으니 그 공 높힐만 하다. 유사(有司)는 포상으로 은전을 거행하라. *

(太祖實錄 癸酉 七月九日 壬申條)

태조 이성계는 권지국사(權知國事)취임 때와 새 나라 개국 때 신왕으로 대위에 오른 날을 성점(星占)으로 복일(卜日)을 택일해 준 류방택과 그 외 일관들에게 원종공신의 공호를 내렸던 것이다.

방택은 난감했다. 사직서를 냈는데도 시의적절하지 못해 재가도 받지 못한데다가 뜻밖에도 공신호를 받게 되었기 때문이었다. 사양하고 싶었지만 그럴 수도 없는 처지였다. 임금으로부터 지시를 받은 고공사(考功司)에서 엄밀한 심사 끝에 정한 국가 행사였던 것이다.

사직을 하고 재야에 묻혀 있었다면 받지 않겠다 사양을 하고 숨어버리면 되는 일인데 그마저 안되었으니 동료 일관들을 위해서라도 하는 수 없이 그대로 따를 수 밖에 없었다.

이윽고 며칠 후 수창궁에서는 원종공신 서훈식(敍勳式)이 백관이 참관한 가운데 열렸다. 류방택을 대표로 해서 20명이었다. 서훈식을 마치자 임금은 몇 사람을 편전으로 따로 불렀다. 방택도 불려갔다.

"오랜만이오. 술 한잔하자고 불렀습니다."

태조 이성계가 즐거워하며 방택에게 건배를 제의했다.

"고맙습니다. 주상전하!"

"다른 대신들은 조회(朝會) 때마다 만나니 편하고 좋은데 류방택 밀직부사는 특별한 일 없이는 뵐 수가 없습니다. 그게 좀 서운하더군요."

"마음속으로는 늘 뵙고 있나이다."

"우리가 처음 만난 곳은 목은(牧隱)서원 이었지요? 지금도 대감께 고마움을 느끼는 것은 대감께서 천문 일관(日官)으로 요동 정벌군에 종군해주었다는 것이지요. 그해는 이른 장마가 시작되어 늦게까지 많은 비가 계속되겠다는 대감의 예보는 그대로 들어맞았고 적정한 시기에 대군이 회군하게 되어 그 공로를 잊지 않고 있었습니다."

"일관이라면 당연히 해드려야 하는 일기예보였을 뿐입니다."

"게다가 지난번 권지국사 취임 때도 천시(天時)를 점쳐 좋은 날을 잡아준 것도 감사하고 그보다 더 고마웠던 것은 새 나라가 개창하여 과인이 보위에 오르던 길일을 정해주어 천의(天意)를 맞춰주고 지의(地意)와 인의(人意)까지 맞춰준 공로 잊지 않고 있습니다."

"신하로서 해야 할 당연지사를 칭찬하시니 황공무지로소이다."

"독자적인 조선의 달력을 갖는 게 소원이라 한 것 같은데? 그동안 연구는 많이 하셨겠지요?"

"열심을 다하고 있습니다."

"도와줄 일이 필요하면 언제든 말하시오."

"예, 전하."

"목은(牧隱 이색) 선생은 요즘 병환 중이라던데. 들려보셨소?"

"자식놈 편에 환 중이란 말씀 듣고 문안 드리려 했는데. 소신이 바쁘다는 핑계로 아직 만나지 못했습니다만 오늘이라도 퇴청하면 다녀올까 하고 생각 중이었습니다."

"가시면 과인도 속히 쾌차하시길 빈다는 말씀 전해주시오."

"그리하도록 하겠나이다."

이색은 방택보다 여덟살이 아래였다. 방택이 이색의 아버지인 이곡(李穀)의 문하에 들어가 공부를 할 때만 해도 이색은 어린 소년이었다. 이색은 지금 방택의 나이가 73세이니 65세였다. 그런데도 요 몇 년 사이에 그는 병치레를 자주 했다.

잠시 후 방택은 어렵게 자신의 거취 문제를 꺼내려는데 상감이 잊고 있었다는 듯 먼저 말했다.

"아주 희귀한 옛날 고구려 시절에 만들었다는 탁본(拓本) 천문도를 바친 자가 있어 그 탁본을 서운관에 보내어 검토를 해보라 했는데 류 판사께서는 보셨는지 모르겠습니다."

"고구려 시절의 천문도라구요? 소신은 다른 일 때문에 취령산에 가 있어서 아직 보지 못했습니다. 돌아가는 대로 즉시 검토해보겠나이다. 고구려 시절 우리나라 최초로 천문도를 만들고 돌에 새겨 간직하다가 당나라와의 전쟁 때 패수(浿水. 대동강)에 빠져 수몰되어 자취를 감추어버렸다는 사기(史記) 일단을 본적은 있습니다만 나라가 개국하는 마당에 그 천문도가 다시 나타났다는 것은 희소식이 아닐 수 없습니다."

"가치가 있으면 다시 돌에 새겨 보존토록 해보시오."

"분부 거행하겠나이다."

방택은 어명을 받고 곧 서운관으로 돌아와서 그 고대 천문도를 찾아 마주했다.

"고구려 시절이면 연대가 6백여 년 전 아닙니까? 그토록 오래전에 만들어진 천문도라면 너무 옛날이라 난제(難題)가 많겠는데요?"

곁에서 방택을 도와주던 역수부(曆數部)의 장승(承. 종5품)이 고개를 갸웃거리며 말했다. 방택은 그의 말에 응대를 하지 않고 세세히 천문도를 검토해 나갔다.

하루가 지난 다음날 방택은 검토한 것들을 상소문에 기록했다. 그런다음 역수부의 장승을 불러 조정에 제출하도록 일렀다.

제출하고 난 장승이 돌아와 승지의 말을 전했다.

"상감께서는 오늘 중에 그 문서를 볼 것이고 그리되면 내일 아침 조회 때 류 관장을 찾을테니 미리와 등대하라 이르라 전하라 했습니다."

"알겠네."

이튿날 이른 아침에 방택은 대전으로 나갔다. 어전 조회에 늦지 않기 위해서였다. 이윽고 회의가 열리자 임금이 방택을 찾았다.

"신 현신했나이다."

그가 앞으로 나가자 임금은 상소 보고문을 설명하라 했다.

"어명을 받자와 옛날 천문도를 샅샅이 조사 검토를 했나이다. 그 천문도는 제작된지 6백여 년 가까운 긴 세월이 지나게 되어 모든 별의 도수(度數)가 오늘날과는 크게 차이가 나서 다시 교정 추보를 해야합니다. 그 천문도에는 입춘(立春)날 초저녁에 묘수(昴宿)가 남중했으나, 지금은 위수(胃宿)가 남중하고 있으며 그 때문에 24기가 이로써 차례로 어긋나게 되었나이다. 따라서 4계절 초저녁(昏刻)과 새벽(曉刻)에 남중(南中)하는 별을 관측, 바로잡아 새로운 천문도를 만들어야 만세에 전할 귀중한 천문도가 만들어지리라 보여집니다."

"으음, 그저 선인들이 만들어 놓은 귀중한 문화 과학 유산에 불과하다는 말이군. 우리도 하루속히 정확한 천문도를 제작하는 날이 다가와야겠군? 수고하시었소."

방택은 대전을 물러나와 다시 문하시중을 만나 사직서 수리가 되도록 해달라 부탁하고 이색의 목은서원으로 그를 찾아갔다. 그는 서재 아랫목에 누워 있었다.

"아니 류 밀직부사께서 찾아 오시다니 …. 오랜만에 뵙습니다."

이색은 자리에서 일어나려 했다.

"선생 무리하지 마시오. 아들아이가 선생이 요즘 아프시다고 전해 주어 걱정을 했는데 바쁜 일이 겹쳐서 이제야 문병을 왔습니다. 대체 어디가 편찮으신지요?"

"원래 지병이 있었습니다."

"강건하셨는데 지병이라니요?"

"사실은 젊어서부터 난 소갈병(消渴病. 당뇨병)으로 고생을 했었지요. 늙으니까 증상이 좀 심해지네요. 아차! 깜빡했구려. 엊그제는 공신 서훈식이 있는 날이었군요? 경하합니다."

"부끄럽습니다!"

"공신호! 아무나 받습니까? 나라가 새로 개국 하다보니 상 받을 일이 많습니다. 개국공신은 전번에 1차로 서훈을 했지요."

"1차라니요? 또 있습니까?"

"3차까지 주게 될 겁니다. 금헌공께서는 원종 공신호를 받으셨죠? 그건 1차에 한 거구요."

잠시 후에 방택은 벼슬에서 물러나기로 했다는 걸 밝혔다. 그러면서 모처럼 충청도 계룡산 동학사 다녀 온 이야기를 했다.

"야은(길재)이 동학사에 가서 자기 스승인 포은 정몽주 선생 초혼제를 지내주었다는 것이 오개월 쯤 된 것 같은데? 거긴 왜 가셨소?"

방택은 나중에 보니 사직서 수리가 안되어 있었는데, 그걸 모르고 자신은 이제 초야로 돌아가게 됐다 생각하고 고향에 가서 며칠 동안 푹 쉬고 보니 문뜩 동학사 생각이 나서 가게 됐던 사연을 말해주었다.

"동학사 내왕은 전부터 생각했던 여행이었습니다. 야은이 위험을 무릅쓰고 그곳에 가서 만고 충신 정몽주 선생의 초혼제를 지냈다는데 나 또한 고려유신(高麗遺臣) 중의 한 사람으로 감동했기 때문이지요. 역시 잘 내려갔다는 생각이었습니다."

"제실(祭室) 전각은 남아있겠지요?"

"아닙니다. 전각은 없고 낡은 제대(祭臺)만 있었습니다. 그게 가슴이 좀 아파서 동학사의 주지스님께 부탁을 했지요. 전각은 내가 세울 테니 절에서는 부지를 제공해주었으면 한다 했더니 흔쾌히 그렇게 해보겠다 했습니다."

"거기다가 전각을 세우면? 금헌공이 포은의 제사를 계속 모시겠다 그런 말이오?"

"물론입니다. 고려의 충신들은 제가 초혼하여 그곳에 모실 생각입니다."

이색은 감동한 표정을 지었다. 자기도 모르게 젖은 눈가에 눈물이 어리자 손등으로 눌러 씻었다. 목은 이색은 그로부터 4년 후(1396년) 노환으로 영면하게 되었는데 류방택이 만든 동학사의 충신전각에 정몽주를 이어 두 번째로 올라갔다. 이색은 그렇게 되리라는 걸 안듯 노안에 눈물을 보였던 것이다.

그로부터 며칠 후 방택은 자손들에게 이제 자기는 사직을 하고 초야로 돌아왔다는 것과 이제부터는 자기가 만들어 놓은 산 정상의 작은 천문소를 훨훨 돌아다니며 마지막 연구의 완결을 위해 여생을 바칠테니 찾지 말라 했다. 이튿날이 되자 그는 서산으로 낙향하여 도비산으로 들어가 버렸다.

6. 선진(先進)한 고구려의 천문학

　도비산으로 들어 온 류방택은 서운관에서 가지고 온 개인적인 자료들을 꺼내놓았다. 그 중에는 고구려 시절의 옛 천문도를 옮겨 그린 복사도(複寫圖)도 있었다. 원래의 탁본은 서운관에 보관을 시키고 자신은 그 탁본을 옮겨 그린 것이었다.
　그 천문도의 허(虛)와 실(實)을 지금까지 연구해 온 자신의 자료와 비교 연구해 보겠다는 생각이었다. 그렇게 도비산에 들어와 연구에 몰두하고 있던 며칠 후에 젊은이 세 명이 도비산 천문소로 방택을 찾아왔다.
　"그간 안녕하셨습니까?"
　"아니? 자넨 최인로가 아닌가?"
　"예."
　최인로는 강화섬 출신이었다. 함께 온 다른 두 사람도 강화 출신이었다. 전번에 강화가 왜구들의 대대적인 침탈로 전 도민이 식량마져 빼앗겨 전도가 초토화 된 적이 있었다. 모든 농민들이 손을 놓고 절망에 빠져 있을 때 그들을 다시 일으켜 세워준 은인은 류방택이었다.
　그동안 연구해서 만들어 둔 사제(私製) 달력을 강화병사(江華兵使)였던 정대근에게 주어 농사 절기를 놓치지 않고 농사를 다시 짓도록 만들었던 것이다. 도비산에 찾아 온 세사람은 그때 그 달력을 일일이 복사해서 전 도민들이 다 참고하고 볼 수 있게 만든 장정들이었다.

그때부터 그들은 방택을 스승으로 삼고 천문에 대한 공부를 해오고 있었다.

"내가 개경에 있지 않고 도비산에 내려와 있다는 걸 어떻게 알고 찾아 왔느냐?"

"실은 스승님 뵈려고 개경을 갔었습니다. 그랬더니 서산에 내려가셨다 하더라구요. 그래서 되짚어 내려 온 거구요."

"잘 왔네. 올 시월에 서운관 관원 시험 있다는 건 알고 있겠지?"

"예. 그런데 하두 오랜만에 뽑는 거라 경쟁자가 많을것 갔습니다. 그게 좀 걱정입니다."

이들은 서운관 시험을 대비해서 공부를 해 오고 있었는데 보통 매 식년(每式年)과거라 해서 과시는 2년에 한 번씩 시행되는 데 반하여 기술직은 현직에 결원이 생기면 보충하기 위해 시험으로 뽑는 거라 언제 시험이 시행될지 모르는 게 어려움이었다.

"스승님, 이건 천문도 같은데요?"

최인로가 방택이 보고 있던 지도를 보고 물었다.

"고구려 시대 천문관들이 만든 천문도다. 문제는 어느 왕 때, 몇 년도에, 누가 만들었는지 알수 없다는 것이다."

"그럼 제작 연도가 고구려 시절이었다고 단정할 수는 없겠는데요?"

"통일 신라시대의 역사 기록에서 잠깐 언급한 구절이 있다. 돌에 새긴 천문도는 아무나 만들 수 없는 것인데 고구려 시절에만 만들었다는 기록 때문에 그 시대 것이라 단정한 거다. 세계적으로 보아도 천문도는 희귀해서 가장 먼저 나온 것은 중국 남송(南宋)에서 만든 〈순우

천문도(純祐天文圖)(1247년)였다. 그게 세계 최초라 하는데 만일 이 고구려 천문도의 진위 여부가 밝혀지면 최초라는 영예가 고구려 것으로 뒤바뀔지도 모른다."

"그렇게 귀중한 천문도가 왜 지금까지 숨어서 드러나지 않았지요?"

"원래는 석판(石版)에 새겨서 간직한 것이다. 그 석판은 대동강 사잇섬인 능라도(綾羅島) 국보각에 보존되어 있었는데 고구려말 영류왕(榮留王) 시절, 나당(羅唐) 연합군의 대대적인 침략을 받아 당나라 수군(水軍)에 의해 평양성이 짓밟히고 약탈 당할 때 국보관도 불에 타 천문도 석판은 대동강 강물 속에 수장되어 존재조차 잊게 된 것이다."

"그 후에 건져냈으면 될 텐데 아쉽군요."

"고구려 자체가 망해버렸기 때문에 그런 것까지 신경 쓰지 못한 거겠지. 조금 더 아쉬웠던 점은 그 천문도가 존재했었다는 설만 있지, 실물이 없는 데다가 석판의 탁본(拓本)이나 원본 실사본(實寫本)이 있어야 하는데 그마저 단 한 장도 전해진 것이 없었다는 것이었다."

"그런데 이건 어디서 나온 거지요?"

"누군가가 수백 년 동안 집안에서 간직해 온 천문도의 석판 실사본을 새롭게 개국한 새 임금 앞에 바치며 개국을 봉축한 것이다. 천문도를 바치는 데는 아주 특별한 뜻이 있다. 새 왕조가 들어섬은 인위적인 정변에 의한 것이 아니고, 만물을 낳고 양성(養成)하는 주재자인 하늘이 내린 〈하늘의 뜻(天意)〉이며 〈하늘의 도(道)〉이고 〈하늘이 뜻한 마음〉인 〈천명(天命)〉으로 이룬 새 나라이며 새 나라는 하늘을 숭배하고 만백성을 사랑하며(敬天愛民) 천하를 다스린다는 천명의 증거물이 바로 지금 바치는 천문도라 한 것이다."

방택의 설명을 들은 제자들은 깊이 고개를 끄덕였다.

"그렇게 들어 온 천문도 실사본인데 임금은 바로 우리 서운관에 보내와 전체를 검토시키고 새로운 돌판에 새겨서 후세에까지 잘 전해지게 하랍신 어명을 내렸다."

"검토 해 보시니까 어땠습니까?"

"처음에 우려했던 게 그대로 드러나 곤혹스러웠다."

방택은 자기가 원도(原圖)를 옮겨 적은 성좌도를 쫘악 펼쳤다. 그러면서 모처럼 찾아 준 제자들에게 귀중한 강의를 해주었다.

"도비산 정상으로 자리를 옮기자."

제자들을 데리고 간 곳은 하늘의 성좌를 관찰하는 작은 사설(私設) 천문소였다.

"이것이 무엇인지는 알겠지?"

사람 키 높이의 목조(木造)로 된 시설물이 있었다.

"별을 관찰하는 기기(器機) 같은데요?"

"오른쪽에 설치되어 있는 것은 하늘에 있는 별들을 관측하는 첨성앙의(仰儀)이고 왼쪽에 설치되어 있는 시설물은 별들의 각도(角度)를 재는 각의(角儀)이다. 이건 중국 것과는 전혀 상관이 없는 순수한 우리 기기이다."

"예전부터 전해진 고려산 기기이군요."

"이 앙의와 각의의 원형은 거의 망가진 형태로 압수(鴨綠江) 중간

지점인 고구려 수도 국내성(輯安縣)에 있던 광개토대왕(廣開土大王) 능비(陵碑) 근처에 조성된 장군총(將軍塚)에서 발굴되었다. 장군총은 광개토대왕 아들인 장수왕 능묘로 알려져 왔다. 능묘 측실에서 발굴됐는데 다행히 두 종류의 이 기기가 천문 관측기란 사실을 알고 누군가 그 모습과 제원(諸元)을 그대로 복사한 기록이 남아있었던 거다. 그걸 얻어서 다시 복원하기까지는 십년 세월 동안 온갖 고생을 해야 했다."

"스승님이 복원해 내셨군요. 장하십니다."

"나 혼자 해낼 수 있는 문제가 아니었다. 목공부터 시작해서 이름 없는 기술자들이 혼신의 연구 끝에 만들어 낸 거니까. 물론 원나라 같은 대국은 아주 정확한 천문 기기를 만들어 사용해 오고 있었다. 그것들을 가지고 우리도 사용하면 될 텐데 왜 우리 것만 고집하느냐며 비아냥대는 소리도 많이 들었지만 난 동의하지 않았다. 왜냐하면 고조선 시대부터 우리는 천문에 대해 중국인들 보다 훨씬 앞섰다고 보았기 때문이다. 지금 고구려 수도인 집안에 가면 웅장한 왕릉이 여러 개 있다. 왕릉 벽이나 천장을 보면 사신도(四神圖)가 그려져 있고 그 후면에는 성좌(星座)들의 별자리가 그려져 있음을 볼 수 있다. 중국인들은 손쉽게 별들의 각 위치를 알아내고 연구하기 위해 삼원(三垣) 이십팔수(二十八宿)라는 방법을 택해왔다."

"삼원이십팔수가 뭐지요?"

"밤하늘의 별들은 큰 무리 작은 무리로 흩어져 있는데 그 모여있는 형태를 삼원 이십팔수로 나눈 것을 말한다. 삼원은 밤하늘의 모든 별 중에서 중요한 성단을 세 무리로 나누었다는 뜻이다. 노장(老莊)의 사상과 주역(周易) 사상 등을 원용하여 만든 하늘의 권부(權府)들이다. 삼원 중에 첫째는 자미원(紫微垣)이라 하며 북극성을 중심으로 하는 천제(天帝)의 정궁(正宮)이며 39개의 별자리에 164개의 별을 거느리고 있고, 둘째는 태미원(太微垣)으로 지상의 인간사까지 관장하는 정무궁(政務宮)으로 북두칠성의 뒤편 남쪽 하늘에 위치, 20개의 별자리에 78개의 별을 거느렸고 있다. 그리고 마치막은 천시원(天市垣)으로 하늘의 저자 즉, 시장이며 19개의 별자리와 87개의 별을 거느리고 있다.

이것이 삼원이며 이십팔수는 천구의 적도(赤道) 주변을 적당한 간격으로 나누어 별자리 기준과 천상 관측의 기준으로 삼은 28개의 별자리를 말한다. 그 별자리는 사계절인 춘하추동(春夏秋冬)으로 구분한다. 즉 봄은 동방칠수(東方七宿), 청룡의 별자리라 하며 47개의 별자리에 186개의 별이 속해있다.

여름은 북방칠수, 현무(玄武)의 별자리라 하며 66개 별자리에 407개 별이 속해있다. 가을은 서방칠수, 백호(白虎)라 하며 64개 별자리 298개의 별이 속해 있다. 그리고 겨울은 남방칠수, 주작(朱雀)이라 하며 84개의 별자리로 되어 있다. 이 같은 별들의 자리를 정해 놓고 그 별들의 움직임을 관찰하여 사계절의 시기와 시간을 알아낼 수 있고 정확한 시각을 알아낼 수 있을 뿐만 아니라 별들의 위치이동을 계산해 낼수도 있다."

"이해가 안가는 점은 별들이 밤하늘에 붙박아 있는 줄 알았는데 지금 스승님의 강의를 들어보니 별들이 계속 위치이동을 하고 있구나 하는 의문점이 생겼습니다. 사실인가요?"

"그게 중요한 것이다. 우리는 하늘이 둥글고 지구는 평평한 것으로 알고 있지만 알고 보면 하늘은 그대로인데 우리가 사는 땅, 곧 지구가 둥근 구형(球形)이란 것이다. 그것도 완전히 둥근 구형이 아니라 달걀처럼 양쪽이 나와 있는 타원형의 구형이고, 더 놀라운 것은 지구의 축(軸)이 똑바로 서 있는게 아니라 고개가 옆으로 삐딱하게 굳은 사람처럼 23.5도가 기울어져 있다는 것이다. 기울어진 상태에서 지구는 자전(自轉)을 하고 태양 주변을 일 년에 한 번씩 공전(公轉)을 하게 된다."

"지구가 자전과 공전을 항상 하고 있다는 건 어떻게 알지요?"

"먼저 알아둘 게 있다. 지구가 원구(圓球)로 둥글다는 것을 어떻게 알았을까? 그건 이미 지금부터 800년 전인 고구려 시절의 일관(日官)들도 밝혀내고 있었다. 또 시간이 흐르고 있다는 것도 알았다. 태양이 있는 낮 동안이 날마다 똑같이 지면 어둠과 밤이 시작되고 밤은 약속한 것 처럼 갈 시각이 되면 새벽, 아침에게 또다른 하루를 물려준다. 지구의 자전 원리는 그래서 알게 된 것이다.

그리고 태양은 양(陽)의 상징이다. 태양은 적도(赤道) 아래 위를 24도(度)로, 타원궤도로 돌기 때문에 태양에 가까운 근일점(近日點. 陰 1월4일경)이 생겨 추운 겨울이 생기게 되고 태양이 멀면 원일점(遠日點. 陰 7월6일경)이 생겨 더운 여름이 생겨나게 된다. 그 주기가 1년 365.25일이었다 그게 공전의 주기이다."

"스승님은 지구가 태양에 가까운 근일점은 1월4일경이라 하시고 원일점은 7월6일경이라 하셨는데 1월4일이면 4일이고 7월 6일이면 6일이지 어째서 경(傾)이란 단서가 붙지요?"

"좋은 질문이다. 지금부터 내가 할 얘기였다. 지구의 자전이나 공전은 지구 스스로의 능력과 힘 때문일까? 물론 지구도 강하게 외부의 힘을 끌어 잡아당기는 강력한 힘이 있긴 하지만 태양 같은 거대한 외부의 힘에는 당하지 못해서 돌리는 대로 도는 것이다. 문제는 지구의 생김새다. 23도 27분으로 축(軸)이 기울어진 상태로 그것도 달걀처럼 타원의 구형으로 돌기 때문에 날마다, 혹은 달마다, 년마다 궤적에 오차(誤差)가 나게 되어 있다. 그래서 지구 북극의 위치가 변화하고 춘분점(春分點),추분점(秋分點) 위치가 달라지고 모든 별의 위치도 달라지는 것이다. 그것을 일러 세차변화운동(歲差變化運動)이라 한다.

예를 들어 춘분점이 달라지는 것을 수치(數値)로 계산하면 매년 51초(秒)의 시간으로 서진(西進)한다는 것을 알 수 있다. 이것을 세차현상이라 한다. 그렇게 보면 각도(角度)의 1도마다 4분(分)의 시차(時差)가 발생하는 것으로 개경과 북경에서 각각 관찰한 성좌의 값은 북경에서 개경으로 10도 30분이 동쪽으로 이동하는 위치변화를 보였으므로 개경은 북경보다 시간이 42분 더 빠르다는 것을 나타내는 것이다. 세차현상은 계속 일어나고 있다. 그리되면 오차의 수치가 쌓이게 되어 간극이 넓어질 것 아닌가.

이성계 장군이 고려국을 멸망시키고 조선국을 개국하였다. 새로운 왕조를 개창한 것은 하늘의 뜻이지 인간들의 뜻이 아니라 했다. 하늘의 그 뜻은 이성계 장군만이 받았는데 그것은 천문(天文)의 예언이었다. 그 증거물을 찾고 있을 때 누군가 지금은 오래되어 지상에서 모습을 감춘 고구려의 옛 천문도 고사인본(古寫印本)을 바쳤다.

감동한 신왕은 우리 서운관에 그 고사본을 보내어 고증(考證)을 한 다음 돌판에 새겨 후세에 전하란 어명을 내렸다. 이것이 그 천문도이다."

방택은 펼쳐놓은 고사본 지도를 잡아 당겼다.

"이 천문도를 보면 당시 고구려 천문학자들이 얼마나 앞서가고 있는지 한 눈으로 알 수 있다. 이 천문도는 지금으로부터 6백여 년 전에 만들어진 것으로 드러났다. 그 옛날에 성좌들을 관찰하고 연구하여 작성된 것이다. 놀라운 업적이다. 하지만 지금은 아깝게도 사용할 수 없는 천문도이다."

"이유는요?"

"1년 열두달은 24차례 계절 변화가 일어난다. 그것을 24기(氣)라 한다. 24기는 이분이지(二分二至)라 하여 춘분(春分), 추분(秋分), 하지(夏至), 동지(冬至)가 있고, 사립(四立)이라 하여 입춘(立春), 입하(立夏), 입추(立秋), 입동(立冬) 등이 있어 이걸 팔절(八節)이라 하며, 모두 합쳐서 24기라 하는 것이다. 그런데 지금은 24기의 1년 시작을 춘분날부터 시작하지만 옛날에는 입춘(立春)날부터 시작했다. 이 넓고 높은 하늘을 관찰하려면 다른 별들의 기준점이 되는 별을 정해야 하지 않겠느냐? 그 기준점의 별을 혼효중성(昏曉中星)이라 부른다. 기준점이 중요한 것은 움직이지 않아야 다른 별들도 그 값을 구할 수 있기 때문이다. 이곳이 고구려 천문도의 기준점이다. 남중(南中)한 기준별은 묘수(昴宿)로 되어 있다. 하지만 지금의 같은 장소 기준별은 동쪽으로 좀 떨어진 위성(胃星)이란 별로 되어있다. 이렇게 되면 24기 혼효중성(기준별)은 옛날과 다르게 위치가 달라져 있다는 뜻이다.

세차운동 현상으로 차이가 나 달라진 것이다. 그 기준별은 새벽(曉)과 저녁(昏)에 지구 천정의 자오선(子午線) 상을 지나 위치하는 별이다. 이 별이 세차현상으로 움직였다면 모든 별들도 똑같이 자리가 움직여졌다는 걸 의미한다. 따라서 24기가 차례대로 모두 어긋나 있다. 그래서 달라진 모든 위치를 오늘의 값으로 환산해야 다시 바른 위치의 천문도가 된다."

"그러니까 중요한 별 하나하나를 세차보정(歲差補正)해야 현재의 천문에 맞는다 그런 말이군요."

"그렇지. 그래서 가장 먼저 해결해야 하는 것이 기준별인 혼효중성도(昏曉中星度)를 확정해야 하는 것이다. 시각이 중요하다. 먼저 효각(曉刻)이라 함은 해뜨기 전 새벽 2.5각(刻)(36분)을 말하고 혼각(昏刻)이라 함은 해 지고나서 2.5각(36분)을 말한다. 혼효중성도가 정해지면 혼각이나 효각에 떠오르는(南中하는) 별을 관측하면 24기 중 어느 때에 해당되는지 간단하게 파악할 수 있고 중성도가 정해지면 임의의 시각에 나타나는 별을 관측해도 시각을 추정할 수 있게 된다.

고구려 시대의 옛 천문도는 그동안 세차운동으로 변한 값이 차이가 크게 나기 때문에 직접 관찰하거나 기준연도의 위치에서 당해연도의 위치와 맞게 고쳐야 하는 세차보정의 단계를 거쳐야 한다. 이것은 전문가가 아니면 계산이나 추산이 불가능 하다. 혼효중성도를 만들기 위해서는 28수(宿) 별자리 위치를 정확히 알아야 하며 그 위치를 정확히 아는 방법은 직접 관측 하거나 또는 기존의 별 목록에서 세차 운동값을 환산하여 당시의 위치를 추산하고 바로 잡아야 한다. 모든 별의 위치가 바로 잡힐 때 이것을 다시 면밀하게 검토 검사한 후 이상이 없다 할 때 주상께서 어명을 내리신대로 새로운 돌판에 새겨서 보존하게 되는 것이다."

"그렇게 어려운 일이며 난해한 수리학(數理學)의 계산으로 이루어지는지 몰랐습니다. 그럼 스승님은 그 세차보정 작업을 하여 임금께 바치려 하시고 계신거군요"

"난 이미 서운관에서 퇴임하였으니 그 자격이 없다."

"퇴임하셨으면 쉬셔야지 어째서 이 고구려의 옛 천문도 인본을 옮겨 그린 것을 가지고 나오셔서 연구하십니까?"

"퇴임한 것은 나의 관직이었지 평생 직업인 천문학이 아니었기 때문이다."

"스승님 아니시면 세차보정의 그 어려운 과제(課題)를 해낼 전문학자가 없을텐데요?"

"나보다 우수한 후배 천문학자들이 여러 사람이 있다. 노을준(盧乙俊). 권중화(權仲和). 윤인룡(尹仁龍) 등등 우수한 인재들이 많이 있어 난 걱정하지 않는다. 주상께서 명한 어명을 잘 완수하리라 생각하고 있다."

"말씀을 들어보니까 고구려 천문도를 서운관에 보내고 임금께서는 면밀한 검토 후에 석각(石刻)하여 나라의 보물로 남길 수 있게 하란 어명을 함께 내렸을 때 스승님은 일단 그 천문도를 검사만 하시고 퇴직을 하셨단 말인가요?"

"이미 퇴직한 상태에서 어명이라 다시 나가 천문도 검사를 한 것이다. 검사 보고서를 만들어 바쳤다. 고구려 천문도는 자랑스런 우리나라 고대 천문학의 정수(精髓)이다. 하지만 오랜 세월 지나며 지구의 세차변화로 천문에서 가장 중요한 중심이요 기준점이 되는 혼효중성도(昏曉中星度)가 현재의 중성도와 차이가 나서 모든 성좌들의 위치가 변해 있다. 이것을 후세까지 석각하여 길이 남기려면 고구려의 천문석학들이 계산하여 새긴 중성도가 현재와 차이가 나 있을망정 국보(國寶)로서의 가치가 충분하니 그 상태로 돌판에 새기게 하고 변화된 현재의 중성도를 새로 정하고 세차보정한 천문도를 돌판에 석각하여 2개의 천문석각비(石刻碑)를 만들어 전하는게 좋을 것 같다는 내 개인적인 소망도 밝혔다. 그리고 남아있는 모든 본격적인 연구는 후학(後學)들이 해달라 했다."

최인로와 다른 두 명의 제자들은 그날 밤 도비산 숙소에서 잠을 잤다. 이튿날 이른 아침에 자리에서 일어난 제자들은 천문소로 갔다가 모두 놀라 섰다. 그때까지도 스승은 잠을 자지 않고 천문소에서 고구려 천문도와 지금까지 스스로 관찰하며 연구 기록했던 자료들을 비교해 가며 무언가를 열심히 계산하고 있었던 것이다.

누가 방문을 여는지 조차 알지 못하는 스승을 보고 최인로는 친구들에게 고개짓을 하여 그냥 산밑으로 내려갔다.

"인사도 안 드리고 떠날 수는 없잖아?"

"아니 그보다 아침 식사 채비는 우리가 하세. 스승님이 혼자 해결하시는 것 같으니까."

"그러세."

세 사람은 비좁은 부엌으로 들어가 아침밥을 지었다. 스승이 마지못해 식사를 할 때 제자들은 여기서 스승의 연구활동을 도우며 배워나갈테니 허락해달라 청했다. 방택은 고개를 저었다.

"이제 9월이면 3년만에 시행되는 잡과(雜科. 기술직) 관리시험이 있다. 그걸 일러 취재(取才)시험이라 한다. 잡과시험은 통역사(通譯士)를 뽑는 역학과(譯學科), 의생(醫生)을 뽑는 의학과. 그리고 율사(律士)를 뽑는 율학과(律學科), 천문학도를 위한 천문기상학과(天文氣象學科) 등이다. 일단은 거기에 응시하여 관리가 되어 서운관에 들어가 천문학의 기초를 탄탄하게 쌓은 뒤에 그만하면 함께 일할 수 있겠다 싶으면 내가 승낙 할테니 그때 오너라."

"알겠습니다."

그 때 최인로 옆에 있던 제자가 궁금한 듯 물었다.

"스승님을 뵈오면 여쭤보고 싶은게 있었습니다."

"물어보게."

"국가의 대례(大禮), 이를테면 새 나라를 개창하고 새 임금이 등극하는데 그 등극일은 하늘의 명인 천명(天命)을 받아 천시(天時)를 정해야 하므로 그 일은 서운관에서 해야하겠지요. 그것을 성점(星占)이라 하지 않나요? 그건 예언하고 점치는 일이므로 무속인(巫俗人)들과 다름 없는거 아닙니까?"

"그렇게도 볼 수 있지만 성점이란 것은 수천 년 동안 내려 온 고법(古法)이고 통계적인 과학의 일종으로 생각하면 될 것이다. 해(日)와 달(月) 그리고 수, 화, 목, 금, 토(水火木金土) 등 7성(星)의 거성에는 각기 길흉(吉凶)의 상이 있으므로 그 이동의 위치와 색채의 변화에 따라 점을 쳐서 그 결과를 가지고 국가나 개인의 운세나 정치에 이용했다. 예언과 점이 항상 정확하려면? 기본적인 기초자료가 모아져 있어야 한다. 삼국지의 제갈공명(諸葛孔明)은 뛰어난 군사로 알려져 있다. 양자강의 적벽 밑에는 오촉(吳. 蜀) 연합수군(水軍)을 궤멸시키기 위해 조조의 수십만 대군이 함선을 띄워놓고 노리고 있었다. 조조의 수군은 멀미를 심하게 하므로 모든 배들을 하나로 묶어 배가 흔들리지 않게 만들어 놓고 있었다. 이 최대의 위기를 극복할 수 있으려면 바람이 거꾸로 방향을 돌려 조조군 쪽으로 불어줘야 했다. 그 바람이 동남풍이다. 공명은 화공(火攻)준비를 시키고 자기가 하늘에 제사를 지내고 동남풍을 빌면 틀림없이 그리된다며 강가에 제단을 쌓게 했다."

"열흘만 빌면 그렇게 된다고 장담했지요? 왜 하필이면 열흘이라고 날짜를 정해버렸을까요? 열흘 안에 동남풍을 데려오지 못하면 공명은 오나라의 주유한테 목이 잘릴지도 몰랐는데 말이죠?"

"그만큼 자신이 있었다는 표시다. 누가 보나 지금 바람은 서북풍(西北風)으로 불고 있는데 그 바람을 갑자기 동남풍으로 바꿔 불게 만들겠다? 누가 들어도 미친 소리라 했겠지. 공명이 마지막 날 저녁까지 제사를 드리고 동남풍을 빌었는데 결과는 어찌됐나? 모두 다 실망하고 절망하고 있는데 갑자기 불어오던 서북풍이 방향을 바꾸어 동남풍이 되어 거꾸로 불어가기 시작했다. 그 바람을 이용하여 오촉 연합수군은 조조의 수군함대에 불덩이를 쏟아부어 역사에 남은 적벽대전(赤壁大戰)을 대승리로 장식했다. 그 이후 공명은 점술사로 불리우게 되었다. 내가 그 대전의 경과를 말해주는 의미가 따로 있다. 후세 사람들의 의견은 둘로 나뉘어져 있다. 공명이 동남풍을 불러왔다는 것은 사실이었다. 적벽대전에서 동남풍을 불어오게 하여 전투에서 승리하지 않았는가. 그렇게 주장하는 측과 공명의 동남풍 작전은 점술가의 사기 사건이라는 측이 맞선다.

우리나라는 삼국시대부터 국가의 기상청이 하는 일 중에는 그날 하루의 낮과 밤의 기상 일체를 빠짐없이 관찰하고 기록하는 업무가 있었다.이건 일 년 열두 달 빼지 않고 계속 기록하는 것이다. 지금도 그 일부의 기록 원부(原簿)가 남아있다. 왜 기록을 계속 했을까.

금수(禽獸)도 천변(天變)을 깨치고 있다고 말한다. 하루하루의 기상변화를 인간보다 더 정확히 안다고 한다. 본능적인 촉감과 육감이 발달되어 있어서이다. 인간도 천변의 천태만상(千態萬象)을 알려면 실제로 보고, 듣고, 느껴보고 시시각각 기록해두며 비교 분석하면 뛰어난 복술가(卜術家)처럼 예측하고 예언을 할 수 있는 것이다.

공명이 동남풍을 불게 할 수 있다는 것도 알고보면 간단한 원리이다. 공명의 고향은 적벽에서 가까운 장강(양자강)의 중류지방 강기슭, 융중이란 산속 마을이었다. 강바람이 서북풍으로 계속 불다가 해수

면과 안개 등으로 이변이 생기면 해마다 동남풍으로 바뀌어 분다는 걸 알고 있었고 어느 날 몇 시쯤이 되리라는 걸 손바닥 보듯 잘 알고 있었다. 그 역시 십여 년의 기상변화를 날마다 기록해두고 있었다고 한다. 무릇 지도자나 장수되는 자는 천변을 알고 깨치는 게 기본으로 알려져 있다. 나는 이성계 장군의 청으로 요동 정벌군에 종군(從軍)하여 따라갔는데 왜 날 청했을까. 내가 어디에 소용이 닿을까 싶었는데 돌아온 뒤에 생각하니 회군(回軍)에 상당히 중요한 정보를 제공했구나 그런 생각이 들었다. 이성계 장군이 날씨와 기상을 물었을 때 이번 장마는 다른 해보다 이십여 일 일찍 시작하고 기일도 길 것이며 자주 폭우가 쏟아져 좀 긴장마가 예상된다 했다. 이 장군은 믿었고 회군을 기정사실화 했다. 나 역시 2십여 년동안 하루 하루의 기상과 날씨 등을 빼지 않고 기록해 오고 있다는 걸 너희들도 알고 있지만 그 기본 자료가 충분하여 기상에 대한 예측 예보는 어느 정도 정확한 것이다. 너희들도 언제나 매일 매일의 날씨를 자세히 기록하는 습관을 들이도록 하여라."

"명심하겠습니다."

"그리고 이번 취재시험은 세 사람 모두 입격 했다는 희소식을 기다릴테니 이제 하산하도록 하여라."

그래서 제자들은 바로 떠나고 방택은 여전히 도비산에 남아서 연구에 몰두했다.

7. 국왕(太祖 李成桂)의 부름

그로부터 보름이 지난 어느 날이었다. 뜻밖에도 아주 반가운 손님이 도비산 천문소로 찾아왔다.
"할아버지! 접니다. 제가 왔어요."
장남인 백유(伯濡)의 큰아들인 미(渼)였다.
"아버지도 함께 오셨어요."
손자 뒤에는 백유가 서서 웃고 있었다.
"어서 방안으로 들어오너라."
부자가 들어와 방택 앞에서 큰절을 올렸다.
"가만있자 우리 손자가 지금 몇 살이지?"
"스물하나입니다.
"세월 참 빠르구나. 우리 손자가 진사시에 입격한 것이 엊그제 같은데 벌써 국자감(國子監. 成均館) 학정(學正. 정9품)으로 봉직하고 있으니 장하다!"
"고맙습니다."
"멀리 이곳까지 도대체 무슨 일인데 부자가 내려온 거냐?"
그러자 아들 백유가 말을 이었다.
"그럴만한 사정이 있었습니다. 어명(御命)이니 급히 모셔오란 명을 전달 받았기 때문입니다."
"그 어명은 누구한테 대신 들었다는 것이냐?"

"서운관의 또 다른 관장이신 윤 판사 어른께서 전하신 것입니다. 내용인즉 류방택 밀직부사께 주상인 상감께서 직접 명하노니 즉시 서운관으로 복직하여 고구려 고본의 천문도 상에 나타난 혼효중성도의 오류를 바로잡아 새로운 천문도를 제작하랍신 어명을 내렸으니 속히 상경하여 과업을 수행하라 하셨다 합니다."

큰아들의 전언을 종합해 본 방택은 눈을 감은 채 머리를 흔들었다. 임금은 고구려 고본 천문도가 너무 오랜 세월이 흘러 모든 별자리의 기준 별인 혼효중성의 위치와 각도가 오차가 생겨 모든 별들 역시 오차가 생겨 그걸 바로 잡아야 한다는 건 방택의 보고서를 보고 알았었다.

물론 임금도 노령(老齡)을 핑계로 방택의 갑작스런 사직이 있었다는 것은 알고는 있었지만 혼효중성도의 오차쯤은 방택이 아니더라도 수정할 수 있는 서운관의 천관(天官)은 여러 명이 있을 것으로 생각하고 더이상 사직을 문제 삼지 않았었다. 그런데 일의 진척이 궁금하여 채근하다 보니 수정 보완 연구 작업은 전혀 진척되지 못하고 있었던것이다.

그러자 임금은 서운관에 다시 채근하며 어찌하여 진행하지 못하느냐며 화를 냈다. 급하게 내놓은 서운관의 답변은 그 오류와 오차를 바로 잡을 수 있는 천문학자는 오직 류방택 외에는 없는데, 그가 지금 어디에 있는지 알 수 없어 찾지 못하고 있다고 상주했다. 임금은 서운관 관장인 윤 판사를 불러 무슨 수를 쓰던 금헌(류방택) 선생을 당장 찾아내어 어전에 등대케 하라고 엄명을 내렸다는 것이었다.

"그렇다 하더라도 국사에 다망한 춘추관(春秋館)의 중진(重鎭) 대신인 너에게 그런 일을 시키다니 너무 지나치구나."

"다른 누구보다 소자의 청을 잘 들어주실 거라고 윤 판사 대감이 생각하여 저에게 어명을 전했을 것입니다."

"직장은?"

"아버님을 찾아 뵙는데 어려움이 없도록 수찬관(修撰官)께서 특별히 열흘간 말미를 주셨습니다. 어명대로 따르셨으면 합니다."

"이상하구나. 고천문도(古天文圖)의 오류를 바르게 교정 보완할 수 있는 인재들은 내가 알기로도 여러 명 있다. 노을준. 윤인룡. 지신원 등등 실력이 출중한 천문학자들이 있어 내가 천거까지 해주고 나왔거늘."

"바로 그분들이 하나같이 자신 없다며 거절하고 새로운 혼효중성도를 만들 수 있는 학자는 금헌 류방택 선생 뿐이라 했다는 겁니다. 그리되니 궐내의 모든 중신들도 아버님만이 해낼 수 있다고 입을 모았다 합니다."

"그래? 도전해 보지도 않고 못한다 하는것은 말이 안 된다. 돌아가거든 원래부터 이 산 저 산 천문을 보기 위해 경향각처(京鄕各處)를 돌아다니는 분이라 찾을 수 없어 그냥 귀경했다고 상감께 상주하여라. 난 할 일이 있어 갈 수 없다."

방택은 그렇게 거절했다. 임금의 부름은 아무나 받지 못한다. 그만큼 신임하고 아끼고 있는 대신이라는 뜻이 아닌가. 그런데 부친은 왜 거절하고 있는 것일까. 이해가 선뜻 가지 않았다.

그 거절하는 깊은 이유를 묻고 싶었지만 아들 백유는 묻지 않았다. 부친 금헌은 원래 말수가 없는 분이었고 매사 신중했다. 그걸 알기에 백유는 더이상 설득하지 않았다.

"그럼 귀경하겠습니다."

아들과 손자는 다음날 이른 아침에 송도를 향해 떠났다. 이상하게 추연(惆然) 해지는 마음을 달랠 길 없어 방택은 거문고를 꺼내 들었다. 다스름을 한 뒤에 오랜만에 감군은곡(感君恩曲)을 탄주했다.

며칠 후 귀경한 백유는 대궐의 아침 조회에 나가 임금께 서산 다녀온 것을 복명했다.

"여기저기 수소문하며 소신의 부친 소재를 찾아다녔으나 그 어디에도 계시지 않아 모시고 오지 못했사옵니다."

"그럴 수 있느냐? 자식이면 당연히 아비의 소재를 알고 있을텐데 혼자만 왔다고?"

"황공하옵니다. 아시겠지만 소신의 부친은 이산 저산에 천문소를 만들어 놓고 별자리 연구를 위해 다니시니 행방 찾기가 어렵사옵니다."

"권소감(權少監)!"

임금이 권근(權根)을 불렀다. 권근이 반열에서 나와 섰다.

"하명 하소서."

"그대는 과인과 밀직부사 류방택과의 사이가 어떤 관계인가 잘 알고 있겠지?"

"물론입니다. 약간 과장한다면 두 분 사이는 순치지간(脣齒之間)이라 할 수 있나이다."

"순치지간이란 사이는 어떤 사이인가?"

"이빨과 입술 사이란 뜻이옵니다. 입술 없는 이빨이나 이빨 없는 입술은 상상 할 수 없다는 뜻이옵니다."

"명나라에서도 희대의 문장가라 칭송했다더니 명불허전이오. 양촌(陽村. 권근의 아호)은 잘 알고 있을 것이오. 금헌 류방택을 과인이 평소 얼마나 아꼈는지 말이오. 목은 선생 소개로 안 뒤에 난 요동 정벌 전에 출사 할 때에도 금헌을 일관(日官)으로 동참(同參)케 했고 중요한 국가 대례(大禮)인 권지국사(權知國事) 취임에 천시(天時)를 택정해 주었고, 그보다 가장 중요했던 개국(開國)에 맞추어 신왕으로 등극하던 날 그 천시를 택정해 준 것도 금헌이었소. 그럼에도 다시 천문도 대사를 맡겼는데 현직에서 떠났으니 자기와는 상관없는 일이란 듯 어디론가 잠적해서 나타나지 않으니 과인이 어떻게 생각해야 할까?"

임금의 어조에는 분노의 빛이 역력했다.

"소신도 금헌 선생은 잘 아는 분입니다. 금헌의 자제인 류 수찬관(백유)과는 동문수학한 사이라 소시적부터 압니다. 그분은 절의가 있고 과묵하시며 남다른 책임감이 강하시고 연구에 한 번 몰두하시면 밤낮 구분은 물론 침식을 잊을 정도로 푹 빠지신다고 들었습니다. 그래서 못 찾았겠지요."

"과인도 그분의 성격은 알고 있소. 그럴 수도 있겠지. 과인의 부름에 모르쇠 할 분은 아니니까. 그래서 말인데 양촌 대감이 직접 나서서 이달 말까지 그분을 찾아서 모셔오도록 하라!"

임금(太祖)은 그렇게 선언하듯 명을 내리고 용상에서 일어섰다. 조회를 끝낸 것이었다. 임금이 권근에게 뜻밖에 명을 내린 것은 그럴만한 이유가 있었다. 권근은 성리학에 밝은 수재였다. 게다가 문장이 뛰어나 조정에서 필요로 하는 모든 글월의 찬술(撰述)을 도맡기도 하고 있었다. 게다가 그는 수학(數學)에도 밝아 조예가 깊어 평소에도 친구의 부친인 류방택을 존경했다. 천문학자이면서도 수학자란 이유 때문이었다.

게다가 그는 외교에도 밝았다. 공민왕 피살사건이 일어났을 때 그 사건을 해명하기 위해 원나라에 사절이 갈 때도 권근이 따라가 공을 세웠고 어느 때보다도 더 큰 공을 세운 것은 명(明)나라가 문제 삼은 〈찬표전문사건(撰表詮文事件)〉이 일어났을 때였다.

작년인 서기 1392년. 이성계가 조선을 건국하고 곧 명나라에 사절을 보내어 새로이 나라를 건국하고 자신이 보위에 올랐으니 승인을 해달라 했다. 표전문은 상대국 황제에게 올리는 경하의 국서이다. 그 표전문을 받아 본 명태조(明太祖) 주원장은 화를 내며 받지 않았다.

표전문에 명과 명의 황제를 얕잡아보며 비웃는 〈경박희모(輕薄戱侮)〉의 문구가 있으니 그 표전문의 작성자를 잡아 보내라고 으름장을 놓았다. 작성자는 급진적인 개혁주의자 정도전(鄭道傳)이었다. 정도전은 신세대를 대표하는 지식인 중 하나였다. 그 역시 목은 이색의 서원 출신이었고 새 나라 건설의 모든 밑그림을 그린 천재였다. 독립 자강국으로 거듭 태어나야 한다는 게 그가 그린 신생 조선의 모습이었다.

신왕(新王)으로 가는 징검돌로 만든 것이 국왕대리인 권지국사였다. 그걸 승인해 달라고 명에 사신을 보냈으나 모욕적인 망신만 당하고 돌아왔다. 그에 대한 원한을 가지고 있던 정도전은 표전문을 보낼 때 일부러 뒤로 숨겨 명제를 놀리고 망신을 주었던 것인데 그걸 알아차리고 그자를 잡아 보내라고 발을 굴렀다는 것이었다.

하지만 정도전은 숨어다니며 가지 않았다. 거듭 사과문을 보냈지만 주원장은 화를 풀지 않았다. 백약이 무효였다.

그 때 자원해서 사과 사절로 명에 다녀오겠다고 나선 것이 권근이었다. 원래 기지(機智)와 꾀가 많은 재주꾼이기도 했다. 그는 사과 사절 대표로 명나라로 들어갔다. 대접이 냉랭해서 임금인 주원장을 만날 수도 없었다. 하지만 그냥 물러날 사람이 아니었다. 그는 모든 대신에게 자기가 직접 쓴 휘호(揮毫) 한 폭씩을 나누어주었다.

내용은 명황(明皇) 주원장을 요, 순에 비교하며 만고의 성인군자라며 극찬하는 글이었다. 변방의 오랑캐 나라의 보잘 것 없는 문사(文士)로 업신여기고 있던 명의 조정 중신들은 우선 그의 서예 솜씨에 놀라고 다음은 글 내용에 놀랐다. 극찬을 했다면 속이 보이는 아첨의 시로 보일텐데, 뜻밖에도 글 내용의 품위가 은은하고 중후했기 때문이었다.

권근은 많은 대신들의 사랑을 받았고 그들의 도움으로 명의 황제를 만날 수 있었다. 명황은 아직도 화를 다 풀지 못하고 있었다. 권근은 용기를 내어 한마디 했다.

"소신은 오늘 폐하를 뵙고 소원을 풀었나이다."

"소원? 그게 무슨 말이냐?"

"도대체 명나라 황제는 어떤 분일까? 너무 감동한 일이 있어 꼭 뵙고 싶었던 것입니다. 황제가 되시기 전 폐하께서는 이미 망해가는 원나라의 세력을 물리치고 천하를 통일하시겠다고 거병(擧兵)하셨습니다. 마지막 남은 적대세력은 장사성(張士誠) 반군(叛軍)이었습니다. 폐하의 군사와 장사성의 군사는 마지막 결전을 두고 자웅을 다투었습니다. 어느 산골짜기만 넘으면 장의 군대를 사방에서 포위하여 대승을 거둘 수 있게 되었습니다. 폐하는 대군을 거느리고 그 산골짜기를 넘기 위해 행군을 해갔지요. 선봉에 서서 가시던 폐하께서는 갑자기 골짜기 중턱에서 군사의 행군을 멈추게 했습니다. 군사들이 놀라 긴장했습니다. 왜 행군을 멈추었을까요? 산오리 때문이었습니다. 산길 길가에 어미 산오리 한 마리가 알을 품고 있었던 것입니다. 부하들의 불평이 쏟아졌습니다. 행군을 멈추게 하신 뒤에 폐하는 대군을 뒤로 물리신채 그 어미 산오리가 새끼를 다 부화하고 그 새끼들을 좌우에 거느린 채 산밑에 있던 연못으로 내려갈 때까지 기다려주었던 것입니다. 그런 뒤에 다시 행군을 시작했는데 그 정보가 이미 적군에 포착되어 거꾸로 폐하의 군사가 포위되어 패전하게 되었습니다. 부하 군사들 모두가 폐하의 그 같은 지휘에 비난을 했다고 합니다. 장군들이라면 열이면 열, 산오리가 알을 품고 있던 말던 군사작전이니 그냥 밟고 지나갔을 거란 것이었습니다. 저희 임금도 이름난 명장(名將) 출신입니다. 그 산오리 사건을 두고 문무대신들이 비난을 하자 저희 임금이 화를 내셨습니다. 그분은 하찮은 생명까지 소중하게 알고 지켰기 때문에 천하를 얻으신 거다. 그 산오리는 바로 논밭에서 일하고 사는 백성들 아니겠느냐! 그래서 소신이 남아있던 산오리 뒷이야기를 말해 주었습니다. 산오리를 지켜주다가 비록 패전은 했지만, 폐하의 인품이 얼마나 어질고 넓은지 소문이 나서 장사성 군사 수천 명은 그렇게 어진 장군 밑에서는 싸우다 죽어도 좋다며 귀순해 왔고 폐하는 천하 인심을 얻어 중원통일을 하시게 된 것이다. 그런 분을 뵈었다는 것만으로도 광영이 아닐 수 없나이다."

이로써 명 태조는 맺힌 마음을 풀면서도 황제라는 위신을 생각해서였는지 권근이 귀국할 때는 정도전 잡아 보내라는 말은 형식상 덧붙였다.

한편 갑자기 어명을 받은 권근은 퇴청하자마자 백유를 만났다. 두 사람은 아늑한 주막을 찾아 들어갔다.

"양촌, 미안하네! 아들인 내가 해야 할 일을 그대에게 떠맡긴 꼴이 됐으니."

"무슨 말씀인가 상감께서도 다 뜻이 있어 날 부른 것 같으니 잘 해드려야지. 자네가 도와주면 금방 해결될 걸세. 집안사람 누군가는, 예를 들어 어머님은 행방을 아시고 계실 것 같은데?"

"으음, 내가 도와줄 테니 염려 마시고 약주나 들자구."

"고맙네. 오랜만에 단둘이 마시는군?"

"탐라로 떠나던 이행(李行)군 술자리 후에 처음 같은데?"

"그러게 말야. 그게 일 년 전이던가? 고생이나 안 하는지 모르겠어."

"각오하고 떠난 거니까."

"그런데 양촌, 물어볼 게 있네."

"뭘?"

"자넨 천문 쪽에는 식견이 있어서 묻는 거야. 혼효중성도가 뭔데 그걸 바르게 고쳐놓을 학자가 없다는 거지?"

"혼효중성은 모든 천체 성좌의 기준이 되는 위치의 별을 말함이며, 달리 말하면 거극도와 수거도라 하기도 하지. 그런데 문제는 기준이 돼야 할 별이 언제나 그 자리에 고정이 되어 박혀 있지 못하고 움직인다는 것이네. 그건 지구의 자전과 공전 때문이야. 지구는 타원형으로 달걀처럼 생긴데다가 지탱해주는 축이 똑바로 서 있지 못하고 비스듬히 누워있기 때문에 자전이나 공전할 때 일정한 궤도로 돌지 못하고 아주 약간씩 세차(歲差)가 생긴다는 거야."

"그러니까 수백 년 전에 관측 계산된, 예를 들어 고구려의 고본(古本) 천문도의 그 혼효중성이 세월 때문에 오차가 생겼으니 새로은 천문도를 만들려면 다시 실측(實測)하고 옛날 위치에서 현재의 위치로 환산하여 고치는 계산작업이 필요하겠구먼."

"그렇지 그걸 세차보정(歲差補正) 작업이라 하네."

"서운관의 천문관들이라면 실측이나 계산 정도는 능숙하게 해서 고쳐놓을 수 있을텐데 왜 내 아버님만 찾는 거지?"

"아무나 할 수 없다네. 중국을 대표하는 천문학자들도 그 중에 뛰어난 전문학자만이 할 수 있고 해온 작업이야. 중성도를 구하려면 그날 낮의 길이와 태양의 위치를 정확히 계산하고 별의 위치를 이용하여 구할 수 있지. 이는 태양과 별의 운행원리(運行原理)에 통달해야 계산해 낼 수 있네."

"중성도가 정확하게 맞고 안 맞고 차이가 뭐가 그리 중요한 건가?"

"24기(氣)란 말 들어보았지? 춘분(春分). 추분(秋分). 하지(夏至). 동지(冬至) 그걸 이분이지(二分二至)라 하네. 그다음 입춘(立春). 입하(立夏). 입추(立秋). 입동(立冬)은 사립(四立)이라 하네. 그래서 그걸 한꺼번에 부를 때는 이분이지. 사립을 합하여 팔절(八節)이라 하며 24기라 하지. 매서운 겨울이 지나고 새봄이 되네. 그런데 그때까지도 안 보이던 청룡(靑龍)의 별자리가 하늘에 나타나면 농부들은 뭐라 하나? 아, 이제 봄이 되었으니 농사지을 채비를 빨리하란 뜻이구나 하고 생각한다네. 이건 경험으로 아는 것이지만 일 년 열두 달 농사 계절의 정확한 절기를 백성들에게 알려주어야 하네. 그래야 씨뿌리고 김매고 수확철까지 미리 알 수 있을 게 아닌가. 24기는 농사에만 적용되는 게 아니지. 국가의 대소사, 각 가정의 대소사까지도 미리 그 24기에 맞춰서 계획을 세워야 하잖는가. 그런데 세차로 인하여 중성도의 오차가 생기게 되면 춘분부터 차례로 24기 전체가 오차가 생길게 아닌가. 그리되면 24기 자체가 혼란이 와서 제대로 절기를 맞추지 못하게 되는 거지."

"으음, 국가의 1년 계획 예정표나 가정의 1년 생활 계획표가 엉망이 되는 셈이군? 그래서 정확한 책력(冊曆.달력)이 얼마나 중요한지 알겠네. 자네같은 문신이 어떻게 천문학에 대해 잘 아는가?"

"난 원래 풍수지리, 역학(易學), 복서(卜筮)에 취미를 가지고 있었지. 복서를 좋아하다 보니 성점(星占)의 매력에 빠져 천문학에 관심을 갖게 되었네. 그건 그렇구 당장 발등에 불이 떨어졌으니 도와주시게. 보름 안에 금헌 선생을 모시고 오랍신 엄명을 받았으니 말야."

"알겠네."

8. 삼고초려(三顧草廬)

며칠 전부터 방택은 은거지를 서산의 도비산에서 송도의 취령산 천문소로 옮겨 왔다. 그동안 연구해 온 자료 일부를 이곳에 두었기 때문에 그걸 가지고 돌아가기 위해서였다.

백유는 노모에게 부친 행방에 대해 은근히 물었다.

"취령산에 계신 모양이던데? 그건 왜 묻니?"

"벌써 아침에는 서리가 내리잖아요? 건강이 걱정돼서지요."

"그 양반 아직도 청춘인 줄 아시고 산속 생활을 고집하시니 어찌해 볼 수 가없다."

그러면서 노모는 한숨을 내쉬었다. 백유는 곧 권근에게 부친이 취령산에 계시다는 걸 알려주었다.

그 길로 권근은 취령산을 올라 방택의 천문소를 찾아갔다.

"아니 자네가 웬일인가?"

권근을 본 방택은 반갑게 맞았다.

"대궐에 있어야 할 양촌 군이 어떻게 이 험한 산속으로 날 찾아왔을까?"

"거문고도 있네요? 저거 타고 계시면 신선이 따로 없겠습니다."

"무슨 일이 있어 갑자기 왔나?"

"예. 선생님을 모시고 오랍신 명이 있어 모셔가려고 왔습니다."

"분명히, 할 일이 있어 주상전하를 뵈러 갈 수 없다고 내 아들 백유를 통해서 거절을 드렸는데 이번엔 자네를 보내어 강권을 하는구먼?"

권근은 소금 한 숟갈을 입안에 문 것처럼 쓴웃음을 지었다. 어떻게 설득해야 할지 자신이 서지 않았던 것이다.

"주상전하는 오시지 않은 금헌 선생에 대해 몹시 서운한 말씀을 하셨습니다. 평소부터 선생님을 존경해왔다며 만날 때마다 배움을 얻어 고맙게 생각하고 있었다 하셨습니다. 그리고 아주 고마움을 가진 건 첫째로는 요동 정벌전에 종군(從軍)을 해달라고 했던 부탁을 들어주고 장마의 날씨를 예보하여 회군하는데 결정적인 도움을 주셨다는 것이었습니다. 두번째로는 권지국사(權知國事)로 나갈 때 천시를 봐주어 취임을 도와주었다는 것과 세번째 큰 도움은 바로 나라를 개국하고 보위에 오를 때 역시 천시의 복일(卜日)을 정해주었다는 것이었다 하시며 제대로 된 보답을 해주지 않아 그에 대한 섭섭함 때문에 그러는 것이 아니냐며 미안함을 들어내시기도 하셨습니다. 그래서 제가 자원하여 모셔오겠다 한 것입니다."

"곡해를 하시고 계시는구먼. 나는 처음부터 주상전하께 과분한 은혜를 입어 온 사람일세. 근자에는 난 자격이 없다고 여러번 사양을 했건만 원종공신(元從功臣)의 봉호까지 내리셔서 이 노구(老軀)는 물론 우리 가문까지 영광을 입었네. 어찌 그 은혜를 잊을 수 있겠는가? 그럼에도 이번 고본(古本)의 중성도 바로잡기에 적극 나서지 못하는 데에는 그럴만한 사정이 있었네. 그 첫째는 내 건강일세. 진작 칠순을 넘기고 보니 하루하루 약해진 몸마디들이 고장나기 시작해서 기력이 쇠하여 밤샘 연구를 못하네. 그 건강이 지탱해주지 못해 난 사직을 한 것일세. 그러면 그 중대사는 누가 해결하느냐 걱정하겠지만 그것도 염려할 것 없네. 나보다 실력이 출중한 후학(後學) 천문학자들이 있으니 그들이 하면 되니까. 돌아가거든 상감께 말씀 잘 전해주게."

권근도 하는 수 없던지 빈손으로 돌아갔다. 한 번도 아닌 두 번씩이나 거절을 했으니 이제는 어느 누구도 찾아오지 않을 듯 해서 방택의 마음은 홀가분했다. 그러나 그게 아니었다. 거절 당하고 돌아갔던 권근은 3일만에 다시 나타났던 것이다.

"이봐! 양촌! 내가 제갈량(諸葛亮)이나 되는 줄 아는가?"

"무슨 말씀이신지요?"

"촉한(蜀漢)의 유비(劉備)는 제갈량을 군사(軍師)로 모시려고 두 번을 퇴짜맞고 세 번째 다시 모시러 갔지?"

"그렇게 완강하게 거절하던 제갈량도 세 번째의 청원(三顧草廬)에는 심사숙고 끝에 유비를 따라 나왔습니다. 오늘 저 역시 빈 손으로 돌아가진 않을 것입니다. 천문도의 중성도 개기(改記)는 역사에 남을 공적이 될 것입니다. 우리나라 천문학자로 그 같은 공적을 세운 분은 없었기 때문입니다. 거절하시지 마십시오. 거절하신다 해도 세 번 아니라 열 번 스무 번이라도 찾아 올 테니까요."

"왜 이러나? 건강 때문에 못 한다 했으면 알아들어야지. 돌아가게. 자네가 안가면 내가 아무도 모르는 곳으로 가겠네."

방택은 자리 정리를 시작했다. 당장 취령산을 떠나겠다는 것이었다.

"왜 이러십니까. 제발 고정하십시오."

권근이 일어나 말렸다. 그렇게 옥신각신하고 있을 때 누군가 찾아

온 듯 방문 밖에 인기척이 들려왔다.

"금헌 선생 기침하시었소? 나 들어갑니다."

벌컥 방문이 열리더니 스님 하나가 들어왔다. 취령사의 주지스님 대허선사였다.

"대사님이 웬일이십니까? 어서오십시오."

"허 이거 손님이 계신 줄 몰랐소이다. 그럼 난 물러갔다가 다시 오지요."

"아, 아닙니다. 두 분도 서로 아시는 게 좋을듯 합니다."

"저는 권근이라합니다."

"대문장가 권근! 잘 알고 있습니다."

"앉읍시다."

방택의 권유에 대허선사는 자리에 앉으며 서책 하나를 내놓았다.

"이게 무엇입니까?"

"강화책력(江華冊曆)이라 들어보았소? 한번 보시오. 달력입니다."

방택이 내심 놀라 눈을 크게 떴다.

"이 달력은 어디서 구했지요?"

"만든 사람도 소장한 자료가 없다 하여 무명이란 선사가 왔길래 당부했더니 그분이 구하여 전해준 거라오."

"언제 오셨는데요?"

"한 달 전 쯤? 안그래도 금헌공을 찾았는데 고향인 서산에 가 계시다하여 못 만나고 지금은 아마 한양 땅 어딘가에 가 계실 거요. 새 나라를 개국했으니 왕도를 이전 해야한다 하여 그 후보지 물색을 위해

가신 듯 합니다."

"아!"

달력을 손에 들고 잠시 들여다 보던 권근이 짧은 탄성을 발했다.

"왜 그러시나?"

"이게 말로만 듣던 사제품 강화달력 이군요? 이걸 만드신 분은 금헌 류방택 선생이시구요."

그러자 대허선사가 고개를 끄덕였다.

"역시 한 눈에 알아보시는군? 왜구들이 대거 침탈해서 강화섬이 다 거덜이 나서 농민들이 입에 풀칠조차 못 한다며 모든 일손을 놓았을 때 금헌 선생이 개인적인 수제 달력을 만들어 도민들에게 나누어 주어 도민들이 삶에 용기를 얻고 이 달력에 맞춰 논밭으로 모두 나가 다시 일을하여 그 환란을 극복했다오."

그러자 권근이 방택한테 급히 물었다.

"달력은 모두 24절기가 정해져야 만들 수 있는 거 아닙니까?"

"그렇게 말할 수도 있겠지."

"달리 얘기하면 이른바 모든 별의 기준점이 되는 혼효중성도(昏曉中星度)가 정해져야 만이 춘분과 추분, 하지, 동지 등 24기가 정해지는 거 아닌가요?"

"그런 셈이지."

"그렇다면, 그렇다면! 금헌 선생은 이미 우리나라가 기준점이 되는 중성도를 완벽하게 연구해냈다는 말씀 아닙니까?"

권근은 기뻐서 손뼉을 치며 좋아했다.

"그런데 나라에서는 모르고 지금 해내라 하고 있었군요."

그러자 방택이 정색을 하고 손을 내저었다.

"그건 기초적인 연구의 결실이었네. 전체를 백이라면 그 책력은 30정도 라 할까? 그 정도를 가지고 과대 평가하면 안 되지. 대사님이 대신 설명을 해 주시면 잘 알아들을 텐데요?"

대허선사를 바라보며 방택이 말했다.

"금헌은 대단한 학자지요. 이곳 취령산에서만 만 12년을 작은 천문소에서 밤하늘 별들을 육안으로, 때로는 자기가 손수 만든 천문기기로 관찰하며 매일매일 성좌의 미세한 움직임과 그 비밀을 기록해왔고 그걸 바탕으로 연구를 해왔으니 금헌이 만든 책력은 가히 그 중성도 결정의 확률은 8, 90이 아니라 백이라 보면 된다고 봅니다. 그런 면에서 개국하는 새 나라의 독자적인 천문도 제작은 역시 금헌공 밖에 없다고 봅니다. 더욱이 상감께서 직접 청하셨다니 그런 은혜가 어디 있습니까? 건강 걱정도 하지 마시오. 어의(御醫)들이 늘 곁에 있을 테니까. 내일이라도 등청하시고 하겠다고 상감께 아뢰시오."

방택은 할 말을 잃고 말았다. 대허선사, 그만은 방택이 왜 천문지도 제작에 선뜻 나서지 않으려 하는지 속마음을 알고 있을거라 생각해 왔다. 방택이 대허선사와 얘기를 나누면 자신은 고려유신(高麗遺臣)이란 사실을 늘 강조를 하기 때문이었다. 그런데 지금 보니 전혀 반대였다. 개국에 공을 세우는 것을 영광으로 알아 지도 제작에 나서라 하고 있었기 때문이었다.

자기 스스로도 마음에 걸렸던지 스님은 방택에게 지금 해야하는 그 연구과제는 어느 특정 세력이나 개인을 위해 하는 게 아니잖는가! 이것은 역사에 길이 남을 천문학의 새로운 결실이니 기꺼이 그 과업에 나서는 게 마땅하다고 설득까지 했다.

마침내 방택은 권근에게 이틀만 생각할 수 있는 시간을 달라고 했다. 이틀이 지난 후 방택은 자리에서 일어나 외출 채비를 했다.

"자! 양촌, 서두르게. 조회(朝會)에 늦겠네."

"아, 그러시죠."

권근은 기뻐했다. 취령사의 대허선사가 권근의 뒤를 따라 나타난 것은 이미 아무도 모르게 권근이 미리 선사를 만나 도움을 청했기 때문에 온 것인데 방택은 몰랐던 것이다.

이튿날 이른 아침.

송도 집으로 돌아온 방택은 조복(朝服)으로 갈아입고 서둘러 수창궁 대전으로 등청했다. 오늘의 방택 등청은 사전에 권근이 내시부(內侍府)에 알려서 임금에게도 전해져 있었다.

백관이 참예한 아침조회가 시작되었다. 임금이 대전에 들어와 보좌에 앉았다. 그러면서 누군가의 모습을 찾는 듯 몸을 좌우로 기울였다. 왼쪽 반열(班列)은 문신들이 오른쪽 반열에는 무신들이 서 있었다.

승지가 두루마리로 된 상소문들을 반상(盤床)에 놓아 받쳐 들고 임금 옆으로 와 놓았다. 임금이 입을 열었다.

"밀직부사 류방택 경이 등청 했다던데 어디 있는가?"

방택은 대열 후미에 있다가 앞으로 나섰다.

"밀직부사 류방택, 삼가 현신(顯身)하여 주상전하를 뵙나이다."

"류 밀직! 오랜만입니다. 다시 만나니 이리 기쁠 수가 없소이다. 개국 첫 사업으로 석각천문도의 완성이 얼마나 의미있는 과업인지 잘 알고 계실 것이오. 오늘부터라도 혼효중성도의 값을 바로잡기 위한 연구부를 만들어 금헌공의 책임하에 빠른 시일안에 성공케 하시오."

"성은이 망극하옵니다. 분부 거행하겠나이다."

"조회 마치면 합문(閤門.便殿)에 들르시오."

"예."

이윽고 조회가 끝나자 방택은 편전으로 건너갈 채비를 했다. 얼마 후 내시가 들어가도 된다고 전해주었다. 임금이 상석에 앉아 있었다.

"소신의 불충을 용서해 주옵소서."

"용서까지야. 노령(老齡)과 건강 미령(靡寧)을 이유로 그 과업을 맡을 수 없다고 극구 사양했다는 말씀 들었습니다만 너무 염려 마십시오. 상시 어의가 지켜줄 것입니다."

"망극하옵니다."

"중성도 개수(開修)가 완성되려면 얼마나 걸릴까?"

"일 년 이상 잡아야 합니다."

"그렇게 일이 많고 어려운 것이오?"

"물론입니다. 밤하늘의 모든 천체를 새롭게 일일이 관측하고 28수(宿) 별자리 위치를 정확하게 밝혀서 중성도를 정하는 것입니다만, 고구려 시절의 별자리와 현재의 별자리는 지구의 세차운동(歲差運動) 때문에 기준되는 위치가 변해있어, 기존의 별 목록에서 세차운동값을 환산하여 당시의 위치를 추산해야 하는 어려운 관문이 있습니다."

"적어도 1년 동안은 연구원들이 밤하늘을 직접 올려다보고 연구를 해야 하겠구먼? 게다가 변화된 세차를 보정(補正)하는 작업은 고도의 수리학(數理學)으로 계산해 내야 할 테니 그건 보통 전문적인 천문학자 아니면 해낼 수 없겠군. 그래서 내로라하는 천문학자들도 못합니다. 그걸 해낼 수 있는 학자는 우리나라 안에는 오로지 류 방택 공 밖에 없습니다. 했구먼?"

"송구하옵니다."

"자랑스럽소. 당장 시행하시오."

태조(이성계)는 축하주를 내오라 명했다.

9. 마니산의 산불

이튿날 방택은 다시 서운관으로 출근했다. 그곳에서 후배 학자인 권중화, 노을준과 윤인룡과 지신원 등 5인을 연구원으로 지명하여 불렀다. 방택은 중성도를 정하기 위한 작업을 진행하기로 했다는 사실을 밝혔다.

"여러분도 아시다시피 이번의 중성도 개수 연구 작업은 중차대한 국가적 사업이오. 이 사업을 맡아 성공시키라는 주상전하의 특명을 받았소 우선 연구원을 5명으로 정하고 이틀 후 오전에는 강화도 마니산 천문소로 떠날까 합니다. 바로 귀가해서 합숙 채비를 하고 서운관에서 만나기로 합시다."

"취령산 천문소가 가깝고 좋지 않을까요?"

"좋긴 한데 내가 만든 사설 천문소라 너른 방이 없습니다. 하지만 강화 마니산은 큰방이 두 개나 되고 대궐에서 멀리 떨어져 있으니 이것저것 방해받을 게 없어 좋습니다."

연구원들은 알겠다며 이틀 후 서운관 앞에 모여 강화로 떠나기로 했다. 학자들이라 자신들이 소장하고 있는 여러 자료들이 많아 다들 큰 보따리 짐을 들고나왔다.

"예성강을 따라 개풍으로 나가 어선을 하나 빌리기로 했으니 그걸로 갈아타고 강화섬으로 들어갑시다."

오후가 되어서야 일행은 강화섬의 북쪽 계산리에 당도했다. 마니산은 섬 남쪽에 있어 일행은 우마차 한 대를 빌려 타고 마니산을 향해 출발했다.

"스승님 오셨군요. 일찍 오셨네요."

참성단 부근에 있던 천문소 청소를 하고 있던 최인영을 비롯한 제자 세 명이 일행을 맞이했다. 마니산으로 정하고 나서 곧바로 인편에 일행이 그곳에 도착할 것이라 미리 알렸던 것이다.

"내 제자들입니다. 인사 받으시오."

연구원들에게 인사 올리도록 했다.

"이 아이들은 이곳 강화섬에 살고 있고 취재시험 준비생들인데 오늘부터 잠시 우리 연구원들 식사를 전담하게 될 것입니다."

"식사를 담당해요?"

"놀랄 것 없소. 이삼일 후면 산밑에서 일할 사람 데려오기로 했고 그러면 이 친구들은 곧바로 자기들 집으로 돌아가기로 했습니다."

모두 알겠다는 듯 고개를 크게 끄덕였다. 이윽고 저녁 식사 후 제자 최인영을 시켜 벽에다가 준비해 온 괘도(掛圖)를 걸게 했다. 그런 다음 모든 연구원들을 불러 모으고 연구계획을 설명했다.

"여러분은 우리가 지금부터 어떤 과제들을 연구해야 하는지 잘 알고 있으리라 생각합니다. 괘도에 걸린 그림은 천문도이고 몇백 년 전 삼국시대의 고구려 천문학자들이 그린 천문도인데 돌에 새긴 석각 천문도입니다. 고구려 말기 작품으로 추정되죠. 고구려는 나당(羅唐) 연합군의 공격을 받고 망했는데 국보였던 석각 천문도는 전란에 휩싸여 패수(대동강) 어딘가에 버려져 자취를 감추었고, 탁본 같은 것도 남아있는 게 없이 사라져 버린 겁니다. 그런데 이것이 다행히 다시 새 나라의 개국 전야에 나타나 이성계 대왕 앞에 모습을 드러내어 개국의 정당성을 인정하는 하늘의 뜻으로 예표(豫表)하게 되었습니다. 이에 주상전하께서는 이 천문도를 철저히 고증하여 다시 새로운 석각 천문도를 제작, 만대에 전하랍신 어명을 내리셨구요.

고증 검토 결과 이 천문도는 너무 오랜 세월이 지나서 기준별인 혼효중성도(昏曉中星度)의 위치변화로 현재에는 그 오차 때문에 쓸 수가 없으니 중성도의 개수(改修) 작업이 우선 되어야 한다는 것이 서운관 학자들인 여러분의 지적이었습니다. 예를 한가지 들어본다면? 고구려 천문도에 정해 놓은 중성도는 그 시기에는 정확했겠지만 현재의 중성도의 값으로 계산하면 오차가 생겨서 24기(氣)가 차례로 어긋나 있다는 것입니다. 지구의 세차운동(歲差運動) 때문에 생긴 오차의 누적(累積) 때문이기도 하지요. 그 오차를 바로 잡아야 한다는 것입니다.

하늘을 운행하는 태양의 운행로를 황도(黃道)라 하는데 그 황도의 북극점(北極点)이 원주(圓周)운동을 하면서 매년 춘분점이 서(西)에서 동(東)으로 이동하는 현상을 세차변화라 합니다. 이 세차운동으로 차례로 어긋난 24기의 위치를 바로 잡으려면 현재에 맞는 새로운 혼효중성도를 만들어 내야 합니다. 그러자면 천체의 바른 위치인 28수(宿)의 중심이 되는 수거성(宿距星)과 거극도(去極度) 값을 정확하게 구해내야 합니다.

혼효중성도를 정확하게 정하여 구하는 방법이 있습니다. 현 위치에서 24기에 따라 혼각(昏刻. 해진후 2.5각(36分)과 효각(曉刻. 해뜨기 전 2.5각(36分)에 자오선상(子午線上)에 나타나는 중성도의 값을 구할 수 있는데, 그걸 구하려면 그날 낮의 길이와 태양의 위치를 정확하게 계산하고 별의 위치를 이용하여 구할 수 있지요. 여러분은 이 같은 계산법이 너무 어렵다며 태양과 별의 운행(運行)원리에 밝아야만 계산해낼 수 있는데 그걸 할 수 없다 하고 있습니다.

물론 중국 것을 차용(借用)하면 쉽게 계산해낼 수 있습니다. 문제는 그렇게 할 수는 있어도 중국과 우리는 오차가 있기 때문에 다시 우리 것으로 만들어야 하므로 하나 마나지요. 왜냐하면 다시 우리 것으로 만들기 위해 일일이 별 하나하나의 값을 세차보정하여 새로 계산해내야 하기 때문입니다. 혼효중성도가 정해져서 혼각이나 효각에 떠오르는 별을 관측하면 24기 중 어느 절기에 해당되는지 간단히 파악할 수 있고 임의의 시각에 떠오르는 별을 관측해도 그 정확한 시각을 추정할 수 있게 됩니다.

지구가 자전과 공전을 하고 있기 때문에 지역이 다르면 시차(時差)가 생기는 것이지요. 편도(偏度) 1도마다 4분(分)의 시차가 발생합니다. 송도는 대도(北京)에서 10도 30분 편동(偏東)해 있기 때문에 42분의 시각을 더 해야합니다. 다시 말하면 송도가 북경보다 42분의 시각이 빠르단 말이지요.

이 모든 것은 첫째도 밤하늘과 한낮의 관측과 실측, 둘째도 관측과 실측밖에 없다. 물론 육안으로도 중요하지만 기기(機器)가 있어야 합니다. 기기에는 하늘의 별자리를 관찰하는 앙의(渾天儀)와 별들의 각도를 재는 각도기인 간의(簡儀)를 말하는데 우리 서운관에도 혼천의인 앙의(仰儀)와 간의가 있습니다. 여러분도 아는 것처럼 그 기기들은 오랫동안 사용해와서 낡은 기계가 되어 정확도에 의문이 좀 있습니다. 이는 전조(前朝. 고려)에서 쓰던 것인바 말년이라 우리의 요구를 조정에서 들어줄 힘이 없었다고 보여집니다.

당장 기기를 사 주어야 연구가 가능하다고 하지 못한 것은, 이제 개국의 문을 열었는데 자금이 어디 있겠는가. 그래서 취령산에 있는 나의 사설 천문소에 있던 간의와 앙의를 옮겨 온 것입니다. 수십 년 동안의 관찰에서 얻어진 경험과 기술을 살려 내 손으로 직접 만든 것입니다. 조잡해 보이겠지만 정확도는 있는 편이니 이 기기를 써서 관찰하면 될 것으로 생각합니다.

4년 전. 이곳 강화섬은 왜구들의 대거 침탈을 받아 전도가 불에 타고 모든 양식까지 다 빼앗긴 사건이 일어났었습니다. 농민들은 호미를 놓고 울면서 모두 살아간다는 것까지 포기하려 하고 있었지요. 그때 난 그동안 내가 틈틈이 만들어 온 사제(私製)달력이 있어서 그걸 다시 정리하여 달력을 완성하고 절망에 빠진 섬사람들에게 나누어 주었습니다. 언제 논 밭갈이에 나서야 하고, 언제쯤 씨앗을 뿌려야 하며, 언제쯤 김을 매야하며, 언제쯤 가을걷이를 해야 하는가, 농사절기와 24기를 정확하게 짚어주었습니다. 그 달력을 받은 농민들은 다시 일어서서 논밭으로 일하러 나갔고 그해 가을엔 대풍을 맞았습니다.

정확한 농사절기와 24기를 정했다는 것은 여기 있는 이 허름하고 조잡하게 만든 앙의와 간의 덕분에 혼효중성도를 만들었다는 것이고

24기는 거기서부터 시작하게 되었단 말이지요. 내가 자부심을 느끼는 것은 중국 쪽에서 개발했다는 천문기기들을 쓰지 않고 오로지 내 힘으로 내 식으로 기기를 만들었다는 것이고 오랜 세월 연구를 거듭하여 사제 달력을 만들었는데 성공인지 실패인지 알지 못하다가 농민들이 실제로 사용해 보고 만족했다는 것을 보고 제대로 검증을 받았구나 하는 것이었습니다.

어디까지나 그건 하찮은 성공에 불과합니다. 시작이었을 뿐이지요. 24기가 맞지 않는 옛날의 고구려 천문도를 새로 검토하고 연구해서 정확한 새 천문도를 만들어 내란 주상전하의 어명은 새 나라가 필요해서라기보다 우리나라 같은 소국도 선진(先進)한 천문학의 기술을 가지고 있다는 것을 이번 작업에서 내외에 널리 알려 국위를 떨치게 해야 할 책무가 우리에겐 있다는 걸 명심하십시오. 완성 예정 기일은 지금부터 1년 동안 우리 연구원들이 실측(實測)작업을 하고, 그 결과물을 가지고 향후 1년 동안 검증(檢證) 작업을 한 뒤에 완벽 정확하다는 결론이 나면 〈신법중성기(新法中星記)〉라 이름하고 돌판에 석각(石刻)작업을 시작한다 라고 되어 있으니 열과 성의를 다하여 성공작을 내놓을 것을 우리 모두 결의 하십시다.

그리고 이곳 천문소에서 왼쪽에 있는 골짜기를 내려가다 보면 정진암(正眞庵)이란 암자가 하나 있습니다. 전등사의 말사(末寺) 중 하납니다. 내일 아침 내가 전등사로 가서 그 암자를 우리 연구소로 빌리려 합니다. 방도 네 개나 되고 너른 마당도 있고 전체 연구원들이 지내면서 연구에 열중할 수 있을 것입니다."

이튿날이 되자 강화부에서는 열 명의 일꾼들을 보내주었다. 그리고 무엇보다 암자를 빌리게 되어 넉넉한 연구소가 생겨나게 되었다는 것이었다. 최인로를 비롯한 방택의 제자들은 집으로 돌려보냈다.

드디어 마니산에 들어 온 지 5일만에 연구원들은 정진암 연구소로 입주하여 본격적으로 연구를 하게 되었다. 그러던 어느 날 강화읍내에 살고 있던 방택의 제자 중 하나인 최인로가 다시 찾아왔다.

"잡과 취재시험 준비를 하기로 해서 간거 아니냐? 그런데 왜 왔지?"

방택이 나무라듯이 말하자 최인로는 죄송하다는 표정을 지었다.

"용서하십시오. 이곳에서 실측연구가 끝날 때까지 전 스승님 시중을 들고 밑바닥에서 실제적인 걸 배우고 싶어 왔습니다."

"시험은 어떡하구?"

"다음에 보면 되지요. 허락해주십시오."

"다른 친구들은?"

"그 친구들은 시험을 그냥 보겠답니다. 저만 오는 걸 승낙했습니다."

"정 그렇다면 그렇게 하도록 해라."

방택이 허락했다. 이튿날부터 최인로는 다섯 명 연구원들의 조수가 되어 온갖 밑일을 다했다. 연구원들의 칭찬이 당장 쏟아졌다. 부지런하기 이를 데 없는 데다가 도와줄 일을 스스로 먼저 찾아 일을 하기 때문이었다.

그는 오자마자 새벽부터 무얼 만드는지 나무들을 정교하게 자르고 다듬어 공작품을 만들고 있었다.

"뭘 만드는데 침식을 잊을 정도냐? 어디 보자."

노을준이 꼼꼼하게 들여다 보더니 믿기지 않는다는듯 놀랐다.

"경루기(更漏機) 아니냐? 물시계?"

"맞습니다."

"네가 이 정교한 것을 만들어 낼 수 있다구?"

"여기 설계도가 있습니다. 금헌선생이 주신 겁니다."

노을준은 다시 한번 놀라며 설계도면을 살폈다.

"이 물시계는 도비산에도 있습니다. 스승님이 만든 것이지요. 한낮에는 해시계가 정확하지만 기상변화가 많아 언제든 정확도를 유지하지 못한다. 더구나 밤에는 물시계 밖에는 없다. 물시계는 따지고 보면 낮과 밤을 통틀어 가장 시각이 정확하다고 볼 수 있다. 중성도를 구하려면 그날 낮의 길이와 태양의 위치를 정확히 계산하고 별의 위치를 이용해야 구할 수 있으니 시각이 그렇게 중요하다. 그래서 관찰하려면 경루(물시계) 바로잡기가 필수이니 만들어야 한다. 그렇게 말씀하셨습니다."

최인로의 설명을 듣고 노을준은 감동하는 빛을 띠웠다.

"평소에도 깊이 존경했지만 금헌 선생은 역시 우리 천문학계의 스승이십니다. 지금까지 수십 년 동안 우리들은 책상물림으로 일관(日官) 노릇을 해왔는데 금헌 선생은 그 긴 세월 동안 산야에 파묻혀 오직 오묘한 천문 세계의 섭리 규명에 전념하여 오늘의 성공을 이루셨군요. 존경합니다. 어떡하면 직접 앙의와 간의, 심지어는 물시계까지 손수 제작하셨습니까?"

"너무 과찬은 금물이오. 기기들의 제작은 내 연구에 꼭 필요한 것들이라 한 것 뿐입니다. 내 제자도 재주는 있어 보입니다. 앞으로 열흘 이내에는 완성품을 내놓을 것 같으니까요. 시급한 것은 중성도 개기이니 우린 3일에 한 번씩 연구성과를 내놓고 전체 회의를 해 나갑시다. 그러다 보면 결론이 나겠지요."

"알겠습니다."

마침내 실측연구에 대한 진척 속도가 빨라지게 되었다. 3개월이 지났을 때 일차 과제인 혼효중성도가 실제 보습으로 떠올랐다.

"우리 연구원 5명이 각기 실측하여 중성도의 값이 다섯 개가 나왔소. 이 다섯 개를 가지고 하나하나 개별 검토를 하면 누구 것이 가장 정확한지 들어날 겁니다."

정확 여부를 따지고 규명하기 위해 하나에 하루, 모두 5일 동안 매달렸다. 어느 때는 밤을 꼬박 새울 정도로 토론이 뜨거웠다.

마침내 이른바 혼요중성도가 새롭게 정해졌다. 역시 류방택의 작업결과가 만장일치로 뽑혔던 것이다.

"가장 중요한 과제가 풀렸으니 이 삼일 못 잤던 잠이나 푹 자고 나서 다른 과제를 시작합시다."

류방택의 제의에 모두 환영이었다.

"오늘 밤은 축하주를 한 잔씩 하구 잠을 잡시다."

노을준은 최인로에게 약주를 받아오게 했다. 마음을 열고 술에 취한 연구원들은 한 방에서 그냥 쓰러져 깊은 잠이 들었다. 새벽녘이 되었을까. 누군가 급히 방문 두드리는 소리가 났다.

"불이야! 불이야!"

연구원들이 놀라서 눈을 떴다. 방안에는 매캐한 연기가 자욱하게 끼고 방문은 벌건 불꽃으로 물들어 있었다.

연구원들은 옷도 제대로 걸치지 못한 채 문을 박차고 마루로 나갔다. 앞산 뒷산이 온통 불길이었다.

"산불이군? 산불이 났어. 산을 내려가야 불을 피할 수 있을 거 같소. 자아 빨리 갑시다."

맨 처음 발화지점은 뒷산 같은데 강풍이 부는 바람에 암자 주변을 화마가 집어 삼킬 듯 불길로 태우고 있었다. 연구원 일행은 정신없이 불을 피하여 산밑으로 뛰었다. 산밑은 안전했다. 거기까지는 아직 불길이 내려오지 않고 있었다.

계류물이 흐르고 있는 빈터에 이르러 잠시 주저앉아 숨을 골랐다.

"아니 그런데 최인영이 그 친구가 안 보이는데요?"

주위를 둘러 본 노을준이 깜짝 놀라 외쳤다.

"이게 도대체 어찌 된 일이지요?"

최인영 보좌는 천문 기기가 설치된 방에서 혼자 지내고 있었다.

"못빠져 나온 거 아니요?"

그러자 류방택이 벌떡 일어나 산 중턱에 있는 암자를 향해 뛰어가려 했다.

"제가 다녀 올테니 관장님은 쉬고 계세요."

노을준이 동료인 윤인룡과 함께 암자 기계방을 다녀오겠다며 급히 올라갔다. 모두 초조하게 기다리는데 올라갔던 두 사람이 돌아왔다.

"왜 둘이서만 오는 거요? 최 보좌는?"

두 사람은 대답 없이 털썩 주저앉았다.

"찾지도 못했군?"

"기계방은 물론 정진암 암자 자체가 모두 불타서 주저 앉아버린 상태였소."

"그러면 인영이는 너무 깊이 잠들어 있다가 새벽에 덮친 화마에서 빠져나오지 못하고…"

"아! 그러면 안 되는데? 그래선 안돼!"

몇 사람이 동시에 부르짖으며 목이 메었다.

"이게 무슨 꼴인가. 3개월 동안 연구했던 그 귀중한 자료들도 빼 내오지도 못해서 모두 잿더미가 돼버렸단 말 아니오?"

그 말에 누구랄 것도 없이 동시에 일어나 암자가 있는 쪽으로 움직여가고 있었다. 불덩이가 날아다니는 울창한 나무들을 피해가며 이윽고 정진암 암자 마당 안으로 들어 섰다.

"아아아!"

정진암은 암자 자체가 불에 타서 시뻘건 숯 더미로 변한 채 주저앉고 있었다. 방택의 제자 최인영과 각방에 간직되어 있던 귀중한 자료들도 잿더미로 변한 것이었다.

"일단은 진정하고 전등사 쪽으로 내려가 불을 피하고 봅시다. 산이 엄청나게 큰 것도 아니고 그리고 최 보좌는 젊은 친구인데다가 여기 강화가 고향이니 어디 안전한 곳으로 잠시 피신해 있을지 모르니 기다려봅시다."

 방택은 두려워 떨고 있는 동료들을 위로하며 그렇게 말했다. 이들이 전등사 내려가는 산길을 찾아 아직 불길이 닿지 않는 곳으로 잡아서 내려가는데 갑자기 천둥소리가 온 산을 뒤흔들었다. 번갯불도 번쩍거렸다.

 "소나깁니다. 환웅(桓雄) 단군(檀君) 신이시어. 고맙습니다."

 이제 막 아침이 시작되는 마니산 일대가 어두워지며 장대 같은 소나기가 쏟아지기 시작했다.

 "나무아미타불 관세음보살!"

 그 세찬 비를 다 맞으며 연구원들은 하늘을 올려다보고 감사해 했다. 이윽고 전등사 요사채에 이르러 모두 젖은 옷을 쥐어짜고 빗물 빠진 옷을 다시 입고 기다리는데도 비는 그치지 않고 줄기차게 내렸다.

 고마운 비였다. 오정 때가 기울어서야 비는 그쳤는데 덕분에 마니산 일부를 태운 산불은 완전히 꺼졌다. 방택은 평소 친숙하게 지낸 방장스님 덕에 요사채 방 하나를 얻어 비를 피했는데 비가 그치자 최인영의 거취를 찾기 위해 암자 쪽으로 올라가기로 했다.

 일행이 얼마쯤 올라가다 보니까 맞은편 위에서 스님 하나가 웬 젊은이 하나를 부축한 채 내려오고 있었다.

 "저거 최 보좌 아닌가요?"

 누군가 손으로 가리켰다.

 "선생님!"

 두 팔을 허우적거리며 그 젊은이가 외쳤다. 잃어버렸던 최인영이었다. 최인영을 부축하고 온 스님도 젊은 행자승이었다. 요사채 방 앞에 이르자 행자승은 최인영을 내려놓고 떠났다. 연구원들은 최인영에게 일제히 자초지종을 물었다.

"아니 도대체 어떻게 된 일인가?"

"저도 모르겠어요. 저녁 식사 후 기계방에 들어갔는데 일단은 못 잔 잠 실컷 자고 휴식을 취하라 하셔서 난 그냥 쓰러져 죽은 듯이 잤습니다. 그런데 연기 때문에 숨이 막혀서 눈을 떴더니 암자 사방에 산불이 붙어 지옥으로 변해 있었습니다. 선생님들을 찾았지요. 언제 떠나셨는지 아무도 없었습니다. 나도 탈출하려 했는데 사방을 막은 불길에 갇혀서 꼼짝 할 수 없게 돼 있었습니다. 그런데 남쪽 방향을 보니 그쪽은 돌샘으로 가는 좁은 길이 있었는데 그쪽만 불길이 안 보였어요. 그래서 그쪽으로 뛰었지요. 돌샘 주변은 병풍같은 큰 바위 세 개가 서로 이마를 맞대고 서 있고 그 밑에 돌샘이 있고 샘 옆에는 작은 개울이 흐르고 있어 불을 피하기는 십상이었습니다. 개울에 몸을 담그고 머리만 내놓았지요. 목숨을 부지한 것은 바로 그래서였습니다. 나중에 그 행자승이 뛰어 들어와 만나게 되었는데 그 스님은 산 너머 쪽 암자의 스님인데 그 역시 불길에 길이 막혀 헤매다가 거기까지 왔던 것입니다."

"자넨 많이 다친 것 같던데?"

"왼쪽 다리가 접찔려 넘어진 것 외에는 여기저기 긁힌 상처 정돕니다."

"하눌님이 도우셨다. 이제 어떻하지요?"

윤인룡이 방택에게 물었다.

"가진 건 다 불에 타버렸으니 어쩌겠소? 여기서 하룻밤 자고 내일은 송도 취령산으로 옮깁시다."

저녁 공양이 끝나자 연구원들은 심각해진 채 향후 대책을 논의했다. 얘기를 조금 진행하다 보니 최인영이 한쪽 벽에 기댄 채 벌써 코를 골고 있었다.

"깨울까요?"

"그냥 두시게. 얼마나 놀랐겠나? 푹 자게 놔두지."

편안하게 잘 수 있게 해주었다. 대책에 대한 논의가 계속되었다.

"문제는 그동안 연구했던 자료들이 아무것도 우리 손에 남아있지 않다는 겁니다어쩌면 좋지요? 우린 그동안 3개월을 허송한게 아니냔 말이오?"

노을준이 절망에 차서 한탄했다. 모든 연구원들은 똑같은 마음이었다.

"관장님 말씀을 들어봅시다."

방택의 얼굴을 주시했다.

"미안합니다. 이곳으로 오자 우겨서 왔는데 이런 불 난리를 겪게해서 정말 면목이 없소. 여러분의 연구자료뿐 아니라 앙의, 간의, 경루 등의 천문 기계도 모두 없어지고 말았습니다. 당초 주상전하와 약조한 1년 중에 3개월을 날려버렸으니 예삿일이 아닙니다. 하지만 일 하다보면 겪는 뜻밖의 재변으로 생각 하십시다. 그리고 1년 중 3개월을 망쳤다기보다는 1년 중 아직도 연구할 수 있는 날은 9개월이 남았다고 위로합시다. 9개월이면 충분히 해낼 수 있습니다. 심기일전(心機一轉) 합시다! 그리고 내일쯤 이곳을 떠나 송도의 취령산 천문소로 옮깁시다."

일행은 전등사의 요사채 방에서 하룻밤을 자고나서 송도로 떠날 채비를 했다. 그런데 모두 올 때는 가득했던 짐 보퉁이가 하나도 없고 모두가 맨손이었다. 이윽고 아침 공양 시간이 되어 식사를 하려는데 세수를 하고 늦게 들어온 최인영이 뭔가 잊고 있었다는 듯 물었다.

"선생님들, 혹시 제가 가지고 온 짐보따리 못 보셨나요?"

"무슨 소리야 보따리 챙긴 사람은 한 사람도 없는데?"

"하, 이상하네? 절 부축하고 온 그 스님이 놓고 가지 않았나요?"

"그 스님도 빈손이었어."

"그럴 리가 없는데? 저 잠깐 암자 쪽에 다녀올게요."

최인영이 자리에서 허둥지둥 일어나자 모두 만류했다.

"다 타버려서 없어진 암자엔 왜 가나? 그러구 저러구 들렀다 가야한다면 일단은 아침을 먹고 다 함께 들렀다 떠나면 되겠구먼. 그럼 되겠지?"

"예."

식사가 끝나자 일행은 암자로 올라갔다.

"허!"

이윽고 암자 마당으로 들어선 일행은 눈앞의 풍경이 너무 참혹했던지 말을 잃고 머리만 흔들었다. 타다만 기둥이며 기왓장들이 무너져서 완전히 폐허로 변해 있었다. 천문 기계 또한 목재로 만든 거라

흔적도 없이 타버리고 없었다.

　최인영은 돌샘이 있는 쪽으로 가보자 했다. 병풍바위가 서 있는 샘 갈 밑에 섰다. 잠시 뭔가 생각에 잠겨 있던 최인영은 그제야 생각났다는 듯 병풍바위 바로 뒤쪽에 나 있던 조그만 굴 앞으로 가서 무릎을 꿇고 팔을 뻗어 그 안에서 뭔가를 찾는 듯 더듬었다.

　"그, 그렇지. 여기다가 안전하게 넣어놓고 샘가 물에 들어가 불을 피했었는데 그걸 잊어먹었습니다."

　최인영이 꺼낸 보따리는 혼자 들기 벅찰 정도로 무거워 보였고 덩치도 컸다.

　"그 보따리엔 뭐가 들었는데 애지중지했어?"

　"풀어보시면 알겠지요."

　돌샘 주변에 있던 너른 바위 위에 보따리를 힘겹게 올려놓고 최인영은 천천히 매듭을 풀었다.

　"허허 그게 뭐야? 내 자료 보따리네?"

　윤인룡이 놀라 부르짖었다. 다섯 명의 연구원들 각자의 연구자료들을 모두 모아 보퉁이에 담아 온 것이었다.

　"이걸 일일이 불 속에서 어떻게 챙겨왔지?"

　"살판 죽을 판이었지요. 자료들이 한 방에 있었다면 위험이 덜 했을 텐데 각자 자기 방에 가지고 있었으니 난 가로 뛰고 세로 뛰며 그걸 챙기다가 완전히 타 죽을 뻔한 코앞의 위기에서 간신히 도망쳤던 것입니다."

　그의 말이 끝나자 다섯 명의 연구원들은 최인영을 에워싸고 목이 메었다.

"우리를 살린 장본인은 바로 여기 있었구나. 고맙다. 고마워! 우리 모두, 아니 우리 고려의 천문학 발전의 사활을 책임져 주었다!"

모두 손을 잡고 눈물을 흘리며 고마워했다.

제6부

1. 태미오제(太微五帝)의 천명(天命)

조선개국(朝鮮開國) 태조2년.(1393년) 9월15일.

이날은 새 조선국이 개창 한 이래 첫 번째로 나라의 경사가 있는 날이기도 했다.천상열차분야지도(天象列次分野之圖)라는 천문학의 연구 결정판인 하늘의 천적도(天籍圖)가 금헌 류방택에 의해 탄생 된 날이었다. 이제 남은 것은 24기, 혼효중성도의 보정개수(補正改修) 연구성과의 성공 여부에 대한 검색작업과 정확하다는 판정이 내려지면 오석(烏石)판 위에 하나하나 새겨서 만대의 후손들에게 전해주는 판각일만 남겨놓고 있었다.

오늘이 하늘의 천적도 연구결과를 나라에 봉헌(奉獻)하는 날이기도 했다. 아침부터 수창궁 대전에는 문무백관들이 참예하여 주상인 임금이 보좌에 임어 하기를 기다렸다.

"상감마마 듭시오!"

이윽고 임금인 태조가 정전 안으로 들어와 보좌에 좌정했다. 시중인 심부형이 앞으로 나서며 고했다.

"오늘은 우리 조선이 개국하여 첫 번째 맞는 경사의 날이옵니다. 무릇 군주 된 자는 하늘이 보여주는 오묘한 진리를 탐구하고 만물을 낳고 양성하는 주재자(主宰者)이신 천(天)이 가지고 있는 가르침인 천의(天意), 천도(天道), 천심(天心)를 헤아려 백성을 다스리면 태평성대가 오고 임금은 성군(聖君)으로 추앙받게 된다 했습니다. 그 삼천지도

(三天之道)를 알려면 필히 정확한 천적도를 가지고 있어야 합니다. 이에 주상전하의 하명으로 검교밀직부사(檢校密直副使) 겸 판서운관사(判書雲觀事) 류방택이 1년 반 동안 실측과 관측을 거듭하며 연구하여 그 결과를 대왕께 봉헌하는 날입니다. 이에 함께 관여한 서운관 윤인룡 겸정(兼正)께서 경과에 대해 상주 말씀 올리겠습니다."

그러자 윤인룡이 대신들 반열에서 나왔다.

"신 서운관 겸정(兼正) 윤인룡, 금번 천문의 오류를 바로 잡기 위한 연구과업의 결과 내용을 삼가 대왕마마와 사직에 고하게 됨을 광영으로 알고 말직(末職)임에도 봉헌에 앞장 선 것을 용서하여 주시기 바라옵니다.

새로운 왕조가 새 나라의 주인이 되는 역성정변(易姓政變)은 원래 필유곡절이 있어 하늘의 뜻과 하늘의 명령인 천명(天命)이 있어야만 된다고 했습니다. 그 천명은 하늘의 별궁에 계신 태미오제(太微五帝) 가운데 한 분이 내려준 제명(帝命)이며 그 제명은 천적도(天籍圖)인 천문도에 들어 있다고 알려져 있습니다. 하늘의 성좌(星座)들은 별자리들이 많이 모여있는 가장 큰 구역 3곳을 삼원(三垣), 즉 자미원(紫薇垣)과 태미원(太美垣) 그리고 천시원(天市垣)이라 일컫고 있으며 자미원은 천제가 거주하는 정궁(正宮)이며 태미원은 천제의 별궁으로 지상의 인간사까지 관장하는 정무궁(政務宮)이라 오제(五帝)가 번갈아 지배하는 권부이옵니다. 새 조선의 개국에 수백 년 동안이나 자취를 감추었던 고구려 시절의 고천문도(古天文圖)가 나타나 천명을 받았다는 것은 역사적인 증표이며 경사인 이적(異蹟)이 아닐 수 없었습니다. 그리하여 이에 주상전하께서는 당장 금헌 류방택 밀직부사께 그 천문도 전체 기록내용 등 모든 것을 철저히 분석하고 검토한 후 석각으로 후손들에게도 전해질 수 있도록 보정개수(補正改修)를 명하셨습니다.

고천문도의 문제점은 제작 된지 수백 년이 흘러서 천상의 모든 성좌를 실측(實測)할 수 있는 기준별인 혼효중성도(昏曉中星度)의 돗수가 변하는 바람에 다른 모든 별의 위치가 차례대로 어긋나있다는 것이었습니다. 정확한 중성도의 위치가 정해져야만 4계절의 시점이 정해지고 2분(分) 2지(至), 4립(四立), 8절(節)의 24기(氣)가 차례로 정해져서 한 해 농사의 모든 절기가 맞춰지고 국가 대례(大禮)와 관혼상제 등도 길일로 정해집니다. 이는 바로 국가가 갖는 한해 한해, 하루하루의 생활계획 일정표가 중성도의 정해짐으로 짤 수 있다는 것입니다.

중성도가 새로 정해지면 그동안 세차현상(歲差現象)으로 모두 어긋나 있는 다른 별들의 값을 새로 일일이 개정해야 하는 난관이 있습니다. 그걸 위해서는 직접 별들을 관측하거나 지금의 변한 별의 세차운동값을 환산하여 당시의 위치를 추산해내야 하는 어려운 과정을 거쳐야 하는데 전문적인 학자 아니면 계산이 불가능합니다. 물론 그 어려움을 타개하기 위해 중국 원나라에서 내놓은 책력인 수시력(授時曆)에는 세차보정(歲差補正)의 난해한 계산을 쉽게 하기위해 조견수표(早見數表. 數學公式表)가 첨부 수입되어 그것을 이용하면 쉽게 풀 수도 있는데 밀직사 선운관사 류방택은 끝내 거부하고 자신의 방식대로 보정을 고집, 성공시켰나이다.

　류방택 관사가 모든 천문인들로부터 존경과 갈채를 받는 이유가 있었습니다. 이분은 지금까지 50여 년 동안을 거의 야외 산속에 기거하며 밤하늘의 별들과 함께 살아오신 분이었습니다. 백문이불여일견(百聞而不如一見), 백 번 듣는것 보다 실제로 한 번 올려다 보는게 중요하다는 것이 천문학자인 이분의 좌우명이었습니다. 스스로 설계하고 스스로 연구하여 하늘을 관찰하는 앙의(仰儀)와 간의(簡儀), 물시계인 경루(更漏)까지도 만들어 썼고 더 놀라운 것은 혼효중성도의 바른 개정작업이 이번의 연구과제였는데 알고 보니 정확하고 올바른 중성도의 확정은 이미 6년 전에 만든 것임이 드러났습니다.

　강화섬이 왜구의 침탈로 모든 도민들이 삶의 의욕을 잃고 농사 마저 포기하고 있을 때 류방택 관사께서는 자신이 오랫동안 혼자서 만들어 온 책력(달력)을 나누어주고 농사에 나서도록 채근했었습니다. 책력은 바로 농사절기들이 정확하고 바르게 정해져야 하는데 그게 정해졌다면 이미 류 관사는 새로운 혼요중성도를 스스로 연구하여 24기를 확정해두고 있었다는 것이었습니다. 그런데도 불구하고 발표하지 않은 이유는 철저한 사후 검증을 받지 않았다는 것 때문이었습니다. 놀라운 것은 이번의 대대적이고 세밀한 연구 결과의 혼효중성도의 값과 류 관사의 책력에 드러난 중성도의 값이 동일했다는 것이었습니다.

　오늘 봉헌하는 이 결과는 앞으로 1, 2년 동안 서운관에서 하나하나 철저하게 검증하고 더이상 고칠점이 없다는 결론이 나면 그것으로

〈신법중성기(新法中星記)〉를 삼아 석각(石刻)판에 새기도록 하심이 마땅할 듯 하옵니다.

이에 그 모든 결과를 대왕전에 봉헌하오니 열납 하시옵소서.

연구자 명단

류방택(檢校密直副使 判書雲觀事)
권중화(書雲觀 令 判事) 노을준(書雲觀 兼 判事) 최융(書雲觀 兼 判事)
윤인룡(書雲觀 兼正) 지신원(書雲觀 丞) 김퇴(書雲觀 章漏) 전윤(書雲觀 章漏) 김자수(書雲觀 視日) 김후(書雲觀 視日)

윤인룡의 상주가 끝나자 영의정이 나섰다.

"마지막으로 검교밀직부사 류방택이 이번의 신법중성기 연구 결과가 들어 있는 자료함(資料函)을 대왕전에 봉헌하겠습니다."

그러자 류방택이 자료함을 머리 높이 받쳐들고 임금 앞으로 나왔다.

"대왕마마께 바치오니 열납 하시옵소서."

태조는 기뻐 어쩔 줄 모르며 함을 받아 승지에게 넘기고 갑자기 보좌 옆 계단을 내려와 류방택을 포옹했다.

"장하도다! 장하도다! 정말 고생하시었소! 대 조선국 천세, 천천세요!"

"상감마마의 은덕입니다."

임금이 신하를 어전에서 포옹함은 그야말로 파격이었다. 그걸 본 만조백관들이 감격하여 소리 높여 외쳤다.

"대 조선국 천세! 주상전하 천천세!"

봉헌예식을 마치고 나서 방택은 집으로 돌아갔다. 조정에서는 각석 작업에 들어가기 전 이번의 중성도 실측 연구 결과를 〈신법중성기(新法中星記)〉라 명명하고 서운관은 향후 1년 동안 실사 검증을 하여 이상 유무를 밝혀내어 한 치의 어긋남이 없다고 결론이 나면 각석으로 끝을 낸다는 어명이 내려왔다.

방택은 함께 고생했던 연구원들을 불러 모으고 앞으로의 할 일을 의논 했다.

"우리들의 연구 결과물인 신법중성기에 대해 향후 1년 동안 서운관에서 철저한 검증을 하여 이상 유무를 가려내라는 어명이 내려왔소. 내 생각으로 1차 연구에 참여했던 5명의 연구원들은 검증실사원(檢證實査員)에는 포함이 안 됐으면 싶습니다. 자기들이 한 것을 자기들이 검증을 하는 모순이 생기니까요. 검증실사원은 10명 내외로 다시 뽑되 말단의 젊은 일관들도 모두 참여할 수 있게 하는 게 좋겠습니다. 어떻습니까? 우리 서운관의 지신원(池臣源) 승(丞)이 맡아서 일을 끝내게 했으면 싶습니다."

방택의 제의에 모두 그게 좋겠다 했다. 검증원을 뽑아 구성하는 것도 그에게 맡기기로 했다.

"좋습니다. 한가지 청이 있습니다. 검증은 어려운 난제가 많습니다.

전체적으로 끌어갈 수 있는 어른이 필요하지요. 류 관장님께서 맡아 주십시오."

지신원이 청했다. 그러자 방택은 손사래를 쳤다.

"어불성설이오. 내가 끼어들면 객관성이 완전히 없어지지 않소? 난 앞으로 1년여 동안 시골 고향 집에 내려가 고장 난 몸이나 추스르며 원기를 되찾고 싶습니다. 그렇게 하도록 놓아주십시오."

방택은 겨우 빠져나갔다. 지신원은 그제야 혼자 힘으로 해낼 수 있을지 자신은 없지만 최선을 다하여 책무를 완수해 보겠다 했다. 이윽고 방택은 송도 집에서 이삼일 있다가 서산 고향 집으로 떠났다.

부모 선영에 모쪼록 성묘를 해야겠다는 마음이 일어서였다.

"조부님께서 오셨네요?"

마침 고향 집에 내려와 있던 손자 만(晩)이가 깜짝 반가워하며 방택을 맞이해 주었다.

"공부는 잘 되느냐?"

과시(科試) 공부를 위해 조용한 시골집에 가 있겠다며 6개월 전에 송도 집에서 내려와 있었던 것이다. 방택에게는 아들 셋과 딸 둘이 있었다. 이 손자 만이는 셋째 아들인 백순(伯淳. 司諫院 사간)의 아들이었다.

"차려 입어라. 나 하구 다녀올 데가 있다."

"어딜 가시는데요?"

"증조부 선영에 가 성묘를 하려고 한다."

"그러겠습니다."

방택은 손자를 데리고 선영을 찾아 부모님이 잠들어 있던 묘소 앞에 섰다. 간단한 제물을 놓고 절을 올렸다. 손자도 함께 절을 올렸다.

"뒤늦게 찾아뵈오니 면목이 없습니다. 아버님 어머님 그동안 편안하셨는지요? 집안 모든 자손들 하나같이 강건하고 모두 열심히 살고 있으니 이는 오로지 두 분이 잘 지켜주신 덕으로 생각하옵니다. 손자 만이가 찾아왔습니다. 백유의 아들 미(渼)는 성균관에 학론(學論)으로 재직 중이고, 둘째 회(淮)도 진사시(進士試)까지 합격하였습니다. 둘째 아들인 백종(伯淙)의 아들 의(宜)도 올해 환로에 나갔으며, 셋째 아들인 백순(伯淳)의 아들인 만이는 지금 과시 공부에 열중하고 있습니다. 꼭 급제하여 조상님들 기쁘게 하여주십시오. 소자의 책임하에 새로 개수 보정 작업으로 천문도를 만들었습니다. 부디 아무런 하자 없이 완전하단 평을 얻어 석각에 들어갈 수 있도록 도와주십시오. 그 일만 성공으로 끝을 내면 소자 이제 할 일은 다 하게 되었나이다. 부모님 곁에 돌아와 여생을 보낼까 하옵니다."

이윽고 성묘를 마친 방택은 집으로 돌아와 하루를 쉬고 도비산 천문소를 들렀다가 태안 바닷가로 나갔다. 부두에는 생필품을 실은 장삿배가 여러 척 떠 있었다. 선주(船主)로 보이는 중씰의 남자를 잡고 부탁했다.

"난 급한 일이 생겨서 군산포(群山浦)를 가야 하는데 그쪽을 들리는 장삿배가 없을까요?"

"얻어 타시게요?"

"예. 물론 선비는 드려야지오."

"기다려보슈. 알아봐 줄 터이니."

얼마 후에 그 선주가 나타나서 마침 가는 배가 있다며 소개를 해주었다. 제법 큰 배였다. 이틀만에 군산포에 당도했다. 배에서 내린 방택은 다시 부두를 돌아다니며 군산에서 곰나루(공주)가는 장삿배를 알아보았다.

"내일 아침에 들어오는 장삿배가 곰나루를 갑니다."

선원 하나가 알려주었다. 방택은 부두 근처 객주에서 하룻밤을 자고나서 그 배를 얻어타고 금강을 따라 곰나루로 올라갔다. 그가 곰나루를 찾은 데는 이유가 있었다. 계룡산 동학사를 찾은 것이 일 년 전이었다. 마침 시간도 나고 그래서 동학사를 찾아 가보려고 길을 나선 것이었다.

동학사에 도착한 것은 저녁나절이었다. 주지 스님인 평안대사는 대웅전에서 독경중 이었다. 한참을 기다린 후에야 만날 수 있었다.

"이게 누구십니까? 천문학자 금헌 선생 아니시오?"

주지는 방택을 금방 알아보았다.

"하시는 일이 항상 바쁘신 것 같던데 웬일로 한가한 산사에 오셨습니까?"

"이제 나이가 차서 벼슬은 떠났습니다."

"그러시군요."

"혹시나 해서 왔습니다. 지난번 초혼각(招魂閣) 설치건은 진전이 좀 있나해서요."

"공께서 원하신 것은 초혼각을 세우고 싶으니 경내에 터를 하나 내달란 것이었지요?"

"예."

"초혼각을 지을테니 그 터를 제공해 달라신 청은 좀 어렵게 되었습니다. 동학사 원로 스님들과 은밀하게 상론했는데 그리되면 초혼각이 들어서서 그 건물이 소문이라도 나면 공주부에서 가만있지 않을 것이고 그리되면 우리 절에도 불이익이 닥칠 수도 있다, 그 때문에 반대를 한 거였습니다."

그 말을 들은 방택은 한숨을 길게 내쉬었다. 그러자 주지 스님은 너무 실망하지 말라 했다.

"전각을 새로 세운다는 것으로 주목받을 필요는 없고 그저 미륵전 안 일우(一隅)에 제단을 만들고 위패를 모신후 날 받아서 일 년에 한 번씩 제사를 올리는 것으로 만족하셔야겠습니다. 그것까지 당국에서 문제 삼지는 않을 거란 겁니다. 그렇게 하는게 어떠실지?"

"하는 수 없군요. 그렇게라도 하겠습니다."

"그럼 나와 함께 제단 후보지를 둘러볼까요?"

"고맙습니다."

방택은 주지 스님 뒤를 따라나섰다. 먼저 미륵전으로 갔다. 전각이 외진 곳에 있고 사람들이 많이 찾지 않는 곳이었다. 미륵전에 붙어 있는 작은 방이 하나 있었다. 그곳을 얘기하고 있었다.

"또 한군데는 대웅전 동쪽 산자락 끝에 있습니다."

"길재(吉再)공이 맨 처음 포은(圃隱 정몽주) 선생의 혼을 불러 초혼제를 지냈다는 제단을 말씀하는군요."

"거긴 잘 아시겠네요."

산밑에 돌로 쌓아 올린 제단이 있었다.

"비도 가릴 지붕이 없어 다 허물어져 가고 있군요."

"이 제단을 다시 쌓고 조그마한 사우(祠宇)로 만들고 위패를 모시면 되지 않겠습니까?"

"당국이 가만 있을까요?"

"우선은 현판을 달지 않으면 그들도 모를 것 아닙니까? 그리고 위패만 모시고 있는데 뭐라 시비하겠습니까? 제사는 일 년에 한 번이고."

"무슨 말씀인지 알겠습니다. 그렇게 만들어 보겠습니다."

방택은 결론을 내리고 감사를 표했다.

2. 세계천문과학 역사에 길이 빛날
   류방택의 <천상열차분야지도(天象列次分野之圖)>

태조4년 (1395년. 6월),

마침내 류방택의 지도 아래 혼효중성도의 실측연구 결과인 <신법중성기(新法中星記)>를 국가에 봉헌한 지 1년 만에 서운관의 천관 10명이 철저한 실사 검증을 하여 가장 올바르게 되었다며 실사 검증 보고서를 임금께 바치는 날이 되었다. 백관이 모두 참예한 조회에서 검증단을 대표하여 서운관 승(丞)인 지신원의 상주가 있었다.

"상감마마께 아룁니다. 태미오제의 천명을 받아 조선국이 개창되었을 때 하늘은 그동안 자취를 감추게 했던 고구려의 천문도를 보내주시어 모두 감격했습니다. 금번 철저한 검증을 하여보니 지금까지 세계에서 가장 오래된 석각 천문도는 중국의 남송(南宋)에서 만들었다는 <순우천문도(淳祐天文圖)>(서기 1247년)가 차지하고 있었지만 최초, 최고(最古)의 천문도는 순우천문도보다 600여 년 앞선 고구려의 천문도임이 드러나 영광스러웠나이다. 뿐만 아니라 가장 놀라운 업적이라면 수천 년 동안 단 한 번도 우리의 고유한 독립적인 책력(冊曆)을 가지지 못했는데 류방택 서운관장께서는 이미 10여 년 전에 우리 책력을 만들었고 그것을 강화섬 주민들에게 사용케 하여 모든 절기가 제때에 정확하게 들어맞았는데 거기서 중요한 것은 금번 고구려 고본의 천문도에서 근본 문제가 된 혼효중성도는 이미 그 책력을 만들 때 제대로 된 값을 찾아놓았다는 것이었습니다.

뿐만 아닙니다. 유사이래 중국은 만유(萬有)의 중앙이요 온 세상의 중앙(中華)대국이라며 주변 소국을 지배해 왔습니다. 따라서 책력은 자기들만이 만들 수 있는 천문과학의 결정체인 양 자만해왔습니다. 밤하늘의 모든 성좌들을 삼원(三垣) 이십팔수(二十八宿)라 하여 자기들 역사 배경과 이론에 붙여서 설명하며 소국을 무시해왔습니다. 그리하여 소국은 연구도 못 하게 하고 책력은 해마다 중국 천자가 하사하는 달력을 받고 영광스러워하며 얻어다가 사용해왔지요.

하지만 이번 우리 학자들이 만들어 낸 신법중성기를 보면 놀랍기 그지없나이다. 역사상 처음 나왔다고 중국이 자랑하는 석각 천문도는 〈순우천문도(淳祐天文圖)〉입니다. 이거야말로 온 세상 천문학 연구의 결정체요 최고의 보전(寶典)이므로 다른 천문도는 모두 이에 따라야 한다 했습니다. 이번에 저희들이 고증하면서 새로 만든 우리 신법중성기도 중국식으로 다 따랐겠지 했으나 고증하여 보니 중국식하고는 전혀 다른 우리만의 독특한 고려 조선식의 새로운 천문도를 만들고 있어 놀라게 했습니다.

예를 들어보겠나이다. 중국 천문도는 하늘의 모든 별을 옮겨 그리고 석각한 것을 보면 어떤 별이든지 그 크기가 일정하게 돼 있습니다만 이번의 우리 천문도를 보면 별을 크기에 따라 다르게, 그리고 더 크게 그려진 별은 그만큼 밝음을 표시하기 위해 그린 것이었습니다.

다음은 천문도 구성의 특색을 보면 가장 중요한 중앙 부분은 현재의 우리 학자들이 관측, 연구한 결과이고 가장자리 부분은 고구려 학자들이 관측 연구한 것을 살려놓고 있음을 볼 수 있어 우리 천문도는 고구려 시절부터 연구해온 유구한 천문 역사를 이어놓고 있었다는 사실이었습니다.

고조선은 이미 청동기 시대 조성된 고인돌 안에 별자리를 그려놓았고 고구려의 벽화 25기 역시 모두 별자리가 그려져 있습니다. 이는 우리 선조들 대부터 조선의 천문과학이 만국(萬國)을 선도해 오고 있었다는 증거였나이다. 뿐만 아니라 이번의 우리 학자들은 중국학자들도 발견하지 못하고 있던 새로운 별자리까지 밝혀냈습니다. 종대부(宗大夫)란 별자리인데 이 별들은 은하수(銀河水) 성좌가 둘로 갈라져 있는 그 사이에 숨어 있던 몇 무더기 별들이었습니다.

그 다음 중요한 것은 세차현상으로 변화된 모든 별들의 제 값을 일일이 다 바르게 고쳐놓았다는 것과 그로 인해 기존의 천상 별 뿐 아니라 새로 관측한 별들을 추가하여 지금까지 가장 많은 별들을 수록했다는 송사(宋史)의 〈천문지(天文志)〉가 289좌(座) 1,445개의 별을 수록해 놓아 정통성과 우수성을 자랑해왔는데, 신법중성기의 우리 천상열차분야지도에 수록된 별들을 보면 296좌, 1,468개의 별이 수록된바 송사의 천문지보다 7좌, 23개의 새 별들이 더 늘어나 있어 이는 천문학사의 새로운 업적으로 평가되었습니다.

저희 서운관의 금번 중성도 실측 연구의 결과인 〈신법중성기〉는 1년 여 동안 철저한 검사와 검증을 계속했는데도 하등 어떤 실수나 과오가 발견되지 않아 검증을 마무리하고 이 정도면 새로운 천문도를 석각에 올림도 무관하다는 검증단 전원의 만장일치 천거를 받아 삼가 대왕전에 봉헌하옵니다."

서운관 승인 지신원이 상주를 마치고 검증문서를 임금께 바쳤다. 임금은 기뻐하며 문서를 승지에게 넘겨주고 두 팔을 들어 올리며 포효하듯 외쳤다.

"대조선국의 홍복 이로다! 서운관은 즉시 준비해 놓은 흑요석(黑曜石) 위에 석각을 하여 만대가 나라의 보물로 자랑할 수 있도록 길이 보존 전승 전수케 하라!"

어명을 내렸다. 이튿날이 되자 권근이 취령산 천문소로 방택을 찾아왔다.

"경하드립니다. 신법중성기를 완성하심에 이제는 석각을 즉시 진행하랍신 주상전하의 채근이 있었습니다."

"내 할 일은 이미 끝이 나서 완전히 물러나 있는데 왜 또 오셨나?"

"주상께서는 석각 작업의 모든 책임을 신에게 맡기셨습니다. 신이 문장력이 좋다며 그동안 조정 안에서 필요로 하는 모든 글월 문장은 저에게 맡겼기 때문에 이번 석각 작업에 필요한 제자(題字)나 문장들은 신이 작성해야 한다는 것이었습니다. 금헌 선생은 주인공이시니 당연히 참가하셔야 하고 서예가 설경수(偰慶壽)는 직접 돌에 한 자 한 자 새겨넣어야 하기에 꼭 필요한 분이라 제가 천거했습니다. 그리고 이 명단은 석각 작업에 필요한 서운관의 인재들이라 생각해서 제 나름대로 뽑아 본 것입니다. 보시고 금헌 선생의 고견이 있으시면 그대로 따르겠습니다."

일별하고 난 방택은 말없이 고개를 끄덕였다. 권근이 적어 온 명단을 보니 거의 다 처음부터 중성도 개수작업에 참여했던 연구원들이 다 포함되어 있었던 것이다.

"서각을 담당하는 설경수는 귀화인(歸化人) 서예가 아닌가?"

"그의 형 설장수와 함께 원나라에서 귀화한 형제지요. 석각 뿐 아니라 조각(彫刻)에도 일가견이 있어 적임자로 보입니다."

"당태종 집안의 국적은 어딘 줄 아는가?"

"그건 왜 물으십니까?"

"당태종 집안도 돌궐인(突獗人)이라네."

"몰랐습니다. 설경수 대감도 돌궐인이군요."

"글씨만 잘 쓰면 되지 따지면 뭐 하겠나? 일단 석각이 완성될 때까지 나도 추산(推算)을 계속하며 참여해 줄 테니 염려 말게."

"고맙습니다. 곧 바로 시행하겠습니다."

그로부터 사흘 뒤에 석각제작원이 생겼고 천문도 석각 제작이 시작되었다. 만수대 뒤쪽 넓은 초원에 엄청나게 큰 천막이 들어섰다. 그 천막 안이 작업장이었고 한복판에 흑요석 석판이 누워있었다. 석각을 하는 흑요석은 대문짝만해서 가로 1미터 23센티. 세로 2미터 11센티. 두께가 12센티였다.

그곳에 모두 12명의 제작원들이 모였다. 전지(全紙) 10장 정도를 말아서 두루마리로 가지고 온 권근은 종이 묶음을 한쪽 벽에 세워두고 모인 제작원들에게 일일이 인사를 했다.

"천문도 석각을 완성할 때까지 여러분은 언제나 만나야 합니다. 권근입니다. 잘 부탁합니다."

권근은 인사를 하고 나서 다른 제작원들을 하나하나 일일이 소개했다. 그런 다음 그는 세워 놓았던 전지 두루마리 묶음을 가져다가 누워있는 석판 위를 덮었다.

"길이와 넓이를 석판의 크기에 미리 맞춰왔기 때문에 꼭 맞을 겁니다. 보시다시피 종이 위에는 도해(圖解) 그림들이 그려져 있습니다. 확인해 보시지요."

권근의 말에 모든 제작원들은 석판을 덮고 있는 종이 위의 여러 도형(圖形)들의 그림들을 내려다 보았다.

"지금부터 돌판 위에 새기는 각석 작업에 들어가는데 꼭 필요한 도형입니다. 확정한 건 아니고 내 나름대로 만들어 본 〈천상열차분야지도〉의 얼개 도면입니다. 지도의 하단부를 보시면 지도의 이름이 들어가게 됩니다. 〈天象列次分野之圖〉. 그리하여 전체 지도는 상. 중. 하 3부분으로 나누어 그려지게 되며 전 하늘을 지구 북극을 중심으로 하는 원형의 하늘을 12차와 12분야로 영역이 나누어집니다. 보시는 바와 같이 석판의 중앙에는 커다란 원형 별자리 그림이 들어가고 윗부분에는 12차 28수 권역과 일수(日宿. 태양의 운행길) 월수(月宿. 달의 운행길) 그리고 정중앙 상단 복판에는 천(天)이 그려지며 성수분도(星宿分度)에 대한 간단한 설명이 들어갈 것입니다. 그게 상단부 도면이고 중앙부는 전체의 크고 작은 원이 3개 겹쳐져 그려질 것입니다. 한복판의 작은 원은 금천(今天) 천문도를 들어낼 것이며 그 원을 주위로 2개의 큰 원이 둘러싸는데 2개의 원은 적도(赤道)와 황도(黃道)인데 겹쳐져 있기 때문에 두 지점이 서로 만나게 되어 있습니다.

두 점 중 하나는 춘분(春分)이며 다른 쪽 점은 추분(秋分)을 나타냅니다. 원의 중심에서 밖으로 나가면 내규(內規. 관측지에서 관측할 때마다 지평선 위로 올라오는 별들의 영역)과 외규(外規. 관측지 지평선 위에 올라오지 않는 별들의 영역)를 나타냅니다. 그리고 상하 구석 6군데는 28수 별자리 중 동서남북 칠수(七宿)를 나누어 그리며 중앙부 하단 한 칸에는 28수 거극분도(去極分度)와 논천(論天)이 자리하게 됩니다. 다음 하의 하단부, 우편(右便)에는 제가 쓴 논천, 그리고 28수 별자리 거극분도의 설명과 이 석각천문도가 만들어진 역사적 배경과 전후사(前後事)에 대한 〈천문도발(天文圖拔)〉의 글이 새겨질 것이며 좌편 말미에는 석각천문도 제작에 참여한 서운관 제작원들의 명단과 제작년월일(製作年月日)이 새겨질 것입니다. 제작년한은 향후 1년을 상주했으나 노력 여하에 따라서는 6, 7개월로 단축할 수도 있을 것입니다."

권근의 설명을 듣고 제작원들은 별다른 이의를 제시하지 않았다. 그가 내놓은 도안(圖案)대로 곧바로 석각 작업에 들어갔다. 방택은 번다한 간섭을 받지 않고 쉴 수 있는 곳은 서산 고향집 밖엔 없다는 생각에 고향으로 떠났다.

고향 집에서 며칠 쉬다가 그는 집안 잡일을 도와주고 사는 순동이를 불렀다. 순동이는 먼 친척 중에 오갈데 없던 고아나 다름없던 소년이었는데 벌써 스무살이 되어 장가갈 나이가 되어 있었다.

"부르셨슈?"

"너 우리집에 가끔 오던 최인영이라는 사람 알지?"

"제자라고 하던?"

"그렇지. 그 사람 좀 데려올 수 있을까? 강화도에 사는데?"

"강화요? 다녀오면 되지요 뭐."

염려 말라 했다. 방택은 미리 준비해 둔 듯한 봉투를 열어 뭔가 적은 것을 꺼내주었다.

"최인영이 사는 동네다. 강화읍내 북쪽 괸돌(고인돌) 동네라면 다 안다. 거기 가서 물어보면 다 알거야. 바쁜 일이 없으면 네가 올 때 함께 왔으면 한다구 전해라."

"알았슈."

순동이는 곧 강화로 떠났다. 그로부터 삼일만에 순동이는 최인영이를 데리고 함께 돌아왔다.

"급한 일 생기셨나요?"

"아니야. 자네야말로 바쁜데 무리해서 온 거 아냐?"

"아닙니다."

"중성도 보정 연구 때는 자네의 공이 가장 컸다고 이구동성으로 다들 칭찬했네. 이제 석각에 들어갔어. 그 일이 끝나면 정식으로 천상열차분야지도 석각본은 나라에 바치게 되네. 자네는 정식 연구원은 아니라도 그땐 포상(褒賞)이 내려질 거야."

"그걸 바라고 도와드린 건 아니잖습니까?"

"그건 그렇고 내가 자네를 찾은 건 궂은일이 하나 있는데 우리집 순동이와 함께 가서 도와주었으면 싶어서 오라 한 거야."

"뭔데요?"

"계룡산에 다녀왔으면 하네."

방택은 동학사 얘기를 꺼냈다. 고려충신들의 초혼각을 만들기 위해서 그동안 동학사의 주지승인 평안대사를 만나 상의했던 것들을 자세히 설명해 주었다.

"스승님께 두어 번 들어서 잘 알고 있습니다. 제가 가서 뭘 하면 될까요?"

"초혼각을 만드는데 반대는 않겠다. 그러나 외부에 드러날 만큼 건물이 커서도 안 되고 사람들의 관심 대상이 되는 건 피했으면 한다. 그래서 그분과 합의를 했다. 장소는 대웅전 동쪽 산자락 끝, 야은(冶隱)이 제단을 쌓았던 곳이 있다."

"건물이 남아 있나요?"

"아니다. 돌단을 쌓은 곳에 초막을 세웠던 곳인데 관리를 하지 않아 초막이 없어지고 현재는 돌단만 남아있다. 그곳에 사우(祠宇)를 세우려 한다. 둘이 가서 우선 평안대사를 만나 상의를 하고 무너진 돌담부터 바로 세우는 작업을 해라. 한 달 후에 내가 직접 가볼테니."

"그럼 가보겠습니다."

"잠깐."

방택은 주머니 하나를 내놓았다.

"사우를 만들려면 건축비가 있어야지? 모자라면 내가 다시 마련해 줄 것이다. 애초 건축비는 내가 부담하기로 했다. 그럼 가보아라."

최인영은 순동이를 데리고 곧장 계룡산으로 떠나갔다. 방택은 이삼일에 한 번 석각 작업 현장에 나가 감수를 해주고 한 달 쯤 지났을 때 그는 고향을 다녀오겠다며 곧바로 동학사로 떠났다. 그동안 두 사람이 일을 얼마나 해 놓았을까 궁금해하며 계룡산으로 향했다.

이윽고 동학사 경내로 들어선 그는 동쪽 산자락 돌단 있는 곳을 찾아갔다. 면목 일신해 있었다. 무너져 내렸던 돌단들이 새롭게 잘 쌓아져 있고 그 옆에는 목재들이 쌓여 있었다.

"제단을 만들고 위패를 모시려면 사우가 바람과 비를 가릴 수 있어야지요."

"그래 고생했구나."

"처음에는 순동이와 저, 둘이서 일을 하다가 한 사람이 더 필요할 것 같아서 신도안쪽에서 구하여 일꾼 하나를 데려와 셋이서 하고 있습니다."

방택은 만족한 듯 고개를 끄덕였다.

"건물이 만들어져도 사람들은 동학사에서 만들어 놓은 산신각(山神閣) 쯤으로 알고 그냥 지나칠 정도면 된다. 현판도 때가 되면 달 것이다. 깔끔하고 정결하게 제단을 잘 가꾸어놓으면 한 분 한 분 초혼제를 지내고 위패를 모실 것이다. 앞으로 한달 뒤쯤에는 일이 다 끝나겠지?"

"물론입니다. 열심히 하겠습니다."

"그 때 다시 오마."

방택은 세 사람에게 부탁을 하고 동학사 주지를 만나 편의를 봐주어 고맙게 생각한다는 뜻을 표했다.

"충신을 현창(顯彰)하고 기리는데 고마워 하실게 뭐 있습니까? 금헌 공께서는 지금 상감께서 이곳 계룡산에 오셨다는 건 아시고 계시 겠지요?"

"뭐라구요? 주상께서 오셨다구요?"

방택은 금시초문이라 깜짝 놀랐다.

"모르고 계셨나보군요."

"물론입니다. 왜 오셨는지 아시겠군요?"

"개국을 한 뒤에 개혁 세력인 신진 세대들이 왕도를 옮겨야한다는 천도설(遷都說)을 주창하고 나섰답니다."

그건 방택도 알고 있는 사실이었다. 대신 중에는 권중화(權仲和)가 역사, 의학, 풍수지리에 밝다고 알려져 있어 태조는 그에게 신도(新都) 후보지 물색을 명했다. 떠났다가 돌아온 권중화는 계룡산 신도안이 그 중 수도로서의 자격요건을 갖춘 제일의 후보지라 보고했다.

그러자 태조 이성계는 자기가 직접 가보고 싶다 하여 권중화, 성석린, 남은 등을 거느리고 계룡산 신도안으로 행차했던 것이다. 공교롭게도 류방택이 동학사에 온 날과 겹쳐 당황해 하고 만 것이었다.

"대사님, 제가 다녀간 것을 비밀에 붙여주십시오."

"물론입니다."

방택은 서둘러 송도로 돌아왔다.

그로부터 6개월 후. 조선 태조4년(서기 1395년) 12월.

천문도의 석각 작업 현장인 만월대 작업장에서는 서예가 설경수의 마지막 글씨인 제작 연월일이 새겨졌다. 둘러서 있던 5십여 명의 대신들이 환호성을 올렸다. 그러자 권근이 나서며 외쳤다.

"마지막 순서로 한 가지가 남아있습니다. 가장 중요한 순서지요. 대망의 〈천상열차분야지도〉를 완성시킨 우리 조선의 대 천문학자는 밀직부사 판서운관사 류방택 어른이십니다. 이분이 마지막으로 각(各) 도안(圖案)의 정확 여부를 점검하고 모든 글자 하나하나를 검색, 정오(正誤)를 가리신 후 이상 없음을 선언하셔야 비로소 서운관의 대업인 〈천상열차분야지도〉의 석각본이 완성되어 우뚝 서게 됩니다."

류방택은 하나하나 세심하게 정오를 검색해 나갔다. 마침내 검색작업이 끝났다. 류방택이 선언했다.

"모든 것이 완벽합니다. 진 일보한 우리나라 천문과학의 승리이며 석각 예술의 새로운 완성품입니다. 여러분! 고생 많으셨습니다."

환호성이 폭죽처럼 터져 나왔다. 애초 석각 작업은 1년을 예상했으나 그 소요기간이 절반으로 단축이 되어 6개월 만에 끝나게 되었다.

태조 4년 12월 21일은 마치 새 나라의 최초 국경일을 맞은 듯 송악산 밑의 만수대. 수창궁 등 모든 궁전과 육조(六曹) 건물은 축하의 물결에 휩싸였다. 이른바 천상열차분야지도가 새겨진 엄청난 크기의 석각 흑요석의 돌비가 누웠던 자리에서 일어섰던 것이다.

지금은 왕도 이전의 논란이 뜨거운데다가 신도 후보지가 서너군데 올라와 있긴 하지만 언제 왕도가 이전을 하게될지 알 수 없어 그 석비가 좌정할 곳이 현재로서는 확실히 정해지지 않은 상태였다. 그래서 일단 이전을 전제로 그동안 사용한 만수대 작업장에 석비를 세워 나라에 바치는 간단한 행사로 대신하기로 했다.

   그 크기는 말할 것도 없고 그 흑요석(검정 대리석)의 무게만도 1t(톤)이 넘어 그걸 세우는데 만도 20여 명의 장정 일꾼들이 반나절을 매달려 겨우 일으켜 세웠다. 그런 다음 제상을 차려놓고 하늘에 감사제사를 올렸다. 나라와 국왕에게 〈천상열차분야지도〉를 바치는 봉헌대례(奉獻大禮) 의식은 새로 이전하는 신도(新都)에 갈 때 정식으로 드리기로 하고 천문도의 제작사업은 그것으로 마감했다.

3. 망국(亡國)의 사대부(士大夫)는
   고산(故山)에 묻히기를 원한다.

류방택은 취령산 천문소로 가서 모처럼 휴식을 취했다. 3일이 지났을 때 누군가 찾아왔다.

"최인영군! 아니 웬일로 여길 왔는가?"

"스승님께 고마운 인사 올리려고 왔습니다."

"며칠 전에도 보고 헤어졌잖은가?"

"우선 제 절부터 받으십시오."

최인영은 방택 앞에서 큰절을 올렸다.

"스승님 덕분에 큰상을 받았습니다. 서운관에서 저에게 관보를 보내왔는데 저를 서운관 종8품관인 사력(司曆)으로 특채(特採) 명한다는 통보였습니다."

천문도 제작에 세운 그의 공을 인정하여 서운관에 특채를 했다는 것인데 가장 말직(末職)이 종9품관인 사신(司辰)이었고 그 위가 정9품관인 감후(監候)였는데 최인영은 그 2단계를 넘어 종8품인 사력으로 특진 임명을 받았다는 것이었다.

"축하한다. 너는 우리 모두의 가장 중요한 연구 결과 자료를 불 속에서 구해냈다. 당연히 큰 포상을 받아야 한다."

"감사합니다."

모르긴 몰라도 서운관의 다른 연구원들도 상을 받게 되었을 것이다. 최인영이 떠난후 이틀 만에 권근이 관리 하나를 데리고 취령산으로 방택을 찾아왔다.

"어서 오시게. 누추한 이곳을 왜 또 오셨는가?"

"두 분은 초면이신 모양이지요? 이분은 고공사(考功司) 낭사(郎事)이신 염봉준 대감이십니다."

"그러시군요. 류방택입니다."

고공사라면 일명 사적사(司績司)라 하기도 하며 국가의 모든 관리들 공과(功過)를 심사하고 판정하던 기관이었다.

"제가 이렇게 찾아 뵈온 것은 알려드릴 말씀이 있어서입니다. 서운관 현직에 그냥 계셨다면 그곳으로 갔을 테지만 류 서운관사님은 사직을 하신 상태라 권 대감님께 말씀드려 함께 오게 된 것입니다. 비례, 용서하십시오."

염봉준 낭사는 가지고 온 일 건 서류들을 꺼내어 방택에게 전했다.

"이게 무엇이오?"

"이제 연말이면 제3차 개국공신 포상이 있습니다. 개국공신 포상은 마지막이 될 것입니다. 류방택 서운관사께서는 국왕전하의 특별한 어명을 받자와 모든 공적 등을 세밀히 조사하고 관사께서는 개국공신으로 포상받아 마땅하다는 결론을 얻어 주상께 상주한 바, 류 서운관사께서는 이번에 개국일등공신(開國一等功臣)의 서훈자(敍勳者)가 되셨습니다. 그래서 몇 가지 서훈자 자료를 위한 문서작성이 필요하여 이같이 방문한 것입니다."

"삼가 송축드립니다."

권근이 자리를 고쳐 앉으며 경의를 표했다. 방택의 표정은 굳어져 있었다.

"전혀 자격이 안 되는 졸부(拙夫)에게 연전에도 원종공신의 봉호를 내리시어 나는 여러 번 봉호를 사양했지만 주상전하의 배려를 거절하여 죄를 지을까 봐 하는 수 없이 받아들였소. 헌데 또 분에 넘치고 또 넘치는 포상을 내리시니 몸 둘 바를 모르겠습니다. 이번에야말로 내리신 하해와 같은 은혜의 봉호는 사양하겠습니다. 이미 나는 걸해골 서를 내고 초야로 돌아간 무명인이니 결코 받을 수 없다고 염낭사와 양촌께서 주상께 전해주시오."

두 사람은 펄쩍 뛰었다. 개인의 영광이요 가문의 영광인 개국공신의 서훈을 거절하며 사양하다니 있을 수 없다며 받아들이라고 두 사람은 밤새워 권했다. 그러다 지쳐서 새벽녘에 두 사람은 잠이 들었다.

해가 중천에 떴을 때 두 사람은 잠에서 깨어 눈을 떴다. 같은 방에 있어야 할 방택의 모습이 안 보였다. 두 사람의 머리맡에 쪽지 서찰이 있었다. 자기는 아무도 모르고 찾을 수 없는 곳으로 떠나니 용서를 하고 상감께 죽을죄를 지었으니 말씀 좀 잘 올려달라고 신신 당부하고 있었다.

그로부터 1년여 동안 방택의 모습은 어디에도 보이지 않았다. 그가 다시 나타난 것은 이듬해인 태조5년(1396년), 이색(李穡)의 목은서원(牧隱書院) 빈청(賓廳)이었다. 목은 이색이 불시에 서거했던 것이다. 68세, 아까운 나이였다. 날씨가 너무 무더워서 제자들이 여주(驪州) 쪽 한강변의 여강(驪江)으로 잠시 피서를 다녀오시기를 청했는데 피서지에 도착하자마자 목은은 심장발작을 일으켜 숨을 거두고 말았던 것이다.

류방택이 이색을 만난 것도 꽤 오래 전 이었다. 애초 방택은 이색의 부친이던 가정(稼亭) 이곡이 원나라의 관리가 되어 대도(북경)로 떠날 때까지 그의 문하에서 공부를 했기 때문이었다. 가정은 3년만에 돌아왔는데 아들 이색은 원나라에 유학을 하고 뒤늦게 부친이 별세하는 바람에 귀국을 했던 것이다.

당시는 공민왕도 귀국, 보위에 오른 해이기도 한데 이색은 그 이듬해 과시(科試) 중에서도 가장 어렵다는 괴과(魁科)에 수석으로 합격(壯元), 수재로 알려지게 되고 임금의 명으로 자신의 학문 경향과 정견(政見) 등을 피력한 의견서를 제출하여 인정을 받게 되었다.

성균관 대사성(大司成)이 되어 정몽주, 김구용 등과 함께 명륜당(明倫堂)에서 강론하니 그로부터 처음으로 정주(程朱)의 유교 성리학(性理學)이 일어나 이색의 서원에는 새로운 지성(知性)세대, 개혁파의 젊은 세대가 몰려들었다. 그 제자 중에는 우수한 영재들이 많았다. 정도전(鄭道傳). 권근(權近). 권중화(權仲和). 이제(李濟). 길재(吉再). 이행(李行). 변계량(卞季良). 이숭인(李崇仁). 류백유(柳伯濡). 류백순(柳伯淳) 형제 등 50여 명이었다. 류백유와 류백순은 류방택의 아들이었다.

새 왕조가 들어설 때 신정권의 중심 세력이 된 계층은 이들이었다. 호국불교라하여 불교의 정신을 나라의 통치이념으로 하여 4백여 년 내려 온 구세대는 이제 물러가고 실용의 정치사상인 유학(儒學)의 정신으로 새로운 통치이념을 삼아야만 한다고 주장했다.

이 색은 태조가 아끼어 한산백(韓山伯)에 봉하고 예를 다하여 출사(出仕)를 권했으나 그는 끝내 고사하고 나가지 않았다. 그러면서 자기의 심회를 시로 남겼다.

"망국(亡國)의 사대부(士大夫)는 오로지 자기 해골은
고산(故山. 고향의 산)에 파묻을 뿐이다."

그래서였던지 임금은 국장(國葬) 못지않은 장례를 치루게 하라고 어명을 내렸는데도 장의식 대표로 뽑힌 정도전이 반대를 하고 가족장으로 지내겠다 했다.

여기서도 연전에 개국공신의 봉호를 류방택이 고사하고 끝내 받지 않았다는 것이 화제가 되었다. 하지만 방택은 잔잔한 웃음만 지을 뿐 거기에 대해서는 한마디 변명이나 해명을 하지 않았다.

다만 동학사 사우(祠宇)를 만들고 있는데 이제 포은 정몽주를 비롯, 목은까지 서거했으니 함께 초혼제를 지내려는데 어찌 생각하느냐고 묻고 싶었는데도 참았다. 널리 광고할 일이 아니라고 생각했기 때문이었다. 목은 이색의 장례식은 검소하게, 그러면서도 품위있게 많은 친지와 제자들의 애도(哀悼) 속에 잘 끝나게 되었다.

조문객들이 헤어질 때 권중화가 다가왔다. 그가 물었다.
"가마를 타고 오셨지요?"
" 아니오. 걸어서 왔소이다."

"아이구, 연만하신 어른이 고생하셨네요. 걷는 거는 아직 연소한 저희에게 맡기시고 가마를 타셔야지요. 댁에까지 모셔다드리라 할 테니 제 가마를 이용하십시오."

"아닙니다. 이렇게 합시다. 우리 술 한잔 했으면 합니다. 가까운 주막으로 가는게 좋겠소만. 가마는 보내구요."

"예, 그럼 제가 모시지요."

한동안 걷던 두 사람은 주막을 찾아 들어갔다. 몇 순배 잔이 오고 가며 고인이 된 대유학자(大儒學者)인 목은의 서거를 안타까워했다.

"아드님 저정(樗亭. 柳伯濡) 형제도 왔더군요."

"당연히 와야지요. 이건 좀 다른 애기인데 해도 될지 모르겠소."

"편하게 하십시오."

"야은(冶隱. 吉再)이 몇 년 전에 계룡산 동학사에서 자기 스승인 포은(圃隱. 鄭夢周)의 한을 달래고 불사이군의 충심을 기리기 위해 초혼제(招魂祭)를 지냈다는 소식은 들었겠지요?"

"물론입니다. 모두들 감동하고 그 의기에 놀랐지요."

방택은 계룡산 동학사에 길재가 제를 올린 제단을 다시 수리하고 조그마한 제각(祭閣)을 위한 기초작업을 했다는 것을 밝혔다.

"제각을 직접 만드셨군요?"

"비를 가릴 정도의 제각 입니다. 정식으로 전각을 세우고 지붕을 만들 제각은 내년쯤 만들어질 겁니다. 어쨌든 금년 섣달엔 하루를 잡아 목은과 포은, 양은(兩隱) 두 선생의 초혼제를 지내고 싶어 말씀드리는 겁니다. 두 분은 고려 충신의 표상이 아니십니까?"

"위험하진 않을까요?"

"보란듯이 제사를 모실 수는 없지요. 조용하게, 경건하게, 소문나지 않게 지내면 될겝니다. 그게 동학사 주지 스님의 말씀이니까."

"제가 도와드릴 건 뭐가 있을까요?"

"꼭 참석해야 할 제자들 중 열 명 정도만 알려서 참예시키면 어떨까 하는데?"

"그러면 제사 마치고 말이 많지 않을까요? 누군 부르고 누군 뺐다고?"

"행사를 할 때쯤 제자들을 서원으로 다 불러서 전원참석이 불가능하니 올해 열 명, 내년 열 명, 그렇게 나누어 뽑아서 가기로 하자 하는 게 어떻겠소?"

"그것도 한 가지 방법이네요. 어쨌든 그건 제가 알아서 상의하고 추진해 보겠습니다."

그로부터 열흘이 지나자 제자인 최인영이 취령산 천문소로 방택을 찾아왔다.

"목은 선생님이 돌아가셔서 얼마나 애통해 하셨습니까?"

"말하면 뭐 하겠느냐? 하지만 누구나 떠나는 길이니 어쩔 수 없는 애사(哀史)다. 그래 넌 언제부터 서운관에 출근하라드냐?"

"그 때문에 왔습니다. 시월 초하루부터 출근 명 받았습니다."

"남들 5년 걸리는 과정을 한 번에 뛰어올랐다고 자만하지 말고 열심히 배우며 일 하거라."

"예."

"그리고 장가 들 때까지는 혼자 지내야 하니 여기 취령산 천문소에서 침식을 하고 출퇴근하거라."

"고맙습니다."

"그리고 이번 년 말부터 동학사 초혼제를 지내기로 했다. 포은 정몽주 선생과 목은 이색 선생 두 분의 위패를 봉안하고 간단하게 초혼제를 올리기로 한 것이다."

"날짜는 정하셨습니까?"

"섣달 안에 날을 받으려 한다. 해마다 동안거(冬安居)는 섣달 보름에서 그믐까지지. 너도 익숙해지겠지만 나라의 공복(公僕)들도 일 년에 두 번, 휴가 기간이 있다. 하안거(夏安居)와 동안거다. 그 휴가 기간중 하루를 잡아 초혼제를 올리려 한다."

"그럼 저도 가서 준비를 할 수 있겠네요."

"그렇지."

초혼제는 그로부터 3개월 후. 섣달 열아흐레 날에 열리게 되었다. 사우(祠宇)는 돌계단으로 만든 제단은 훌륭하게 마무리 되었으나 사방의 벽과 지붕은 임시로 만든 상태였다. 혼자 스스로 정해서 완벽한 사우 건물을 만들 수는 있었지만 일단 초혼제를 시작하고 참석하는 사람들의 의견을 들어서 마무리하겠다고 방택은 생각했던 것이다.

제삿날이 다가오자 먼저 열 명의 목은서원 이색의 제자들이 하나둘 하나 둘 흩어져서 모여들었고, 포은의 제자들도 네 명이 참석했다. 한꺼번에 모여서 오지 않고 흩어져서 온 것은 다른 사람들의 눈에 띄지 않게 하기 위해서였다.

　권중화의 노력으로 이색이 자필로 써서 남겨놓은 〈자서농필(自敍弄筆)〉이란 저서를 가지고 와 그의 혼이 깃든 유품으로 제대에 올려 영원히 보관키로 했고, 포은의 제자들은 스승이 3십여 년 사용하던 관모(冠帽) 한 점을 구해와 바쳤다.

　이윽고 밤이 되자 초혼제(招魂祭)가 시작되었다. 계룡산의 신도안에서 가장 유명하다는 무당을 최인영이 모셔와서 굿이 시작되었다. 사람은 죽으면 혼(魂.영혼)과 백(魄.몸)이 나뉜다. 그리하여 백은 무덤 안에 묻히지만 혼은 자유롭게 허공을 떠다닌다. 제사를 지내는 것은 그날만은 떠다니던 혼을 불러 백과 만나 혼백(魂魄)이 다시 혼연일체가 되게하는 의식이다.

　그런데 고인의 죽음이 억울함이 많으면 여한(餘恨)과 원망이 쌓여 선처(善處)에 안주를 못 하고 궁창(穹蒼)을 헤매며 떠다닌다. 그 여한과 원한을 풀어주어야 혼은 자기 백과 다시 만날 수 있는 것이다. 그 혼을 달래주고 부르는 의식이 초혼이다. 새벽 미명(未明)이 될 때까지도 응하지 않던 두 분의 혼은 드디어 감응(感應)을 하여 나타났다.

　"왔구나! 억울하게 돌아가신 두 분의 혼이 그 원혼과 한을 깨끗이 씻어내고 이 자리에 왔구나. 모셔라!"

　무당의 소리에 두 분의 제자들은 모두 엎드리며 스승님을 부르고 흐느껴 울었다. 그러면서 두 분의 고매한 인격과 학문, 불사이군의 높은 충의에 대해 너도나도 칭송하며 기렸다. 이윽고 권근이 한마디 했다.

　"아무리 낮아도 수양산(首陽山) 그늘은 3백 리를 덮는다 했지. 두 분의 그늘도 3백 리가 넘을 것으로 보네. 우리 동기 중에 이행(李行) 군이 있네. 마침 저기 앉아 있구먼. 목은 스승님의 사랑을 가장 많이 받은 친구지. 저 친구는 급제를 한 뒤에 어디로 발령을 받은 줄 아나? 탐라국(제주도) 양마장(養馬場)이었네. 초임(初任)부터 귀양지로 보내다니 나 같으면 때려치우고 안 갔을 거야. 그런데 흔연히 태연하게 불평 없이 간다고 하더라구. 그런데 함께 술을 마시던 친구 류백유와 나만 화가 나서 대취했을 뿐 저 친구만 멀쩡했지. 3년만에 다시 송도로 나왔지. 그런데 웬 젊은이 하나를 데리고 왔어. 형님 형님 하면서 잘 따르더군? 알고보니 탐라도주(島主) 고신걸의 외아들이었어. 형을 따라 송도로 유학을 가고 싶다고 자기 부친을 삶아 온 것이었는데 이행은 아주 큰 공적을 세운 거야. 거기까지 행정력이 미치지 않아 도주가 변심을 밥먹 듯 했는데 행이 아들을 데려오자 충성을 약속하고 그 뒤부터는 한 번도 변심을 하지 않았다네."

그러자 방안에는 박수소리가 끊이지 않았다.

"뭐가 돼도 크게 될 사람은 처음부터 다른 거야!"

"나도 우리 중에는 가장 크게 될 것으로 생각했는데 그게 아니라 실망했네."

"무슨 소리야?"

"아예 벼슬은 그만두었지. 상감께서 몇 차례나 손수 불러 좋은 직임(職任)을 맡기려 했는데도 사양하고 초야에 지금도 묻혀 사네."

"과연 그 스승에 그 제자다!"

모두 감탄했다. 그후 이 사우에 삼은각(三隱閣)이란 이름이 제대로 생긴 것은 야은 길재(冶隱 吉再)가 서거하여 류방택의 3남 백순(伯淳)이 길재의 위패까지 모시게 되어 포은. 목은. 야은 등 삼은을 모신 삼은각으로 불리게 된 것이다. 애초 방택은 사우를 지으면서 제대로 된 건물을 지으려 했으나 삼은의 제자들이 지금처럼 초막(草幕) 비슷하게 짓고 제사를 모시자 하여 그대로 따랐던것이다.

삼은각이 제대로 된 사우로 자리를 잡은 것은 류방택 사후 그의 장남인 류백유가 지은 것인데 완공을 이룩한 사람은 공주목사(公州牧使)로 부임한 이정간(李貞幹)이 류방택의 절의에 감복해서 각을 세우게 된 뒤부터였다. 그 후 류방택은 광해군 13년(1621년)에 삼은각에 추배되었다. 삼은각은 고려의 충신들만 모시게 된 게 아니라 이른바 단종 화적(端宗禍籍)을 당하여 억울하게 죽은 충신들의 위패를 모시고 충절을 기리게 되어 동학사의 삼은각은 역사에 길이 남게 되었다.

뿐만 아니라 길재는 불의에 희생당한 충신 정몽주의 제자였기에 먼저 초혼제를 지내어 영혼을 위로했지만, 류방택은 실제로 사제관계가 되어 그토록 나서서 그들의 제사를 모신 게 아니었다. 오직 충의에 살다간 고려의 충신을 흠모하고 헌창하고 싶어 스스로 나아가 삼은각을 만들었을 뿐이었다. 그 때문에 그곳을 찾는 의사(義士)들로부터 류방택 역시 삼은(三隱) 못지않게 존경을 받게 되었던 것이다.

방택은 그로부터 취령산으로 들어가 처음으로 만사를 잊고 노령의 휴식을 가졌다. 행복했다. 그러나 나라는 그렇게 조용하고 평화롭지 못했다.

4. 도원(桃源)에 잠든 류방택 별

　그토록 강건하고 용맹스럽던 태조 이성계도 오십 후반에 접어들자 약해지고 노쇠해지기 시작했다. 젊어 이후 한 번도 신병으로 자리에 누워 본 적 없던 그도 요즘 들어서는 눕는 날이 많아졌다. 그리되니 정신도 약해져서 실수도 했다.

　태조의 가장 큰 실수는 후계자인 세자를 책봉하는데 당당한 정처(正妻)의 아들 6명을 제치고 후취인 신덕왕후 강씨 소생인 열 한살 짜리 왕자 방석을 세자로 책봉한 일이었다. 세자책봉에 가장 불만이 컸던 왕자는 제5 왕자 방원(芳遠)이었다.

　부왕을 도와 제일 공로를 많이 세운 왕자는 방원이라는 건 자타가 인정하고 있었다. 따라서 세자의 자리는 자기밖에 없다고 생각하고 있었는데 어린 애한테 돌아갔다는 건 인정할 수 없었다. 거기에는 세자택정(世子擇定) 비밀 중신회의에서 정도전이 자기를 버리고 어린애를 적극 추천한 것이 가장 영향이 컸다고 생각하고 있었다. 정도전은 개국 후 새 나라의 설계도를 일일이 다 그린 천재였다.

　왕도 이전부터 새 왕도 한양건설의 모든 책임을 맡아 실천하고 있는 개혁파였다. 처음에는 방원이 세자가 되어야 한다 생각했으나 나중 태도를 바꾼 것은 방원이 신왕이 되면 서로 부딪칠 수밖에 없어 일도 못하고 결국은 따돌림을 당할 수 밖에 없지만, 어린애는 자기 마음대로 휘어잡고 갈 수 있으니 그 쪽으로 기운거라 보았다.

더구나 정도전은 강력한 국정 개혁정책을 내놓고 시행하고 있었는데 그 정책 속에는 방원의 심기를 완전히 뒤집어 놓은 것들이 있었다. 첫째는 사병(私兵, 家兵)조직 해체였고, 둘째로는 왕실척족 관리법이란 것이었다. 당시 행세하는 집에서는 열 명에서 스무 명씩의 가병을 양성하여 집안의 안전을 맡겨왔다. 무신정권(武臣政權)이 백여 년동안 지배했던 구습 중 하나였다. 당시 이방원은 120명의 가병을 거느리고 있었다.

둘째로는 왕실척족 관리법이었다. 직계 왕자나 공주, 방계의 왕자와 옹주 등은 척족이란 권세를 등에 업고 군림하고 있었는데 정도전은 그들 전체 척족은 왕궁이 있는 왕도 도성 밖으로 내쫓아 그곳에서 살게해야 한다는 법령을 만들었던 것이다. 이방원은 정도전의 그 입법이 바로 자신의 손발을 자르기 위해 만든 것이라 단언하게 된 것이다. 애초 정도전의 개혁 입법은 이방원의 정변(政變)을 예상하고 미리 사전 방지용이었다고 생각한 이방원은 정도전과 그의 일당이 남은(南誾)의 첩집에 모여 밤새워 술판을 벌인다는 정보를 입수하자 이방원은 가병들을 이끌고 번개처럼 기습하여 방화를 한 뒤에 모두 살해해 버렸다. 그는 범궐(犯闕)까지 하여 어린 세자형제 마저 죽여버렸다.

이것이 제1차 왕자의 난이었다. 이 골육상쟁(骨肉相爭)에 가장 큰 심적 타격을 받은 사람은 태조였다. 당장 방원을 잡아들여 물고를 내고 처단을 하고 싶었지만 그럴 수도 없는 처지였다. 그렇게 하면 나라가 완전히 분열되어 망국의 길로 떨어질게 뻔했던 것이다. 태조는 몸져누웠다가 겨우 몸을 추스르고 일어나 궐위가 된 새 세자를 책봉했다. 둘째 왕자인 방과(芳果. 나중 定宗)가 되었다. 방원이 되리라 했지만 태조는 의외의 선택을 한 것이다.

그런 뒤에 태조는 왕위를 물려주고 태상왕(太上王)이 된 채 궁을 떠나 함길도의 영흥(永興) 고향으로 떠나버렸다. 정종은 부왕의 편안한 여생을 위해 고향인 영흥을 경원부(慶元府)로 승격시키고 특별히 다스리게 했다. 이른바 왕자의 난이란 골육상쟁 소식을 낱낱이 전해 들은 류방택은 자신이 당한 듯한 아픔을 느끼며 괴로워 했다. 그로부터 한 달 쯤 지난 후에 방택은 집을 나섰다.

조정은 한양으로 천도했지만 궁궐이나 각종 관가의 건물들이 완전히 준공되지 않아 아직도 이사 중인 집처럼 어수선했다. 집에서 나올 때 행선지를 밝히지 못한 그는 막내아들인 3남 백순(伯淳)의 근무처인 예문관(藝文館)에 잠시 들렸다. 아들은 국가가 소장 중인 국가기록과 각종 사료(史料)들을 관리하는 한 부서의 책임자였다.

"아니 아버님이 어떻게 오셨어요?"

아들은 놀라고 반가워서 부친을 맞았다.

"다름 아니다. 내가 한 열흘쯤 좀 멀리 다녀올 데가 생겨서 떠나는데 미쳐 집에다가는 말을 못했다. 어머니 보면 네가 얘기해달라 하려고 들른거야."

"왜 어딜 가시는데요?"

"평안도 영변이란 곳인데 나하고 가까운 지기(知己) 하나가 팔순이라 산수연(傘壽宴)이라 해서 다녀오려 한다."

"이제 고령이시라 멀리 나다니시는 건 삼가셔야 합니다."

아들은 걱정스러워 했다.

"아직은 괜찮으니 너무 염려치마라."

방택은 아들과 헤어지고 나서 곧장 함길도 영흥으로 가는 역원(驛院)의 마차를 탔다. 금천에 도착하자 마차를 갈아탔다. 평강으로 해서 철령을 넘어 원산으로 가야 했다.

"지금 영흥에 계시겠지?"

태상왕이 되어 고향으로 간 태조를 만나기 위해 떠난 길이었다.

"거기 계십니다."

권근은 단언하듯 말했었다. 골육상쟁을 겪은 태조의 가슴은 얼마나 아플까. 방택은 위로를 드리고 싶었다. 그래서 권근을 만나 방법을 묻자 지금 낙향한 곳을 찾아 가는수 밖에 도리가 없다는 걸 알았다. 어쩌면 마지막으로 만나는 것인지도 모른다. 방택도 태조도 노쇠했기 때문이었다.

5일만에 그가 탄 마차는 원산에 도착했다. 태조가 있는 영흥은 여기서 지척이었다. 밤중에 당도해서 밤을 새우고 이튿날 아침 일찍 출발하기로 했다. 점심때가 되어서야 영흥 땅에 들어섰다. 태상왕이 거처할 경흥부의 새 전각을 짓느라 부산했다. 태조는 옛집에 거처하고 있다해서 찾아갔다.

"왕성에서 불원천리하고 멀리 고생해서 오셨는데 어떡하지요? 하루만 일찍 오셨어도 뵐 수 있었을 텐데. 석왕사에 다녀오신다며 떠나셨습니다."

전부터 잘 아는 환관이 방택을 보자 안타까운 듯 말했다.

"급히 뵈올 일이 있나요?"

"무슨 일이 있겠나? 골육상쟁을 겪으셨으니 얼마나 가슴이 무너지셨겠는가. 나도 며칠 동안 제대로 잠을 못 잘 만큼 괴로웠네. 뵙고 위로라도 드리는 게 마땅하다 싶어 달려온 참일세."

"돌아오시면 대감의 진심을 전해드리겠습니다."

하는 수 없이 방택은 역원(驛院)의 마차를 빌려 타고 석왕사로 향했다. 석왕사는 원산에서 멀지 않은 곳에 있었다. 대사 무명(無明)이 있는 사찰이었다. 태조가 야인일 때 그가 꾼 꿈을 듣고 서까래 3개를 지게에 짊어졌다는 것은 임금왕 자(王字)이니 장차 임금이 될 것이라 해몽하여 무명과 석왕사가 유명해진 곳이었다.

"태상왕 전하는 오시자마자 무명 대사님이 안계신 걸 알고 떠나셨습니다. 그게 어제 아침이네요."

석왕사의 행자 스님도 안타까운 듯 전해주었다. 방택은 주저앉듯 대웅전 밖 섬돌 위에 앉아 깊은 한숨을 내쉬었다. 만나지도 못하고 다시 돌아간다는 게 허망했다. 방택은 그곳에서 영흥 쪽을 바라보고 재배를 올렸다.

"신 방택! 그냥 돌아갑니다. 뵈온 거나 진배없습니다. 괴로움과 슬픔에서 벗어나십시오. 전하께서는 누구보다 용맹하시고 건장하시지 않습니까? 가지 많은 나무는 바람을 많이 타고 부러질 때도 있다. 그게 인생 아닙니까? 오래오래 건안하십시오. 신 방택 떠납니다."

후련해진 마음으로 방택은 왕성을 향해 출발했다.

그해(서기1399년) 류방택은 제대로 만들어진 동학사의 제각(祭閣)

에 양은(兩隱. 牧隱. 圃隱)의 혼을 불러 모시고 초혼제를 올렸다. 사우의 이름이 삼은각이 된 것은 나중 야은(冶隱) 길재가 서거하여 야은의 위까지 모시게 되면서 부터였다.

조선왕조 제2대 임금이 된 정종은 1년이 지나자 다섯째 아우인 방원에게 보위를 물려주었다.(서기 1400년) 이이가 3대 임금인 태종(太宗)이었다. 팔순이 넘은 방택도 지병인 소갈병(당뇨)이 깊어져 건강을 잃고 앓는 날이 많아졌다. 정초가 지나자 장남 백유는 형제자매 직계, 방계의 가족들에게 어쩌면 불행이 있을지 모르니 먼 곳의 출행을 삼가하고 집에서 기다리라고 은밀하게 당부했다.

기력이 조금 우선해지자 방택은 서산 금헌당에서 가져다 놓은 거문고를 찾았다. 손자가 거문고를 대령했다.

"고맙다."

방택은 보료 위에 앉아서 거문고를 무릎 위에 올려놓고 잠시 눈을 감은 채 묵상을 했다. 묵상이 끝나자 다스름을 했다. 건강하던 때의 그의 목소리처럼 윤기가 자르르 흘렀다. 그는 서서히 농현(弄絃)을 했다. 땅속 깊은 곳에서 우러나오는 듯 굵고 청아한 거문고의 탄주소리가 방안을 가득 채우기 시작했다.

자기를 향해 웃음을 보여주는 사람이 있었다. 공민왕이었다. 왕의 표정이 점점 감동으로 젖어가고 있었다. 거문고의 탄주곡은 그가 만든 〈감군은곡(感君恩曲)〉이었다. 그의 노안에서 감사의 눈물이 번지고 있었다. 그의 두 손은 마치 맑은 계류에 튀어 오르는 은어들처럼 뛰어 놀고 있었다. 시간이 지남에 따라 힘이 빠져나가기 시작했다.

"지금 난 임금 앞에서 감사의 탄주를 하고 있다. 왜 이렇게 두 손을 움직일 수 없을까. 이러면 안된다."

그는 온 힘을 다하여 탄주를 이어갔다.

"아아아, 전하. 이 이상 탄주는 어렵겠나이다. 용서하여 주옵소서."

마침내 방택은 거문고를 감싸 안은채 정신을 잃고 말았다.

"아버님! 아버님! 정신이 드세요?"

큰아들 백유의 다급해 하는 목소리가 들렸다. 방택은 겨우 눈을 떴다. 오랫동안 의식을 잃고 있었던 건지 방안에는 20여 명의 식구들이 모여서 놀란 얼굴을 하고 누워있는 방택의 움직임을 주시하고 있었다. 그때까지도 멀리서 사는 자손들이 허겁지겁 마당 안으로 들어오고 있었다.

의식을 차린 방택이 누운 채 방안에 빼곡하게 둘러앉은 식구들을 일일이 바라본 후 미소를 떠올렸다.

"다들 모였구나. 이렇게 한 사람도 빠지지 않고 다 모인 건 처음인 것 같은데...."

"갑자기 쓰러지셨다고 해서 큰일 난 줄 알고 뛰어왔어요."

장손자의 말이었다.

"그래? 이렇게 흐뭇할 순 없다. 우리 자손들이 이렇게 많았던가?"

방택은 장자인 백유를 부르고 그동안 생각해둔 게 있었던 듯 유언을 남겼다. 그리고 차례대로 차남 백종 그리고 삼남 백순 순서대로 하나하나 할 말을 남겼다.

"애비는 고려국인(高麗國人)으로 태어나서 과분한 국은(國恩)을 입고 죽으니, 내가 죽거들랑 내 무덤에는 봉분(封墳)을 만들지 말고 묘비석도 세우지 말라. 하지만 너희는 새로운 나라 조선국에서 태어났으니 나라의 동량(棟樑)이 되어 충성을 다하거라."

방택은 모든 후손들에게 일일이 권면(勸勉)과 유언을 남기고 피곤한 듯 눈을 감았다. 조선조 태종2년(서기 1402년) 2월 5일이었다. 금헌 류방택은 서기 1320년 4월 15일에 태어나서 1402년 2월 5일에 송도에서 귀천(歸天)하니 향년 83세였다. 장례를 치룬지 1년 후. 장지를 임강현(臨江縣) 도원(桃源)으로 이장하였다.

1404년(태종 4년), 정숙공(靜肅公)의 시호(諡號)가 내려지고 1445년에는 동학사 삼은각에 배향(配享)되었으며, 그 후에는 송곡서원(宋谷書院) 주벽(主壁)에 배향되었다.

그리고 2006년 4월 16일에는 한국천문연구원의 전영범 박사와 박윤호 연구원이 보현산 천문대에서 새로운 행성을 발견, 국제천문연맹 소행성센터로부터 최종 국제승인을 얻어 그 별의 이름을 한국의 천재 천문학자인 〈류방택별〉로 명명 받았다. 그리고 조선의 천재 천문학자 류방택이 평생의 연구로 집대성한 석각(石刻)천문도인 〈천상열차분야지도(天象列次分野之圖)〉는 국보(國寶) 제228호로 지정되어 현재 덕수궁 궁중유물 전시관에 전시되어 국민들의 뜨거운 사랑을 받고 있다.

2018년 평창 세계 동계올림픽대회,

세계인들의 주시 속에 개막식이 펼쳐지던 평창의 그 드넓은 밤하늘에 갑자기 류방택의 〈천상열차분야지도〉가 만개한 꽃처럼 폭죽처럼 터져 오르며 왼 밤하늘을 수놓아 선진한 대한민국의 천문과학의 우수성을 마음껏 펼쳐 박수를 받았다. 〈끝〉